गुजराती
की चुनी हुई कहानियाँ

भारतीय शिखर कथा कोश

गुजराती
की चुनी हुई कहानियाँ

चयन एवं सम्पादन

कमलेश्वर

राजपाल

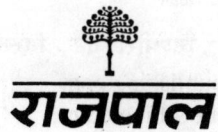

रूपान्तर :
डॉ. कविता पण्डित

मूल्य : ₹ 350/- (तीन सौ पचास रुपये)
प्रथम राजपाल संस्करण : 2011 © गायत्री कमलेश्वर
ISBN : 978-81-7028-923-4
GUJRATI KI CHUNI HUI KAHANIYAN
Edited by Kamleshwar
Printed at Deepika Enterprises, Delhi

राजपाल एण्ड सन्ज़, कश्मीरी गेट, दिल्ली-110 006
website : www.rajpalpublishing.com
e-mail : mail@rajpalpublishing.com

क्रम

भूमिका		7
छँटनी	आबिद सुरती	19
आज साँझ	इला आरब मेहता	27
आगंतुक	ईवा डेव	31
रोब	ईश्वर पेटलीकर	38
बोतल के चूहे	अंजलि खांड़वाला	45
सुनहरी मछलियाँ	किशोर जादव	54
सुंदर और सुंदर	कुंदनिका कापड़िया	58
अकेलापन	गुलाबदास ब्रोकर	65
टाइपिस्ट लड़कियाँ	चंद्रकांत बक्षी	70
आँख के अंधेरे	चुन्नीलाल मड़िया	78
इलाज	जयंती दलाल	83
'रोटला' नजरा गया!	जोसेफ मेकवान	90
फिसलते वक्त पर	ज्योतिष जानी	101
बायाँ हाथ	झवेरचंद मेघाणी	106
तीरथ	दिलीप राणपुरा	112
पांखुरी	धीरेंद्र मेहता	122

आनंद-रात्रि	धूमकेतु	127
नेशनल सेविंग	पन्नालाल पटेल	134
कृष्णतुलसी, रामतुलसी	भगवतीकुमार शर्मा	141
अपना भूत	भूपत वड़ोदरिया	148
गोवालणी	मलयानिल	159
ईंट के सात रंग	मधु राय	167
बोझ	मोहन परमार	173
क्रॉस रोड	मोहनभाई पटेल	184
जन्नत	मोहम्मद मांकड़	190
फैमिलीमैन	रजनीकुमार पंड्या	196
हृदय-परिवर्तन	रामनारायण पाठक	204
चाँद के उजाले में	वर्षा अडालजा	212
सौगंध	सरोज पाठक	218
कुरुक्षेत्र	सुरेश जोशी	226

भूमिका

गुजराती साहित्य में 'वार्ता' (कहानी) की शुरुआत भाषांतर और मूल रूप में उन्नीसवीं शताब्दी के तीसरे दशक से ही हो गई थी, जिसका आधार न केवल भारतीयता के मूल ग्रंथ थे, बल्कि यूरोपीय ग्रंथों से ली गई कथाओं को भी उसमें शामिल किया गया था। सन् 1828 में बापूशास्त्री पंड्या द्वारा लिखित 'ईसप नीति कथाएँ' के प्रकाशन के अतिरिक्त सन् 1833 में 'बालमित्र' और 1840 में ए. विगास के 'पंचोख्यान' एवं सन् 1844 में उदेराम इच्छाराम कृत 'बोधकथा' जैसी पुस्तकों से कहानी के प्रति आम पाठक के मन में जिज्ञासा पैदा की जाने लगी थी। उस दौर में 'डोडसलीनी वातो' (डो असली गाँव की बातें), 'ईसप नीतिनी वातो' ईसप नीति की बातें (रणछोड़ दास गिरधरभाई, सन् 1854), 'गुजराती बायड़िओनुं मुलाकातनुं वर्णन' (गुजराती औरतों की मुलाकात का वर्णन) (दलपतराम, सन् 1856) जैसी पुस्तकें भी आईं, जिन्होंने इस जिज्ञासा को और भी बढ़ाने का काम किया।

सन् 1866 में रणछोड़ भाई उदयराम का 'प्रस्तावित समाज' और सन् 1870 में कवि दलपतराम का 'तार्किक बोध' संग्रह प्रकाशित हुआ, जिसकी कहानियाँ 'बुद्धि प्रकाश' जैसी पत्रिका में सन् 1865 से ही प्रकाशित होने लगी थीं। इन दो कथा संग्रहों से 'वार्ता' पहली बार रीति-नीति को पारंपरिक स्थितियों से उबरकर लेखकों की कल्पनाशीलता के धरातल पर विकसित होने लगी थी। इन कथाओं में भी पौराणिक नीति-रीति की उपदेशात्मकता कथा के मध्य और अंत में जगह-जगह वैसे ही मौजूद है, जैसे कि इसके पहले की नीति-कथाओं के भीतर हुआ करती थी। मगर यहाँ तक आकर कहानी में पहली बार कथा को आद्य ग्रंथों से निकालकर आम आदमी से जोड़ने की माँग उठने लगी थी। कहानी में आदमी को उसके उद्‌योग एवं सद्‌गुणों के विकास से लेकर 'रसिक वार्ता' तक पहुँचाने का सवाल पैदा होने लगा था। कवि दलपतराम की एक कहानी का पात्र

लेखक को संबोधित कर कहता है कि मैं तुमसे उद्योग और सद्‌गुणों के विकास की बातें बार-बार सुनकर संतुष्ट हो चुका हूँ। इसलिए अब कोई रसिक वार्ता कहो। जाहिर है कि 'रसिक वार्ता' के बहाने कहानी में मनुष्य के निजी सुख-दुख के भीतर 'रस' खोजने की प्रक्रिया यहाँ से आरंभ हो गई थी। और इस प्रक्रिया को उस समय की ''गुण सुंदरी'', ''गुण सुंदरी सुबोध'', ''स्त्री बोध'', ''ज्ञान सुधा'', ''वार्ता वारिधि'', ''बुद्धि प्रकाश'', और ''बुद्धि वर्धक'' जैसी पत्रिकाओं ने और भी तेज़ किया । इसका परिणाम यह हुआ कि इन पत्रिकाओं में प्रकाशित ''सोभाग नामनी बाल राँड'' (सौभाग्य नामक बाल विधवा), ''गरीबाई'' (गरीबी), ''नान्हपणमां लग्न करवायी माठा परिणाम'' (बचपन में शादी करने का बुरा परिणाम) जैसी कहानियाँ पहली बार गुजराती समाज को अपने आसपास की संवेदना के प्रति कथात्मक रूप से चैतन्य करती हैं।

वास्तव में यह वह दौर था जब दलपतराम और नर्मद जैसे समर्थ कवि अपनी वाणी से सारे गुजरात को आलोकित कर रहे थे। इन दोनों कवियों ने गुजराती ''वार्ता'' को प्रत्यक्ष या परोक्ष रूप से प्रभावित किया। दलपतराम ने जहाँ वार्ता-लेखन में खुलकर हिस्सेदारी की, वहीं नर्मद ने कविता में ''गाथा'' लिखकर मनुष्य के सुख-दुख की कहानी के प्रति अपनी उत्सुकता प्रदर्शित की। उन दिनों कई ऐसी प्रकाशित कहानियों के साथ भी नर्मद का नाम जोड़ा जाता है, जिनके साथ लेखक का नाम अनुपस्थित है। यहाँ तक कि गाथा कहने में नर्मद की शैली-विशेष से प्रभावित होकर ''गाथा समाज'' जैसा वार्ता-संग्रह भी प्रकाशित हुआ।

फिलहाल ''रसिक वार्ता'' की परिधि से होता हुआ गुजराती वार्ता साहित्य ''गुजरात अने काठियावाड़ देशनी वारता'' (गुजरात और काठियावाड़ देश की कहानियाँ), (सन् 1872), ''बुद्धि अने रूढ़िनी कथा'' (बुद्धि और रूढ़ि की कथा) (सन् 1883), ''मुलतवी राखवाना माठा फल'' (बंद रखने का बुरा परिणाम) (सन् 1885), ''मनोरंजक सुबोध'' (सन् 1885), ''टूकी कहाणिओ'' (संक्षिप्त कहानियाँ) (सन् 1885), ''गुजरातनी जूनी वार्ताओ'' (सन् 1893), ''वार्ता विनोद'' (सन् 1893) जैसे ग्रंथों से अपने विकास की दिशा में निरंतर गतिशील रहा। उस वक्त तक ''सरस्वतीचंद्र'', ''दिल्ली पर हल्लो'', ''मुक्ता'', ''जीवन संध्या'', ''जीवन प्रभात'', ''कुसुमावली'', ''विक्रमनी बीसवीं सदी'' जैसे उपन्यास प्रकाशित और चर्चित हो रहे थे। गुजराती समाज में लेखक एक ओर जहाँ नवलकथा (उपन्यास) और निबंध साहित्य को कीर्तिमान दे रहे थे, वहीं ''वार्ता'' के प्रति शिष्ट समाज में किंचित संदेह और क्षुद्र साहित्य होने की धारणा मौजूद थी। जिसके परिणामस्वरूप नारायण हेमचंद्र और रणजित राम ने उन दिनों वार्ता साहित्य पर प्रासंगिक समीक्षाएँ

देकर न केवल वार्ता को परिभाषित कर उसकी व्याप्ति-निर्धारण का काम किया, बल्कि आम जनता में यथार्थ की पहचान के लिए वार्ता को ज़रूरी विधा के रूप में स्थापित करने का महत्त्वपूर्ण प्रयास भी किया। इस क्रम में सन् 1904 में रमणभाई नीलकंठ ने ''चिट्ठी'' जैसी कहानी लिखी तो उसी वर्ष रणजित राम ने ''मदारी'' और ''हीरा'' जैसी कहानियों की रचना की। ''हीरा'' की सूत्रात्मकता एक ओर जहाँ अनातोले फ्रांस से ली गई थी तो दूसरी ओर वह कच्छ की एक लोककथा से संबंधित थी। इस पुनरावृत्ति के बहाने कहानी की दिशा में पारंपरिकता से कुछ अलग रचने और कहानी को देश-विदेश के संदर्भ से शिष्ट समाज में स्थापित करने की दिशा में गंभीर प्रयास किया गया।

''मदारी'' और ''हीरा'' जैसी कहानियों से पहले सन् 1900 में अंबालाल सांकरलाल देसाई ने ''शांतिदास'' जैसी कहानी लिखकर रचनात्मक लेखन की ओर सर्वथा नया कदम बढ़ाने की कोशिश की थी। लेकिन यह कहानी अपने उत्तरार्द्ध में चलकर स्वदेशी वस्तुओं के उपयोग का व्याख्यान बनकर रह जाती है। इसके बाद मलयानिल, धनसुखलाल मेहता, कन्हैयालाल माणिकलाल मुंशी, बटुभाई उमरवाड़िया, रमणभाई नीलकंठ और इंदुलाल याज्ञिक जैसे लेखक गुजराती कहानी की समृद्धि में खुलकर योगदान करने लगे। सन् 1908 में कहानी लेखन की यात्रा में संलग्न धनसुखलाल मेहता ने ''हुं अने सरला'' (मैं और सरला), ''बीजवर'' (दूसरा पति), ''रविवारनी रजा'' (रविवार की छुट्टी) जैसी कहानियाँ दीं। मुंशी ने सन् 1911 से कथा लेखन आरंभ कर ''गोमति दादानुं गौरव'', ''शकुन्तला अने दुर्वासा'', ''मारी कामचलाऊ धर्मपत्नी'', ''स्मरण देशनी सुन्दरी'' जैसी कहानियों से इस कथा यात्रा को और भी संपन्न किया। इस संपन्नता से रमणलाल वसंतलाल देसाई ने ''खरी मां'' (असली माँ), ''आंखनी आलश'' (आँख की ओट), ''सुल्तान'' नामक कहानियों से अपना योगदान दिया। यहाँ तक की यात्रा में ये लेखक, अपनी पूर्व परंपरा से कथा-तत्त्व का निषेध करने एवं कहानी को बोधकथा से बचाए रखने के बावजूद उसे अपने-अपने ढंग से टटोल रहे थे। कहानी में जहाँ धनसुखलाल मेहता जैसे लेखक हास्य और करुणा का संचार कर रहे थे, वहीं मुंशी जैसे लोग उसे व्यंग्य, अतिशयोक्ति, वक्रोक्ति और दुर्लभ स्वप्नलोक से अलंकृत करने में लगे थे। इस रचना संसार ने भी कहानी की लंबी चली आती जड़ता को जहाँ एक ओर तोड़ने का प्रयास किया, वहीं दूसरी ओर कहानी के प्रति व्यापक जनता में विशिष्ट पाठक वर्ग पैदा हुआ। मगर उस दौर के दो विशिष्ट और सिद्धहस्त कथाकार मुंशी और रमणलाल देसाई अंततः कहानी की दुनिया से निवृत्ति लेकर उपन्यास लेखन में लौट गए।

यह वह समय था, जब गुजराती कहानी को आलोचक मिल रहे थे और उनके द्वारा कहानी को कलात्मकता की परिधि में समेटते हुए उसे परिभाषित करने की कोशिश की जा रही थी। ''चन्द्र मंडल'', ''सुन्दरी सुबोध मंडल'' और ''बन्धु समाज'' जैसे कई मंडलों के आलोचक इस दिशा में सक्रिय हो रहे थे। सन् 1916 में हाजी मुहम्मद द्वारा ''बीसवीं सदी'' का प्रकाशन शुरू हुआ, जिसमें प्रेमचंद, सुदर्शन और विश्वंभरनाथ शर्मा कौशिक आदि लेखकों की कहानियाँ गुजराती में प्रकाशित होने लगी थीं। इन कहानियों के आलोक में गुजराती कहानी की वह भूमि टूटने लगी थी, जिसमें ''वार्ता से वार्ता तक'' की यात्रा में केवल मनोरंजन और मौज-मस्ती की बातों के लिए जगह निर्धारित होती थी।

उस दौर में गुजराती साहित्य को मलयानिल जैसा आदि कथाकार प्राप्त हुआ। मलयानिल ने सन् 1913 से कहानी लेखन की शुरुआत कर ''कुंजवेलि'' (लता), ''स्नेह पहेलां सान'' (प्यार पूर्व की सोच), ''रसराज'' जैसी कहानियों के साथ सन् 1918 में ''गोवालणी'' (ग्वालिन) कहानी की रचना की, जो रचनात्मकता की दृष्टि से गुजराती कथा-साहित्य की ''प्रथम वार्ता'' साबित हुई। जिसमें संवेदना की गहराई तक उतरता प्रेम एक वास्तविक सत्य से टूटकर बिखर जाता है। किंतु तब भी उसका जादू अमिट रहता है। ''गोवालणी'' पहली बार पारंपरिक रूप से चले आते हुए उपदेशों, सुधारवादी दृष्टिकोणों और अलंकृत करने की कोशिशों से अलग कहानी के रूप में एक संपूर्ण रचना गुजराती कथा-साहित्य को प्राप्त हुई। वह एक ऐसी सुखद घटना थी, जिसने कहानी-साहित्य का द्वार खोलकर उत्कर्ष की दिशा में पहला प्रस्थान करते हुए, मील का पत्थर स्थापित किया। जिसे धूमकेतु जैसे कथाकार ने गुजराती कथा की ''प्रथम कलाकृति'' के रूप में स्वीकार किया है।

मलयानिल ने ''गोवालणी'' के साथ ''जोड़लां ई तो देव जेवां'' (देवताओं जैसे दम्पती), ''कुमुदनी रीस'' (कुमुद की नाराज़गी), ''एक सामाजिक प्रश्न'' नामक कहानियों से अपने समय और समाज के बीच प्रश्नाहत संवेदनाएँ उपस्थित कर, इस यात्रा को सही मुहिम देते हुए सन् 1919 में असमय अवसान प्राप्त किया।

मलयानिल ने रचनात्मकता की जो आधारशिला रखी, उसे उत्तराधिकार के रूप में स्वीकार करते हुए, सन् 1920 से कहानी लेखन की शुरुआत करने वाले धूमकेतु ने राजकीय, सामाजिक और सांस्कृतिक पृष्ठभूमि में इस देश के वर्तमान को पूरी रचनात्मकता से परखना शुरू किया। उन्होंने कहानी को प्रजा-जीवन की आँख कहकर, उसे अपने वक्त की संपूर्ण चेतना के प्रति सक्रिय करने की दिशा में समर्थ प्रयास किया। सन् 1926 में प्रकाशित ''तणखा'',–(भाग 1 से 4 तक)

में उन्होंने गुजराती कहानी को सर्वथा नए फलक पर स्थापित करते हुए, ''कल्पनानी मूर्तिओ'', ''गोविन्दनुं खेतर'' (गोविंद का खेत), ''पोस्ट ऑफिस'', ''पृथ्वी अने स्वर्ग'', ''आनन्दरात्रि'', ''सोनेरी पंखी'' आदि कहानियों से रचनात्मकता का एक बहुरंगी- प्रासंगिक संसार कहानी के संपूर्ण शिल्प के साथ पाठकों के सामने प्रस्तुत कर, उनमें कहानी के प्रति वह विश्वास और समय-संगत अनिवार्यता पैदा की, जिसे उपन्यास के क्षेत्र में गोवर्धनराम त्रिपाठी ''सरस्वतीचंद्र'' से बहुत पहले पैदा कर चुके थे।

उन दिनों सारे देश में राष्ट्रीय आंदोलन की धूम थी। जिसका परिणाम यह हुआ कि अन्य भाषाओं की तरह, हर गुजराती लेखक गाँधीवादी ढंग से समाज का हृदय-परिवर्तन चाहने लगा था। अंबालाल साकरलाल देसाई से शुरू हुई कहानी में राष्ट्रीयता की यह गूँज कुछ अंशों में धूमकेतु से होकर आगामी लेखकों की ओर बढ़ चली। धूमकेतु ने जहाँ एक ओर मानवीय सरोकारों को शीर्ष पर महत्त्व देते हुए ''हृदय पलटो'' (हृदय परिवर्तन) जैसी कहानी की रचना की, वहीं सन् 1924 से ''युगधर्म'' पत्रिका में नियमित प्रकाशित होने वाले रामनारायण विश्वनाथ पाठक 'द्विरेफ' ने गाँधीवादी विचारधारा के अनुरूप प्रेम और आदर्श का रचनात्मक उपयोग करते हुए, मनुष्य के भीतर की अंध-शक्तियों से उसे सायास मुक्ति दिलाकर स्वाभाविक संसार में संपूर्ण ताकत से खड़ा करने की कोशिश की। इस कोशिश में द्विरेफ का सारा कहानी-लेखन समाहित हो जाता है। उन्होंने ''मास्तर नन्दनप्रसाद'', ''खेमी'', ''जमनानुं पूर'' (जमुना की बाढ़), ''मुकुन्द राय'', ''जक्षणी'', ''लटकणियां'' (झुमके) जैसी कहानियों के साथ स्वयं भी ''हृदय पलटो'' कहानी की रचना कर, गाँधीवाद को रचनात्मकता के शिखर पर स्थापित कर दिया।

सन् 1930 से पहले कहानी के क्षेत्र में प्रवेश करने वाले प्रख्यात लोककवि झवेचंद मेघाणी ने भी राष्ट्रीयता को अपने लेखन में सर्वोपरि स्थान दिया। मेघाणी एक ओर जहाँ लोक-कथाओं के संपादन और संशोधन की दिशा में संलग्न थे, वहीं दूसरी ओर वह पत्रकारिता से पूरी तरह संबद्ध थे। यही कारण है कि उनकी कहानियों में न केवल राजनीतिक-सांस्कृतिक संदर्भों की ओट में समाज को गढ़ने की प्रवृत्ति है, बल्कि लोक-कथाओं और दंत-कथाओं के उपयोग से पुरातन को नए संदर्भों में रचने की तीव्र आकाँक्षा है। इस रचाव में मेघाणी आस्वाद को सर्वोपरि मानते हुए उन मर्यादाओं का निषेध कर जाते हैं, जो लेखकीय रचाव और मानवीय संवेदनाओं के आड़े आती हों। मेघाणी ने ''बुराईनां द्वार'', ''कड़ेड़ाट'' (कड़कड़ाहट), ''डावो हाथ'' (बायाँ हाथ), ''सदाशिव टपाली'' (सदाशिव डाकिया), ''पानकोर डोसी'' (पानकोर बुढ़िया), ''मारो बालुभाई'' जैसी कहानियों में इस आस्वाद को

रचते हुए राष्ट्रीयता की उस धार का उपयोग किया, जो रचनात्मकता में आकर समाहित होते हुए अदृश्य हो जाती है।

सन् 1930 में दाँडी-यात्रा का प्रभाव सारे देश में जिस तरह रेखांकित किया गया, जाहिर था कि वह गुजराती कहानी को संपूर्ण रूप से अपनी राजनैतिक मुहिम की ओर मोड़ रहा था। उमाशंकर जोशी, सुंदरम् और स्नेह रश्मि जैसे समर्थ कवि अचानक कविता को सामाजिक सरोकारों के लिए अपर्याप्त अनुभव करने लगे। और इसका परिणाम हुआ कि एक ओर जहाँ ये तीनों कवि कविता से निकलकर कहानी-लेखन की ओर सक्रिय हुए, वहीं गुलाबदास ब्रोकर जैसे समर्थ कथाकार गाँधीवादी संरचना में खुलकर हिस्सेदारी करने लगे।

सामान्यतः देश-विदेश में अपनी व्यापार-धर्मिता के कारण सदियों से बसा हुआ गुजराती समाज भी परंपरा के उन्हीं बँधनों से बँधा हुआ था, जो सारे देश में मानवीयता की ओट लेकर अपने निषेध की माँग कर रहे थे। और जिन्हें राजा राममोहन राय से लेकर महात्मा गाँधी तक निर्मूल करना चाहते थे। उमाशंकर, सुंदरम् और स्नेह रश्मि इसी प्रक्रिया के तहत मूल्यों से समाज को व्यवस्थित करने की दिशा में सक्रिय थे। यहाँ तक कि उनकी कहानियों में अनेक स्थलों पर गाँधीवाद स्थूल रूपों में चित्रित होकर अंततः संवेदनाओं की परिणति की ओर मुड़ जाता था। जो भी था, गाँधीवाद उस समय देशकाल का प्रमुख स्वर था। और जाहिर था कि ये कवि-हृदय कथाकार उस समय बोध से अछूते नहीं रह सकते थे।

इन कवि-कथाकारों की तुलना में गुलाबदास ब्रोकर अपेक्षाकृत गाँधीवाद को सघन रचनात्मकता से व्यक्त करते हैं। वह प्रथाओं के बहुप्रचलित अस्वीकार की जगह, मानवीय संवेदनाओं पर हावी होती यांत्रिकता के प्रतिरोध में पूरी तन्मयता से संलग्न दिखाई देते हैं। "लता शुं बोले छे", "गुलामदीन गाड़ीवालो", "नीलीनुं भूत" (नीली का भूत), "सुरभि", "एकलता", "सिन्धनी उज्जड़ थपेल ते धरती" (सिंधु की उजड़ी वह धरती) जैसी कहानियों से ब्रोकर मनुष्य को उन संवेदनाओं में लौटा ले जाते हैं, जो दूर कहीं पीछे मूल्यवान धरोहर के रूप में छूट गई हैं।

प्रगतिवादी आंदोलन की शुरुआत के साथ मेघाणी, उमाशंकर, सुंदरम् और स्नेह रश्मि अपनी कहानियों में मार्क्स के वर्ग-संघर्ष की ओर प्रस्थान करते हैं। किंतु भारतीयता के प्रति मूलतः समर्पण के चलते वे इस धारा से अधिक समय तक संगत नहीं बैठा पाते। और इसका परिणाम यह हुआ कि उमाशंकर, सुंदरम् और स्नेह रश्मि, जिस तरह कविता से कहानी में आए थे, पुनः कविता की ओर लौट गए।

यहाँ तक आकर गुजराती कहानी एक बार फिर सीधे रचनात्मक संवेदनाओं से मुठभेड़ करती है और पन्नालाल पटेल, ईश्वर पेटलीकर, चुन्नीलाल मड़िया, पीतांबर पटेल तथा पुष्कर चन्दावरकर जैसे कथाकार मूलतः ग्रामीण संवेदना को भाषाई पहचान के साथ व्यक्त करते हुए, अपने दौर में उन छूटे एवं भूले-बिसरे लोगों को कहानियों में जगह देते हैं, जो इस महादेश की संरचना में सर्वाधिक संलग्न होने के बावजूद अपनी समकालीनता में निरंतर धूमिल होते चले गए थे। पन्नालाल ने उत्तर गुजरात के ईडरिया प्रदेश को अपने लेखन का आधार बनाया तो ईश्वर पेटलीकर ने दक्षिण गुजरात के चरोतर क्षेत्र को। और चुन्नीलाल मड़िया सोरठ क्षेत्र के चरित्रों को लेकर इस दिशा में सक्रिय हुए। इन्होंने गुजराती कहानी को सर्वथा नए धरातल पर स्थापित कर, मलयानिल और धूमकेतु से चली आती हुई कथाधारा को क्षेत्रीयता की पहचान से जोड़कर एक नया अध्याय सर्जित किया।

यहाँ तक आकर गुजराती कहानी साहित्य अपने लिए नए शिल्प की खोज करता है। और परंपरा से चली आती हुई कथात्मक शैली को नया रूप-रंग देने के प्रति सतर्क हो जाता है। वैसे शिल्प की सतर्कता धूमकेतु के समय में ही शुरू हो गई थी। धूमकेतु ने "तणखा"—भाग-2 की कहानियों में घटना के गौण होने की बात की थी। और उसकी परिणति अंततः जयंत खत्री (कच्छी के शीर्षस्थ कथाकार) और जयंती दलाल से होती हुई सुरेश जोशी तक जाती है, जो मनुष्य के जीवन-मूल्यों के आंतरिक एवं बाह्य संघर्षों को अपनी घटनात्मक अनुगूँज के साथ पूरी तरह व्यक्त करती है।

जयंत खत्री कहानी को उसकी पूरी घटनात्मकता के साथ लिखते हुए, घटनाओं के बोझ से उसे मुक्त कर संवेदना का एक ऐसा संसार निर्मित करते हैं, जिसका प्रभाव पाठक पर पूरी तरह छा जाता है। जयंत खत्री इस कोशिश में वातावरण से अपनी संवेदना को पुष्ट करते हैं। यही कारण है कि उनकी कहानियों में कच्छ का सूखा, उदास और रेतीला विस्तार जगह-जगह बहुत उभरकर सामने आता है। जो अंततः मनुष्य की खाली, विषादपूर्ण और अनवरत संघर्ष की लंबी-पसरी हुई विभीषिका को व्यक्त करता है। जयंत की यह कोशिश उनकी "लोहीनी टीपूं", "माटीनो घड़ो", "धाड़", "तेज, ध्वनि अने गति" और "नाग" जैसी कहानियों में देखी जा सकती है।

यह कोशिश जयंती दलाल की कहानियों में और भी विकसित रूप में सामने आती है। सन् 1950 में अपने कहानी-संग्रह "जुजवां रूप" (अलग-अलग रूप) के साथ कथा-जगत में प्रवेश करने वाले जयंती दलाल अपने पात्रों को यथार्थ

से उठाकर एक ऐसे स्वप्नलोक में ले जाते हैं, जहाँ जीवन की वे वास्तविकताएँ खुलकर सामने आ जाती है, जिन्हें जागृत अवस्था में व्यक्त करना बहुत मुश्किल होता है। जाहिर है कि जयंत खत्री जहाँ कहानी को शिल्पगत धरातल पर पहुँचाते हैं, जयंती दलाल उससे आगे बढ़कर प्रयोग की दिशा में एक नया कदम रखते हैं। दलाल मानते हैं कि मनुष्य को सामान्य और असामान्य स्थितियों को एकाकार कर, कहानी उसकी संवेदना को अपने पल्लू में बाँध लेती है। और अंततः एक मर्मभेदी आघात से पाठक को बेध जाती है। यह मर्मभेदी आघात उनके कथा-संग्रहों से होकर प्रयोगशीलता का एक सर्वथा नया आयाम सर्जित करता है।

मगर प्रयोगशीलता की चरम परिणति सन् 1957 में प्रकाशित सुरेश जोशी के कहानी-संग्रह ''गृह-प्रवेश'' से होती है। सुरेश जोशी कहानी में घटनाओं को निर्मूल करते हुए, यह मानते हैं कि घटनाएँ घटने के पूर्व और बाद की स्थिरता ही अंततः कहानी का विषय होती हैं। सुरेश कहानी के पार वर्तमान के बिखरे हुए क्षणों को चुनकर, उसके आसपास एक वैश्विक संदर्भ का निर्माण करते हैं। और अपने वक्त से छिन्न-भिन्न हुए समाज की कहानी लिखने की कोशिश करते हैं।

ज़ाहिर है कि यहाँ तक पहुँचकर गुजराती कहानी वैचारिक मोड़ों से गुजर रही थी। और दूसरे महायुद्ध के बाद दुनिया भर के साहित्य के परिर्वतनों के समांतर स्वयं को रखने की कोशिश हो रही थी, जहाँ अनास्था, भय, संशय का दौर मनुष्य को वास्तविकताओं की खोज के प्रति निरंतर सक्रिय कर रहा था। परिणामतः पारंपरिकता में अपनी सांस्कृतिक आभा से मंडित गुजराती समाज इन कहानियों को स्वीकार नहीं कर पा रहा था। यही कारण है कि उनकी इस रचनाधर्मिता को ''कपोल कल्पित'', ''परी कथा'' और सीमाहीन अतिवाद कहकर नकारा गया। पर अंततः बदलते समय-संदर्भों के साथ सुरेश जोशी एक ऐसा नाम साबित हुआ, जिसने सर्जनात्मकता की बंद दिशाएँ खोलकर, स्वयं को ऐतिहासिक महत्त्व के धरातल पर प्रतिष्ठित किया। उन्होंने गुजराती कहानी को उस ज़मीन के समांतर रखने की पहल की जो स्वातंत्र्योत्तर भारत में, भारतीय भाषाओं के बीच स्वीकार-अस्वीकार से अपना अस्तित्व रचने की कोशिश में थी।

सुरेश जोशी से होती हुई यह धारा ज्योतिष, जानी ईवा डेव और किशोर जादव जैसे कथाकारों तक पहुँचती है। हालाँकि ये कथाकार अनुभूति को सिलसिलेवार रचनात्मकता के द्वारा अंततः उस कथातत्त्व का निर्माण करते हैं, जो एक ओर पारंपरिक कहानी शैली से अलग है तो दूसरी ओर घटनाहीनता के बीच से घटनाएँ निर्मित करती है। जो पाठक को एहसास कराती है कि पात्रों के साथ जो कुछ

घट रहा है, वह क्रमहीन होते हुए भी एक-दूसरे से क्रमबद्ध है। और वह उन्हें मन के गुहा-अंधकार में ले जाने की बजाय, उन मोड़ों की ओर ले जाता है, जहाँ से ज़िंदगी अपने लिए विकल्प और रोशनी पाती है।

प्रयोगों का यह संसार आगे बढ़ता हुआ कथालेखन को सर्वथा नई शैली "हार्मोनिका" तक पहुँचता है और मधुराय, विभूति शाह, रावजी पटेल, सुमन शाह, चिनु मोदी, अंजलि खांडवाला और विजय शास्त्री तक इसकी धारा स्पष्ट दिखाई देती है। इस दौर में मधुराय और अंजलि खांडवाला ऐसे नाम हैं, जिन्होंने प्रयोगों के धरातल पर सर्वथा नया सृजन दिया है।

सन् 1950 के बाद उस दौर में सुरेश जोशी कथा-प्रयोगों की दिशा में आगे बढ़ते हुए उसे अपनी लीला-भूमि कहकर शुद्ध कला की यात्रा कर रहे थे। और कहानी को मात्र कलाकृति मानकर "अहैतुक" निर्माण की प्रवृत्ति में न केवल संलग्न थे, बल्कि उसे अपने धरातल पर व्याख्यायित कर ऐसी कथा-रचना का संप्रदाय निर्मित करने के प्रयत्न में थे।

स्वभाव से पारंपरिक गुजराती समाज एक ओर जहाँ देश-विदेश की भूमि से सदियों से जुड़ा हुआ हर परिवर्तन का स्वागत करता रहा है, वहीं दूसरी ओर अपने गाँव-देश की अस्मिता को दुनिया के अंतिम छोर तक अपनी हथेलियों में संजोए हुए उसे पुनर्स्थापित करता रहा है। (इस प्रक्रिया में वह सब कुछ सहज और निर्विकार भाव से ग्रहण करता रहा है) उसके लिए कोई आंदोलन नहीं, कोई हलचल नहीं। वह अविराम निर्विकार रूप से अपनी प्रगति में कार्यरत रहा है। मगर इसका अर्थ यह नहीं कि वह दुनिया की हलचलों से अछूता और बेखबर रहा हो। वह हर परिवर्तन का सबसे अधिक हिस्सेदार रहा है। यही कारण है कि बदलते वक्त में एक ओर जहाँ वह कहानी के अहैतुक निर्माण के प्रति उत्सुक था, वहीं दूसरी ओर वह कथा और गायन से भरपूर, रात-रात भर चलने वाले "लोक डायरो" की पारंपरिकता से कभी अलग नहीं हो पाया। यही कारण है कि उस दौर में गुजराती कहानी में "नई कहानी" और "अकहानी" जैसे आंदोलनों की कहीं गूँज सुनाई नहीं दी। पर अहैतुक निर्माण के साथ दुनिया के सारे कथा-परिवर्तनों से अपनी लोकभूमि को जोड़ते हुए, कहानी अपने समय और समाज में बिखरते हुए मानव की चिंता से, वस्तुगत रूप से अपेक्षाकृत और तल्ख रूप से जुड़ती गई। उस दौर में कुंदनिका कापड़िया, सरोज पाठक, मोहनभाई पटेल, मोहम्मद मांकड़, भूपत वड़ोदरिया, दिलीप राणपुरा, चंद्रकांत बक्षी, भगवती कुमार शर्मा, आबिद सुरती जैसे कथाकारों की रचनाएँ इस परिवर्तित लोकधर्मिता की साक्षी रही हैं। और आगे चलकर रजनीकुमार पंड्या, इला आरब मेहता, वर्षा

अडालजा, धीरेंद्र मेहता जैसे कहानीकार उसी लोकधर्मिता को अपने बदलते हुए देशकाल में और तेज़ी से सार्थक करने में संलग्न रहे हैं। इस दौर में इतनी मूल्यवान रचनाएँ आईं, जिन्होंने गुजराती समाज की बदलती हुई जीवनधारा को संपूर्णता से रेखांकित कर, मूल्यों के निर्माण की दिशा में सक्रिय प्रयास किया।

सन् 1960 में दलित आंदोलन की शुरुआत के साथ गुजराती कहानी में एक और सार्थक रचनाधर्मिता जन्म लेती है और जोसेफ मेकवान, जयंत परमार, धरमाभाई श्रीमाली, दलपत चौहान और मोहन परमार जैसे लेखकों द्वारा दलित वर्ग की पीड़ा और संघर्ष, उस वर्ग के ही लेखकों से कथात्मक रूप से सामने आती है, जो उस संघर्ष के परोक्ष दर्शक नहीं, स्वयं हिस्सेदार रहे हैं। जिन्होंने "साधनानी आराधना", "पन्नाभाभी", "फरी आम्बा महोरे", रोटलो नजराई गयो!" (जोसेफ मेकवान), "सांझ", "भींस", "कोलाहल", "भारो" (मोहन परमार) जैसी कृतियाँ दीं, जो अनिवार्य रूप से गुजराती साहित्य की धरोहर मानी जाएँगी।

इस कथा-संघर्ष को गुजराती साहित्य की कुलीन धारा ने अब तक स्वीकार नहीं किया है। शायद इसलिए भी कि यह आंदोलन महाराष्ट्र के दलित आंदोलन का पर्याय नहीं बन पाया। और एक दशक बाद यह शुद्ध वैचारिक मुठभेड़ की कोशिश में कविता की ओर मुड़ गया। मगर जो आग अब तक जल रही है, उसकी परिणति हुई तो यह इतिहास का एक ऐसा पन्ना होगा, जिसकी उपस्थिति के बिना गुजराती कहानी-साहित्य अपने अधूरे और खंडित रूप में रेखांकित किया जाएगा।

इन लेखकों के अलावा गुजराती साहित्य में रमणलाल पाठक, रजनीकांत रावल, लक्ष्मीकांत भट्ट, केतन मुंशी, चंदूलाल सेलारका, वसुबेन भट्ट, धीरूबेन पटेल, शिवकुमार जोशी, नलिन रावल, सुधीर दलाल, घनश्याम देसाई, पिनाकिन दवे, महेश दवे, राधेश्याम शर्मा, दिनकर जोशी, रघुवीर चौधरी, नानाभाई जेबलिया, पुरुराज जोशी, सुवर्णा राय, उजमशी परमार, प्रबोध पारीख, सुमंत रावल, हिमांशी सेलत, मणिलाल ह. पटेल, भूपेश अध्वर्यु, योगेश जोशी, किरीट दुधात जैसे अन्य रचनाकार भी हैं, जो अपने बहुरंगी लेखन के बीच कहानी के किंचित् सृजन से कहीं-न-कहीं संबद्ध रहे हैं। ज़ाहिर है कि गुजराती कहानी के विकास में ये भी सहयोगी रहे हैं।

यह संपादन इस दृष्टि पर केंद्रित रहा है कि यहाँ वे लेखक अपरिहार्य रूप से मौजूद हों, जो अन्य विधाओं में सक्रिय हिस्सेदारी करते हुए परिस्थितिवश कथा-यात्रा में शामिल होने की बजाय, कहानी-रचना की धारा में अनिवार्य रूप से सक्रिय

रहे हैं। और जिनकी रचनाओं ने गुजराती कहानी का मुकम्मल इतिहास सर्जित किया है।

इस संकलन को तैयार करने में मुख्यतः श्रीमती कविता पंडित का ही हाथ रहा है। श्री शैलेश पंडित ने मेरे आग्रह पर बहुत परिश्रम से गुजराती कहानियों की अनुवाद की भाषा पर विशेष ध्यान दिया है। इस कथा-यात्रा के इतिहास पर श्री शैलेश पंडित और श्रीमती कविता पंडित ने सचमुच शोधार्थियों से भी अधिक श्रम और प्रामाणिकता को महत्त्व दिया है। यह भूमिका उनके प्रगाढ़ श्रम का ही नतीजा है!

—कमलेश्वर
जनवरी 2004

छँटनी

आबिद सुरती

अब यह सूर्योदय सुहाना नहीं लगता।

मैं तैयार होकर ऑफिस जाने के लिए निकला। बस में बैठा तो अनेक विचार मेरे मानस-पटल पर सरकने लगे। पत्नी आखिरी महीने में प्रवेश कर चुकी है। उसका पेट गुब्बारे की तरह फूलकर गोल हो गया है। पिछले एक-दो महीनों से वह कोशिश कर रही है कि इस गुब्बारे को होशियारी से साड़ी में छिपा ले। गुब्बारा आखिर गुब्बारा होता है, नहीं छिपता।

माँ कहती हैं...गेहूँ, मिट्टी का तेल और चीनी, बाज़ार से अदृश्य हो गए हैं। सरकार जिन चीज़ों को छू लेती है, गायब हो जाती हैं। मैं सोच रहा हूँ, एक दिन पत्नी को सरकार के पास ले जाऊँ। फिर उससे निवेदन करूँ, कि वह मेरी पत्नी का पेट छू ले। लेकिन अब ज़्यादा दिन नहीं रहे, किसी भी वक्त वह माँ बनने की तैयारी में है। दूसरे, दिल्ली तक पहुँचने का खर्च मेरे पास नहीं है।

कंडक्टर पास आया। मैंने दस-दस पैसे के दो सिक्के जेब से निकाले। बस में लोगों की भीड़ थी। मेरे दिमाग में विचारों की भीड़ थी। ऑफिस जाने का मन नहीं था, फिर भी कम्बख्त बस आगे बढ़ती ही गई।

चर्चगेट आते ही मैं उतर गया। मेरे साथ और भी लोग उतरकर बिखर गए। मैं ऑफिस में दाखिल हुआ तो आँखों के सामने सन्नाटा था। वही सन्नाटा जो पिछले थोड़े दिनों से ज़हरीली गैस की तरह फैला हुआ था। मैंने कुर्सी में जगह ली। पँखे का स्विच दबाया। नज़र घुमाई। चारों ओर खामोशी थी। सभी कर्मचारी चुपचाप काम कर रहे थे। किसी में होश नहीं था कि आँख उठाकर मुझे देख ले। मैं कोई विज्युलाइजर या आर्ट-डायरेक्टर नहीं हूँ। फिर भी इस क्रियेटिव एडवर्टाइज़िंग एजेंसी का मैं वर्षों पुराना आर्टिस्ट हूँ। और इस कारण स्टाफ के बाकी सदस्य मुझे सम्मान से देखते हैं।

मैं ऑफिस में दाखिल होता तो ये ही दोस्त मुस्कराकर मेरा स्वागत करते थे। कोई हँसता तो कोई तेज़ आवाज़ में 'शुभ प्रभात' कहता था। मिस फ्लोरेंस अपनी कुर्सी छोड़कर मेरे पास आ जाती थी। फिर अपने दोनों हाथ मेरी मेज़ पर टिकाकर धीरे-से मुस्कान बिखेर देती। और मैं दराज़ से जिनतान का पैकेट निकालकर मेज़ पर रख देता। पैकेट से एक गोली निकालकर, वह मुस्कराती हुई अपनी सीट पर चली जाती।

ड्राइंग-बोर्ड पर पेपर पिन करते हुए मैं पूछ लेता, "मिस फ्लोरेंस, अब तो शादी कर लो?"

"अब किसलिए?" वह मुझसे सवाल करतीं।

"राजेश खन्ना अब कुँवारा नहीं रहा।"

"तो क्या हुआ?" जिनतान की गोली चूसते हुए वह फिर मुस्कान बिखेर देती, "कोई अच्छा लड़का बताओ तो कल ही शादी करके हनीमून मनाने स्विट्ज़रलैंड चली जाऊँ।"

मैं जानता था, यह मेरे प्रश्न का उत्तर नहीं है। मिस फ्लोरेंस अकेले कमाती थीं और अपनी बूढ़ी माँ के साथ, विधवा बहन के परिवार का भी पोषण करती थी। ऐसी आर्थिक समस्याओं के चलते वह अपने बॉय-फ्रेंड के साथ शादी करने में समर्थ नहीं थीं। शायद इसीलिए वह शादी की बातों से मन को बहला लेती थी।

पिछले बुधवार को वह मेरे पास नहीं आई तो मैंने खुद दराज़ से जिनतान का पैकेट निकालकर याद दिलाया। वह केवल फीकी हँसी हँसकर, लाश की तरह मेरे सामने आकर खड़ी हो गई। मैंने सोचा, शायद बॉय-फ्रेंड के साथ कुछ तकरार हुई होगी।

शादी के लिए वह बेचैन था। और मिस फ्लोरेंस इस प्रस्ताव से भी मीलों दूर भागती थी। किंतु आज उसकी उदासी का यह कारण नहीं था। और जब कारण जाना तो मैं भी चौंक गया। मैं फिर एक बार सहसा चिंतित हो गया।

आखिर मिस फ्लोरेंस ने यह निर्णय क्यों लिया? किसलिए वह अपनी पाँच वर्ष पुरानी, स्थायी नौकरी को ठोकर मारकर हमारे ऑफिस में आ गईं? अभी तो उसे यहाँ आए हुए चार महीना भी नहीं गुज़रा था और छँटनी की हवा आग की तरह फैल गई।

फिनिशिंग आर्टिस्ट कपूर भी मुरझाया हुआ था। क्या वह भी सोचता है कि केवल उसकी ही छँटनी होनी है? लेकिन यह भय तो हरेक कर्मचारी के चेहरे पर घने बादलों की तरह फैला हुआ था। कोई विश्वास से नहीं कह सकता था कि किसका भाग्य फूटने वाला था। फिर भी सारे कला-विभाग का माहौल तंग

था। जिन कर्मचारियों के ऊपर परमानेंट का लेबल लग चुका था, वे भी सहमे हुए थे।

कपूर पिछले नौ वर्षों से हमारी एडवर्टाइज़िंग एजेंसी में नौकरी करता था। अभी पिछले महीने उसने एक बार फिर मुझे याद दिलाया था, ''क्वात्रा जी, मैं पाँच बच्चों का बाप हूँ। अगले महीने बच्चों का स्कूल खुलेगा और साथ ही बरसात का मौसम भी शुरू हो जाएगा। बच्चों की किताबें, रेनकोट, छतरी, जूते वगैरह का बंदोबस्त करना है। पाँचों की फीस भरनी पड़ेगी। और यहाँ न कोई इन्क्रीमेंट मिलता है, न बोनस।

''कपूर !,'' मुझसे बोले बिना नहीं रहा गया, ''कंपनी घाटे में चलती हो तो हम बोनस की उम्मीद कैसे रख सकते हैं?''

मेरी ओर उसने ऐसे देखा, जैसे मैं संस्था का जासूस हूँ! जबकि हकीकत यह थी कि दूसरे कर्मचारियों की तरह मैं भी एक मामूली नौकर था। लेकिन था सबसे पुराना और सीनियर।

''ज़्यादा कुछ नहीं,'' आखिर उसने असली बात कह दी, ''आप थोड़ी-सी सिफारिश कर देंगे तो मेरा काम बन जाएगा।''

''मौका मिलते ही डायरेक्टर साहब से मैं ज़रूर निवेदन करूँगा।'' उसके संतोष के लिए मैंने कह दिया। वह चेहरे पर विश्वास और अविश्वास की लकीरें लिए वापस लौट गया।

आज उसका चेहरा देखकर मुझे ऐसा लगा जैसे वह अभी-अभी अपने पाँचों बच्चों और पत्नी को श्मशान में जलाकर आया हो। उसकी आँखों में सुख की कोई किरण थी न दुख की कोई झलक। सब खत्म हो गया था। उसे भी साँप सूँघ गया था। वह अब इसलिए ज़िंदा था कि जीते-जी सुलगकर मर नहीं सकता था।

सोचता हूँ इस साँप ने किसे छोड़ा है? जवाब में केवल एक कर्मचारी दिखाई देता है। वह है फिगर-आर्टिस्ट पूनम। जीवन सुख से भरा हो या दुख के मेढक 'ड्राँऊ-ड्राँऊ' करते हों, जीवन का स्वाद उसे मालूम है। ऑफिस के ऐसे गंभीर माहौल में भी वह मनमाना मज़ाक उड़ा सकती है। कभी मज़ाक का विषय न हो तो वह खुद विदूषक बनते हुए भी नहीं शरमाती।

पिछले महीने विदेश से लौटने पर हमारे डायरेक्टर ने अचानक आर्ट-डिपार्टमेंट में आकर एक ज़ोरदार भाषण दिया। उनके शब्दों से स्पष्ट था कि आर्ट-डिपार्टमेंट में बैठे लगभग सभी चित्रकार आदमी नहीं खच्चर हैं। किसी में मौलिक सृजन की शक्ति है न कोई स्वतंत्र विचार। इसी कारण हमारी कंपनी की बॉम्बे ब्रांच

ने इस वर्ष पचहत्तर हज़ार का घाटा उठाया। इतना सुनते ही पूनम अचरज से बोली थी, "कमाल है, हमारा टारगेट तो एक लाख का था !" और हमारे विदेशी डायरेक्टर साहब पैर पटकते हुए बाहर निकल गए थे।

मैंने फिर एक बार मिस फ्लोरेंस पर निगाह दौड़ाई तो वह कुछ खोई हुई लगी। उसकी खुली आँखों के सामने, सब कुछ होने के बावजूद, धुँधलका फैल गया था। उस हँसमुख चेहरे को उतने बिखरे हुए रंगों में डूबा हुआ मैंने कभी नहीं देखा था। तब सवाल यह था कि इस गंभीर मुद्रा में मैंने किसे देखा है? मिस ज्योति को? श्रेयांस को? पीठवा को? ये सब तो हँसकर मेरा स्वागत करने वालों में से हैं।

मिस ज्योति तो कभी-कभी सामने बैठकर निःसंकोच अपने मन की गाँठें भी खोल देती थी। मैंने उससे ही जाना था कि उसका एक भाई है। वह 'शिप' पर काम करता था। अचानक एक दुर्घटना में उसका एक पैर बेकार हो गया। तब से वह घर बैठा है। मिस ज्योति कमाती है, और वह खाता है। घर पर बूढ़े माँ-पिता भी हैं और दो छोटी बहनें भी।

मैं विचारों में खोया हुआ था कि पूनम अपना कार्टून चेहरा लेकर मेरे सामने आ गई। जैसे कुछ गोपनीय हो, वह होंठ मेरे कानों तक लाकर बोली, "क्वात्रा जी, आज से मैच शुरू होने वाला है।"

मैंने अनजान होकर पूछा, "कौन-सा मैच?"

"मैनेजमेंट-वर्सेस-डिपार्टमेंट।"

"ओह, समझा!"

"डायरेक्टर साहब चर्चगेट एंड से बॉलिंग करेंगे।"

मन न होने के बावजूद मुझसे हँसे बिना नहीं रहा गया।

"देखती हूँ, किसका-किसका विकेट गिरता है?" उसने अपनी बात पूरी की।

और अचानक कोई भारी चीज़ गिरने की आवाज़ आई। मैं खड़ा हो गया। देखा तो मिस फ्लोरेंस चक्कर खाकर कुर्सी के साथ गिर पड़ी थीं। अचरज इस बात का था कि बाकी चित्रकार अपनी जगहों से हिले तक नहीं। बस केवल एक दृष्टि उन्होंने मिस फ्लोरेंस की नीचे पड़ी देह पर डाली। उन थोड़े क्षणों तक उनकी नज़रों में दया-भाव था। शायद उन्हें मालूम था कि एक-दो लोग तो बेहोश होकर गिरेंगे ही। मिस फ्लोरेंस गिर गई, इसमें नई बात क्या है? जल्दी ही कोई दूसरा भी अपनी चिंताओं का बोझ लिए-लिए इसी तरह चक्कर खाकर गिर सकता है।

पूनम से मैंने पानी के लिए निवेदन किया तो वह कूलर की ओर दौड़ी। मिस फ्लोरेंस के शरीर को उठाकर मैंने सावधानी से सुला दिया। बेहोशी में भी उसके होंठ फड़क रहे थे—नहीं-नहीं !...उसे रोको।...उसे अंदर मत आने दो !

मुझे समझते देर नहीं लगी। मिस फ्लोरेंस हमारे ऑफिस के चपरासी को मौत की खबर लाने वाले यमदूत के रूप में देखती थी। वह जानती थी, और आर्ट-डिपार्टमेंट के सारे चित्रकार जानते थे कि डायरेक्टर साहब के केबिन में गया हुआ चपरासी किसी भी वक्त छँटनी का कागज़ लेकर बाहर आ सकता है।

पूनम के हाथ से पानी का गिलास लेकर मैंने थोड़ा-सा पानी मिस फ्लोरेंस के चेहरे पर छिड़का। धीरे-धीरे वह होश में आने लगी। आँखें खुलीं तो वह कुछ पलों तक सीलिंग फैन को ताकती रही। उसे सब कुछ याद आ गया। वह बैठ गई। फिर कुछ उदास, कुछ लज्जित मुद्रा में मेज़ से सरककर अपनी कुर्सी पर जा बैठी। उसने न कुछ कहा न किसी की ओर देखा।

मैं अपनी कुर्सी पर लौट आया। पता नहीं यह तनाव कब तक चलेगा! पिछले एक सप्ताह से इस ऑफिस की यही हालत है। जब भी चपरासी डायरेक्टर की केबिन में जाता हुआ दिखाई देता है, तनाव बढ़ जाता है। ऐसा रोमांच मैंने किसी फिल्म में देखा है न किसी उपन्यास में पढ़ा है।

दूसरा सप्ताह भी खत्म होने वाला है। मैनेजमेंट ने अभी तक कोई निर्णय नहीं लिया। किन-किन चित्रकारों को रखना है? और किनको खदेड़ देना है? हम सबको इतना ज़रूर विश्वास है कि ज़्यादा नहीं तो पंद्रह कर्मचारियों में से दो को हमेशा के लिए छुट्टी दे दी जाएगी। लेकिन वे दो बदकिस्मत लोग कौन होंगे, यह रहस्य कोई नहीं जानता था!

रोज़ सुबह कर्मचारी डरे-डरे से ऑफिस में दाखिल होते थे। और शाम को एक-एक चेहरा फीका, और उदास होकर, दूसरों को घूरते हुए चुपचाप बाहर निकल जाता। कोई दूसरे की ओर देखकर हँसता था न बात करता था। ज़रूरत होती तो कम-से-कम शब्दों में काम चला लेते।

मिसाल के लिए—
—आर्ट-पूल आ गया?
—ना।
बात खत्म।
—रेफरेंस कहाँ है?
—यहाँ।
बात खत्म।

—रबर सोल्यूशन दे!

—ले।

बात खत्म।

लगता था, जैसे शब्दकोश के लगभग सारे शब्द किसी ने निचोड़ लिए हों।

तीसरा सप्ताह शुरू हुआ और ऑफिस का सन्नाटा और गहरा हो गया। अब तो मुझे पूनम का कार्टून चेहरा भी गंभीर दिखने लगा। पूछा, "क्या हुआ?"

उसने हँसने की कोशिश करते हुए बताया, "मैंने सोचा था कि केवल दो ही विकेट गिरेंगे!"

"तो?"

"डायरेक्टर साहब का गुगली बॉल चार विकेट लेना चाहता है।"

"तुमसे किसने कहा?" मुझसे पूछे बिना नहीं रहा गया।

उसने सफाई दी, "कल शाम मैनेजमेंट की मीटिंग में एक चपरासी हाज़िर था।"

इस बार बिजली मेरे ऊपर भी गिरी। कल तक मैं इस भ्रम में था कि छँटनी केवल जूनियर चित्रकारों की होनी है। लेकिन आज जाने क्यों मुझे लगा कि यह बाढ़ अपने प्रचंड प्रवाह में मुझे भी डुबोने की ताकत रखती है। अपनी वर्षों पुरानी नौकरी को मैंने पहली बार खतरे में देखा। मेरी आँखों के सामने धुएं के छल्ले तैरने लगे। फिर भी मैं यह मानने के लिए तैयार नहीं था कि मैनेजमेंट मुझे भी यहाँ से निकाल सकता है।

दोपहर के भोजन के बाद पूनम और कपूर, मिस ज्योति के साथ मेरे पास आए और सामने की कुर्सी पर बैठ गए। कपूर ने शुरुआत की, "क्वात्रा जी! अब नहीं सहा जाता। मैनेजमेंट की इच्छा है कि हम में से दो-चार को रद्दी की टोकरी में डाल दे तो भले ऐसा करे। पर इस तंग माहौल में तो हमसे काम नहीं होता। काम में मन ही नहीं लगता।"

पूनम अपना मज़ाकिया स्वभाव भूल चुकी थी। वह निःशब्द बैठी थी। मैंने मिस ज्योति के उजाड़ चेहरे पर नज़र डाली। वह शायद कहना चाहती थी कि उसे नौकरी से निकाला गया तो उसके एक पैर वाले भाई और छोटी बहनों का क्या होगा?

"क्वात्रा जी!", आखिर पूनम ने होंठ खोले और एक विचित्र सवाल किया, "आप किसके साथ हैं?"

"मतलब?"

"हमारे साथ कि मैनेजमेंट के?"

मैं अब भी कुछ नहीं समझा। पूछा, ''उससे क्या फर्क पड़ेगा?''

''बहुत।'' उसने अपने मूल स्वभाव और स्ट्रक्चर में आते हुए कहा, ''अगर सचमुच हमारे चार विकेट गिरे तो हम सब फील्ड छोड़ देंगे।''

मैं यह कहने जा रहा था कि मैं तुम सबके साथ हमदर्दी रखता हूँ, कि सहसा मुझे अपनी पत्नी याद आ गई, जो इस समय प्रसूतिगृह में पड़ी थी। एक-दो दिन में मैं एक और बच्चे का बाप बनने वाला था। बारह सदस्यों के परिवार में एक और सदस्य बढ़ने वाला था। अगर मैं भी सबके साथ इस्तीफा दे दूँ तो मेरे इस बड़े परिवार का क्या होगा? इस खयाल से मैं चौंक गया।

तीनों मेरे चेहरे की ओर देख रहे थे। शायद उन्होंने खुली किताब की तरह मेरी आँखों में जवाब पढ़ लिया था। वे एकसाथ खड़े हो गए। ''रुको!,'' मैंने तेज़ी से कहा, ''मैं तुम्हारे साथ हूँ, पर मेरी एक शर्त है।''

''कहिए!''

मैंने साफ शब्दों में बताया, ''अगर हममें से किसी एक को भी निकाला गया तो हम सब इस्तीफा दे देंगे।''

यह शर्त मैंने इसलिए रखी थी कि मैं भी अपने भीतर टूटने-बिखरने लगा था। ऐसा हो सकता है कि मैनेजमेंट चार के बदले केवल एक कर्मचारी को निकाल दे। और वह एक मैं होऊँ!

तीनों ने एक-दूसरे की ओर देखा और कॉल बेल गूँज उठी। डायरेक्टर साहब के केबिन के बाहर लाल बत्ती सुलग रही थी। बाहर स्टूल पर बैठे चपरासी ने खड़े होकर बटन दबाया। लाल बत्ती बुझ गई। वह केबिन में दाखिल हुआ। फिर एक बार माहौल में खामोशी फैल गई।

यह सच है कि हम सब मानसिक रूप से इतने टूट गए थे कि जब भी चपरासी केबिन में दाखिल होता, हम सोच लेते—वह बाहर निकलेगा तो उसके हाथ में सफेद लिफाफा होगा! उस लिफाफे में एक कागज़ होगा। उस कागज़ पर टाइप हुआ होगा—श्रीमान्...वगैरह-वगैरह...आपकी सेवाओं की अब हमें ज़रूरत नहीं। कृपया आप चीफ एकाउंटेंट से मिलकर अपना हिसाब ले लें।

जाने क्यों, मैंने नज़रें घुमाईं! चारों ओर बैठे मुर्दों को देखा। वे न हँस रहे थे न उनकी पलकें फड़क रही थीं। मुझे शंका है कि उनकी साँसें भी चल नहीं रही थीं। एक-एक पल बीत रहा था और मेरा होशो-हवास खत्म हो रहा था। दिल इतने ज़ोर से धड़क रहा था कि डर लगा। कहीं उछलकर मुँह में न आ जाए!

इस बार चपरासी केबिन से बाहर आया तो उसके पैर जहाँ-के-तहाँ रुक

गए। उसके हाथ में एक सफेद लिफाफा भी नज़र आ रहा था। वह दुविधा में खड़ा था। छँटनी के लिफाफे के साथ आगे बढ़ना उसके लिए सरल नहीं था।

वह अभी दूर था और एकाएक मिस फ्लोरेंस खड़ी होकर पागल की तरह चीखने लगी, "नहीं-नहीं! उसे रोको! उसे आने मत दो!", लेकिन वह और कुछ कहे, इससे पहले फर्श पर लुढ़ककर ढेर हो गईं। न किसी ने उनकी चीख सुनी, न किसी ने उसे देखने की ज़रूरत समझी। उस वक्त सबकी स्थिति दयनीय थी। हर क्षण मेरी दृष्टि भी अपनी दिशा में कदम-दर-कदम आगे बढ़ते हुए चपरासी पर केंद्रित थी। ज़िंदगी में पहली बार मुझे उस चपरासी की सूरत यमदूत जैसी लगी।

चपरासी मेरे सामने आकर खड़ा हो गया और सबकी आँखें मेरी दिशा में उठ गईं। मैंने स्वस्थता का नाटक करते हुए उसके हाथ से लिफाफा ले लिया। मेरा हाथ काँप उठा। मैं लिफाफा खोलने जा रहा था कि मुझे चपरासी ने रोका। फिर दबी हुई आवाज़ में कहा, "क्वात्रा जी! मिस फ्लोरेंस होश में आए तो यह लिफाफा उसे दे देना।"

चकित होकर मैंने लिफाफे पर साफ अक्षरों में टाइप किया गया नाम पढ़ा—मिस फ्लोरेंस डिकोस्टा। फिर मैंने आँखें बंद कर लीं। मिस फ्लोरेंस फर्श पर चित पड़ी थी।

•

आज साँझ

इला आरब मेहता

आज साँझ, डूबती हुई साँझ को, जब आसमान में सुनहरे रंगों के बीच एकाध तारा टिमटिमाने लगा था, उस वक्त मेरे बेडरूम के सामने बकुल के पेड़ नीचे शांत खड़े थे। पेड़ का पत्ता-पत्ता परस्पर गुँथकर जैसे अनंत आँखों से मुझे निहार रहा था।

आज साँझ, नीरव मर गया। आज मैं विधवा हो गई। आज...

'गीता!...गीता!' ...मेरे कानों में पति की गुस्से से भरी पुकार धीमे स्वर में सुनाई देती है। मैं चौंककर देखती हूँ। मेरे आलीशान ड्राइंग-रूम में धीरे से नृत्य-संगीत बजने लगता है। मिस्टर शर्मा मुझे अपनी विद्रूप-स्थूल देह से दबाए हुए नाच रहे हैं। उनका हाथ मेरी कमर से ऊपर-नीचे सरकता जा रहा है। मेरे पति मिस्टर शर्मा की पत्नी को लेकर थिरक रहे हैं। पास आते ही वह मुझे आँखों के इशारे से चेताते हैं, 'शिकार हाथ से निकलने न पाए। लाखों का सौदा है।'

मिस्टर शर्मा सरकारी उच्च अमलदार हैं। मुझे पति के महत्त्वपूर्ण लाइसेंसों के लिए उन्हें रिझाए रखना है।

लाखों का सौदा ! ...हाँ, श्रीमती गीता शाह लाखों का सौदा निपटाने में अब बहुत माहिर हो गई हैं।

और...दूर कहीं श्मशान में नीरव की लाश जल रही है। हज़ारों भीगी आँखें अपने प्यारे कवि को अंतिम विदाई दे रही होंगी। मैं हँसती हूँ। पति के एक-एक बोल पर मैंने पूरी ज़िंदगी हँसने में ही गुज़ारी है। ...नीरव, तूने यह देखा होता तो शायद तू रो देता।

शराब की बोतलें खुल गई हैं। माहौल रंगीन होकर मोहक होता जा रहा है।

'प्लीज़ मिस्टर शर्मा, थोड़ा और...!'

'अरे, ये आपकी आँख का नशा...इसके आगे शराब क्या चीज़ है?'

'ओह, थैंक्यू!'

'मिस्टर शाह, आप धनमलजी को पिछानते हैं?'

'हाँ-हाँ, अच्छी तरह।'

'अरे यार, मैं तो फँस गया। ...ब्लडी सन ऑफ...हमको दश लाख रुपये प्रॉमिस किया था। और बाद में पाँच लाख भी पूरे नहीं दिए।'

'आजकल तो लोग चार सौ बीसों के भी बाप हो गए हैं।' मिसेज शर्मा गहरी साँस लेकर बोल रही हैं। उनके कान का हीरा चमक उठा है।

मेरे पति शर्मा की ओर झुककर पूछते हैं, 'कल कांट्रैक्ट साइन हो जाएगा, सर!'

मैं शर्मा के हाथ में अगला गिलास पकड़ाकर उन्हें अचूक निशाने से देखती हूँ। मिस्टर शर्मा अपनी लिथड़ती आवाज़ में बोलते हैं, 'कल तो सब बंद रहेगा। वो मर गया न! कौन था वो? ...कोई पोयट...!'

'कवि नीरव!' श्रीमती शर्मा पति की मदद के लिए लपक आती हैं। बिना मेक-अप उनका चेहरा इस समय चितकबरा लग रहा है।

'स्साली, गवरमेंट पागल है। वो मर गया तो...।'

शराब की बूँदों से अतीत की सृष्टि होती चली जाती है। मैं देख रही हूँ, बहुत दूर एक उज्ज्वल पारदर्शी संसार।

मैं नीरव की पत्नी थी। उसकी कविताई की दुनिया में अनायास खिंचकर चली आई। और फिर तो मैं उस दरियादिल आदमी की मुहब्बत में डूबती चली गई। मैं उस मस्त फकीर के टूटे-बिखरे झोपड़े की मलिका थी। हमारे चारों ओर मिल-मजूरों की बस्ती थी। ...उस कंगाली और ज़िंदा हाड़-पिंजरों के बीच मेरा हरा-भरा संसार खिला हुआ था।

'स्साला, बिल्कुल नंगा मर गया। कफन के लिए भी कुछ नहीं था।'

'गवरमेंट ने पाँच हज़ार का इनाम भी दिया तो उसने बच्चों का स्कूल खोलवा दिया।'

'इसीलिए तो भूखों मरते हैं ये लोग।'

'मगर आदमी अच्छा था। गाँधी की किसी औलाद की पैदावार था।'

हाँ, वह गाँधी का मानुस था। इसीलिए तो उसने मुझसे कहा था, 'गीता, मैं अपनी इस दुनिया में तुझे पेरना नहीं चाहता। तुझे जाना हो तो खुशी से चली जा।' और उसके बाद नीरव मेरा भूतकाल बन गया।

मेरे पति ऊँची आवाज़ में कहते हैं, 'मैंने उसको पद्मश्री दिलवाया। कितना पैसा बरबाद किया उसके पीछे! मगर कुछ नहीं साहब...!'

लोगों के लिए यह मौज की बात है। इस 'जोक' पर सभी हँसते हैं। मैं गुस्से से उठकर दरवाज़े की ओर बढ़ जाती हूँ। एक सद्यः विधवा स्त्री के आगे उसके पति की निंदा करते हुए इन्हें शर्म नहीं आती?

'गीता, कहाँ जा रही हो!' मेरे पति का सुर प्रश्नवाचक नहीं, आज्ञासूचक है। वह मेरे पास खिंच आए हैं।

'मुझे नीरव के पास जाना है।'

'गीता, डोंट बी सेंटीमेंटल एंड सिली! यह शिकार आज पकड़ में आना ही चाहिए, समझीं!'

मिस्टर शर्मा देर रात को विदा लेते हैं। मेरे पति उन्हें घर छोड़ने जाते हैं। अब वह कब लौटेंगे, कुछ तय नहीं है! इस विशाल इमारत में मैं अकेले वापस लौटती हूँ। बेड पर पड़ी-पड़ी मैं छत निहार रही हूँ।

'मम्मी!' एक नाजुक हाथ मेरे गले में लिपट जाता है। मल्लिका, मेरी सात साल की बेटी, मेरे बगल में लेटी हुई है।

'मम्मी, वो कौन था?'

'तेरे पापा के फ्रेंड थे।'

'हें मम्मी, तुम उनके साथ क्या कर रही थीं?'

मैं जवाब नहीं दे पाती।

'मम्मी, एक कहानी सुनाओ ना!'

'कौन-सी?'

'कोई भी। अच्छी कहानी। राजा-रानी की।'

'मल्लि बेटा सुन, एक था राजा...।'

'उनका नाम कृष्ण था? वो सोने की नगरी में रहते थे न!'

'हाँ बेटा, महाभारत की एक बड़ी लड़ाई होने वाली थी। दुर्योधन और अर्जुन–दोनों कृष्ण के पास मदद माँगने गए...

'कृष्ण भगवान ने कहा, मेरे पास बहुत बड़ी सेना है–हाथी-घोड़े, डंका और निशान वाली। पर मैं तो अकेले ही लड़ूँगा। इसलिए तुम्हें दोनों में से जो चाहिए, चुन लो! मैं या मेरी सेना!'

मल्लिका मुझसे चिपककर पूछने लगी, 'दुर्योधन ने क्या किया, मम्मी? अर्जुन ने क्या माँगा?'

'दुर्योधन ने कहा, मुझे आप हाथी-घोड़ों वाली सेना दें दें! और अर्जुन ने कहा, मुझे तो बस कृष्ण ही चाहिए।'

'फिर लड़ाई हुई? कौन जीता? हैं मम्मी?'

'कौन जीता, किसको पता?' एक गहरी साँस लेकर मैं मल्लिका को अपनी गोद में भींच लेती हूँ।

'मल्लि बेटा, तू बड़ी हो जाए तो एक बात याद रखना! हर औरत की ज़िंदगी में एक बार यह सवाल उठता ही है कि उसे क्या चाहिए? डंका और निशान वाली सेना या केवल कृष्ण? तेरी माँ ने तो कृष्ण का साथ छोड़कर सेना माँग ली। तू यह भूल मत करना बेटा! कभी मत करना!'

मल्लिका सो गई है। धरती के ओर-छोर तक गहरा अंधकार फैल गया है। महाभारत की लड़ाई पूरी हो चुकी है। बस, नीरव नहीं है। आज साँझ नीरव मर गया। कृष्ण-विहीन यादव सेना के बीच मैं अकेली हूँ। ...बिल्कुल अकेली।

आगंतुक

ईवा डेव

बगीचे में मैं आराम से एक बेंच पर निश्चिंत लेटा था। शाम के पाँच बजे होंगे। गर्मियों की शाम होने के बावजूद वातावरण खूब खुशनुमा था।

मैंने आँखें खोल दीं। मेरे ठीक सामने, बेंच के दूसरे छोर पर एक मदारी खड़ा था। उसकी आकस्मिक उपस्थिति ने मुझे सिर से पैर तक चौंका दिया। मुझे भ्रम हुआ कि जैसे वह अरेबियन नाइट्स वाला जिन्न कोई जादुई कोड़ी घिसने के लिए भूल से मेरे सामने आ गया है। पता नहीं क्यों, बिना बुलाए वह मेरे इतने पास आ गया था कि मुझे कुछ भी समझ में नहीं आ रहा था।

वह टुकुर-टुकुर मुझे देखे जा रहा था। उसकी आँखें पॉलिश किए हुए बादामी अकीक पत्थर की तरह चमक रही थीं। उसके ऊपर ललछौंही नुकीली भौंहें सीक सपोलों की तरह ऊँची-नीची हो रही थीं। उसकी मूँछों की नोंक बिच्छू के डंक जैसी थीं। उस पर बकरे जैसी दाढ़ी उसके चेहरे को भयानक बना रही थी।

मैं काँप गया। मुझे लगा कि दिमाग के किसी हिस्से में कुछ असर होने लगा है। मेरे ज्ञान-तंतु जलने से लगे हैं। यह सब मेरी इच्छा के विरुद्ध क्यों हो रहा है! कुछ समझ में नहीं आ रहा था। लगातार अचरज और डर से मैं बर्फ की तरह जमता जा रहा था। और फिर दिमाग में वही सनसनाहट। यह अनुभव जीवन में पहली ही बार हो रहा था। जैसे टेलीग्राफ ऑफिस में संदेश भेजने वाले औज़ार कट...कट...कट...कर रहे हों, मेरे दिमाग में हलचल-सी होने लगी। अनदेखे संकेत आने लगे। मुझे बिल्कुल अच्छा नहीं लगा। मैंने उसे रोकने का घोर प्रयत्न किया। लेकिन सब बेकार गया। मेरा दिमाग संदेश झेलता रहा : बच्चा, रुकावट मत डालो। ...बच्चा, भागने की कोशिश मत करो!

थोड़ी देर के लिए संदेश आने बंद हुए तो मुझे खयाल आया कि मेरी आँखें कब की न जाने कब से जड़ हो चुकी हैं। ये आँखें उसके गले में लिपटे अजगर

की आँखों पर हैं। अजगर लगातार उसके दाएँ-बाएँ सरकता हुआ, गले के आसपास लिपटकर मुझे ताक रहा है।

मुझे उठकर वहाँ से भाग जाना चाहिए था। पर मेरी देह भयानक रूप से अकड़ गई थी। मैंने होंठ खोलने की कोशिश की, हाथ उठाने का प्रयत्न किया। लेकिन सब व्यर्थ गया। मुझे लगा कि उसकी इच्छा के विरुद्ध मैं तिनका भी नहीं तोड़ पाऊँगा। एक अज्ञात भय से मेरी देह थर-थर काँपने लगी। मेरा अंतर संपूर्ण करुणा से रो रहा था। लेकिन सैकड़ों उपायों के बावजूद आँसू बाहर नहीं आ पाया।

मेरे दिमाग का चक्र फिर से चलने लगा। संदेश मिलने लगा : बच्चा, डरो मत...रो मत। कुछ भी नहीं होगा। लेकिन रुकावट मत डालो। भागने की कोशिश भी मत करो। सब सकुशल होगा, अगर तू मेरे हुक्म का पालन करेगा।

अब मुझे पक्का विश्वास हो गया कि वह मेरी असहाय स्थितियों को जानता है। और चालाकी के साथ मुझे धोखा दे रहा है। अंधेरे बंद कमरे में छाती और पेट का एक्सरे लेते हुए जिस विचित्रता से बाँधे जाने का एहसास होता है, मदारी की आँखों में देखते हुए मुझे वैसा ही एहसास हो रहा था। उसके और उस अजगर की आँखों से जैसे विशेष प्रकार की किरणें निकलकर मेरे दिमाग में चलने वाली हलचल तक पहुँच जाती थीं। मैं उसके शिंकजे में पूरी तरह आ गया था।

मैंने अजगर की आँखों से आँखें हटाकर मदारी को पूरी तरह देखा। वह भगवे वेश में था—साफा, कुर्ता और लुँगी। उसके गले में भूरी, काली और सफेद मणियों की दो लंबी मालाएँ थीं। और कंधे पर उल्टा दंड लटका था, जिसमें साँपों की पिटारियाँ लटक रही थीं। बाएँ हाथ में दो मुँह वाली बाँसुरी थी।

"बच्चा!"

"अं..." मैं बोल उठा। मेरे अचरज का अंत नहीं था। अपनी ही आवाज़ सुनकर मुझमें एक तरह की चेतना आई। जैसे मुझे कोई भागीदार मिल गया हो।

"देखो बच्चा, मुझे मास्टर बोलो। अच्छा लगता है। तुझे पता है कि तेरे चारों ओर क्या है!"

जल्दी से जवाब देने के लिए मेरे दिमाग में हलचल होने लगी। फिर भी मेरी आत्मा हुँकार उठी, "पामर, नीच, तू है कौन! ...तू उठकर बैठ पहले।"

मैंने आँखों से देखा, मदारी ने गले से अजगर निकालकर मेरी छाती के सामने हवा में उल्टे लहरा दिया। अजगर मेरी छाती पर सरकने लगा। उसका चपटा मुँह और अँगारे जैसी आँखें मुझसे पाँच ही फुट दूर रह गई थीं। और अब उसकी लपलपाती जीभ मेरे होंठों को छू गई। ओह! वह स्पर्श! मेरे रोंगटे खड़े

हो गए। मैं डर से जड़ हो गया। मुझे संदेशा मिला : अगर मैं उसका हुक्म नहीं मानूँगा तो अ...ज...ग...र...।

मैं तुरंत उसके सवालों का जवाब देने लगा, "हाँ मास्टर, मुझे मालूम है।"

उसने हाथ खींच लिया। अजगर उसके गले में लिपट गया। केवल उसकी जीभ और आँखें अब भी लपलपा रही थीं।

"बच्चा!"

"हाँ मास्टर!"

"बहुत अच्छा, बिल्कुल ठीक।"..."अब तो तू जानता है कि मेरी इच्छा के बिना तू कुछ नहीं कर सकता!"

"हाँ मास्टर!"

कुछ क्षण ऐसे ही बीत गए। मुझे खयाल आया कि उसे बोलने-भूलने के लिए अगर मैं सो जाऊँ तो शायद उसकी पकड़ से छूट सकता हूँ। और जैसे मुझे मुक्ति मिल गई हो। अचरज और आशंका से मैं आँख बंद कर सो गया। जैसे ही आँख लगी होगी कि बाहर से भी भयंकर दुनिया खड़ी होने लगी। उसकी मूँछों की बाईं नोंक तेज़ी से लंबी होकर मेरी बाईं बाँह में इंजेक्शन की तरह घुस गई। फिर तो देह से खून की एक-एक बूँद निचुड़ने लगी। जैसे ही चेतना आई होगी कि उसकी भौंहें और तन गईं। फिर सहसा ढेर सारे सपोले चारों ओर से मेरे नाक-कान और मुँह में घुसने लगे। ...हे भगवान! ...मुझसे सहन नहीं हुआ तो मैं चीख उठा। मेरी आँखें खुल गईं। उसका अट्टहास मेरे कानों में गूँज रहा था। मैंने देखा, उसकी भौंहें चढ़ी हुई थीं और आँखों की पुतलियाँ गुस्से से चंचल हुई जा रही थीं। उसकी दाढ़ी के बाल काँप रहे थे। पर ऐसे में भी उसके चेहरे पर हँसी की रेखाएँ!

"धत् तेरे की...तो यह दुष्ट सब जानता है।" मैंने मन-ही-मन सोचा।

"गालियाँ मत दे बच्चा!" मैं पकड़ा गया।

मेरे दिमाग में फिर संदेशों की झड़ी लग गई। सामने अजगर पहले की तरह खड़ा था। तिरछी आँखों से मैंने देखा कि आने-जाने वाले लोग हमें कुतूहल से देख रहे हैं। संदेश मिला : थोड़ी देर में ही खेल शुरू होगा। तू उठकर दर्शकों में आ जाना। मैं तुम्हें जमूरा बनाऊँगा। भागने की कोशिश मत करना। घबराना मत।

मेरी घबराहट और बढ़ गई। मैंने उससे पूछा कि मुझे क्या करना है! तुम मुझे कब छोड़ोगे!

"फिक्र मत करो बच्चा! तू सब समझ जाएगा। खेल खत्म होते ही मैं तुझे छोड़ दूँगा। चलो अब खड़े हो जाओ।"

मैं असहाय-सा उसके हुक्म का पालन करने लगा और थोड़ी दूर पर कुछ ही क्षणों में मैं भीड़ के बीच था। मैं भी लोगों की तरह उसका खेल देखते हुए, उससे बातें कर रहा था। लोगों को लगा कि मैं भी उनमें से एक हूँ।

उसने बीन उठाई। दो पिटारियाँ खोलते ही दो काले नाग सीत्कार करते हुए डेढ़-एक फुट खड़े हो गए। उसने बीन बजानी शुरू की। नाग अपनी जीभें लपलपाकर संगीत के साथ डोलने लगे। यह देखकर मैं और भी घबरा उठा कि कुछ मत पूछिए।

और अचानक लगा कि मैं उसके बँधन से छूट गया हूँ। मैंने देखा कि एक सपोले ने उस पर हमला कर दिया था। दर्शक हैरान रह गए। उसने तेज़ी से सपोले को डंडे से दबा दिया और उसका मुँह पकड़ने की कोशिश कर रहा था।

मैं मुट्ठी बंद कर भाग निकला। अभी दस-एक कदम गया होऊँगा कि मैं चौंककर रुक गया। मुझसे पाँच फुट दूरी पर वही नाग हवा में उल्टा लटक रहा था। उसकी पूँछ का आखिरी सिरा अभी भी उस पिटारी में ही था। फिर यह कैसे मुझे इतनी दूर आकर रोक रहा है। कुछ समझ में नहीं आया। उसने जैसे ही जीभ लपलपानी शुरू की कि मैं तुरंत उल्टे पाँव हटते हुए उस भीड़ में जाकर खड़ा हो गया।

नागों का खेल मदारी ने जल्दी ही बंद कर दिया। लोग तालियाँ बजा रहे थे। मैंने देखा तो लगा कि उसके मुँह पर खेल ठीक-ठाक न होने का असंतोष है।

"तूने भागने की कोशिश क्यों की बच्चा!" उसका संदेश मिला।
"भूल हो गई मास्टर।"
"अच्छा, तो तैयार है न!"
"हाँ मास्टर!"

और वह भीड़ को संबोधित कर बोलने लगा : अब आप साहिबों को मैं एक अद्भुत खेल दिखाऊँगा। आप लोगों में से किसी को जमूरा बनाऊँगा, तब आपको विश्वास होगा कि कोई उस्ताद से पाला पड़ा है। है कोई साहिब है, कोई जवाँ मर्द!...

फिर वही संदेश : चल बच्चा, बाहर आकर बोल कि तू तैयार है। चल, जल्दी कर।

मैं यंत्रवत् आगे बढ़ा, "हाँ, मैं हूँ। मैं जमूरा बनने के लिए तैयार हूँ।"

और सहसा मुझे नया अनुभव हुआ। यह जो कुछ हो रहा है, उससे मुझे कुछ लेना-देना नहीं था। फिर भी मैं इतना भी नहीं सोच पाया कि मेरा क्या

होगा, मुझे क्या करना होगा, और आसपास लोग मेरे बारे में क्या सोचेंगे! मैं चाभी भरे खिलौने की तरह चल रहा था।

उसने हँसकर कहा, "वाह...ऐसे पढ़े-लिखे आदमी का जिगर देखकर शाबाशी देने का मन होता है।"

भीड़ में से किसी ने कहा, "कैसे मालूम कि यह तुम्हारा आदमी नहीं है!"

मदारी जवाब दे, इससे पहले आगे खड़े एक बच्चे ने कहा, "अरे, इन्हें तो मैं जानता हूँ। ये हमारे मुहल्ले में ही रहते हैं। अंग्रेज़ी स्कूल के टीचर हैं।"

यह सुनते ही भीड़ हँस पड़ी। फिर भी उसे यकीन हो गया कि मैं बनावटी जमूरा नहीं हूँ।

"हाँ तो साहिबान, अब खेल शुरू होता है।"

उसने एक धुली हुई चादर ज़मीन पर बिछाकर मुझे उस पर चित सो जाने को कहा। मैंने वैसा ही किया। उसके बाद उसने एक काली बड़ी चादर से मुझे ऐसे ढक दिया कि मेरे मुँह, माथे और पैरों से होकर वह काफी आगे तक निकल गई थी। उसने कहा, "मैं आपको जमूरा कहकर बुलाऊँ तो कोई हर्ज है!"

"नहीं मास्टर!"

उसका संदेश : तैयार है बच्चा!

"हाँ मास्टर!"

"ओ जमूरे!"

"ओ मास्टर!"

"तू जानता है कि कहाँ जाएगा!"

"हाँ मास्टर!"

"कहाँ जाएगा!"

"आसमान में।"

भीड़ से लोग बोल उठे कि कमाल है, मदारी ने तो कुछ कहा नहीं। इसे कैसे मालूम कि कहाँ जाना है!

"तो तू आसमान में जाने को तैयार है बच्चा!"

"हाँ मास्टर!"

और उसके बाद मुझे लगा कि वे दोनों काले नाग सरककर मेरी पीठ के नीचे बैठ गए हैं। उसका हुक्म मिलते ही उन्होंने अपने फन पर मुझे बीस फुट उठाकर हवा में कर दिया है।

"ओह, गज़ब है! यह इतने ऊपर कैसे चला गया!" भीड़ फुसफुसाने लगी।

"अरे कैसे क्या! कपड़े के नीचे कुछ होगा।"

"क्या है! होता तो दिखता नहीं!"

लोग अपने-अपने खयाल दे रहे थे।

मदारी बोला—"अब आप लोगों के सवालों का जवाब दिया जाएगा। जिसका जो भी सवाल हो, जो भी मुराद हो। ...आपकी फरियाद और ऊपर वाले का हुक्म।"

फिर तो खेल तेज़ी से आगे बढ़ गया। मुझे जानकर बहुत अचरज हुआ कि उसके साथ एक अज्ञात बातचीत में मुझे कोई भी तकलीफ नहीं पड़ रही थी। कितनी सुविधा और जल्दी से वह अपनी बातें मेरे दिमाग में भर देता था। वह मुझसे कुछ पूछे, इससे पहले मुझे जवाब मिल जाता था।

"जमूरे!"

"ओ मास्टर!"

"तू बताएगा कि यह सिक्का किस साल का है!"

"ज़रूर बताएगा।"

उसने सिक्का हाथ में लेकर उसे ध्यान से देखा। और जो भी सूचनाएँ थीं मेरे दिमाग तक आ गईं।

"तो साल बता।"

"उन्नीस सौ सत्ताइस।"

"शाबाश...शाबाश जमूरे!"

फिर लोगों के पॉकेट का पैसा, चश्मे की बनावट। घड़ी का समय, पहनावा जैसे असंख्य सवालों के जवाब मैंने सफाई और सुविधा से दिए। लगभग पैंतालीस मिनट तक खेल चलता रहा। फिर उसने मुझे नीचे उतारा और उसकी चादर पर सिक्के बरसने लगे।

उसने काला कपड़ा मेरी देह से उठाया। मैंने आँखें खोलीं। वह मेरे पैरों के पास खड़ा था। कुछ लोग अचरज से मेरे पास चले आए। वे एकटक मुझे देख रहे थे। मदारी भी वैसे ही देख रहा था। वही चमकते अकीक पत्थर जैसी आँखें, वही नुकीली भौंहें, मूँछों की बिच्छू डंक जैसी नोंक, और वही बकर-दाढ़ी। अजगर अब शांत होकर उसके गले में लुढ़के पड़े थे। मुझे आदेश हुआ कि जाकर उसी बेंच पर सो जाऊँ। मैं उठकर फीकी हँसी के साथ लोगों के बीच से यंत्रवत् बेंच पर लौट गया, जैसे कुछ हुआ ही न हो। मेरी आँखें नींद से बंद होने लगीं।

"ओ मिस्टर! ...अरे ओ भाई!" कोई मुझे झिंझोड़कर जगा रहा था। मैं चौंककर उठ बैठा। थोड़ी देर तो मैं सोच भी नहीं पाया कि मैं कहाँ था और

वहाँ कैसे आ गया! यह चारों ओर क्या हो रहा है! सब कुछ गोल-गोल क्यों घूम रहा है!

"ए मिस्टर, यह सोने की जगह नहीं है।"

"अं...!" मैंने सवालिया आँखों से उसे देखा। वे दो लोग थे। उन पर नजर पड़ते ही खयाल आया कि उन्होंने मुझे जगाकर बेंच से उठा दिया था। मैंने खिसककर उन्हें बैठने की जगह दी। मुझे यकीन हो गया किं यह एक दुःस्वप्न था, घोर दुःस्वप्न। स्वस्थ होते ही मैं उठकर घर की ओर चल पड़ा।

अभी मैं बाग से बाहर निकला भी नहीं था कि एक छोटा बच्चा आया। वह मेरा हाथ पकड़कर मुझसे पूछ रहा था, "साहेब, आपको जमूरा बनने में बहुत मज़ा आया होगा! मुझे भी जमूरा बनना था। लेकिन पप्पा ने ना बोल दिया।"

मैं अवाक् रह गया। मुझे ऐसा लगा, जैसे किसी ने पहाड़ की ऊँचाई से धक्का देकर मुझे घाटी में फेंक दिया हो।

•

रोब

ईश्वर पेटलीकर

दाना मेहतर की बोली गणेश मेहतर के रोएँ-रोएँ में फैल गई। ज़िंदगी में उसे ऐसा ताना किसी से नहीं मिला था। लेकिन दाना की बोली ऐसी थी कि गणेश को सहनी ही पड़ी।

मेहतर वास में दो पट्टी थी। एक दाना मेहतर की पट्टी और दूसरी गणेश मेहतर की। ये दोनों हिस्से, दूसरे नाम से भी जाने जाते थे। वीरा बाबा वाला और जयसिंह बाबा वाला। और ये नाम गाँव के पटेलों की दो पट्टियों के ऊपर से मेहतरों ने खुद धर दिए थे। पटेलों की सौ घरों की बस्ती वैसे तो अपने मूल में एक ही थी। लेकिन दो भाइयों की अलग-अलग हदें, उनके नामों से जानी जाने लगीं। और ये नाम मेहतरों की दोनों पट्टियों ने भी स्वीकार कर लिए। दाना मेहतर की पट्टी के लोग वीरा बाबा के खानदान के मेहतर माने जाते थे तो गणेश मेहतर के हिस्से में जयसिंह बाबा के वंशज थे।

पटेलों के ये परिवार एक होने के बावजूद, वीरा बाबा वाला परिवार बड़े भाई का परिवार माना जाता था। और इस हिसाब से उसका दर्जा जयसिंह बाबा वाले परिवार से ऊँचा गिना जाता था। फिर वह परिवार खाने-पीने में भी ज़्यादा सुखी था। इसलिए उनके अहं का दर्जा सारे गाँव की निगाह में बड़ा था।

और जिस तरह पटेल अपने छोटे-बड़े होने को अधिक महत्त्व देते थे, इन मेहतरों में भी अपने बड़प्पन का पूरा रोब था। दाना मेहतर की पट्टी, वीरा बाबा के कारण अपने को बड़ा मानती थी तो गणेश मेहतर की पट्टी कमाई में अपने आगे किसी को नहीं गिनती थी। फिर भी दाना मेहतर वाली पट्टी, उन्हें अपने से छोटा ही मानती थी। यह खींचतान पहले भी रही होगी लेकिन इन दस वर्षों में कुछ ज़्यादा ही बढ़ गई थी।

वैसे बात देखें तो आज के लोगों के लिए यह कोई असर वाली बात नहीं

है। मगर पिछली पीढ़ी के लोग ब्रह्मा की भट्ठी से पककर बाहर निकलते हुए कुछ ज़्यादा ही पानी पी गए थे। इसलिए वे लोग कुछ अधिक पानीदार थे। और थोड़ी-सी बात भी सहन नहीं कर सकते थे।

आमतौर पर पटेलों की जिस पट्टी में शादी-मृत्यु का भोज होता, उसके हिस्से के मेहतर भी खाने जाते। पर ऐसे प्रसंग जब उत्सव के रूप में मनाए जाते, सारे गाँव की अठारह जातियों को खाना मिलता। ऐसा ही एक उत्सव वीराबाबा वाले पटेलों की ओर से था। सारे मेहतर खाना खाकर, पट्टी के बीच नीम के चबूतरे पर बैठे हुक्का पी रहे थे। इधर-उधर की बातें चल रही थीं। और उनमें से अपने पटेलों की बातें भी निकल आईं।

दाना मेहतर का खून अभिमान से उछल पड़ा, "भइया गणेश, तू जो भी बात करे, लेकिन हमारे पटेल के घर तो तुम तीन बार खा चुके। तुम दस साल में एक भी दिन बताओ, जब हमने तुम्हारे पटेल के घर में मुँह जूठा किया हो।"

गणेश मेहतर के पेट में हुक्के का धुआँ, विचारों के भँवर में उलझकर रह गया। गणेश तुरंत कुछ बोल नहीं पाया। यह सच था कि उसके पटेल, जयसिंह बाबा वाले परिवार की ओर से पिछले दस सालों में एक बार भी सारे गाँव को खिलाने का मौका नहीं आया था। उसे गहरी चोट लगी कि मेरे पटेल के घर जो ऐसा प्रसंग हुआ होता तो मुझे यह ताना क्यों सुनना पड़ता।

लेकिन उस घाव को भीतर पचाकर गणेश ने अपने मन में गाँठ बाँध ली। उस रात उसे तभी नींद आई, जब उसने तय कर लिया कि ऐसा कोई मौका आया तो वह अपने पटेल को पीछे हटने नहीं देगा।

भगवान की माया कि इस बात को डेढ़ ही महीना बीता था। और जयसिंह बाबा की पट्टी में पचहत्तर वर्ष के वस्ता पटेल देवलोक चले गए। लेकिन हालत यह थी कि पटेल गाँव को क्या, एक परिवार को भी खिलाने की हैसियत में नहीं था। पटेल चला गया। और अपने इकलौते बेटे के लिए आघात छोड़ गया। उसके लिए बाप की मौत से यह बड़ा आघात था कि वह बरसी कैसे करेगा!

दोपहर में पटेल को अग्निदाह देकर वे लौटे तो मौसम ठंडा हो आया था। मोहन बैल लेकर खेत पर जाने के लिए तैयार हो गया। बाप का दुख माथे पर था ही। वह घर से निकलकर जैसे ही आगे बढ़ा कि गणेश सामने आ गया। उसके पैर रुक गए। गणेश ने भरे गले से पटेल की मौत पर अफसोस किया। गणेश ने कहा, "मोहन भइया, मैं आपसे दो बातें करने आ रहा था।"

"कौन-सी बात!"

गणेश लौटते हुए बोला, "नहीं, रास्ते में नहीं। चलो, मैं भी खेत पर आता हूँ। वहाँ खुले दिल से बात हो पाएगी।"

मोहन सोच भी नहीं पाया कि यह मेहतर मुझसे कैसी बातें करने आया है! उसने टिकोरी मारकर बैलों की पूँछ उठा दी। बैल तेज़ी से भागने लगे।

गणेश के पैर भी जैसे नशे में थे। खेत तालाब के किनारे था। वहाँ पहुँचकर गणेश ने वाड़ी का दरवाज़ा बंद कर दिया। फिर उसने शुरुआत की, "बड़े भइया, अबकी मूड़ी नीची न हो!"

मोहन को बात की गंध भी नहीं आई। उसने पूछा, "गणेश, क्या बात है! कैसी बहकी-बहकी बातें कर रहा है!"

गणेश जैसे उस सवाल को पी गया। बोला, "वस्ता बाबा खा-पीकर घर-परिवार को फूल की तरह खिलता देखकर गए। भगवान के दिए हुए तुम्हारे भी तीन बेटे हैं। जयसिंह बाबा का खानदान है। वस्ता बाबा की तेरही में सारे गाँव को खिलाए बिना नहीं चलेगा।"

मोहन के माथे पर जैसे किसी ने लाठी मार दी हो और वह चक्कर खाकर गिर पड़ा हो! घड़ी भर तो उसे जवाब भी नहीं सूझा। गणेश मेहतर आगे बोला, "बात यह है बड़े भइया, कि सारे गाँव को नहीं खिलाओगे तो जयसिंह बाबा की नाक कट जाएगी।"

मोहन ने स्वस्थ होते हुए कहा, "गणेश, तेरा दिमाग तो ठीक है न!" गणेश ने अपने माथे पर दो-तीन हाथ मारे। और यकीन कर लिया कि उसका दिमाग ठीक-ठाक है। उसने कहा, "दिमाग तो साबुत है भइया, लेकिन कब फट जाएगा, कहा नहीं जा सकता!"

"मतलब!"

गणेश ने अब और बात खिंचने नहीं दी। उसने दाना मेहतर के साथ हुई बातचीत उसके सामने रख दी। मोहन बोला, "वो तो ठीक है, लेकिन मेरी औकात...!"

गणेश बीच में ही बोला, "मुझसे कुछ छिपा नहीं है बड़े भइया।"

"तो!"

"उसकी चिंता आपको नहीं करनी है।"

"मतलब!"

"एक से पाँच हज़ार तक, जितना चाहिए, मैं एक बार में गिन दूँगा।"

मोहन गणेश को टकटकी बाँधकर देखता रहा।

गणेश ने कहा, "और बड़े भइया, देवी माँ की कसम है जो मैं यह पैसा वापस माँगूँ।"

मोहन के भीतर मोतियों की झालर-सी फैल गई। क्या वक्त आ गया है कि दूसरे के पैसे से यश मिलेगा। वह भी मेहतर का पैसा। किसी को कह देगा तो सुनकर सात पीढ़ियाँ लजा जाएँगी।

मोहन को चुप देखकर गणेश बेचैन हो उठा। "देखो बड़े भइया, तुम ना बोलोगे तो भी मैं तुम्हारी कुछ नहीं सुनूँगा। तुम एक बार अपनी दोनों पट्टी को इकट्ठा करो और कागज़ पर हिसाब कर डालो। कितने का आँकड़ा होगा, मुझे बता देना।" गणेश सहजता से रुककर बोला, "और जो इस बात पर मेरे पेट का पानी भी हिले तो मुझे दोगला कहना।"

मोहन ने बोलने के लिए मुँह खोला, "पर...लेकिन...।"

"बड़े भइया, जो आपके दिल में है, वह मेरे दिल में है। जयसिंह बाबा के खानदान की नाक कटे, ऐसा मैं नहीं करूँगा। मैं जानता हूँ कि इस बात की खबर किसी को नहीं होनी चाहिए। खबर पड़ गई तो खानदान का नया नाम पड़ जाएगा।"

मोहन के मुँह में पानी आ गया।

गणेश मेहतर ने आगे कहा, "तुम जब भी कहोगे यहीं खेत में आकर तुमड़ी उलट जाऊँगा।"

वह नरेशों का ज़माना था। लोग बड़ी-बड़ी लौकियाँ सुखाकर, उनके भीतर से गूदा निकाल लेते थे। और उसकी तुमड़ी में रुपये भर देते थे।

वस्ता बाबा की तेरहवीं पर सारा गाँव खाएगा, इस बात से मोहन पटेल का खून जाग उठा। गणेश गाँव के सेठ-साहूकारों से भी ज़्यादा भरा-पूरा है—यह बात वह सुनता आया था। इसलिए मोहन को उसकी बात पर हँसी नहीं आई। ऊपर से यह बड़ी रकम वापस देने की बात थी, न लेने और दूसरों को गंध आने देने की मंशा। मोहन का अभिमान टूटकर बिखर गया। उसने कहा, "भइया गणेश, देखना, बाद में मरने की नौबत न आए!"

गणेश भगत आद मानुस था। दरवाज़े के सामने तुलसी का हमेशा वास रहता था। उसने तुलसी की कसम खाते हुए कहा, "अरे मेरे बाप, आप यह क्या कह रहे हो! आपसे पहले तो मेरे मरने की नौबत आएगी।"

मोहन गले तक संतोष से भर गया। अचानक गणेश को कुछ याद आया। "लो, असली रामायण तो रह ही गई!"

"अब क्या बचा!" मोहन और भी उत्सुक हो उठा।

''देखो भइया, वीराबाबा वाली पट्टी की तरह हम लड्डू नहीं खिलाएँगे। कंसार और घी खिलाना है।''

मोहन के बाप का इसमें क्या जाने वाला था! उसे और भी जोश आया। उसने कहा, ''तुम जैसा सोचो!''

''लेकिन एक शर्त है।'' गणेश ने मोहन को तीखी आँखों से देखा। मोहन को लगा कि अब यह पीछे हट रहा है। उसने ऊँची आवाज़ में पूछा, ''कौन-सी शर्त!''

गणेश ने उतने ही जोश से कहा, ''इसमें चवन्नी भर भी कमी नहीं होनी चाहिए।'' उसने गहरी साँस ली और असल बात पर आ गया, ''जब हम सारे मेहतर खाने बैठें तो घी की कलछी लेकर आपको परोसना पड़ेगा। मैं दाना के बगल से जब तक ना नहीं बोलूँ, परोसते ही जाना।'' गणेश को लगा कि बात अब भी पूरी नहीं हुई। वह एक बार फिर वज़न दे बैठा, ''जब घी जमीन पर बहने लगे तब भी परोसते ही जाना। मुड़कर देखना नहीं भइया! मैं इशारा करूँ तो ही बंद करना।''

वस्ता पटेल को मरे पाँच दिन हो गए। और आज छठवाँ दिन था। उजियरिया रात में दोनों पट्टी के पटेलों को बुलावा भेजा गया। यह बुलावा तभी भेजा जाता, जब सारे गाँव को खिलाना होता। उस दिन दोनों पट्टी के भाई-बंधु जमा होते। शादीशुदा लड़कियों के मायके चिट्ठी लिखी जाती। सर-सामानों की सूची बनाई जाती। और आज यह बुलावा पाकर लोग हैरान रह गए कि कहीं धरती फट तो नहीं गई! लोगों को तो यह भी शंका थी कि तेरहवीं पर वस्ता बाबा का परिवार भी मुँह जूठा कर पाएगा और ऐसे में यह बुलावा। कहीं भाँग-वाँग तो नहीं पी ली मोहन भाई ने।''

एक-दो बड़े लोगों ने अकेले में जाकर मोहन से पूछ भी लिया। पर मोहन ने ऐसे जवाब दिया, जैसे नगाड़े के ऊपर ताल दे रहा हो। कि बाबू ने ज़िंदगी भर जो भी किया हो, चलती बेर कहकर गए कि मेरे पीछे कसर मत रखना!

और एक पल में लोगों की सोच बदल गई। बूढ़े कहने लगे कि वस्ता भइया ने भी खूब किया। सारी ज़िंदगी रोटी-चटनी खाई। किसी को मरते दम तक सूँघने भी नहीं दिया कि उसके पास भी कुछ है। हो भइया, वस्ता सबको बना गया। ...जवान हँसने लगे कि वह भी एक जीव था। खुद खाया-पीया नहीं और बेटे के लिए इकट्ठा करता गया, कि मरने के बाद तेरहवीं पर काम आएगा। ...महिलाओं ने कहा, जो भी हो बाबा अच्छी तरह जी कर गए। वह भी क्या आदमी, जो

खा-पीकर उड़ा दे! ऐसे तो गाँव भर खाएगा, गरीब-गुरबा आशीष देंगे। बाबा नाम कर गए।''

उस रात देखते-देखते लोगों की भीड़ इकट्ठी हो गई। इतने आदमी तो पहले कभी यहाँ नहीं आए थे। सब हैरान थे। और भीड़ पहले से और अधिक बढ़ती जा रही थी। अचानक उस उजियरिया के बीच मोहन की आवाज़ गूँज उठी, ''अरे भइया, जरा बढ़कर घर से जाजिम ले आओ। बाहर बिछा दो तो लोग आराम से बैठ जाएंगे।''

लोग मोहन को ऐसे देख रहे थे, जैसे पहली बार देख रहे हों। हमेशा की तरह आज भी छगन पारेख ने सामानों की सूची बनाने के लिए कलम निकाल ली। मोहन उनके पास ही बैठ गया, ''पारेख काका, लड्डू समझकर हिसाब मत लिखना।''

''तो फिर!''

''कंसार और घी करना है। छुट्टा घी।''

''हैं...!'' लोगों का मुँह खुला रह गया।

वीराबाबा के खानदान वालों में जैसे भीतर कुछ दरककर रह गया हो, कि यह वस्ता जाते-जाते हमारी नाक काटने का उपाय करता गया। कुछ लोगों की आँखों में पैसे की खनखनाहट थी। एक-दो ने तो पूछ भी लिया कि मोहन, बाबू जमीन में कितना गाड़ गए हैं! मोहन ने हँसकर कहा कि आप भी काका, मज़ाक कर रहे हो। अरे, यह तेरहवीं हो जाए तो धन्य भाग!

वस्ता पटेल की आखिरी करनी से छगन खीझ उठा था। उसने पाँच और लोगों के साथ दाँत पीस-पीसकर सूची बना डाली। तब भी उसके भीतर का गुस्सा शांत नहीं हुआ। उसने सोचा कि चलो, बुढ़वा जो पानी पी-पीकर बचा गया होगा, वह साफ कर डालो। उसने मोहन के हाथ में कागज़ देते हुए बताया कि बहुत हुआ तो तीन-साढ़े तीन में निपट जाएगा। मोहन ने कागज़ पर एक निगाह डाली और बोल उठा, ''चार हज़ार हो तो भी कोई बात नहीं। मैं बैठा हूँ न!''

सब तेज़ आँखों से देखते हुए लौट गए।

दोपहर बारह बजे से खाने वालों की पंगत बैठती जा रही थी। शाम को मेहतरों की बारी आई। गणेश मेहतर इस तरह बोल रहा था कि उसके मन की बात किसी को पता न चले। सब पंगत में आकर बैठ गए। कोई रह गया हो, कोई बीमार-आराम में हो तो उसके लिए अलग से थाली जाएगी। यह गणेश की ज़िम्मेदारी थी कि किसी को कहने का मौका न मिले। मोहन उसके हिस्से का पटेल था।

सबको पंगत में बिठाकर, गणेश दाना मेहतर के साथ बैठा। परोसना शुरू हुआ। मोहन पीतल की कलछी से घी परोस रहा था। मेहतरों के 'ना-ना' लाख मना करने के बावजूद मोहन ज़िद से थाली में घी डाल देता। वे थाली पर हाथ अड़ा देते, फिर भी घी की धार नहीं रुकती थी। दाना बार-बार मना करता रहा कि वह नाहक घी खराब कर रहा है।

गणेश लंबे समय से जिस पल की राह देख रहा था, वह आ पहुँचा। उसने अधीर होकर मोहन को आँख मार दी। मोहन आगे बढ़ा और उसने कलछियों घी भर-भरकर दाना की थाली में डाल दिया।

"बस-बस!" दाना ने दोनों हाथ थाली पर फैला दिए। लेकिन घी की धार रुक जाए तो गणेश की सोच धूल में मिल जाएगी। मोहन और घी डालता गया। और अंततः थाली से निकलकर घी ज़मीन में बहने लगा। दाना चिल्ला उठा, "बस, बाप बस! घी माटी में रिलाय रेलाय गया। माफ करो अब तो!"

गणेश की आँखें भर आईं। उसने दाना की पीठ पर हाथ मारकर कहा, "खा-खा दाना, खा पूँछ उठाके। ...हमारा पटेल, तुम्हारे पटेल की तरह भिखमंगा नहीं है कि लड्डू खिलाए!"

दाना अपने पटेल के बारे में सोच रहा था।

•

बोतल के चूहे

अंजलि खांड़वाला

एक घर। आगे-पीछे सूखता गार्डन। कड़वी मेहंदी के झूलते पौधे। बाहर फेंकी हुई वस्तुओं के ढेर। वह घर के पिंजरे में फँसा हुआ। कचरे में फेंका गया। इमली के पेड़ से घूमते पँख उतर आए। जैसे उसे काट खाएँगे। एक चोंच ने उसका पीछा किया। लेकिन वह भाग निकला। सँकरे मुँहवाली टूटी बोतल में घुस गया। सालों वहीं पड़ा रहा।

गटुलाल ऑफिस आया। आधा घंटा बाकी था। रोज़ वह आधे घंटे पहले ही ऑफिस पहुँच जाता था। दूसरों की आँखों से बचने के लिए। वैसे पहुँचने की जल्दी नहीं थी उसे। वह चबाए बिना खुराक निगलने वाला था। जहाँ तक हो सके, लंबे कदम बढ़ाकर चलता था। ऑफिस पहुँचकर दरवाज़े पर रुक जाता था। कान पर पड़े चश्मे को ठीक करते हुए ऑफिस का साइनबोर्ड पढ़ता—"मेहता कंस्ट्रक्शन"।

साइनबोर्ड की लिखावट गहरे लाल रंग की थी। भीतर से दादा छबीलदास मेहता ने झाँका। दादा के साथ उनका बेटा रंगीलदास मेहता, और उनके बेटे स्वयं गटुलाल। और अंत में छबीलदास के छोटे भाई विक्रमलाल मेहता के सुपुत्र प्रीतमलाल, और उनके भी सुपुत्र नरसिंह। इसीलिए तो 'मेहता कंस्ट्रक्शन' में उसका अलग केबिन था। हालाँकि वह पार्टनर नहीं रह गया था।

स्वीपर ताला खोलकर झाड़ू मार रहा था। दोनों हाथों से छूकर यकीन कर लेने के बाद कि टाई की गाँठ ठीक जगह पर है या नहीं, उसने ऑफिस में प्रवेश किया। फिर दर्ज़ी की कैंची जैसी दृष्टि से पूरा बरामदा चीर डाला। ऑफिस के कर्ता-धर्ता नरसिंह का केबिन आया। केबिन खाली था। उसे संतोष हुआ कि नरसिंह भले न आए, पर वह खुद वक्त से ऑफिस आता है। नहीं तो पूरे ऑफिस पर निगाह कैसे रख पाएगा। दरवाज़े के दोनों ओर कुसी-मेज़ों पर निगाह डालते

हुए वह लंबा बरामदा पार कर गया। 60×20 की लंबाई का बरामदा—पचास साल पुराना मकान था। बाकी आज के ज़माने में ऑफिस की बिल्डिंगों में इतनी जगह कहाँ होती है! अपने पुरखों की दिव्य-दृष्टि के प्रति गटुलाल ने गौरव अनुभव किया। रोज़ की आदत के अनुसार विशाल बरामदे के किनारे पतली सीढ़ियाँ उतरते हुए, उसने तहखाने में प्रवेश किया। उसका केबिन यहाँ बिल्कुल अलग था।

कोट निकाल और तहाकर, दरवाज़े के दाईं ओर दीवार की पाँच कीलों में से, तीसरे नंबर की तोते की ठोर जैसी कील पर टाँग दिया। कोट टाँगते हुए उसने आँख और मुँह से उन पाँचों को 'हलो' कहा। वो टेलीफोन वाली सबको कितना लहककर 'हलो-हलो' करती है। ''वेरी फाइन-वेरी फाइन!'' काम न होने पर गटुलाल को 'हलो-हलो' करना बहुत अच्छा लगता था। —यहाँ तक कि कील, कुर्सी, टेबल और केलेंडरों को भी।

घड़ी में दस बजकर, दस मिनट हुए थे। स्वीपर झाड़ू-पोछा, साबुन की बाल्टी लेकर तहखाने में आया। गटुलाल गहरी साँस लेकर बोला, ''छगनिया, मेरा ऑफिस तू सबसे पहले साफ़ कर दिया कर।''

''साहेब, शाम को तो तुम्हारा ऑफिस सबसे पहले ही साफ करता हूँ।''

''ले देख, टेबल पर इतनी धूल है कि मेरा नाम लिखा जा सकता है।'' गटुलाल ने उँगली से टेबल की धूल पर अपना नाम लिख दिया।...''नरसिंह को बोल दूँगा कि तेरा काम थर्ड क्लास है। तुझे छट्टा कर देगा। फिर आना मेरा पैर पकड़ने!'' —थोड़ा अटकते हुए गटुलाल ने कहा।

स्वीपर गटुलाल का मुँह टुकुर-टुकुर देखता रहा। फिर अनजान होने का दिखावा करते हुए बाल्टी रखकर चला गया।

पहली बार वह इतना बेधड़क बोल पाया था, इस बात का संतोष उसके चेहरे पर रोशन था। मगर दूसरे ही पल जैसे मच्छरों ने काट खाया हो—हरिया से मैंने डिब्बे से रोटी देने को कहा तो उस दो कौड़ी के नौकर ने मुझे खुद से लेने का बोल दिया। ...और जैसे ही 'उसने' चाय के लिए चिल्लाना शुरू किया, हरिया ''जी, बहनजी, जी, बहनजी!'' करता खाना खाते हुए उठ गया। खर्च होने के डर से मैंने विदेशी शेविंग लोशन आलमारी में बचाकर रखा था। वह लोशन उसके कुर्त्ते पर टपका हुआ मिला। 'वो' पास आई तो उसकी साड़ी से भी वही गंध आ रही थी।

उस दिन हरिया के साथ फिल्म देखने गई। रात को लौटी ही नहीं। सुबह

साला पहुँचाने आया तो कहने लगा कि फिल्म देखकर लौटते हुए रास्ते में 'उसे' चक्कर आ गया। ...वहीं बगल में ही मेरा घर था।

बस, अब ऑफिस शुरू ही समझिए। वह अटेंशन होकर कुर्सी में बैठ गया। ऊपर के हिस्से में कदमों की धस्-धस् का ट्रैफिक शुरू हो गया था। उस ट्रैफिक से उलझकर भी गटुलाल अपनी दूरदर्शी इंद्रियों से कितने ही कदमों के चेहरे देख सकता था। लकड़ी के फ्लोर से आवाज़ें फूल-फलकर आती थीं। एक तो नरसिंह की सेक्रेटरी गुल की ऊँची एड़ी के गिरे हुए ठीक सात कदम– टक्-टक्-टक्-टक्-टक्-टक्-टक् ...और साथ ही केबिन का दरवाज़ा खुलने और बंद होने की आवाज़। सातवें कदम में वह नरसिंह की केबिन से दस फुट दूर बैठे, टाइपिस्ट महादेवन् के पास पहुँच जाएगी।

नरसिंह का चपरासी धना लँगड़ा, मतलब कि लकड़ी का बूट पहना हुआ पैर पहले 'धब्' पड़ता है। और उसके बाद बायाँ पैर 'फिस-इस...फिस-इस...' घिसटता है।

नरसिंह की चाल कुछ अलग ही है। पहले ज़ोरदार 'ठक्' और अगले क्षण उसके पीछे 'चम'। ...आवाज़ का दुहराव होता है–ठक्-चम...ठक्-चम।

यह सब लकड़ी के पर्दे से सुनना होता है। मरियल सोनू चपरासी के मुँह से उगलवाना होता है। बाकी ऊपर की दुनिया जब चल रही होती है, गटुलाल सदेह वहाँ गैर-हाज़िर ही होता है।

वह खुद ऊपर चल रहा हो तो उसके अपने ऑफिस से कैसे सुनाई देगा! यह सोच गटुलाल के मन में हल्के-से दौड़ जाती थी। वह अपनी सोच को मसल देता था। वैसे तो गटुलाल अपनी आवाज़, अपने चेहरे और परछाई से दूर भागता था। उसे तस्वीर खिंचवाना ज़रा भी पसंद नहीं था। शीशे में मुँह-आँख कोने से देख लेता। नहाते वक्त देह पर पानी गिराते-गिराते मुक्त स्थिति की मौज में एकाध पंक्ति उसके मुँह से निकलकर झटके से बंद हो जाती थी।

जैसे मोटर से आती हॉर्न की आवाज़ फटकर निकल रही हो। गटुलाल मन में बड़बड़ाया–वैसे तो 'वो' हर ओर से फूली हुई है। 'उसे' दबाकर हॉर्न की तरह बजाएँ तो सारे शहर का ट्रैफिक कंट्रोल हो जाए।

लगभग ग्यारह बजे थे कि सोनू चपरासी उसकी मेज़ पर लिफाफों के बंडल रख गया। बस, फिर तो गटुलाल कागज़ों को रजिस्टर करने में लग गया। एक बार वह काम में लगा कि काम और गटुलाल।–बाकी आसपास की दुनिया पर पर्दा पड़ जाता था। आज़ वह पर्दा ठक्-चम...ठक्-चम की आवाज़ से उसकी बेफिक्री

तोड़ गया। सँकरी सीढ़ी से उतरकर वह आगे बढ़ा। तहखाने के केबिन के दरवाज़े पर आकर खड़ा हो गया।

अचरज से फटती हुई आवाज़ में गटुलाल बोला, ''नर...सिंह... तुम!''

''बहुत दिन से मिले नहीं थे। मन हुआ कि चलो मिल आऊँ।''

हमेशा उतरते ज्वार में खुली रहने वाली गटुलाल की इंद्रियाँ अचानक इस धार से बेहोश हो गईं। नरसिंह ने जेब से एक लिफाफा निकालकर उसके सामने रख दिया, ''कॉन्फिडेंशियल है। 15, अपोलो स्ट्रीट चले जाओ। कपूर महाल, पाँचवीं मंज़िल। कांतिलाल अमीचंद के हाथ देना। और वह जो दें, जल्दी लेकर लौटना। नहीं दें, तब तक वहीं बैठे रहना। मैं यहीं हूँ। नौकर-चाकर तो कोई बात कहाँ पचा पाते हैं! तुम तो घर के हो, इसलिए...।''

तहखाने से एकाएक भरी सभा में चलने का वक्त आ गया था। लेकिन पूरे दरबार से राजा ने उसे ही पसंद किया था, इस मद से उसने संकोच की वैतरणी पार करते हुए ऑफिस के मझधार में कदम बढ़ा दिया। चपरासियों ने उसके बारे में बहुत-सी दँतकथाएँ फैला रखी थीं। उनकी आँखों के इशारों पर कितने ही कैमरे उस पर तन गए। सोनू सामने आकर उसे खड़ा कर गया, ''क्यों सेठ, आज इतनी जल्दी! लाइफ का रिकॉर्ड ब्रेक कर रहे हो क्या?''

''खास काम है।'' कहकर सिर झुकाए, आँखों की मार झेलते हुए वह ऑफिस से बाहर निकल आया। उसकी तनी हुई साँसें कुछ ढीली हुईं। लगा कि उसने अभिमन्यु की तरह चक्रव्यूह का एक द्वार पार कर लिया है। अब कांतिलाल अमीचंद से मिलना दूसरा द्वार होगा। उसके पास से वह चीज़ लेना तीसरा द्वार। ऑफिस लौटकर नरसिंह के हाथ में लाई गई वस्तु देना चौथा। और फिर पाँचवाँ! पाँचवाँ द्वार कौन-सा होगा? कौन-सा?

...आज पहली बार साला मेरी केबिन में आया। सुबह किसका मुँह देखा था? 'उसका' तो नहीं? वह तो दूसरे बिस्तर में थी, इसलिए...। मैं ऐसा क्यों हूँ कि वो दूसरे बिस्तर में सोने की हिम्मत करती है? उसे पछाड़कर रहूँगा। और उसके बाद? फिर? ...फिर साइडट्रैक हो गया। हाँ...सुबह किसका मुँह देखा था? हरिया का भी नहीं। ...अचानक उँगली गाल की फुल्ली पर पड़ी तो याद आया कि फुल्ली देखने के लिए उसने अपना ही मुँह देखा था। ...अपना मुँह देखने से मुझे लाभ हुआ। मेरे चेहरे पर लाभ है। आज का काम पार हो जाए तो बस...!

अपोलो स्ट्रीट आ गया। कपूर महाल मिल गया। उसने महाल का सीढ़ी-आरोहण कर कांतिलाल अमीचंद के ऑफिस की डोर-बेल पर अँगूठा दाब दिया। कान-तोड़ नाद पैदा हुआ। दरवाज़ा खुला, ''किससे मिलना है?''

"कांतिभाई सेठ से।"
"क्या काम है?"
"बहुत खास।"
"कहाँ से आए हो?"

...हुँह, 'कौन हो' के बदले 'कहाँ से?' ...ये तीन सौ रुपये का जॉय शूज मामूली आदमी पहनेगा? प्यून को जॉय शूज की क्या परख होगी?

"मैं गटुलाल मेहता, मेहता कंस्ट्रक्शन से।"

"खड़ा रियो। साब को बोलता हूँ।"

केबिन का दरवाज़ा ज़रा-सा हिला। किसी ने झाँककर देखा। सफेद बाल दिखाई दिए। सफेद ही थे। चेहरे पर चश्मा जैसा भी कुछ था। शायद भूरी सफारी पहनी थी। सफारी थी या फिर...। ये बार-बार झाँककर बंद हो जाना। डरता है क्या मुझसे? फिर बंद क्यों रहता है? बाहर आ...बाहर...मैं गटुलाल...निकल नहीं तो दरवाज़े को धक्का मारकर अंदर आ जाऊँगा।

एकाएक दरवाज़ा पूरा खुल गया, "सेठ अंदर बुलाता है।"

भीतर तेज़ी से दौड़ते खयालों से वह एक झटके से बाहर आ गया। केबिन में गया। रिवॉल्विंग चेयर पर बैठे सज्जन ने उसके आने की वजह पूछी। जीभ खुलने के लिए फड़फड़ाने लगी। हाथ में काँपता लिफाफा टेबल पर उल्टे रख दिया। सामने की उत्तेजित उँगलियों ने चप्-चर्...लिफाफा फाड़ दिया। भीतर से पाँच-छः तस्वीरें निकलकर गिर पड़ीं। कोई लड़की थी, लड़का था–दोनों एक-दूसरे से गुँथे हुए।

"ओह-त्तेरी...ये क्या! कौन हैं ये? कौन हैं? ..."

अचानक जल उठी देह से झपट्टा मारकर सेठ ने तस्वीरें जेब में डाल लीं। प्यून ने देख लिया। मुनीम ने भी देखा।

"आप ज़रा बाहर बैठो!"

केबिन के भीतर चल रहे शब्द-चित्रों को अंदाज़ता हुआ वह बाहर बैठा था। 'ब्लैकमेल' शब्द बंदिश के मुखड़े की तरह हर तीन-चार वाक्य के बाद बार-बार आ रहा था।

"...ब्लैकमेल...।"
"सालों को...।"
"प्लांस...मुफ्त की...!"
"ये तो इज़्ज़त की...।"
"दे-दो...।"

"ब्लडी...ब्लैक...हरामी...!"

"ज़रा सोच...।"

"खानदानी कहाँ...?"

"मरने दे...।"

"ना-ना, ऐसे मुफ्त में...।"

"छबीलदास...ब्लैकमेल!"

दसेक मिनट की गर्म बहस के बाद केबिन का दरवाज़ा खुला। गटुलाल सिटिंग रूम के सोफे से गायब था। उसके कसमसाते पैर अपने ऑफिस की ओर दौड़ रहे थे। काली चमड़ी के भीतर उबलती उकताहट साफ दिखाई दे रही थी। वह ऑफिस पहुँचा तो वहाँ सारी कुर्सियाँ खाली पड़ी थीं। कोने में स्टूल पर चपरासी जम्हाई ले रहा था। उसकी चाल में इतनी उछाल थी, जैसे उसमें दैवीय शक्ति प्रवेश कर गई हो। चपरासी मन में बड़बड़ा उठा, "ये साला, आज इतना टाइट कैसे हो गया?"

नरसिंह के केबिन के दरवाज़े पर लात मारकर गटुलाल अंदर घुस गया।

"धंधा करना नहीं आता कि ब्लैकमेल करना पड़ रहा है?"

"क्या बोल रहे हो! होश...।"

"हाँ, होश में हूँ मैं। हमारी तीन पीढ़ियों की इज़्ज़त डुबोना चाहता है?"

"ऐसा क्या...।"

"मैं बोलता नहीं इसलिए मूरख समझता है? मैं ऐसा कभी नहीं होने दूँगा।"

"पर इस ऑफिस का बॉस मैं हूँ।"

"हाँ, इसलिए कि मुझे धंधे में इंट्रेस्ट नहीं था। नहीं तो इंजीनियर होने की समझ मुझमें भी थी। तेरी तरह पैसा खिलाकर मुझे इंजीनियर नहीं बनना पड़ता।"

"तुम मेरे मामले में टाँग मत अड़ाओ!"

"बात तेरी ही नहीं, मेरी भी है। अपने बाप-दादों की है। तू जानता है कि इस ऑफिस में मेरा कितना इन्वेस्टमेंट है!"

"तो क्या हुआ...?"

"ये... धंधे करने हों तो मेरा पैसा लौटा दे!"

"कम ऑन... काम-डाउन...भाभी को...।"

"खामोश...। कल हिसाब तैयार रखना!"

वह लात मारकर दरवाज़ा खोलते हुए बवंडर की तरह निकल गया। गटुलाल घर की ओर उड़ चला। रास्ते में उसके कानों ने डुग-डुग-डुग-डुग-डुगागू... फिर

डुग-डुग-डुग-डुग-डुगागू की आवाज़ सुनी। छुटपन से ही उसे बंदर का खेल देखना अच्छा लगता था। गोलाकार थमी भीड़ में कोहनी मारता हुआ वह अंदर घुस गया। और सब कुछ भूलकर वहीं रम गया।

...सुनो बच्चा लोग! शेठ लोग! ए...सुनो सब लोग! आज रात रतन बंदरिया ने बड़-सावित्री का बरत किया है। बेचारी थक गई है। खटिया में सोई है। डुग-डुग-डुग-डुग-डुगागू... ।''

—स्साल्ली! लोगों के सामने सती होने का ढोंग करती है। हट्‌... ।''

...डुग-डुग-डुग-डुग-डुगागू... मगनिया को क्या पता कि रतन ने उपवास किया है? वो बेचारा पास जाकर पूछता है कि रतन, तेरा जी अच्छा नहीं है? ...देखो, दोनों हाथों से हिलाकर देख रहा है। पूछता है—रतन, ओ रतन! ...बेचारा मगन घबरा गया कि मेरी रतन को क्या हुआ है? वह छगन डॉक्टर को बुलाने जाता है। ...डुग-डुग-डुग-डुग-डुगागू... ।

...मगनिया डॉक्टर छगन का बैग लेकर चल रहा है। डॉक्टर पीछे-पीछे आ रहा है। दोनों बंदर, दो-दो पैरों पर कमाल दिखा रहे हैं।

गटुलाल यह सब देखकर मौज में आ जाता है। उसके भीतर सोच का सागर हिलोरें लेने लगता है कि अब क्या होगा? बैग से डॉक्टर क्या निकालेगा? डॉक्टर के आते ही बंदरिया उठकर खड़ी तो नहीं होगी? साले, ये खेल वाले भी स्मार्ट हो गए हैं।

...देखो-देखो, सब लोग...डॉक्टर ने बैग खोलकर आला निकाल लिया है। आला बंदरिया की छाती पर रखता है। डॉक्टर उसकी छाती पर कान लगाकर धड़कन सुनता है।

"अब तो साले की उँगली भी छाती पर रेंगने लगी। बगला भगतिन।''

...डुग-डुग-डुग-डुग-डुगागू...मगन डॉक्टर का ढोंग समझ गया है। ...हरामी, तू डॉक्टर है कि ठग? ...मगनिया ने लकड़ी उठा ली। देखो बच्चा लोग, अब जमेगी। ये धाड़...धम्‌... ।

...रतन को मत मार मगनिया। देख, हाथ जोड़कर माफी माँग रही है। अरे ओ मगनिया, वो मर जाएगी...छोड़ दे उसे...देख तेरे पैरों पर गिर पड़ी है!

डुग-डुग-डुग-डुग-डुगागू...

गटुलाल खेल छोड़कर आगे बढ़ गया। रास्ते पर फूलों का ढेर लेकर बैठे माली के पास जाकर रुक गया। लाल-पीले रेशमी गुलाबों को देखता हुआ वह थोड़ी देर खड़ा रहा।

"अरे भाई, ये गुलाब कैसे दिए?''

"साहेब, बहुत सस्ता है। ...दस रुपये दर्जन। ...ले जाओ साब!"

लाल गुलाबों की टहनियाँ लेकर वह घर की ओर चल पड़ा। पँखुड़ियों को बार-बार उँगलियों से सहलाते हुए उसकी चाल धीमी पड़ गई। गुलाबों की लाली उसे भी चढ़ने लगी।

बेल-की से दरवाज़ा खोलकर गटुलाल अंदर आया। उसने गुलाबों को फ्लावर पॉट में डालकर ड्रेसिंग टेबल पर रख दिया। फिर मल-मलकर हाथ-मुँह धोया, पोछा, बाल काढ़े। आज शीशे में उसने स्वयं को जी-भरके देखा। उसे लगा कि वह सुंदर नहीं है। पर ऐसा भी बौना नहीं है। और 'वो' स्साला भी कहाँ सुंदर है?

जाने क्या सोचकर गटुलाल हँस पड़ा। पेट पकड़कर...गुलाट खाते हुए दरवाज़े पर निकल आया। उसने ठहरकर दरवाज़े को भीतर से स्ट्रॉपर मार दिया।

थोड़ी देर बाद दरवाज़े की घंटी बज उठी। ...फिर बजी। ...बजती ही गई। लगभग पाँच मिनट तक वह बजी होगी। फिर ठोंका-ठोंकी शुरू हुई। साथ में चीखना-चिल्लाना भी। आवाज़ उसके कानों में डंक मारने लगी। वह खड़ा हुआ। धीरे से स्ट्रॉपर हटाकर दरवाज़ा खोल दिया। घरवाली तड़क उठी, "कितनी देर लगा दी! सो गए थे क्या!"

"इस घर में मैं जो चाहूँ—करूँ, तुझे क्या?"

'साथ वाला' अंदर जाने के लिए बढ़ा ही था कि गटुलाल गरज उठा, "खबरदार! इस घर की चौखट भी लाँघी तो...।"

इस धड़ाके से स्वयं के बिधे हुए चेहरे को गटुलाल ने साफ देखा और भीतर सरकता डर गायब हो गया। ...आज तो स्साले को पूरी बोतल में उतार दूँगा।...आँख के चश्मे को उसने दोनों हाथों के पँजों से उतार दिया। चौखट पर ही उसने, 'उसका' मुँह नोच लिया, "ले-ले...! हिम्मत हो तो हाथ पकड़कर ले जा। बिठा ले घर में...।"

सामने के फ्लैटों से रेवा बहन, मनसुखभाई...दरवाज़े के पीछे खड़े बकुल, सुमन और नरेश अवाक् रह गए। चटपटा चाटने को मचलती आँखें आसपास के घरों की बालकनियों में जम गई थीं। कमर में खोंसे हुए चाँदी के चाबियों के गुच्छे को चुपचाप लेकर घरवाली धप्-से अंदर घुस गई।

अचानक नरसिंह के भरावदार चेहरे से सघन बाल गायब हो गए। और उसमें छुपा हुआ उसका सँकरा मुँह बेडौल होकर बाहर आ गया। 'वह' सिर झुकाकर सीढ़ियाँ उतरने लगा। दरवाज़ा बंद हो गया। और वहाँ बैठी हुई सारी मक्खियाँ भनभनाकर उड़ गईं।

दरवाज़े के भीतर वह सब हुआ, जो कभी नहीं हुआ था। सब हो जाने के बाद गटुलाल ने ड्रेसिंग टेबल के शीशे में अपना मुँह देखा। तुरंत याद आया पाँचवाँ द्वार : ऑफिस विजय। ...छठवाँ : नरसिंह वध। ...और सातवाँ द्वार : घरवाली।... वो भी हार गई। ग्रांड सक्सेस!

फ्लावर पॉट में खड़े सारे गुलाबों ने अपनी आँखों से देखा। ढेर में पड़ी हुई टूटी बोतल में 'वह' जितना कूद सकता था, कूदा—एक बार...दो बार...तीन बार— हिप-हिपहिपहिप-हुर्रे...हिप-हिप-हुर्रे...हिप-हिप-हुर्रे।

•

सुनहरी मछलियाँ

किशोर जादव

रास्ते के मोड़ पर भीड़ से होते हुए वह आगे निकला और अचानक खड़ा हो गया। लेकिन इस बात का एहसास होते ही उसने फिर चलना शुरू किया। जैसे ही कोई परिचित दिखाई देता था, वह उसके साथ इधर-उधर की बातें करने लगता था। सहसा उसे लगा कि वह बे-मतलब की बातें कर रहा है। उसने भीतर का उत्साह दबाकर रास्ते के वाहन और भीड़ को पार करते हुए आगे सरकने की कोशिश की। और थोड़ी देर बाद दाएँ हाथ से चुटकी बजाते हुए, पास के किसी होटल में प्रवेश कर गया। उस वक्त वहाँ कोई दिखाई नहीं दिया। केवल खाली पड़ी हुई कुर्सियाँ थीं जो वर्षों से घिसती चली आ रही थीं और जिनके पाँव के बीच जैसे कुछ निरर्थक-सा झूलता रहता था। वह अपने दोनों पैर ठीक से नीचे नहीं रख सकता था। ताज़ा पोंछी गई मेज़ पर चिकनाई के कारण हाथ रखने में उसे अड़चन हो रही थी। उसने हाथ को फिर भी उस पर रख ही दिया। भीतर से मालिक, नौकर और चाय का कप—रोज़ की तरह वहाँ हाज़िर हुए। उनके साथ बोलने का भी उससे रिश्ता नहीं है। इस रिश्ते की उसे कभी ज़रूरत ही महसूस नहीं हुई। उस वक्त रास्ते पर की एक-एक घटना छोटी-छोटी गतिविधियाँ उसे दिखाई दे रही थीं। लेकिन वह कुछ भी देख नहीं रहा था। वह आधा कप चाय पीकर बाहर निकल आया। बगल के ऊँचे मकान की दूसरी मंज़िल पर खिड़की का पर्दा हिला। उसने क्षण-भर रुककर उसे ध्यान से देखा। परदे की ओट से दो आँखें उसे लगातार देख रही थीं। वह खुश हो गया। फिर अचानक उसने थकान अनुभव की।

और अचानक उसे याद आया कि किसी से कोई बात करनी थी। कोई निवेदन करना था। लेकिन किससे! किस बारे में, उसे कुछ भी खयाल नहीं आया। वह बहुत कुछ भूल जाता था। रात को देर से लौटते हुए दिन-भर की सारी घटनाओं

के बोझ से दबा हुआ वह स्वयं को धकेलता हुआ सीढ़ियाँ चढ़ता था कि पहले ही कदम पर ठोकर खाकर रेलिंग पकड़ लेता। घर में दाखिल होते ही भीतर की बंद हवा उसे अपने में जकड़ लेती। और वह घंटों बैठकर अपने भीतर की हलचल सुनता रहता छत पर आसपास के सन्नाटे को टटोलते हुए वह घंटों टहलता रहता। उस वक्त वह सब कुछ भूल जाता। उसे याद नहीं रहता था कि कोई विज्ञप्ति जारी करनी थी। ...अचानक एक धक्के से वह गिरते-गिरते बचा। देखा तो नौकर मकान का दरवाज़ा अध-बंद किए हँस रहा था। उसके माथे पर चमकते तारों के फूल वाली भरत-काम के गहरे लाल रंग की टोपी थी।

"मैं विनायक...मकान मालिक है!" कहकर आवेश से वह भीतर जाने लगा।

"कोई फर्क नहीं पड़ता।" नौकर ने उसे बाँह पकड़कर खींच लिया।

वह उत्तेजित हो उठा। कुछ क्षणों तक दोनों के बीच हाथापाई चलती रही। अचानक किसी ने छत से झुककर इशारा किया। नौकर ने अपने हाथ की पकड़ ढीली कर दी, "मैं तो ऐसे ही मज़ाक कर रहा था...। खाली मज़ाक...ही...ही...ही....।"

वह विचित्रता से हँसता हुआ उसे अंदर ले गया। विनायक को लगा कि उसके पैर में मोच आ गई है। सामने से दूसरा नौकर व्हीलिंग चेयर खींचकर ले आ रहा था। उसका चेहरा धुएं के छल्ले जैसा था। ऊपर से इसी ने इशारा किया होगा। दोनों ने पकड़कर उसे कुर्सी पर बिठा दिया। वह टोपी वाला नौकर कुर्सी को अब भी पीछे से ठेल रहा था। वे तीनों अगल-बगल की लकड़ी की बेकार दीवारों के बीच अंधेरे की काई पर चुपचाप आगे बढ़ रहे थे। इस दहलीज़ का कोई अंत नहीं था। दुर्गंध से उसने नाक सिकोड़ ली।

"ये तो बस हवा है...।" कुर्सी का हाथ पकड़कर चलते हुए दूसरा नौकर बोला। फर्श पर बार-बार घिसटता हुआ उसका दुखता पैर दर्द से काँप उठता था। यह देखकर नौकर ने सावधानी से उसका पैर कुर्सी में मोड़ दिया। उसे घबराहट होने लगी तो दोनों नौकर अचकचाकर कुछ बोलने लगे। और इसी के बीच तीनों मकान के अगले हिस्से में दाखिल हुए। यहाँ कमरे के बीच सामने की खिड़की से रोशनी की एक चौकोर छत फैली हुई थी। और उसमें कहीं से अदृश्य लोगों की छायाएँ भटक रही थीं। उसने खिड़की के बाहर निगाह डाली। वहाँ कोई नहीं था। परछाइयों की लगातार बढ़ती हुई भयावहता ने उसे भीतर तक झकझोर दिया। उसने हाथ की एक उँगली से इशारा किया। दूसरा नौकर जल्दी से जाकर खिड़की बंद कर आया। व्हीलिंग चेयर आगे खिसकती गई। धीरे-धीरे वह किसी सत्ता पर आता जा रहा था। अधिकारों से उसकी गर्दन तन गई। नौकर अचरज में पड़ गए। उसने पीछे मुड़कर देखा। उँगली पर टोपी से खेलता हुआ नौकर मूर्खता

से हँस रहा था। वह मन में दुखी हुआ कि क्या हालत हो गई है! और एकाएक उसे याद आया कि यहाँ कोई अगोचर ढंग से सारे माहौल को अपनी डोरी से खींच रहा है।

"मकान मालिक कहाँ है!" वह चिल्ला उठा।

"हमें मालूम नहीं। ...अंदर होगा। ...बाहर गया होगा... ।" हाँफते हुए नौकरों ने ऊँची आवाज़ में कहा।

दूसरे हिस्से के कोने में एक छोटा लैंप जल रहा था। उसकी रोशनी में मेज पर जड़ा हुआ काँच जगमगा रहा था। उस ओर देखना असह्य हो गया तो उसने आँखें घुमा लीं। तिपाई पर काँच की पेटी में सुनहरे रंग की मछलियाँ थीं। मछलियाँ काँपती हुई टेढ़े-मेढ़े चल रही थीं। और उनके चलने से हल्की चमक पैदा हो रही थी। घड़ी-भर वह उन्हें मुग्ध होकर देखता रहा। और उसे लगा कि मछलियाँ यहाँ भी उसी तरह तड़फड़ा रही हैं, जैसे बाहर हवा में छटपटाती होंगी।

"इन्हें यहाँ से उठाओ। ... ।" उसने गुस्से से कहा।

नौकरों की समझ में नहीं आया कि वे क्या करें। घबराकर वे दरवाज़े के बीच फुसफुसाने लगे, "अब क्या होगा! क्या करना होगा!"

वह कुछ आगे सोचे कि उसे अपने चारों ओर वही अदृश्य घेरा दिखाई दिया। दरवाज़े के परदे पर शिकन-सी खिंचने लगी। उसके पीछे पाँव की आहट थी। उसने चुनौती देते हुए कहा, "कौन है!"...लेकिन उसकी आवाज़ अपने गले में ही रुंध गई। मुँह हवा में फटा रह गया। उसने चुटकी बजाने की कोशिश की। लेकिन हाथ-पैर जैसे अकड़ गए थे। वह घबरा गया। उसकी घूमती हुई आँखें आलमारी के शीशे में सहसा जड़ दी गईं। वह आँखें फाड़े उधर ही देख रहा था। उसे ध्यान आया कि नौकर ने उसके सिर पर फिर वही टोपी पहना दी है। वह गुस्से से काँपने लगा। एकाएक झटके से वह उठने को हुआ। लेकिन जैसे पक्षाघात से अपाहिज हो गया हो। यह देखकर नौकर दौड़ता हुआ आया। और उसने माथे से टोपी हटा ली। विनायक आह भरकर रह गया। हृदय की धड़कन अभी भी सुनाई दे रही थी। उसने विश्वास से उसे जाँचने की कोशिश की तो उसे याद आया कि किसी से कुछ निवेदन करना था। कालपर्यंत उसकी हड्डियों को गलाती जा रही किसी अज्ञात गमगीनी की बात करनी थी। और उसके बदले यह सब... ।

"ये किसी काम का नहीं है। इसे भगा दो।" भीतर से आवाज़ आई।

और दोनों नौकरों ने उसे दोनों ओर से उठा लिया। उसने मर्मान्तक कोशिश करते हुए कहा—मैं ज़िंदा हूँ। ...लेकिन उसकी जीभ अटक गई। उसके लटकते हुए

माथे पर फिर वही टोपी डालकर नौकर ने उसे तेज़ हाथों से पकड़ लिया..."इस टोपी में यह कितना बड़ा आदमी लग रहा है।" यह सुनते ही दूसरा नौकर घबराहट में हाँ कहकर, टूटी हुई दीवार के छेद में विनायक का पैर डालने लगा। पहले नौकर ने उसके सिर से टोपी उतार ली और एक धक्के के साथ उसे बाहर फेंक दिया। फिर जैसे उत्तुंग शिखर से, जाने किस आकाश, किस महासागर की ओर वह लड़खड़ाने लगा। वह जैसे एक बूँद बनकर किसी गहराई की ओर जा रहा था और शून्यता के गर्भ में एक नया आकार ले रहा था, कि सहसा दो बजते हुए कंगनों वाले हाथों में वह जाकर गिरा। एक गोद की आकाँक्षा ने उसे अपने में लपेट लिया। फिर जैसे दो होंठों के बीच स्तन का स्वाद हो—वह बच्चे की तरह चूसने लगा। वह रोने लगा। उसने अपनी नन्ही मुट्ठियों से उन सत्त्वहीन स्तनों पर प्रहार किया। घूँघट के बीच से झुके हुए उस प्यार भरे चेहरे को उसने बार-बार देखा। दो आँखें देखीं। वे आँखें, उन सुनहरी मछलियों की तरह ही तैर रही थीं। वह चुप हो गया। और उसने आँखें बंद कर लीं। वह फिर स्तनों में मुँह लगाकर उन्हें चूसने लगा। वह चूसता ही गया। और अंततः वह हँसने लगा। —एक खाली हँसी।

•

सुंदर और सुंदर

कुंदनिका कापड़िया

दूसरे युवाओं की तरह उन्हें अकेले और अलग रहने का तो ख्याल भी नहीं आया होगा। उल्टे वे लोग मकान मिलते ही दौड़कर आएँगे और कहेंगे, "मम्मी, घर अच्छा मिला है। तुम्हारे लिए एक अलग बड़ा कमरा है। तुम्हें पसंद आएगा।"

उसका बेटा गबरू जवान है। लंबा-चौड़ा और स्नेहालु—और कुल मिलाकर ऐसा कि किसी भी माँ को उसके जैसा बेटा होने पर गर्व होगा। उसके बंद होंठों में दृढ़ता है और आँखों में उजास। उसने ऐसे ही बेटे की कल्पना की थी। उसने नहीं चाहा था कि उसका बेटा चंचल हो या अपने ही खयालों में डूबा हुआ आत्मकेंद्रित।

लेकिन एक बार उसके मन में यह इच्छा भी तेज़ी से आई थी कि उसके संतान न हो। वह अपने जीवन को खुले ढंग से जी सके। उसे मंजूर नहीं था कि उसके सिर पर अनिवार्य ज़िम्मेदारियाँ हों और वह जीवन-भर के लिए बँध जाए। शादी के वक्त ही उसने तय किया था कि नौकरी करेगी और आर्थिक रूप से स्वयं पर निर्भर रहेगी। उसने अनिल से यह बात साफ शब्दों में कह दी थी। और सोचा था कि अनिल अस्वीकार करे तो वह, उससे शादी ही नहीं करेगी। पर अनिल को अस्वीकार नहीं था। उल्टे उसने उत्साह से नौकरी ढूँढ दी थी। उसे पता था कि शाम को ऑफिस से घर आने पर, वह घर पर ही हो और अनिल को अपने हाथों से चाय पिलाए तो उसे कितना अच्छा लगेगा। पर ऐसी छोटी खुशियों की तुलना में वह अपने स्त्रीत्व को जागृत करना अधिक ज़रूरी समझती थी। अनिल ने कभी किसी तरह का आग्रह नहीं किया। अपनी इच्छाओं और रुचियों को व्यक्त करने की उसे आदत नहीं थी। जीवन के बारे में उसके अनुपम विचार थे। पर उन विचारों को कोई रूप देने की शक्ति उसमें बहुत कम

थी। एक सीमित मानसिक दुनिया के साथ वह सरलता से जीते हुए अपनी पत्नी को बहुत चाहता था।

लेकिन पुष्पा का स्वभाव तेज़, चंचल और गतिशील था। वह जल्दी से खुश होकर, जल्दी से नाराज़ हो जाती थी। वह अपने मन की बात तीखे रूप में व्यक्त करती थी। और जहाँ मन हुआ, आषाढ़ के मेघ की तरह बरस पड़ती थी। अनिल उसके साथ इतने वेग से नहीं चल पाता था। लेकिन फिर भी वह, उसे चाहता था और हर ओर से संभाल लेता था। शाम को पुष्पा घर आए, इससे पहले अनिल आकर चाय बना लेता था। चाय पीते हुए अंधेरा होने तक वे कमरे के आगे दाहिनी तरफ, कोने में बैठे रहते। वहाँ से पश्चिम का आकाश और डूबते सूरज का आलोक दिखाई देता था। अनिल को पढ़ने का शौक था। वह अलग-अलग किताबें ले-आकर पढ़ता रहता। पुष्पा सुनती रहती।

पुष्पा बताती कि वह प्रकृति में अधिक-से-अधिक डूबती जा रही है। उसे लगता है कि वह स्वयं में कुछ नहीं है, बल्कि प्रकृति का ही एक हिस्सा है। यह अनुभव उसके लिए कुदरत की अमूल्य भेंट है। कवि के पास तो संसार को नए-नए ढंग से देखने की शक्ति होती है। अनेक बार उसके भी मन में आता है कि वह अपना आंतरिक आनंद दूसरों से व्यक्त करे। वह चाहती है कि अपने आनंद को और भी हरा कर दे। वह तरस-तरस जाती है।

अनिल की आवाज़ और लेखकों के शब्द मिलकर अद्भुत आनंद देते। समय किस तरह बीतता गया, यह मालूम ही नहीं पड़ा। केवल सुनहला आकाश गाढ़े लाल और जामुनी रंगों में नहाकर श्याम हो जाता।

कई बार यह सब सुनते हुए पुष्पा की आँखें बंद हो जातीं। अनिल पढ़ना बंद कर पूछते, "सो गई है क्या पुष्पवेणी!" वह पुष्पा को अनेक बार पुष्पवेणी कहता था। कभी पुष्प और कभी मात्र फूल। उसके प्रेम की अभिव्यक्ति मंद होने के बावजूद स्निग्ध थी। और पुष्पा को लगता कि यह स्निग्धता उसके व्यक्तित्व को अपने में ढंक ले। उसका हृदय भीग जाता था। और आपस में स्वभाव में विपरीत होने के बावजूद, उनका दाम्पत्य स्नेहपूर्ण था। और इसके लिए वह ईश्वर का आभार मानती थी।

लेकिन अब ये...दीप और वासवी। उनका दांपत्य बिल्कुल अलग है। एक पीढ़ी के बाद आने वाले बदलाव अपनी सहजता में उन्हें बहाए लिए जा रहे हैं। वे उगते सूरज की तरह तरुण थे और कई बार छतरी होने के बावजूद, जान-बूझकर भीगते हुए घर लौटते थे। वासवी प्यार से पुष्पा को बाहों में भर लेती "कॉफी नहीं पिलाओगी!" पुष्पा को वह माँ अथवा मम्मी नहीं कहती थी। दीप से उसने

कहा था, "मैंने तेरे साथ शादी नहीं की होती और पुष्पा बहन से जान-पहचान हुई होती तो यह मेरी आदरणीय मित्र होतीं।" और कई बार वह पुष्पा से कहती, "तुम्हारे साथ मेरा सास-बहू का संबंध नहीं है। दीप के बिना भी हमारा रिश्ता है। मुझे तुम अच्छी लगती हो।"

लेकिन ये खेलने-खाने वाले तरुण युगल मात्र मौज-मजा में ही डूबे रहने वाले नहीं थे। उन्होंने अपने को गंभीर कार्यों में पिरो दिया था। उनमें अपने काम के प्रति निष्ठा थी। दीप इलेक्ट्रोनिक्स लिमिटेड में वैज्ञानिक था। वासवी मैथेमेटिक्स में रिसर्च कर रही थी। वासवी की मेज़ पर पुष्पा ने अनेक बार बिखरे हुए कागज़ और तरह-तरह के फार्मूले और समीकरण देखे हैं। उसे कुछ भी समझ में नहीं आया। वह बी.ए. तक पढ़ी है। इतना भी उस वक्त बहुत था। अनिल उसे ब्याहकर गाँव ले गया तो पड़ोसी बी.ए. तक पढ़ी बहू को देखने आए। उन्हें यह जानकर अचरज हुआ कि बहू नौकरी करती है। सगे-संबंधी नाराज़ हो गए।

लेकिन दीप और वासवी की बात अलग है। उनके जीने के ढंग अलग हैं। पुष्पा और अनिल तो साथ ही निकलते थे। जब भी फिल्म देखने का मन होता, अनिल की गैर हाज़िरी में वह जा ही नहीं सकती थी। बाहर के दूसरे काम हों, या सगे-संबंधियों के यहाँ जाना हो, वे साथ ही जाते थे। मगर दीप तो कई बार अकेले ही वेस्टर्न म्यूज़िक सुनने चला जाता है। उस समय वासवी घर होती है। और जब वासवी हाईकर्स क्लर्क के साथ पहाड़ पर जाती है, दीप उसके साथ नहीं होता। पहले पुष्पा के मन में आशंका होती थी कि क्या वे एक-दूसरे को इतना ही चाहते हैं! लेकिन उसने बाद में समझा कि वे जब भी साथ होते हैं, उनके छोटे-बड़े तूफान खुशी की फुहारों से घर भर देते हैं। और फिर पुष्पा को खयाल आया कि दुनिया में दांपत्य के और भी रंग हैं। सबकी अपनी पद्धति है, अपने आनंद हैं।

वह कई बार उनके कमरे से गुज़रती हुई, उनकी बातें सुनती। वासवी कहती "दीप, तू मुझे बहुत अच्छा लगता है।" और दीप कहता, "तू मुझे ज़रा भी अच्छी नहीं लगती।" वासवी मचल उठती, "दीप, तू बिल्कुल मूर्ख है।"

"लेकिन मुझसे अधिक तो तू है।"

और फिर खुशी के बिखरे हुए शब्द सुनाई देते। पुष्पा जान गई थी कि वे एक-दूसरे के साथ किस तरह लड़ते-झगड़ते हैं! उसे यह सब अच्छा लगता था। उसने भी छोटी-छोटी चीज़ों में दांपत्य का आनंद अनुभव किया था। छोटे-छोटे तूफान, रुदन के बीच फूटता हुआ हास्य, हज़ारों बार बोले गए शब्दों का आकर्षक नयापन..."तू मुझे बहुत प्यारी लगती है फूल!"

लेकिन तब भी दीप और वासवी की बातें अलग थीं। वे कुछ अधिक ही खुले थे। बाहर से वे जब भी आते, अपनी उपस्थिति से घर भर देते। पुष्पा के सामने ही वे एक-दूसरे को प्यार से नहला देते। जब भी उनमें झगड़ा होता, वासवी लाड़ से उसे मना लेती। पुष्पा स्वयं भी आर्थिक रूप से आत्मनिर्भर थी, लेकिन वासवी में कुछ और भी था। वह खुलेपन से कहीं भी संबंध बना सकती थी, जबकि पुष्पा ने अनिल के किसी सगे-संबंधी के साथ आत्मीय संबंध नहीं रखे थे। अनिल की माँ उसके लिए केवल सास बनकर रहीं।

सास की याद कई बार आती है। देह से दुबली-पतली, हमेशा खाँसने वाली उस जर्जर वृद्ध स्त्री का अधिकतर समय बिस्तर पर बीतता था। पहले वह अपने छोटे-से गाँव में अकेली रहती थीं। मगर तबियत बिगड़ती गई तो अनिल उन्हें यहाँ ले आए। पुष्पा को उनका आना ज़रा भी अच्छा नहीं लगा। बूढ़े और बीमार लोग सहानुभूति के पात्र होते हैं। वह अक्सर सोचती थी, लेकिन माँ के कारण उसे अपनी ज़िम्मेदारी का खयाल आता था। उनका स्वभाव कितना चिड़चिड़ा हो गया था! खाने में कितना परहेज़ रखना पड़ता था! उनकी वजह से खुले ढंग से कहीं आना-जाना नहीं हो पाता था। रात को अचानक मन में आए तो सागर किनारे नहीं जा सकते थे। कच्चा-पक्का खाकर चलाना संभव नहीं था। ऊपर से उस उम्र में उनके कितने ही नेम-व्रत थे! उनके लिए ऐसे में अलग रसोई वनानी पड़ती थी। प्याज-लहसुन वाली खुराक तो बिल्कुल नहीं चल पाती थी।

उस छोटे-से घर के आगे वाले कमरे में ही माँ का बिस्तर था। उस बिस्तर पर उड़े हुए हरे रंग की मैली चादर थी। घर में आते ही पुष्पा को लगता कि यह बिस्तर यहाँ कितना खराब लग रहा है! दीवार के ग्रे रंग के साथ इस चादर का मेल नहीं हो पाता। उसे कई बार घर सजाने का मन होता था। लेकिन माँ का वह गंदा बिस्तर, पास में दवा की शीशियाँ, और थूक से भरा कटोरा—यह सब देखकर उसका मन कड़वा हो जाता। जब भी सहेलियाँ बाहर जाने का बुलावा देने आतीं, वह गहरी साँस लेकर व्यंग्य से कहती कि कैसे निकलें! सारा दिन तो नौकरों में चला गया, अब माँ के पास भी बैठना चाहिए न!

अनिल समझता था कि उसे यह सब अच्छा नहीं लग रहा है। लेकिन वह कुछ बोलता नहीं था। वह कई बार उसके साथ किताब लेकर बैठने के बदले, माँ के पास बैठ जाता था। फिर इधर-उधर की बातें करता था। वह उनके असंख्य झुर्रीदार लकड़ी जैसे हाथों पर अपना हाथ फेरता चला जाता। ये लकड़ी जैसे हाथ कभी कोमल रहे होंगे। इन हाथों ने कभी नन्हेंपन से पट्टी पर क ख ग लिखा होगा, गुड़िया का घर सजाया होगा और युवा होने पर किसी पुरुष को

अपना विश्वास सौंपा होगा। आगे चलकर इन नरम भरावदार हाथों ने कितनी जिम्मेदारियाँ संभाली होंगी! और उनके बीच स्नेहपूर्वक रसोई बनाकर पति को खिलाया होगा! पति के अस्वस्थ होने पर, उसके माथे और बालों में घूमती हुई इन हाथों की उँगलियों ने कितना प्यार बरसाया होगा! अपने बच्चे को हाथ में लेकर झुलाते हुए ये हाथ मक्खन की तरह स्निग्ध रहे होंगे। लेकिन अब ये हाथ कंकाल होकर काले पड़ गए हैं। पुष्पा को उन हाथों का इतिहास मालूम नहीं था। वह इतना ही जानती थी कि माँ का हाथ काँपता रहता है। वह बर्तन ठीक से पकड़ भी नहीं पातीं। आज ही शीशे का कटोरा उनके हाथ से गिरकर फूट गया।

अनिल पुष्पा से कुछ नहीं कहता था। उसके भीतर दूसरों को टोकने की आदत नहीं थी। केवल एक बार उसने पुष्पा को समझाया था कि हम यह मानते हैं कि स्वतंत्र रूप से घूमते हुए हम मौज-मज़ा करें, अपनी इच्छानुसार खुलकर जीएँ—यह हमारी समृद्धि होगी। लेकिन सच तो यह है कि जो दुखी हैं, उपेक्षित और निराधार हैं, उनके प्रति हृदय में स्नेह और जिम्मेदारी का भाव हो—यही अपनी सच्ची समृद्धि होगी। ...पुष्पा सब समझती थी। फिर भी वह अपने मन पर काबू नहीं रख पाती थी। माँ ही क्यों, यह छोटा-सा दीप भी उसे बोझ लगता था। वह अक्सर सोचा करती थी कि दुनिया में मातृत्व को इतना गौरव कैसे दिया गया होगा! यह गौरव उसे बहुत अजूबा लगता था। और लगता था कि उसने माँ बनकर भूल की है। उसे दूसरे सुख चाहिए थे। वह निर्बंध होकर देश-देशावर घूमना चाहती थी। उसका मन अपने एकांत में मुक्ति खोजता हुआ एक नीरव संसार की कल्पना किया करता था। उसे दीप की चीखें, उसका रोना झुँझलाहट से भर देता था।

और सहसा सब कुछ बदल गया। एक वज्राघात ने उसका सब कुछ तहस-नहस कर डाला। शनिवार को आधे दिन काम करने के बाद वह ऑफिस से घर आकर अनिल की राह देख रही थी। वे दोनों फिल्म देखने जाने वाले थे। उसने दीप को पड़ोसी के घर छोड़ दिया था।

अनिल ने दो बजे आने को कहा था। लेकिन वह चार बजे भी नहीं आया। पुष्पा दुखी हो उठी। उसने किताब लेकर मन बहलाना चाहा। और सहसा अनिल का एक दोस्त यह संदेश ले आया कि अनिल का एक्सीडेंट हुआ है। वह किसी मित्र के साथ स्कूटर पर आ रहा था कि मोड़ पर स्कूटर उलट गया। पुष्पा का हृदय धड़कने लगा कि अनिल को ज़्यादा चोट तो नहीं आई! और मित्र ने साफ कह दिया कि झूठ बोलने का अब कोई अर्थ नहीं रहा। अनिल अब नहीं रहा।

इस दुर्भाग्य के लिए पुष्पा ज़रा भी तैयार नहीं थी। उसके दिन-रात अंतहीन रुदन में डूब गए। उसका आसमान अंधेपन से भर गया। एक-एक तारा वहाँ बुझ गया था।

अनिल की देह घर ले आई गई। वह मान नहीं पा रही थी कि सैंकड़ों बार हल्के स्पर्श का भी सजीवता से जवाब देने वाली यह काया, आज गहराई से बाँध लेने पर भी हिलेगी तक नहीं। यह सब कैसे हुआ! क्यों हुआ यह! उसने नियति से जाने कितने दिनों तक यह सवाल किया!

अनिल की मौत के बाद महीने भर के भीतर ही माँ भी चल बसीं। पुष्पा और अकेली हो गई। उसे खयाल आया कि जिस माँ को उसने हाड़-माँस का पिंजर समझ लिया था, उसकी हाजिरी भी इस घर में कितनी छायादार थी!

अब उस कमरे में सुंदर दीवारों के साथ वह गंदे रंग वाला बिस्तर नहीं था, माहौल को खाँसी से डिस्टर्ब करती आवाज़ नहीं थी, दवा की शीशियाँ और थूकने वाला कटोरा नहीं था। अब कोई बँधन नहीं था कि उसे रोके-टोके। उसे जहाँ अच्छा लगे जा सकती थी, वह मनमाने ढंग से जी सकती थी। वह यात्रा पर निकल सकती थी, और ढेरों पुस्तकें पढ़ सकती थी। अब उसके लिए हर ओर आज़ादी थी।

लेकिन अब उसे कुछ भी करने का मन नहीं होता था। वह अनिल के प्रेम की याद में जी रही थी। उसने दीप को पालने में अपना सब कुछ लुटा दिया। इस आघात से ही उसे समझ में आया कि जिसे वह आज़ादी समझती थी, उससे बड़ी भी कोई चीज़ होती है। और वह है अपने प्यार की उपस्थिति की कामना। लेकिन यह समझने के लिए उसे बहुत बड़ा भोग देना पड़ा था। अब वह प्रौढ़ हो गई थी। जवानी की उद्दाम कामनाओं से उसका हृदय शांत और आवेग रहित हो गया था। दुख के तेज़ झटके उसके हृदय में थम गए थे। ज़िंदगी के बारे में अब वह गहराई से समझ रही थी। उसने जाना था कि देह केवल एक अभिव्यक्ति है। हर स्थिति में सुंदरतम ढंग से जीना, जीवन का सही अर्थ है। लोग इसलिए दुखी होते हैं कि वे अलग-अलग दिशाओं से एक ही ओर दौड़ रहे होते हैं—आत्मसंतोष की दौड़। इस दौड़ से यदि बाहर निकल सकें और अपने स्नेह का विस्तार कर सकें तो ज़िंदगी एकाकी नहीं रहेगी।

वह रात-रात भर जागकर आसमान की ओर देखती रहती। सितंबर की साँझ होते ही पश्चिमी आसमान में जो तारा सबसे अधिक चमकता है, वह स्वाति का तारा होता है। उसने अनिल के साथ इस तारे को कई बार देखा था। शादी के बाद शुरू के दिनों में वे कमरे की बत्ती बुझाकर, देर रात तक बातें करते थे।

और तारों से भरा हुआ आसमान अंधेरे कमरे में उतर आता था। उन्हें लगता था कि वे स्वर्ग में बैठे हैं।

अब भी वही आसमान था, वही तारे थे। लेकिन ज़िंदगी का एक अध्याय पूरा हो गया था। और दूसरे अध्याय में दीप और वासवी को लेकर ज़िंदगी जारी थी। वह देखती कि वासवी उससे कहीं अधिक अच्छी है। उसने अनिल की माँ को कभी पसंद नहीं किया। लेकिन वासवी उसका अनादर नहीं करेगी।

ऐसा ही होना चाहिए। ज़िंदगी जारी रहनी चाहिए। और भी अधिक सुंदर स्वरूप में ज़िंदगी चलती रहेगी। और सहसा उसे मातृत्व का अर्थ समझ में आ गया। मातृत्व केवल बच्चे के लिए निःस्वार्थ स्नेह का गौरव ही नहीं देता वह अपने से और सुंदर जीवन का सृजन करने का गौरव होता है।

अब किसी भी दिन दीप वासवी से आकर कहेगा कि मकान मिल गया है, मकान बड़ा है, हम उसमें रहने जाएँगे।

नहीं, पुराने लोग नए लोगों पर बोझ नहीं बनने चाहिए। उन्हें अपने बच्चों पर वात्सल्य की छाया रखनी चाहिए। किसी दिन मैं भी माँ की तरह हो जाऊँगी। मेरे ये हाथ निर्जीव होकर लकड़ी हो जाएँगे। ये उँगलियाँ काँपने लगेंगी। क्षण भर के लिए पुष्पा चौंक गई। और फिर हँसकर उसने अपना भय झटक दिया। वह माँ से कुछ ज़्यादा ही स्वस्थ हो गई। वह जानती थी कि अपने अकेलेपन में कितने आनंद से रहा जा सकता है!

फिर भी वासवी उससे अधिक मानवीय है। वह जानती है कि बूढ़े और बीमार लोगों के साथ सहजता और स्नेह-भाव से कैसे रहा जा सकता है।

वह मुड़-मुड़कर इसी निष्कर्ष पर पहुँचती थी कि हर पीढ़ी से जीवन सुंदर और सुंदर बनना चाहिए। यही मानव जाति की दिशा है, यही उसकी गति है। विश्व-आत्मा का यह निगूढ़ सत्य संकल्प जागृत हो, क्रियावान हो, पूर्ण हो।

कितने कठिन दुख सहन करने के बाद वह इस निष्कर्ष पर पहुँची थी। दीप और वासवी सहजता से उसके निष्कर्ष तक जाएँ, इससे अधिक पुष्पा को नहीं चाहिए, कुछ नहीं चाहिए।

•

अकेलापन

गुलाबदास ब्रोकर

सुरेंद्र कोई अकेले नहीं थे—कुटुंब-कबीले से घिरे हुए थे। बेटे थे, बहुएँ थीं, और उनके बच्चे भी। घर हरा-भरा था। उससे उठने वाला शोर मीठा लगता था। और जब बेटियाँ आती थीं तो...।

धंधा भी सुरेंद्र ने अच्छी तरह जमाया था। कई पीढ़ियाँ बैठी हुई खाएँ तो भी इतना धन था कि ओराने वाला नहीं था।

फिर ज़माने को देखते हुए उन्होंने बेटों को केवल धंधे में नहीं लगाया। उन्हें पढ़ाया-लिखाया, कि आज के समाज में वे कहीं हल्के साबित न हो जाएँ। वे जहाँ तक चाहें, पढ़ें। पर बेटे जब पढ़-लिखकर उनके ही धंधे में आ गए तो उन्होंने चैन की साँस ली। चलो, अब आराम से बैठूँगा। बेटों को ज़रूरत होगी तो धंधे में राय दूँगा। जितनी हो सके, समाज-सेवा करूँगा। देशसेवा तो गाँधी जी के आंदोलन में खूब की। जेल-निवास भी किया। पर अब तो स्वराज आ गया। अब उस ओर करने को कुछ बाकी नहीं है। फिर भी पोते-पोतियों को उन दिनों और उन पूज्य पुरुषों की बातें बताकर, उन्हें योग्य भावनाओं से भर दूँगा। और आज तक जिन पर ध्यान नहीं दे सका, उन धर्मग्रंथों को पढ़कर परलोक नहीं तो यह लोक सुधारूँगा। —इस सोच के साथ सुरेंद्र ने धंधे से धीरे-धीरे रुचि कम कर डाली और दूसरी बातों से रस लेने लगे।

लेकिन थे तो वह मूलतः धंधे के जीव। घंटे-दो-घंटे ऑफिस में बिताए बिना नहीं रह पाते थे। बेटों को राय-बात देते थे और ज़रूरी जानकारी भी। थोड़े दिन बीतते ही उन्होंने चकित होकर देखा कि बेटे 'हाँ बापूजी, हाँ बापूजी' कहते तो थे, पर करते थे अपने मन की। अगर वह ज़्यादा बोलते तो वे विनम्रता और आदर से कह देते थे, "आप फिक्र मत कीजिए बापूजी, हम सब संभाल लेंगे।" और कभी धीरे-से वे बोल भी जाते थे, "बापूजी, धंधे के रीति-रिवाज

अब पहले से बदल गए हैं। अब तो इसी तरह सारे धंधे चलते हैं। फिर भी आपकी राय...।''

सुरेंद्र सब समझ जाते थे। बीमार-से हँसते हुए कहते, ''हाँ भाई, हमारा ज़माना अलग था।''

और फिर बेटे तरंग में आ जाते। कहते, ''हम यही कह रहे हैं। आप किस चिंता में हैं? हमें तो आपने ही तैयार किया है! हम सब संभाल लेंगे।''

सुरेंद्र को यह अच्छा नहीं लगता था। उन्हें अपनी निरर्थकता का पूरा बोध हो गया। इसलिए बाद में उन्होंने ऑफिस जाना ही बंद कर दिया।

वैसे करने को उनके पास बहुत कुछ था। जो समाज-सेवा उन्हें धंधे से समय निकालकर करनी पड़ती थी, उसमें अब क्यों न वे पूरा वक्त दें? ...यह सोचकर सुरेंद्र अब अधिकांश समय सामाजिक संस्थाओं में बिताने लगे। वहाँ भी उन्हें उसी स्थिति से सामना करना पड़ा। उनके पुराने मित्र धीरे-धीरे प्रभु की शरण में चले गए। और उनकी जगह नए कार्यकर्ता आ गए थे। वे सुरेंद्र को खूब इज़्ज़त देते थे। और देखते ही उन्हें सिर पर उठा लेते थे। लेकिन अहम् निर्णय लेते वक्त वे बोल उठते, ''सुरेंद्र भाई, अब ज़माना बदल गया है। हाँ, आपके समय में समाज-सेवा की रीति-रस्में दूसरी थीं। पर रस्में अब बदल गई हैं। इसलिए हमारी भूल हो तो जरूर बोलना। लेकिन हमें अपने ढंग से करने दो। ...''

''समझ गया।'' सुरेंद्र कहते, ''तुम्हारी बातें सच हैं। नया ज़माना, रीति-रस्म नई चाहेगा ही। और तुम लोग भी कुछ कम थोड़े ही करते हो। मैं तो सत्तर का हो गया। आँख-कान भी अब उतना काम नहीं करते।''

सुरेंद्र हँसने लगते, ''ये मोटे काँच का चश्मा देखो। ... अब रोज़ आ भी नहीं पाऊँगा। मेरा कोई भी काम हो तो...ज़रूर बिना संकोच के...।''

वे विनम्रता से पैर छू लेते, ''आप निश्चिंत होकर आराम करो। सुरेंद्र भाई, हम आपके नाम को बट्टा नहीं लगने देंगे। कुछ पूछना-समझना हो तो आप कहाँ भागे जा रहे हो?''

और इस तरह सुरेंद्र का वह रास्ता भी बंद हो गया। वह अधिकांश घर में ही रहने लगे। जितना मन होता, पढ़ते और परिवार को निजी और सामाजिक व्यवहारों में सहायता देते। लेकिन यहाँ भी उनके व्यवहार पुराने पड़ गए थे। बहुओं ने आराम से उन्हें समझा दिया और स्वतंत्र हो गईं।

सुरेंद्र इतने भरे-पूरे परिवार में रहकर भी अकेलापन अनुभव करने लगे। वह खुद को समझाते कि अकेलेपन से घबराना नहीं चाहिए। गाँधी जी, नेहरू

जी और मोरारजी भाई कई बार अकेले हो जाते थे। फिर भी उन्होंने कहीं, कोई फरियाद की? और मुझे फरियाद करने के लिए है भी क्या? मेरे इतने बड़े संसार में हर कोई मेरा ध्यान रखता है। हर कोई सम्मान देता है। फिर मुझे क्या चाहिए? मैं सबकी बातें सुनूँ और उन्हें गुज़रे ज़माने की राय न दूँ तो भी मेरा समय बीत जाया करेगा!

सुरेंद्र चुपचाप बैठे रहते। रविवार और छुट्टी के दिन जब लोग खाली होते थे, परिवार में मेला जुड़ जाता था। सुरेंद्र खुश हो जाते। वह सोचते कि चलो, बैठे-बैठे उनकी बातें सुनूँगा। वह सोफे पर मनचाही जगह आ जाते।

घर के सदस्य जानते थे कि सुरेंद्र अब बहुत कम सुन पाते हैं। लेकिन इन मेले के दिनों में वे यह बात याद नहीं रखते। सब अपनी जगहों पर बैठकर हमेशा की तरह बतियाते हैं। बड़ी बहू बिल्कुल सामने की दीवार के पास बैठती है। छोटी बहू उसकी बगल में। और पोते-पोतियाँ, जहाँ जी चाहा, बैठ गए। पत्नी तो भगवान के पास ही बैठी होगी।

बातें होतीं, हँसी-ठट्ठा होता। थोड़ा-बहुत यह सब सुरेंद्र तक भी पहुँचता। लोग जानते थे कि अगर वे सुरेंद्र के बिल्कुल पास बैठें तो उन्हें सब कुछ सुनाई देगा। लेकिन उनके कई बार कहने के बावजूद, लोगों को अकसर याद नहीं रहा तो उन्होंने बोलना बंद ही कर दिया। वह गूँगे बैठे रहते। फिर उनकी बातों में, उन्होंने ध्यान देना भी छोड़ दिया। कभी-कभार कोई राय माँग भी लेता तो वह अपनी ज़िद में होता, "मैं गलत कह रहा हूँ, बापूजी! आपको क्या लगता है?"

सुरेंद्र चौंक उठते, "क्या? ...क्या कहा?" फिर पूछने वाले की ओर देखने लगते। सुरेंद्र देखते कि सब मुश्किल से अपनी हँसी रोके बैठे हैं। उन्हें हँसाने के लिए वह कह देते, "तुम बच्चों की बात मैं कैसे समझूँगा, भई?"

सुरेंद्र फिर चुप हो जाते। वह देखते कि अब कोई राय माँगने भी उन तक नहीं आता।

फिर तो उनके लिए पोते-पोतियाँ ही बाकी रह गए। खुद पढ़-लिखकर, व्यापार-धंधे में उन्होंने एक हस्ती बनकर लाखों रुपये कमाए थे। देशभक्ति की प्रेरणा से जेल जाकर देश की मुक्ति में भी उन्होंने योगदान दिया था।

उन्होंने सोचा कि पोते-पोतियों के साथ हिल-मिलकर उनमें भावनाओं, संस्कारों और व्यवहार का सूक्ष्म ज्ञान भरेंगे। वह उनके संपर्क में अधिकतम् रहेंगे। पर वे अँग्रेज़ी स्कूलों में पढ़ रहे थे। इसलिए नरसिंह मेहता और प्रेमानंद का नाम भी नहीं जानते थे। फिर वे गोवर्धनराम का 'ग' भी कैसे पहचानते? गाँधी जी उनके लिए महात्मा गाँधी नहीं थे, गाँधी बापू नहीं थे। वे 'फादर ऑफ दि नेशन'

थे। जवाहरलाल, वीर जवाहर नहीं, नेहरू चाचा नहीं, 'आवर ग्रेट प्राइम-मिनिस्टर' थे। सुभाष और सरोजिनी के बारे में उन्हें छोटे-छोटे पाठ पढ़ाए जाते थे। राजेन बाबू, राजगोपालाचारी, वल्लभभाई कौन थे? —बस, एक-दो शब्दों में जान लेना ही उनके लिए बहुत था।

फिर उनके साथ क्या बात होती? उन्हें क्या संस्कार दिया जाता? —अपने पुराण-पवित्र भारत देश का, कि इसकी सर्वोच्च संस्कार-भावना का? फिर भी पिता का नहीं तो पितामह का दिल था, इसलिए व्यक्तियों और घटनाओं के बारे में लंबी-लंबी बातें किए बिना उनसे रहा नहीं जाता था। लेकिन वह देखते कि उन बातों के दौरान उनके श्रोताओं का ध्यान कहीं ओर होता था। इसलिए बातों को, उनके रसीले क्षणों में वह अधूरी छोड़ देते। पर उन्हें दुख तब होता था, जब कोई उनसे मुड़कर पूछता भी नहीं था कि हाँ दादा जी, आप क्या कह रहे थे? क्या कहा गाँधी जी ने वायसराय से?

वह स्तब्ध हो जाते। वह, उनका बचपना मानते। लेकिन उस बचपने के बीच वह, उनकी संपूर्णता के मूक साक्षी थे। जाने कितनी बातें उन्होंने उनके भीतर भरी थीं। बच्चे "जन-गण-मन" या "वंदे मातरम्" गाते हुए आज़ादी के दिन पाठशाला से लौटकर वहाँ के कार्यक्रमों की बातें करते तो सुरेंद्र खुशी से उनके साथ हो लेते। वह जैसे ही रवींद्रनाथ और बंकिमचंद्र के बारे में बताते, बच्चे हँसने लगते, "हमें पता है दादा जी, टैगोर ने इसमें से पहला गीत बनाया है और चटर्जी ने दूसरा।"

"पर बेटा, टैगोर कौन थे? कैसे थे? कुछ मालूम है तुम्हें?"

"बड़ा पोयट था। नोबेल-प्राइज़ मिला था उसको, हमें मालूम है।"

बच्चे फिर हँसने लगते। और सुरेंद्र के भीतर 'गीतांजलि' के टैगोर, 'गोरा' के टैगोर और 'शांतिनिकेतन' के टैगोर की बातें करने का उत्साह मर जाता। नहीं तो कितनी बातें करने का मन था। महादेव देसाई की जन्म-शताब्दी मनाई गई तो वह परिवार सहित पूना में थे। अखबारों में समारोह की तस्वीर देखकर, उनके होशियार पौत्र ने चाय की टेबल पर पिता से पूछा, "डैडी, यह महादेव देसाई इतने बड़े आदमी थे कि..."

सैंडविच चबाते हुए डैडी जवाब दें, इससे पहले बगल में बैठे हुए सुरेंद्र ने कह दिया, "वह इतने बड़े आदमी थे बेटे, कि...तुम सुनो तो मैं उनके बड़प्पन की बातें बताऊँ।"

बहुत-सी बातें उनके मन में थीं। भीषण ठंड या गर्मी हो, कि बरसात या कीचड़—पाँच-पाँच मील चलकर गाँधी जी के पास वर्धा से गाँव जाते-आते हुए

महादेव भाई...गाँधी जी की छोटी-से-छोटी बातों की खबर रखने वाले महादेव भाई काम के बोझ से दबे होने के बावजूद रवींद्रनाथ और शरतचंद्र को गुजराती में उतारने वाले महादेव भाई...महादेव भाई की बहुत-सी बातें उनके मन के भीतर घुमड़ रही थीं। लेकिन पौत्र ने कहा, ''हमें सब पता है दादा जी, ही वाज दि मोस्ट फेथफुल पर्सनल सेक्रेटरी ऑफ दि फादर ऑफ दि नेशन।'' फिर वह पिता की ओर मुड़ गया, ''डैडी, आज मॉम ने सैंडविच अच्छी बनायी है, नहीं? ...मॉम।''

सुरेंद्र बुझ गए। अब वह क्या बोलते? उन्होंने रूसी कथाकार चेखव की एक कहानी पढ़ी थी। एक गाड़ीवाला बूढ़ा, दुनिया के दूसरे बूढ़ों की तरह बातूनी था। लेकिन कोई उसकी बात सुनने को तैयार नहीं था–न उसके घर वाले न उसके ग्राहक। इसलिए दुखी होकर, गाड़ी बंद करते समय वह अपने घोड़े से बात करता था–''मेरी बात कोई नहीं सुनता। भाई, मैं बिल्कुल अकेला हो गया हूँ।''

सुरेंद्र को लगा कि उसके पास मन की बात कहने को वह घोड़ा तो था। लेकिन मेरे पास कौन है? सुरेंद्र गहरी साँस लेकर बैठे रह गए। उन्हें अकेलेपन के जितने भी अर्थ मालूम थे, सब बेकार लगे–''किसी का संग-साथ न होना, अकेलापन है।'' उन्हें लगा कि इस अर्थ में वह अकेले कहाँ हैं? उनके आसपास तो सारा संसार फैला हुआ है। उनके साथ कुटुंब है, पूरा समाज हैं, फिर भी वह अकेले हैं। एकदम अकेले।

उन्हें जवानी में पढ़ी हुई एक बेहद प्रिय कविता की पंक्ति याद आई–

...एकाकी मैं? नहीं, नहीं।

और सहसा उनके मुँह पर मुस्कान फैल गई। उन्होंने मन में कहा, वह कवि उस समय युवा था। इसलिए उसने ऐसा लिखा होगा। बाकी...बाकी तो... वास्तव में–

...एकाकी मैं? सही, सही।

•

टाइपिस्ट लड़कियाँ

चंद्रकांत बक्षी

"कॉफी हाउस में अब लड़कियाँ आने लगी हैं।" दूर टेबल पर आकर बैठी हुई तीनों लड़कियों की ओर सबने देखा।

"लड़कियाँ तो पहले से ही आती हैं।"

"नहीं। यहाँ वे कभी-कभी आती थीं।"

"आती तो थीं, लेकिन अकेले नहीं। किसी के साथ...।"

चौधरी ने धीरे-से कहा, "इन्हें तुम लड़कियाँ कहते हो!"

सबने चौधरी की ओर देखा—उसकी नोंकदार दाढ़ी, आँख और सिगरेट की ओर।

"हाँ, इन्हें हम तीन लड़कियाँ कहते हैं।" तिलक बोला।

पूरा कॉफी हाउस भर गया था। शुक्रवार की शाम थी इसलिए कितनी ही मेज़ों पर रेस की चर्चा थी। धुएँ के साथ मेज़ों पर बातें उलझ रही थीं। कॉफी हाउस में सबसे कम महत्त्व की चीज़, कॉफी, लोग पी रहे थे। बिना औरतों वाले, लगभग चश्मा वाले पुरुष अक्लमंदी भरी आवाज़ें कर रहे थे। हरेक आदमी कॉफी के कप में समय का परिमाण घोलकर पीता हुआ, निश्चिंतता से बैठा था। सेंटरटेबल टेबलों पर झुके हुए ग्रुप छोकरियों के आने पर उनकी ओर नज़र फेरकर, फिर से बुद्धि की बातों में मग्न हो जाते थे। हर पुरुष अपनी मस्ती की राजधानी में बैठा था। बातों का उद्योग ऐसे चल रहा था, जैसे एक स्विच दबाने से किसी बड़ी मशीन के अलग-अलग हिस्से और पुर्ज़े एक के बाद एक चलने लगें।

"छोकरियाँ हैं तो आएँगी ही।" अंतरमन ने कहा।

"लड़कियाँ, लड़कियों को देखती हैं तो हिम्मत आ जाती है। हिंदुस्तानी लड़कियाँ अभी अकेले कॉफी हाउस में आने की हिम्मत नहीं करतीं।" मैंने कहा।

"वो देखो, तेरी तीनों मौसियाँ...।" तिलक बोला, "अकेले ही आई हैं न!"

कॉफी हाउस में लड़कियों का आना पुरुषों को अच्छा नहीं लगता। लेकिन जो अच्छा न लगे, लगा लेना चाहिए। चौधरी बताता था जैसे इंग्लैंड में 'पब' होता है, यहाँ कॉफी हाउस है। पब में लड़कियाँ नहीं आतीं। चौधरी चित्रकार था, गवर्नमेंट स्कूल ऑफ आर्ट्स एंड क्राफ्ट्स में फाइनल इयर में था, पैसे वाला था, और अपने को पैसे वाले का पोता कहता था। एक बार वह यू.के. हो आया था। अंतरमन इलेक्ट्रिक गुड्स का स्टोर चलाता था। तिलक एक मारवाड़ी कंपनी में एक्ज़ीक्यूटिव था। सूट पहनकर मोटरसाइकिल पर कॉफी पीने आता था। बीच में कोई-कोई तिलक के पास आता, और हँसकर 'कि हाल' पूछ जाता। बेकार बातें होतीं और वह चला जाता। सारा कॉफी हाउस उसे पहचानता था।

"इस साल...।" चौधरी ने कहा, "हमारे यहाँ एक नई मॉडल आई है।"

"पुरानी का क्या हुआ!" मैंने पूछा।

"पुरानी, चौधरी, मेरे पास भेज देना। हम भी फोटो बनाना सीखेंगें।" तिलक ने कहा। वह अकेले हँस पड़ा। और फिर कान लगाकर हमारी बातें सुनने लगा।

"वो मॉडल...।" चौधरी चालू था, "वो जो बीच की टेबल पर बैठी है न! उसके जैसी है।"

"उसकी बहन होगी।"

"मासी की बेटी होगी। सभी मॉडल मासी की बेटियों जैसी ही लगती हैं।"

वे लड़कियाँ कॉफी पीकर चली गईं। और उनकी जगह दो मोटे, पेट हिला-हिलाकर हँसने वाले सरदार जी बैठ गए थे।

चौधरी कहता था कि तिलक मूर्ख है, इसलिए उसके दोस्तों की संख्या ज़्यादा है। वो अच्छा कमाता है। चौधरी मज़ाक करता था कि उसकी "टोटल वर्ल्ड इन्कम" सबसे ज़्यादा है। वो सबसे ज़्यादा सुखी भी था। चौधरी कहता था कि मूर्खता का सद्गुण होने के कारण उसके पास सुख और पैसा—दोनों चीज़ें एकसाथ थीं।

तिलक कहता था कि चौधरी आर्टिस्ट है, इसलिए ज़िंदगी में कभी तरक्की नहीं कर सकता। पर चौधरी से उसकी अच्छी बनती थी। रोज़ वह, उसे कॉफी हाउस से गवर्नमेंट स्कूल तक मोटरसाइकिल पर छोड़ आता था। एक बार उसने चौधरी से कहा, "तू कुछ ऐसा स्केच कर—बालकनी हो, एक लड़की खड़ी हो, चाँदनी हो, बैकग्राउंड म्यूज़िक सुनाई दे रहा हो...।"

अंतरमन हमेशा इलेक्ट्रिक गुड्स की बातें करता था। —"स्टार्टर" आजकल बाज़ार में नहीं मिलता। अभी एक जूट मिल का "एक्सपांशंन" हो रहा है, उसका टेंडर भरा है। तीनेक सप्ताह काम चलेगा। मुझे जाना होगा ए/सी एरिया है।

"ए अंतरमन, बंद कर यह सब। ए/सी लड़कियों की बातें कर। कोई फालतू बात नहीं...।" तिलक ने कहा।

चार सौ वोल्ट का लोड।

"तिलक, तुम्हें शादी कर लेनी चाहिए।" मैंने कहा। हम सब लँडूरे थे।

"ये इन दिनों अपनी मारवाड़न सेठानी के यहाँ जाने लगा है।" चौधरी ने कहा।

"तुम्हें मालूम नहीं, इसकी सेठानी ने एक तेरह वर्ष की कामवाली रखी है।" अंतरमन ने कह दिया।

तिलक बिगड़ उठा, "साले, कैसी स्टूपिड जैसी बात कर रहा है। ...स्टूपिड।"

"स्टूपिड नहीं, सिली...।"

"बोलने दे इसे, कह लेने दे।"

यह अच्छा था कि बेकार की बातें होती थीं। और समय बीत जाता था। लेकिन सभी बातें लड़कियों से शुरू होकर, लड़कियों पर ही खत्म होती थीं। कोई दिशा नहीं, कारण नहीं, हमेशा मुड़कर एक ही जगह आने वाली बातें।

"वो बाहर मुसलमान लड़का नहीं है– ।" तिलक बोल रहा था, "मेरी मोटर साइकिल साफ करता है, उसे ईद पर मैंने पैसे दिए। उसका घर जल गया था। मैंने दो रुपया देना चाहा तो कहने लगा कि दो रुपया तो हिंदू भी देते हैं, तुम तो कुछ और दो साब! बेटा मुझे मुसलमान समझता है। हा...हा...।"

"फिर तुमने कितना दिया!" अंतग्मन ने पूछा।

"दस का पत्ता निकलवा लिया, साले ने।"

"वो तेरा साला दीवाली पर फिर तुझे हिंदू समझेगा।" चौधरी मुस्कराया।

सब हँस चुके तो तिलक ने पूछा, "मुसलमान लड़कियों के बारे में क्या आइडिया है तेरा!"

"इस साले को कुछ और नहीं सूझता...।"

"कामवाली कैसी है, तिलक!"

"कामवाली बुरी नही होतीं। रूसो ने भी कामवाली से शादी की थी। और शादी की थी कि नहीं, लेकिन बच्चा तो हुआ था! ...सोशल कंट्रेक्ट...।"

चौधरी बोला, "तिलक सोशल कंट्रेक्ट में यकीन नहीं रखता। जस्ट अनसोशल कंट्रेक्ट चाहिए इसे।"

"हा...हा...!" तिलक हँसा। वह कुर्सी में पीछे की ओर लोट-पोट हो गया। और अंत में उसे खाँसी आ गई।

हम उठ ही रहे थे कि रोशन आ गया।

"बैठ-बैठ।" तिलक बैठाए, इससे पहले रोशन कुर्सी खींचकर बैठ गया। और सबने एक बार फिर कुर्सी खींच ली। फिर एक दौर, हॉट कॉफी विद क्रीम...।

"क्यों सेठ, आज इस ओर! बिज़नेसमैन को फुरसत कैसे मिल गई!"

रोशन शादीशुदा था। उसके एक बच्चा भी था। वह कपड़ों के दो स्टोर चलाता था। सबसे सुखी, उम्र में सबसे बड़ा और समझदार था वह। उसकी "टोटल वर्ल्ड इन्कम" सबसे ज़्यादा थी। लड़कियों के बारे में अंतरमन और तिलक उससे बार-बार पूछ-परछ करते।

"क्या बातें चल रही थीं!" रोशन ने पूछा।

"ये तिलक...।" चौधरी ने कहा, "अपनी फियांसी की तारीफ कर रहा था। कहता है, तेरह वर्ष की है...।"

सब ज़ोर से हँस पड़े। रोशन और तिलक भी।

"इसकी सेठानी के यहाँ काम करती है," अंतरमन ने कहा। लगा कि जैसे रोशन को हँसना पड़ रहा है। लेकिन तिलक को खी-खी कर हँसते हुए देखकर वह सचमुच हँसने लगा।

"फिर!"

कॉफी आ गई। बगल की टेबल से एक बड़ा ग्रुप उठ गया। कुर्सियाँ आगे-पीछे हो गईं। उन्हें ठीक किया गया, टेबल साफ हुआ। हाथ में कपड़ा लेकर वेटर कॉफी के दाग, सिगरेट के खाली पैकेट, धुआं, आवाज़ें और माया-ममता—सब पोंछ गया।

रोशन के दो स्टोर थे। वह मजूरी करते हुए पढ़ता था, तब भी ट्यूशन करता था। और दूसरे पार्ट-टाइम काम भी। वह आम मध्यम वर्ग का था, लेकिन था तकदीर वाला। पैसा कमाने और शादी करने के बाद भी वह कभी-कभी कॉफी हाउस आ जाता था। हमारी तरह वह नियमित नहीं आ सकता था।

हम सबके दिल में उसके लिए सम्मान का भाव था। केवल पिछले दो वर्षों से उसके बारे में एक बात सुनने में आ रही थी। और उसे वह कबूल कर रहा था। उसे नई-नई टाइपिस्ट लड़कियाँ रखने का शौक था। हर चार-छः महीने में वह कहीं से एक-आध अच्छी, और तिलक के शब्दों में ताजी, लड़की उठा ले आता और चार महीने बाद उसे निकाल बाहर करता। पाँच-छः लड़कियाँ उसने अभी तक बदल डाली थीं। और मज़े की बात यह थी कि उसे अपने स्टोर के लिए इन टाइपिस्ट लड़कियों की ज़रा भी ज़रूरत नहीं थी। वह भी कहता था कि उसे कागज़ टाइप करवाने की कोई ज़रूरत नहीं है। इतने कागज़ उसके पास

नहीं होते। इसलिए पार्ट-टाइम रखना पड़ता है। हम सब मन में हँसते। अंतरमन कहता था कि उसे फुल टाइम टाइपिस्ट पोसाएगी नहीं, इसलिए पार्ट-टाइम रखता है। थोड़ा ओवर टाइम भी देता होगा। तिलक फिर वही खी-खी करने लगता। ...ओवर टाइम फॉर अंडर वर्क।

पहला स्टोर था तो कोई टाइपिस्ट नहीं थी। दूसरा स्टोर हुआ तो उसने टाइपिस्ट रखनी शुरू की। अच्छे-अच्छे घरों से वह सत्तरह-अट्ठारह वर्ष की, कॉलेज में पढ़ती लड़कियाँ खोज ले आता। सबसे अंतिम लड़की मुसलमान थी। बीच में दो बंगाली लड़कियाँ थीं। बाकी लड़कियाँ गुजराती थीं। चौधरी कहता था कि रोशन का टेस्ट आर्टिस्ट का है।

रोशन सीधा और अच्छा आदमी था। लेकिन केवल इस एक कमज़ोरी के कारण वह हमारे बीच चर्चा का विषय था। हरेक अच्छे आदमी में कोई एक कमज़ोरी तो होनी ही चाहिए। तिलक कहता था कि कमज़ोरी न हो तो अच्छाई नज़र में कैसे आएगी!

"फिर!" रोशन ने पूछा।

"फिर क्या!" मैं कहने ही जा रहा था कि तिलक ने कहा, "अभी तो उसे टाइप सीखते छः महीने लग जाएँगे।" तिलक ने आँख मारी।

रोशन ने तिलक की ओर देखा और हँसने लगा।

"अभी कौन टाइपिस्ट है!" चौधरी ने सवाल किया।

"एक मुसलमान लड़की है। अच्छी है। अब तो स्पीड पकड़ने लगी है रोशन बोलते-बोलते अटक गया। तिलक खखारकर बोल पड़ा..."साले!"

"हाँ, स्पीड पकड़ने लगी है, फिर!" अंतरमन ने बात आगे बढ़ाई।

"फिर तो...प्रॉसपेक्टस अच्छा है।" रोशन बोला।

"ये बातें छोड़!" तिलक ने कुर्सी पास खींच ली, "यार, अपना नुस्खा हमें भी बता। ये लड़कियाँ तू कैसे पकड़ता है।"

"देखो," रोशन ने कहना शुरू किया, "अच्छे होटलों के बाहर या सिनेमा के बाहर जाकर खड़े रहो। खासकर ईवनिंग शो के बाद। जो लड़की सुंदर हो और लगभग अठारह के आसपास हो...।" सब बहुत ध्यान से सुन रहे थे। केवल मैंने और चौधरी ने एक-दूसरे को देखकर आँख मार ली। "उस लड़की से हाथ जोड़कर कहना कि मेरा एक ऑफिस है। वुड यू प्लीज ओबूलाइज मी बाय एलाविंग मी टु बी योर बॉस!"

रोशन की बात पूरी हो, उससे पहले अंतरमन और तिलक ने उसे गाली देना शुरू किया।

"नहीं-नहीं, रोशन सच कहता है। उसका कहना बिल्कुल साफ है। काम न हो तो भी टाइपिस्ट रखना, निकालना, नई रखना, आई एम इंटरेस्टेड इन द टेक्नीकल नो-हाउ।" मैंने कहा।

कॉफी खत्म हो गई। तिलक एक बार फिर खाँस चुका, "तीन-तीन महीने पर एक नई फियांसी! साली यहाँ तीन साल में भी एक नहीं मिली।" तिलक बोलकर चुप हो गया।

रोशन कहने लगा, इसमें कोई टेक्नीकल नहीं है और नो-हाउ भी नहीं। सीधी बात है। आप सब तीन महीने में एक नई लड़की टाइपिस्ट रख सकते हैं। हुआ यह कि मेरा दूसरा स्टोर खुल गया तो थोड़ा काम बढ़ गया। मैंने सोचा कि सब टाइप कराएँ तो कैसा रहेगा! इसलिए मैं एक टाइपराइटर ले आया। फिर सवाल यह था कि टाइपिस्ट कौन हो! एक पहचान वाले की भतीजी काम करने आई—पार्ट-टाइम काम। दिन के दो-तीन घंटे, चालीस रुपये।

शुरू में तीन-चार दिनों तक सब चलता रहा। फिर कोई काम ही नहीं था। मैं उसका मुँह देखा करता था, वह मेरा।"

"तो फिर प्रेम हुआ होगा!" तिलक बोल उठा।

"चुप साला!" चौधरी ने कहा।

"फिर काम शुरू हुआ!" अंतरमन का टर्न आया।

"चुप-चुप!"

"फिर ऐसे ही थोड़े दिनों तक चला। दस-पंद्रह मिनट में काम खत्म हो जाता था। मैं उसे जाने के लिए कह देता था। लेकिन वह बैठी रहती थी और मुझे अपने काम में मदद करने की कोशिश करती थी। मुझे लगा कि यह ठीक नहीं हो रहा है। लेकिन हुआ यह कि इस खालीपन में वह मेरे और करीब आ गई।"

"बराबर, बिल्कुल ठीक।" तिलक से रहा नहीं गया।

रोशन बोलता गया, "मैंने उससे कह दिया कि अब यहाँ काम नहीं है, तुम्हें कहीं और पार्ट-टाइम की व्यवस्था कर लेनी चाहिए। मुझसे जितना हो सकेगा, तुम्हारी मदद करूँगा!" लड़की मेरे सामने देखती रही। वह बहुत होशियार थी और उसका हाथ बहुत साफ था। उसने कहा कि तुम्हें ज़रूरत न हो तो इस्तीफा लिख दूँगी। लेकिन तुम मुझे सर्टीफिकेट दोगे!"

"...कैसा सर्टिफिकेट!" मैंने पूछा तो वह साफ बोल गई कि अगर तुम यह लिख दोगे कि तुम्हें मेरे काम से संतोष रहा है तो तुमसे एक साल का सर्टिफिकेट लेकर, मुझे दूसरी जगह नौकरी मिल जाएगी। ...जो तुम मदद करो तो...।"

"मैंने उसे सर्टिफिकेट लिखकर दे दिया। और उसे कोई डेढ़ महीने में दूसरी नौकरी मिल गई। फिर वह मेरे पास आई और धन्यवाद देने लगी। मैंने कहा, कि उसे यहाँ चालीस रुपये मिलते थे, फिर आभार किस बात का! मेरे पास काम नहीं था, तुम्हें पैसा देने और तुम्हारे काम की कद्र करने की हैसियत भी नहीं थी। मैं नहीं चला पाया, इसलिए जाने को बोल दिया। धन्यवाद की बात कर तुम मुझे शर्मिंदा मत करो। ...मगर उसने कहा, कि तुम्हारे चालीस रुपये मेरे लिए सोने जैसे थे। एक मध्यम वर्ग की लड़की, जो कभी घर से बाहर न निकली हो, उसे इन चालीस रुपयों से कितनी हिम्मत मिली है! और ये रुपये मुझे कितने काम आए हैं, तुम नहीं समझ सकते। मैंने उसे रोककर कहा कि मैंने पाँच वर्ष ट्यूशन कर अपनी पढ़ाई की है। मुझे पता है कि ये रुपये कितना काम आते हैं! लड़की खुश हो गई। जाते-जाते उसने कहा कि रोशन बाबू, शायद तुम्हारे पास काम न हो या कम हो, तब भी तुम एक टाइपिस्ट लड़की ज़रूर रखना। मध्यम वर्ग की किसी लड़की को अपनी कमाई से हिम्मत मिलेगी। तुम्हारे लिए दिन के एक-दो रुपयों की कोई खास कीमत नहीं है। समझना कि यह चैरिटी कर रहे हो। लेकिन उस लड़की को उससे विश्वास मिलेगा, और उसके लिए एक नई दुनिया खुलती दिखाई देगी। फिर वह चली गई। आजकल वह एक अच्छी कंपनी में है। उसे अच्छी तनख्वाह मिलती है। शॉर्ट-हैंड सीख रही है और सेक्रेटरी का कोर्स भी कर रही है। कई बार मिलने आती है और बड़े भाई की तरह आदर से देखती है।"

कोई कुछ बोला नहीं। रोशन ने सब पर निगाह डाली।

"फिर मैंने दूसरी लड़की रख ली—एक बंगाली लड़की। उसे पाँच महीने काम देकर, दो साल का सर्टिफिकेट लिख दिया। वह अपनी बहन को मेरे पास रखवा कर गई। बिल्कुल नई लड़कियों की टाइप की भूलों को मैंने चैरिटी और मिशन की भावना से देखा है। मैं अपने काम से उन्हें दिनभर प्रैक्टिस करने का मौका देता हूँ। क्या फर्क पड़ता है मुझे, दिन में दो रुपयों की इस चैरिटी से! वह लड़की भी एक अच्छे ऑफिस में लग गई। अच्छे घरों की लड़कियों में अपने लिए तमन्ना तो होती है, मगर उन्हें विश्वास नहीं मिलता। मेरे यहाँ पैसा और विश्वास—दोनों मिल जाता है। फिर दो गुजराती लड़कियाँ आईं और चली गईं। इस वक्त एक मुसलमान लड़की है। मुस्लिम लड़की को कौन रखता है! उसकी जान-पहचान भी नहीं है। घर में ज़बरदस्त कंट्रोल है, लेकिन मेरे यहाँ चल जाता है। तीन-चार महीनों में तैयार होकर उड़ जाएगी। मेरी पत्नी को पता है और

अब तो वह भी मदद करती है। उसे भी इस बात में आनंद आता है कि किसी नई लड़की को मदद कर, उसमें विश्वास पैदा करे।"

कोई बोला नहीं। तिलक को खाँसी भी नहीं आई।

"दिस इज द नो-हाउ।" रोशन ने कहा।

कॉफी से तो हम निपट ही चुके थे। देर हो गई थी। सब धीरे-धीरे उठ गए। मैं, अंतरमन, चौधरी, तिलक और रोशन—सबको काम पर जाना था।

तो चलो, सी यू नेक्स्ट टाइम।

चलते हुए रोशन ने तिलक से पूछा, "अरे भई, तेरी फियांसी के बारे में बताना किसी दिन। क्या नाम है उसका!"

"मुझे भी पता नहीं, यार!" तिलक बोला, "अंतरमन से पूछ ले। इसे मालूम होगा...।"

सब हँस पड़े। तिलक हँसकर खाँसने लगा।

•

आँख के अंधेरे

चुन्नीलाल मड़िया

किसी अच्छे-भले आदमी को दुत्कारने से उठने वाली शर्म से रंगे हुए म्युनिस्पैलिटी के दीये। गूँगी साँसों से टकराती हुई मंद उजास। और अंधेरे की चादर से ऐब छिपाते हुए सोए मानव-शरीर।

फुटपाथ के फर्श को मुलायम सोफे की तरह दबाकर खर्राटे भरने वालों की भीड़। स्वप्नावस्था, कुत्ते की नींद सोने वाले, खाली पेट कुंडली मारे करवट बदलने वाले लोगों की निरंतर कतार।

और उसकी स्वप्नावस्था भी कितनी सुखद थी!

चौरासी बंदर का झंडा ऊँचा किए विशाल बंबई में गेहूँ के दर्शन नहीं होते। और वहाँ गाँव में तो खेत-के-खेत गेहूँ से भरे होते हैं। मौसम के दिनों में मूँगफली की बुवाई के बाद चैती से खलिहान भर जाता है। शाम-सुबह उसने स्वयं चारकोसी के किनारे बैठकर मीठे शहद जैसा पानी पिया था। हाँ, वही खलिहान था और खरीदार वही कीला सेठ। उसकी आँखों की वही चमक—शेषनाग की मणि जैसी। आँखें कौड़ी जैसी बड़ी और निचले होंठ पर गोदा गया गुदना। लाल चट होंठ पर हरी बिंदी कितनी सुंदर लगती थी! ... मैरीन लाइंस से चर्नी रोड तक दौड़ती हुई लोकल गाड़ियों की खड़खड़ाहट पूरा सोने भी कहाँ देती है! और फिर सुबह वही किस्सा शुरू हो जाता है। पिछले व्रत की याद ऐसे में कितनी अच्छी लगती है! उस डॉक्टर ने कहा था कि भूखे पेट मजूरी करने से यह रोग होता है। इसमें मैं क्या करूँ? भूख मिटाने के लिए मजूरी की थी और मजूरी करने से भूख बढ़ती जाती है। कुछ समझ में नहीं आता।

... हाँ, घर के कोठिला में उस साल गले तक ठसाठस गेहूँ भरा था। भोर होने से पहले ही माँ खटोले से उठकर गेहूँ पीसने के लिए, सूप में निकालती थी। माँ अपनी फटी हुई साड़ी में ही कितनी सुंदर लगती थी!

...और वह अकाल-वर्ष और अहमदाबाद की मिलें। ...अहमदाबाद से ज़्यादा मजा तब बंबई में था। पैसे का तो हिसाब ही कहाँ? रुपये और अठन्नी की ही बात होती थी।...ज़िंदगी बीत गई, लेकिन इस बिना इंजन वाली गाड़ी को आराम कहाँ? सच्ची बात है न! नींद भी कहाँ आती है? एक तो ये गाड़ियाँ और ऊपर से खाँसी। और खाँसी बेचारी क्या करे? गंदे तेल का भजिया और गंधाती हुई चटनी खा-खाकर यह हालत हो गई है।

घर की रसोई में मणि पैर फैलाकर परात में आटा सानती थी। वह बैठा-बैठा उसके आटे से सने गोरे हाथों को देखता रहता था। रोटियाँ सेंकते हुए मणि के चेहरे पर आग की हल्की लाली फैल जाती थी। उसे कई बार लगा कि वह, अचानक उसकी चोरी पकड़ लेगी और गुस्से से कहेगी कि मेरी आँखों में देखने से पेट भर जाएगा क्या? रोटी क्यों नहीं खाते? शर्म नहीं आती!

...और सहसा कलेजा चीरती हुई गाड़ी की सीटी बजती है। डॉक्टर ने कहा था कि भजिया-चटनी खाकर यह रोग हो गया है। लेकिन मणि के हाथ की रोटियाँ यहाँ परदेस में कहाँ मिलेंगी? जहाँ अनाज के ही दर्शन नहीं होते, वहाँ रोटियों की उम्मीद कैसे रखूँ? लॉज वाला कहता है कि जेब में रुपया हो तो रोटी तोड़ने आना। नहीं तो चना चबा लेना। हमें ग्राहक की कमी नहीं है। ...उससे तो वह भजिया-चटनी वाला सात गुना अच्छा है। रुपये का माँगों तो रुपये का और पाई का माँगो तो पाई का। झट से बाँध देता है। और किसी दिन पैसा न हो तो भी मुँह नहीं खोलता।

...उस दिन गेहूँ का होरहा ले आया था। कैसी मिठास थी! जी भरकर सारे गाँव को खिलाया था। उसका स्वाद अभी लोगों के मुँह से भी नहीं गया होगा कि यह साल...! गेहूँ सपना हो गया।

...यह खाँसी अब सोने नहीं देगी। खाँसी थी तो भी चल जाता, लेकिन यह कफ जान ले लेगी। ...हैं भाई, यहाँ बंबई में गेहूँ क्यों नहीं मिलता? बाजरा लेने के लिए भी सैंकड़ों लोगों की लाइन में क्यों खड़ा रहना पड़ता है? इस साल तो देश-भर में फसल अच्छी हुई है। चारों ओर लहर है। और यहाँ बंबई में ऐसा क्यों है? लोग कहते हैं कि गेहूँ तो है, लेकिन यहाँ तक उठाकर लाए कौन? गाड़ियाँ ही नहीं मिलतीं। वैसे देखें तो गाड़ियाँ कितनी ही दौड़ती रहती हैं—मालगाड़ियाँ भी आती-जाती हैं। पर इन दिनों इन सबका अकाल है।

...कहते हैं, अनाज तो बहुत भरा है, लेकिन मुंबी (मुंबई) की बस्ती पहले से बहुत बढ़ गई है। इसलिए कमी है। पर किसलिए? कहाँ से इतने सारे सिपहिया आ गए? हो भइया, इन्हीं से बस्ती बढ़ गई है! ये इतने सारे सिपहिया कहाँ से

फूट निकले? उस दिन चाल में दो देससेवक गवरमिंटी कागज़ नहीं लाया था! कहता था कि हमें जरमरवाला (जर्मनवाला) से बचाने के लिए ये सिपाही आए हैं। तुम लोग आधे पेट भूखे रहकर इनके लिए खोराक बचाओ। ...और वहाँ समुंदर किनारे, जहाँ सँझा को मानुस घूमने निकलते हैं, वहाँ भी गवरमिंटी कागज़ लगा है। उस बड़े फोटू में भी तो यही है कि तुम्हारा दो चीज़ से चलता हो तो तीसरी चीज़ राँधने की ज़रूरत नहीं। तीसरी चीज़ बचाओ!

...लेकिन ई बात तो उनके लिए है, जिनको दो चीज़ मिलती हो। जिसको पेट को रोटी हो न सोने को खटिया, जिसको एक भी चीज़ मयस्सर न हो, उसे क्या राँधना और क्या बचाना?

...हाँ, उस दिन मणि ने कितनी सारी चीज़ें राँधी थीं—लपसी, दाल, साग...। उस दिन जितना खाया था, उतना पेट भरकर खाना यहाँ किसी दिन नहीं मिला।

...चाँदी का चमकता गोल-गोल सिक्का...अरे-रे...! इतने सारे...! ओहो! और रुपये के नोटों का तो बंडल! बीड़ी का पैकेट और दियासलाई...। छोकरे भी कैसे टूट पड़े हैं! सारे दिन पइसा माँगते रहते हैं। ...भले माँगें। जाओ, मज़ा करो। मुंबी से कमाकर लाया हूँ।

आधी रात को घर के बीचों-बीच गड्ढा खोदकर रुपये भर दिए हैं। फिर उन पर मिट्टी डालकर, अच्छी तरह लीप दिया है। बखत की बात है। गाँव में पैसे वाला होकर सबकी आँख पर चढ़ गया हूँ।

...यह खाँसी तो आज पीछे लगी है। ज़रा-सी आँख लगती है तो कि "हड़ाक्" करके कफ निकल आता है।

...हे भगवान, लोहखंड चलाकर कलाई दुखने लगी। लेकिन इतने रुपये तो क्या एक पइसा भी नहीं मिला। भजिया-चटनी लेने के लिए भी पइसा नहीं रहा। उस पर बीड़ी-माचिस और छोकरों को देने की बात क्या! ...और हो भइया, इस पइसे को क्या हो गया है? पइसा देने से भी चीज़ नहीं मिलती! कहते हैं, पइसा बहुत बढ़ गया है। यह बात तो सोरह आने सही है। मानुस को पइसे की कीमत ही नहीं रही। पहले जहाँ एक खरचते थे, वहाँ अब चार-चार खरच रहे हैं। पइसे की ज़रूरत हो तो आना फेंक देते हैं। पान और दातुन लेकर कोई बाकी का पइसा नहीं माँगता।

...इसका कारण क्या होगा हो भइया? पइसा इतना सस्ता कहाँ से हो गया? वो छेदहा पइसा चल गया, इसलिए? ई साला कौतुक की बात है न! पइसे का तो करम ही फूटा था कि उसके बीचो-बीच छेद कर दिया। वो जोतखी महाराज नहीं कहता था कि यह छेदहा पइसा बदल गया, तो समझो राज बदल गया।

...लेकिन, इस पइसे का भजिया-चटनी अब कौन देता है? उस दिन दुकान वाले से इतना गिड़गिड़ाया! पर कहता है कि पइसे की मूँगफली मिलेगी। भजिया नहीं। ...ये रहा वो पइसा। जिसे भजिया-चटनी भी करम में नहीं लिखा होगा, कैसे मिलेगा?

...ये कौन मर गया है? किसके पीछे जा रहे हैं लोग? ...अरे-रे, ई तो सिनेमावाले का खेल खलास हो गया, इसलिए लोग घर जा रहे हैं। वो देखो न घोड़ागाड़ी और मोटर। बोलते हैं कि सिनेमावाले की अब इतनी कमाई होने लगी है कि पूछो मत। सारे मुलुक के मानुस मुंबी में आते हैं और पइसा कमाते हैं। फिर क्यों खरचा नहीं करेंगे? ये छेदहा पइसा जहाँ चलता होगा, वहाँ चलता होगा।

...हमारे गाँव का वो श्मशान। इन्हीं हाथों से कितने लोगों को जलाया! और नदी में बहाकर नहा भी लिया। ...ये किसकी लोथ (लाश) जल रही है? हो भइया, सूखी देखकर दो-एक लकड़ी उधर पैर के पास रखना। जहाँ आग कम है। ...हाँ, बस। अभी सब जलकर राख हो जाएगा।

...हाक्...कथ्थऊ! ...हा...ा...श! ये कफ तो जान ले लेगी। आज तो सपना भी कैसा आ रहा है!

...वो पइसा कहाँ गया? हेरा तो नहीं गया न? ना-ना, इस नाड़े में डालकर गाँठ बाँध दी थी। साला हेराकर कहाँ जाएगा? सवेरे किसी से एक पइसा और माँगकर, दो पइसे की भजिया-चटनी ले आऊँगा।

पर ये क्या हो गया है? मुझे दिखता क्यों नहीं? दीये का खंभा कहाँ गया? रतौंधी होने लगी कि मोतियाबिंद? लेकिन इस तरह? अचानक?

...मणि इतनी रो क्यों रही है? छोकरों को ये क्या हो गया है? सारा रुपया नहीं गाड़ देना है। थोड़ा रखकर उससे मणि को एक कंगन गढ़ाना है और बचवा के लिए एक छोटा-सा कड़ा।

...ह...अ...कथ्थू! आज यह क्या हो गया है? राम जाने क्या होगा! पैर और जाँघों में ये क्या हो रहा है? ये हाथ इतना अकड़ क्यों गया है? नसें टूट क्यों रही हैं? अब तो जल्दी से सुबह हो और भजिया-चटनी वाला आए।

...जल्दी भागना हो भइया! जैपान (जापान) का जहाज़ आया है। ...ज़रा सुनो। साइरन ऐसे बज रहा है, जैसे उसका बाप मर गया हो। साला कान फाड़ डालेगा। परदा उड़ा देगा यह तो। लेकिन भागकर कहाँ जाएँ? समुंदर में कूद पड़ें?

...हा-आ...श! अब कुछ चैन मिला। खाँसी ने मुश्किल से जान छोड़ी। पर आँख लगती क्यों नहीं? मन कितना परेशान है! और सपने भी कितने डरावने आ रहे हैं!

...अरे ओ भइया, अरे, यहाँ आओ। जरा एक पइसे की भजिया-चटनी ले आओ! आज चार दिन से भूखा हूँ। ...क्या कहा? पइसे की नहीं आएगी? लेकिन लड़ाई से भजिए का क्या लेना-देना? ये भजिया कहाँ जरमर से आता है?

...लपसी में घी ज़रा और डालना। छोकरों को खिलानी है। इस साल गेहूँ खूब हुआ है! फिर किस बात की चिंता? जो भी खाना हो, मौज से खाओ!

...अब तो पइसा और आने का हिसाब नहीं है। रुपया लिखना और रुपया पढ़ना। बस, रुपये की ही बात चलती है। सिनेमा जाने वाले पाँच रुपये का नोट फेंककर बाकी का पइसा नहीं माँगते। घोड़ागाड़ी वालों को भी पूरा-पूरा रुपया ही मिलता है। छुट्टा माँगने के लिए किसी को फुरसत नहीं है। अब तो बस, बाप मेरे, आँख बंद करके पइसा कमाने का बखत आ गया है। भगवान मौत भी दे तो किसी को मरने की फुरसत नहीं है।

...पइसा तेरी जय हो! तुझसे तो अब पाव भर माटी भी नहीं आएगी। तुम्हें तो बस, धागे में डालकर बच्चे के गले में बाँधा जाएगा।

गेहूं की बाल, होरहा के दाने, खून की कै, भजिया,...लड्डू और नया-नया गेहूं, मणि के हाथों की गरम-गरम रोटियाँ...छाती का दरद, भजिया और चटनी की तेजी... छेदहा पइसा...जैपान का बम...भूखे रहो और लड़ाई में मदद करो भूखे पेट लड़ो! भूख! भूख! रासनबंदी...हाथ-पैर की नसें टूट रही हैं...अंधेरे में जहाजी हमला...सामने अंधेरा...आँखों के बावजूद अंधेरा। पूरे चाँद की रात यह अमावस... ।

...म्युनिस्पैलिटी के दीये की रोशनी हल्की-सी थरथराती है। और सैकड़ों सोए लोगों के बीच से एक मानुस चुपचाप विदा हो जाता है।

•

इलाज

जयंती दलाल

नसीब का यह नखरा ही कहा जाएगा न! घोड़ा कितनी बड़ी आशा लेकर बंबई आया था! बड़ी आशा का अर्थ यह नहीं है कि मैरीन ड्राइव या बालकेश्वर पर बंगला और मोटरें नहीं होतीं थीं। उसके छोटे-से गाँव में अभी बंगले की कोई कल्पना नहीं थी। इसलिए बंबई का नाम सुनते ही घोड़ा हँस पड़ता और दिन-दहाड़े तारे गिनने लगता। तब भी वह अटारी का सपना नहीं देखता था। सपना केवल यह था कि पेट-भर खाने को मिले। और मौसी जिस मैना की बात करते हुए थकती नहीं थीं, उसके साथ शादी रचाकर एक खोली में रह सके। उसके सपने की इतनी ही सीमाएँ थीं। और इस सपने के लिए कलेवा बाँधकर घोड़ा बंबई आया था।

उस सपने को आज तीन महीने हो गए। इन तीन महीनों में उसके सपने बोटी-बोटी कट गए। पेट-भर खाने के लिए भी नौकरी कहाँ थी! ठेला लगाने तक को जगह नहीं मिली। स्टेशन पर हमाली की भी जगह नहीं। मौसी ने गाँठ में दो रुपये बाँध दिए थे। घोड़ा जब भी उन रुपयों के बारे में सोचता, मन दुखी होने के बावजूद हँस देता। एक बार दूर के रिश्तेदार के पास मौसी की चिट्ठी आई थी। लिखती है कि नौकरी लग गई होगी और खोली ले ली होगी और मौसी जाने किस दुनिया में रहती है! और फिर उसकी दूसरी चिट्ठी भी आई होगी। लेकिन उस घर में फिर से पैर रखना घोड़ा को मंज़ूर नहीं था। वहां आदर नहीं था, मान नहीं था। जैसे वह आँखों से ही कह रहे हों कि कभी भूल से भी इस घर में पानी नहीं माँगना। रहने-खाने की तो बात ही और थी। नौकरी क्या रास्ते में पड़ी मिल जाएगी। कभी मुकादम को राज़ी कर लो तो कुछेक दिनों के लिए बदले में काम मिल जाता है। लेकिन उसके लिए भी बाहर-बाहर बहुत कुछ करना होता है। मुकादम ऐसे व्यवहार करता है, जैसे उसे कुछ लेना-देना

न हो। कई बार जीभ की जगह आँख के बोल जल्दी असर करते हैं। घोड़ा फिर उस रिश्तेदार के यहाँ कभी नहीं गया।

मुंबई नाम से अब सपना तो नहीं आता। घोड़ा यहाँ आकर यह ज़रूर जान गया है कि बंगला किसे कहते हैं! पर उसे बंगले से क्या करना है! चौड़ी सड़क पर जगह खोजकर वह धरती का बिस्तर करता और आकाश की चादर। बाकी दिन-भर वह घूमता रहता। कभी सगुन हो जाए तो रोज़ी मिल जाती थी। लेकिन कैसी रोज़ी! बस इतनी कि पेट की आग बुझ भर जाए।

तभी उस बिठु ने आकर पूछ लिया, "घोड़िया, नौकरी करनी है!"

घोड़ा को अचरज हुआ कि यह भी कोई सवाल है! नौकरी करने ही तो वह यहाँ आया है।

बिठु को पता था कि घोड़ा ज़रूरतमंद है। फिर भी लगा कि वह विचित्र ढंग से बात कर रहा है। कोई अजूबी बात। या फिर अपने को बहुत समर्थ साबित कर रहा है। जो भी हो, घोड़ा को नौकरी मिल जाए तो वह कुछ भी करने को तैयार है। आज के ज़माने में रोज़ी-रोटी दिलाने वाला कुछ भी कहे, उसे रोका नहीं जा सकता। उसे अभिमान करने का अधिकार है। घोड़ा बिजली की तरह यह सब सोच रहा था। फिर भी उसकी आँखें बिठु के चेहरे पर ही थीं।

"यह तो मैं जानता हूँ कि तू यहाँ बंगला बनाने नहीं आया। बंगला बाँध लेंगे। लेकिन तुम कल बारह बजे तैयार रहना। मैं तुझे ले जाऊँगा। ठीक बारह बजे।"

नौकरी...और नौकरी नहीं तो उसकी आशा! घोड़ा आज मिलने के बावजूद काम पर नहीं गया। शायद बारह बज जाए और बिठु आकर लौट जाए! घोड़ा नौ बजे से ही तैयार होकर बैठ गया। मन में फिर तेज़ी से सपने उठने लगे। और साथ ही भय का घटाटोप भी बजने लगा। पता नहीं क्या होगा! जाने कैसी नौकरी होगी! बिठु जाने क्या-क्या बोलता रहा! क्या होगा आखिर! उम्मीद और नई उमंगों से भय की आग बुझती गई। और कुछ क्षणों में वह पूरी तरह शांत हो गई। उसके सपनों का महल फिर खड़ा होने लगा, कि उसके पास नौकरी होगी, भरपेट खाने को होगा, माथे पर छत होगी, मौसी और मैना भी होगी। मस्तानी मैना!

लेकिन बिठु को देर हो गई। इंतज़ार में घोड़ा बिठु के अड्डे पर हो आया। उस पान की दुकान के आगे रुककर उसने पूछा भी। लेकिन कैसा जवाब दिया पान वाले ने! उसने कहा कि बिठु तो गवंडर हो गया है। मोटर में घूमता है।

पान वाले ने उससे भी कई सवाल पूछे और उसे भयानक आँखों से देखता रहा, "क्यों, बिठु ने नौकरी दिलाने का वायदा किया है!" ...घोड़ा ने सिर हिला दिया। और जैसे मोटे काले पत्थर के नीचे से खेलता झरना निकल रहा हो, पान वाले ने वैसे ही हँस दिया। कैसे अचरज के क्षण थे! जैसे कोई भाले से उसे छेद रहा हो। और फिर अगले ही पल उसका चेहरा बिल्कुल बदल गया। एक छोटी-सी साँस लेकर उसने मुँह फेर लिया।

घोड़ा वापस लौटा तो उसका मन भय और शंका से खदबदा उठा। क्या होगा वह! पानवाला उसे क्यों इस तरह देख रहा था! वह इस तरह साँस क्यों छोड़ रहा था! अपने लिए या मेरे लिए! ऐसा क्या हुआ था कि उसे इस तरह साँस लेनी पड़े! मैंने क्या किया था!

समझ में नहीं आता कि बिठु को मैं क्या मानूँ! पानवाला कहता है कि बिठु गवंडर हो गया है। मोटर में घूमता है। उसने पूछा था कि क्या बिठु ने नौकरी दिलाने को कहा है। वह ज़रूर कुछ जानता है। उसके लिए कुछ भी अनजान नहीं है। वह जानता है कि बिठु क्या करता है! ज़रूर जानता है! शायद इसीलिए पूछता है कि नौकरी! बिठु नौकरी दिलाएगा!

घोड़ा तरह-तरह की शंकाओं से घिर गया था। उसके सपनों की दुनिया अब अदृश्य होने लगी। जैसे सागर किनारे की रेत, कभी भी कोरी नहीं हो सकती। बिठु के लिए इन भटकनों से कोरा होना असंभव था।

एक मोटर आकर खड़ी हुई। कौन है! अरे, यह तो बिठु उतर रहा है। बिठु गवंडर हो गया है। मोटर में घूमता है। और वह पानवाले की देसी साँस! ...बिठु के हाथ में सिगरेट थी। ताज़े खींचे गए कश का धुआं उसकी नाक को कँपाकर बाहर निकल रहा था। शायद बहुत तेज़ खींच लिया होगा उसने। पर नौकरी! ... बिठु शांत कदमों से चलता हुआ पास आया। ..."चल, तैयार है न! मोटर में बैठ जा। मैं दगडू को बुलाकर लाता हूँ।" बिठु चला गया। घोड़ा सोचता रहा कि अब उसे मोटर में बैठना होगा! वह भी नौकरी पाने के लिए! कैसी नौकरी है यह! और दगडू तो यहाँ का नामी दादा है। पर घोड़ा टाल गया कि अब उससे और विचार नहीं होगा।

वह मूढ़ की तरह मोटर के पास खड़ा था। बिठु ने कहा था कि मोटर में बैठ जाए। लेकिन कैसे बैठे! बिठु, मोटर, नौकरी, गवंडर, दगडू...।

बिठु दगडू को लेकर आ गया। और उसकी आँखों के इशारे पर घोड़ा मोटर में बैठ गया।

मोटर पानी के रेले की तरह दौड़ने लगी।

ऐसी मोटर में बैठने का यह उसका पहला ही अनुभव था। इस अनुभव में घोड़ा भूल गया कि पानवाले ने क्या कहा था! तभी मोटर ने मोड़ लिया और घोड़ा की नज़र दगडू पर पड़ी। जैसे कोई वर्षों पुराना घाव याद आ गया हो, घोड़ा को सब याद आ गया। दगडू के बारे में उसने जो कुछ सुना था, उससे उसके साथ इस तरह चलने से वह बहुत रोमांचित था। वह फिर भय से मूढ़ हो गया कि तभी बिठु ने गाड़ी धीरे चलाने को कहा।

मोटर फुटपाथ से बहुत सटकर चल रही थी। सामने किसी बड़ी इमारत के पुराने बंद फाटक के आगे चौकीदार और भरी बंदूक के साथ पुलिस खड़ी थी। उससे थोड़ी दूर दो-चार मज़दूर हाथ जोड़कर किसी को कुछ समझा रहे थे। जलती दुपहर की आग में उसके कंधे पर लाल बिल्ला ध्यान खींच रहा था।

"तो आज इन्होंने पिकेटिंग की है!" बिठु बोल उठा।

घोड़ा ने फिर से माहौल पर निगाह डाली। और जैसे कुछ समझ में नहीं आ रहा हो, उसकी आँखें दगडू के चेहरे पर स्थिर हो गईं। दगडू ज़रूरत से ज़्यादा शांत था। केवल आँखों से निकलता हुआ क्रोध आग की लपटों की तरह लपलपा रहा था। बिठु की ओर निगाह डाली तो वह उत्तेजित लग रहा था। लेकिन दगडू बिल्कुल चुप था।

किसी आदेश के बिना मोटर तेज़ी से दौड़ पड़ी। दगडू बाहर देखते हुए बोला, "करने दो, इसका भी इलाज हो जाएगा।"

दगडू के मुँह से निकले हुए "इलाज" शब्द से घोड़ा डर गया। हालाँकि वह सोच भी नहीं पाया कि इसमें डरने की क्या बात है! यह बंद दरवाज़ा! यह क्या है! यहाँ पुलिस, चौकीदार, पिकेटिंग, लाल बिल्ला! क्या है यह!

और ऐसे में बिजली के कोड़े जैसा 'इलाज' शब्द उसके कानों में गूँज गया। घोड़ा और काँपने लगा।

मोटर तेज़ी से रास्ते पर दौड़ रही थी। अंदर बैठे हुए लोग कुछ बोल नहीं रहे थे। केवल दगडू के सिगरेट जलाने से माचिस की तीली की आवाज़ एक पल के लिए हुई। रास्ते में घोड़ा ने फिर बंद दरवाज़ा देखा, चौकीदार देखा, बंदूकधारी की पोशाक देखी, और देखा लाल बिल्ला।

हड़ताल! इलाज!

और फिर घोड़ा को लगा कि उसकी देह ठंडी होती जा रही है। इलाज क्या उसे ही...। उसे इस इलाज में कुछ करना होगा! वह सोच नहीं पा रहा था

कि अपने को कैसे शांत करे। बहुत भोलेपन से उसने पीछे की ओर देखा। दगडू वैसे ही सिगरेट फूँक रहा था। बिठु उँगलियों से आँख दबाकर चुपचाप बैठा था। ड्राइवर बिना कुछ कहे गाड़ी चला रहा था, जैसे उसे कुछ लेना-देना न हो। जैसे उसे एहसास ही न हो कि वह इतने बड़े गुंडे को गाड़ी में ले जा रहा है। अकेले घोड़ा बेचैन था। लेकिन कुछ सूझ नहीं रहा था। कहीं कोई भयानक घटने वाला था। पर वह मन से और मूढ़ होता जा रहा था।

मोटर रुकते ही झटका लगा तो वह अपनी तंद्रा से उठ बैठा। चुपचाप गाड़ी से निकलकर बिठु और दगडू के पीछे चलने लगा। उसे नहीं मालूम था कि कहाँ जा रहा है। केवल इतना ही खयाल था कि वह जिस मकान में दाखिल हुआ, उसमें जाने के लिए जगह देकर, उसकी पीठ पर हाथ फेरते हुए बिठु और दगडू धीरे-से हँसे थे। घर के ऊपरी हिस्से पर कोई झँडा लहरा रहा था। किसलिए होगा यह! यहाँ क्या होगा! उसमें ज़रा भी समझ नहीं थी कि इसके बारे में कोई निर्णय ले सके।

बिठु और दगडू के साथ घोड़ा एक बड़े कमरे में दाखिल हुआ तो वहाँ बीस-पचीस लोग ज़मीन पर बैठे हुए थे। एक बूढ़ा कुर्सी पर बैठा हुआ था। आसपास दो-चार लोग भी तैनात थे। बिठु और दगडू को देखते ही वह बूढ़ा थोड़ा-सा हँसा।

''आ गए तुम लोग!'' सबको दिखाते हुए उसने पूछा।

''जी-हाँ, जी-हाँ!''

''तो सुनो, मुझे तुम लोगों से और कुछ नहीं कहना है। तुम लोग मजूर हो और मैं भी मजूर हूँ।''...वह साँस लेने के लिए रुका। घोड़ा उस मजूर को देखता ही रहा। अगर यह अपने को मजूर कहता है तो...।

वह आगे और सोचे कि बूढ़े ने बोलना शुरू किया, ''मजूर-मजूर के बीच के झगड़े में, मेरे और मेरे कारखाने में काम करने वालों की तकरार में पराए लोगों को मैं डालना नहीं चाहता। ये लोग मेरे मजूरों को भूखे मारना चाहते हैं। इनकी सीख लेकर तो बेचारों का बर्तन तक बिक गया। लेकिन ये बातें तुम लोगों से कहने से क्या फायदा! तुम लोगों को तो रोज़ी चाहिए। तो जाओ, अभी से काम पर लग जाओ।'' ...और पास में खड़े एक सफेद कपड़े वाले व्यक्ति को बुलाकर कहा, ''मनहर, इन लोगों को जेब-खर्च दे दो। और पाँच रुपये रोज़ के हिसाब से गिनती करना।'' ...उसने बिठु से कहा, ''बिठुआ, सब निपटाकर इन्हें दूसरी पाली में पहुँचा दो।''

आसपास बैठे लोग किसी को देखें और कुछ बोलें, इससे पहले वह बूढ़ा 'मजूर' वहाँ से चला गया। बिठु मनहर से हिसाब-किताब करने लगा। उसने मजूरों

के जेब-खर्च से अपना कमीशन निकाल लिया। रोज़ी मिल रही थी, यह खुशी की बात थी। लेकिन इतना कमीशन!

एक बड़ी लॉरी में पंद्रह लोगों को बिठाया गया। घोड़ा भी उसमें बैठ गया। ये बातें उसकी समझ में नहीं आईं कि मजूर और मजूर के बीच का झगड़ा, रोजी, जेब-खर्च और कमीशन...यह सब क्या है! हाँ, उस सफेद कपड़े वाले ने, जैसे ही उसकी हथेली पर दो रुपये रखे कि बिठु ने एक रुपया झटक लिया। और फिर उसकी ओर देखकर बेहयाई से हँसने लगा। जैसे कह रहा हो कि दोस्त, रोज़ी दिला दी न! अब तू मौज कर। ...दो रुपये की बँधी कमाई! मौसी ने भी रास्ते के खर्च के लिए दो रुपये दिए थे। तब उसने पहली बार दो रुपये एकसाथ देखे थे। उसके बाद आज देखा। और इसमें से भी एक रुपया निकल गया।

लॉरी चली तो घोड़ा ने अपने आसपास लोगों को देखा। भाग्य से ही कोई दूसरे को पहचानता रहा होगा। फिर पहली बार में किसी के बारे में क्या कहा जा सकता है! ये भी अपने जैसे लोग हैं। ये भी मेरी तरह उलझन में होंगे।

लॉरी तेज़ी से चल रही थी। सड़क पर चलने वालों में इस लॉरी के प्रति विचित्र भाव था। शायद लोग इसे जानते होंगे। एक मोड़ पर ट्रैफिक पुलिस से रुकने का आदेश मिलते ही लॉरी रुक गई। कुछ गालियों की आवाज़ें कानों में पड़ीं। और जब तक वे इस बारे में कुछ सोचें, लॉरी फिर चल पड़ी। और तेज़ी से दौड़कर उस बंद दरवाज़े के सामने आ गई।

वही साज, वही सजावट और बंद फाटक। वह पहले वाला चौकीदार, बंदूकधारी और लाल बिल्लावाला। यह सब क्या है! जेब में पड़ा हुआ रुपया उसने हथेली में दबाकर देखा। कुछ समझ में नहीं आ रहा था। वे लॉरी से उतरने लगे तो घोड़ा भी उतरने लगा। अब क्या करना होगा। रोज़ी...।

सब उतर ही रहे थे कि लॉरी तेज़ी से दौड़ पड़ी। वह हैरान होकर खड़ा रहा। फिर पाँच मिनट के भीतर जो कुछ हुआ, उसका ब्यौरा वह कुछ भी नहीं दे पाएगा। जैसे कोई चित्र एकाएक आँखों के आगे से उड़ गया हो। लाल बिल्ला उसके पास आया और वह बंदूकधारी भी। और सहसा धड़ाधड़ पत्थर बरसने लगे। भाग-दौड़ मच गई। घोड़ा को समझ में नहीं आया कि वह कहाँ जाए। हैरान होकर उसने देखना चाहा कि पत्थर कहाँ से आ रहा है! अरे, यह तो बिठु था और उसके पीछे दगड़ू। और तभी एक ज़ोरदार पत्थर उसकी कनपटी पर आकर लगा। टोपी उड़ गई और मुँह पर गर्म खून बह आया। उसे चक्कर आ गया और वह गिर पड़ा।

कहाँ पड़ा है वह! ये कौन-सी जगह है! बस एक आँख थोड़ी-सी खुलती है। दूसरे पर यह क्या बँधा है! पट्टी! ओह,...पत्थर...दवाखाना। दर्द से दूसरी आँख भी बंद हो गई। दर्द, असह्य दर्द।

यह किसकी आवाज़ है! बिठु की!

"बिठु...।" वह जितनी तेज़ी से बोल सकता था, बोल गया। फिर भी आवाज़ में ताकत नहीं थी।

किसी ने उसके कंधे पर हाथ रखा। हाथ फेरते हुए बोला, "ठीक हो जाएगा। इलाज चल रहा है।"

इलाज!

और यह सुनते ही उसके मन में आँधी-सी उठने लगी। दगडू ने कहा था, "इलाज"! "...अचानक पत्थर गिरने लगे और दगडू-बिठु के चेहरे दिखाई देने लगे। हाँ, वही थे। वही दोनों।

और घोड़ा सहसा तन-मन से चीख पड़ा।

•

'रोटला' नजरा गया!

जोसेफ मेकवान

भोर का उजियार होते ही हेता का पहला काम है, रोटला (बाजरे की मोटी रोटी, हथरोटिया या लिट्टी) बनाना। वह रोज़ाना गिनकर चार रोटला बनाती। अंदाज से बराबर नमक डालकर आटे की लोई मसलकर गूँथती। खूब मन लगाकर तवे के बराबर हथरोटिया थापती। एक जैसी आँच में हथरोटिया बराबर से सिंके, इसलिए तवे की आँच कम कर, वह रोटले को दोनों ओर से सिझाकर चित्तीदार बनाने में मगन हो जाती। रोटला उलट-उलटकर कुरकुरा कर देती। कुरकुरी—बड़ी हथरोटिया बिना नमक के भी चबाने में मीठी लगती। एक-दो गँठा प्याज और चुटकी-भर लहसुन-मिर्च हो तो दुपहर के बखत रोटला गले में अटकता नहीं। यह हेता की सारे दिन की कमाई है।

चाय की बटुली उतारकर हेता चौका साफ करती। तीन हथरोटिया का वह खेत के लिए कलेवा बाँध देती। बाकी बचे एक रोटले से दो बराबर टुकड़े कर, वह अपने पढ़वैए बेटे को हाँक लगाती, 'रघु...ऊ...ऊ, ले, चल बेटा, घूँट भर चाय पी ले!'

रघु बस्ता ठीक कर लेता। संभालकर पट्टी और किताबें रख लेता। और फिर सीधा जाकर हेता के सामने बैठ जाता। कररर...कररर चबाता हुआ रघु थोड़ी चाय के साथ रोटले का टुकड़ा खा जाता। जुबान पर स्वाद चढ़ जाने के बावजूद रघु और रोटला नहीं माँगता। हेता ज़िद करे तो भी नहीं मानता। उसे मालूम है कि अब जो रोटला मिलेगा, वह माई के हिस्से का होगा। माई की ज़िद टालने और उसका मन रखने के लिए रघु एक कौर चालीस बार चबाता है। वह माई को समझाता है कि उसके मास्टर जी ने सिखाया है, चालीस बार कौर चबाने से भूख भाग जाती है, खून चढ़ता है और सारा खाना पच जाता है।

लड़के की इस होशियारी पर हेता न्यौछावर हो जाती है। एक पल में उसे दुपहरिया में जल्दी-जल्दी खाते हुए अपने मरद धनजी की याद आ जाती है। भीतर घुमड़ता सवाल एकाएक उसके होंठों पर आकर रुक जाता है। बाकी बचे हुए रोटले के बराबर भाग कर, वह एक डिब्बे में अच्छी तरह रख देती है। हंड़िया में बची हो तो गुड़ की एक-दो भेली भी उसमें डाल देती है। फिर अपने पूरे लाड़ से कहती है, 'बेटे रघु, ये कलेवा साथ लेते जाना। दुपहर में छुट्टी होने पर खाकर पानी पी लेना।'

दुपहर को 'रिसेस' में उसे कड़ाके की भूख लगती। सबके साथ वह भी अपना डिब्बा खोलकर खाने बैठ जाता। खाते समय उसका ध्यान बस, अपने डिब्बे में ही रहता। उसके इर्द-गिर्द आँखें उसे किस भाव से देख रही हैं, इसका उसे होश नहीं रहता। लेकिन चार-पाँच दिनों बाद उसे अचानक समझ में आने लगा कि अगल-बगल की आँखें उसे कुछ अजूबे ढंग से देख रही हैं। इन आँखों में नापसंदगी होती, हीनता होती, मज़ाक होता और उपहास भी। और वह भी बिच्छू के डंक जैसा।

कुछ ही दिनों में रघु को समझ में आ जाता है कि सब उससे दूर और अलग रहना चाहते हैं। रिसेस पड़ते ही वे दौड़कर नाश्ते की जगह इस तरह छेक लेते हैं कि रघु को वहाँ बैठने का मौका ही न मिले। और अब तो उसे खाने के लिए दूर एक कोने में खड़ा रहना पड़ता है। बंद खिड़की की रेलिंग पर डिब्बा रखकर वह पूरा-का-पूरा टुकड़ा मुँह में डालने लगता है। चालीस बार चबाने की टीचर की सीख याद नहीं आती। जितनी जल्दी हो सके, रघु वहाँ से पानी पीने भाग जाता है। कारण उसे समझ में आता है। भाले जैसी नुकीली धारदार आँखें उसके बाजरे के रोटले को नफरत से ताक रही होती हैं। उसके पुराने-धुराने डिब्बे को देखकर उन लोगों को उल्टी आने लगती है।

रघु की चकोर नज़रें सब समझती हैं।

उन सबके डिब्बे स्टील के होते अथवा आँखों को बरबस खींचने वाले रंगीन प्लास्टिक के। उनमें पूड़ियाँ होतीं और घी से चुपड़ी हुई रोटियाँ। सेंडविच होती या मक्खन लगी डबलरोटी। तरह-तरह की सब्जी होती, अचार होता। मिठाइयाँ होतीं और मुँह में पानी भर देने वाले पकवान होते। रघु को तो उन सबका नाम भी नहीं आता। कितनी चीज़ें तो उसने ज़िंदगी में पहली बार देखी थीं। फिर उन्हें चखने और उनका स्वाद लेने की तो बात ही कहाँ थी? वे सब हिल-मिलकर एक-दूसरे की चीज़ों को अदल-बदलकर बखानते हुए खाते, 'तेरी मम्मी का बनाया हुआ बफ तो वंडरफुल होता है।'

'बायगॉड विपुल, तुम्हारी मम्मी की सूखी सब्ज़ी का टेस्ट तो बैस्ट है!'

'मेरी मम्मी तुम्हारी मम्मी के पास इडली-डोसा की रेसिपी लेने आने वाली हैं, मंटू!'

रघु को ये बातें समझ में नहीं आतीं। लेकिन वह जो कुछ सुनता है, उसे एकदम याद रह जाता है। वह तिरछी नज़र डालता है तो पाता है कि सब उसे आँख फाड़कर, भेड़िये की तरह आधा रोटला झपटते देख रहे हैं। कभी तो उसे सुनाई भी पड़ जाता–'हंगरी डॉग!' ...रघु को यह व्यवहार समझ में नहीं आता। पहले तो उसका मन होता था कि एक-आध बार कोई उससे भी रोटला माँगे कि ला रघु, अपनी ड्राय ब्रेड मुझे दे। खाकर इसकी मिठास का कमाल देखेंगे! और फिर वे माई के हाथ के बने रोटले का बखान करेंगे। पर बेहद नफरत और आश्चर्य से उसके रोटले को देखने के बाद कोई उसके साथ हिस्सेदारी को तैयार नहीं होता। उनका मौन तिरस्कार जैसे पुकार-पुकारकर कहता, 'दूर हट! चल, आगे बढ़! तू हमारे बराबर नहीं है। तू हमारे बीच क्यों आता है? तेरा गंदा रोटला देखकर हमें उबकाई आती है।'

यह दुर्व्यवहार और अछूत-भाव जान लेने के बाद रघु की हिम्मत नहीं होती कि रोटला लेकर आए। रिसेस होने पर वह सबसे दूर चला जाता है। और अपनी भूख-प्यास खाली पानी से भर लेता है। उसे ज़ोरों की भूख लगती है। मगर सहपाठियों की सुलगती नज़रें वह सह नहीं पाता। इसलिए नाश्ते का डिब्बा ले जाने से वह साफ इंकार कर देता है। हेता को समझ में नहीं आता कि खुशी-खुशी आधा रोटला दबा देने वाले इस लड़के को अचानक यह क्या हो गया! ...

पहले तो हेता का बनाया रोटला उसे खूब अच्छा लगता। हेता कभी भी अनाज पिसाने नहीं जाती। खूब सुबह वह अपनी चक्की में ही आटा पीसती। खुद के पिसे आटे से रोटी बनाने में वह जी-जान लगा देती। रघु और उसके बापू धनजी को कुरकुरा सिंका रोटला ही पसंद आता। हेता उसमें कमी नहीं आने देती थी। उसके दोनों हाथ बराबर एक जैसी आवाज़ में टप्-टप्-टप् करते चले जाते। और उसकी हथेली में आटे की लोई चंद्रमा जैसा गोल-गोल रूप धारण करने लगती। रघु देखता रहता कि जैसे ही उसके टीचर काले बोर्ड पर गोला खींचते हैं, उसमें उसे हमेशा माई के हाथ का बना रोटला ही गोलाकार दिखाई देता है।

तवे पर डालने के बाद हेता दो-एक बार रोटला घुमाती और उसकी उठती हुई सुगंध नथुनों से होकर दिल तक भर जाती। रघु सुबह जल्दी उठकर पढ़ने बैठा हो या होमवर्क कर रहा हो, उसके पास पहले सिंकते रोटले का सोंधापन

पहुँच ही जाता। और उसकी जीभ से लार टपकने लगती। वह उठकर चूल्हे के पास चला आता। और हेता समझ जाती, 'देखो बेटा, आज तो कुरकुरा बनाया है। ऐसा बना है कि करर-करर बोले। ले, जरा ठंडी होने दे! फिर पपड़ी तोड़। पापड़ से भी ज्यादा कुरकुरा है। देख, जल्दी मत करना। नहीं तो उँगली जल जाएगी।'

और उसके बाद वह रोटला कब खत्म हो गया, रघु को पता भी नहीं चलता। बस, उसकी जीभ पर वह मिठास तब भी बनी रहती।

माई और बापू दोनों पूरे दिन मजूरी पर होते। सरकार ने गरीबों के लिए जब से कानून बनाया है, अब मजूरी के लिए बुलाने वाले ज़मींदार दुपहर को रोटी नहीं देते। पहले मजूरी भी मिलती थी और दुपहर का 'भातु' भी। पटेलिनों के हाथ की बनी बाजरे की मोटी-मोटी रोटियाँ होतीं। साबुत मूँग, मठिया या फिर अरहर की गाढ़ी दाल होती। मालिक उदार-दिल होता तो उस खाने में ऊपर से अचार और मुरब्बे भी ले आता। दढ़ियलों को दो-दो रोटी मिलती और लुगाइयों को डेढ़। बच्चा खेलाने साथ में कोई आया हो तो वह भी खा लेता था। हेता वे सुख के दिन याद कर अब भी आहें भरती है।

कौन जाने, क्या हो गया है? तब लोगों का दिल बड़ा था और दरियादिल उदारता थी उनके पास। और अब जबकि सरकार ने हमारे लिए कानून बनाया है, अब न तो पूरी मजूरी मिलती है और न दाढ़ में स्वाद छोड़ जाने वाला खाना ही। और महँगाई तो ऐसी विकट कि आने वाले दिन किसके ठीए पर गुजारेंगे, समझ में नहीं आता। कलिजुग है! कलिजुग!

और इसीलिए आने वाले कल के बारे में सोचती हुई वह पेट पर पट्टा बाँधकर बेटे को पढ़ाना चाहती है। लड़का होशियार है, इसलिए एक बड़े आदमी की सिफारिश पर इसे शहर के स्कूल में भर्ती कराया है। तीन मील पैदल चलकर रघु बस पकड़ता है और बीस मील दूर स्कूल पहुँचता है। शहर के स्कूल के मायने कि अच्छी पढ़ाई। कल को बच्चे का भविष्य सुधर जाएगा। हम तो सारी ज़िंदगी के लिए जैसे मजूरी लिखाकर ही पैदा हुए थे। लेकिन अब आगे बच्चों के दिन तो फिरें!

हेता के दिल में उमंग है, पर गाँठ में पैसा नहीं है। रोज़ वह नपना गिनकर बाजरा निकालती है। दो रोटला रघु के बापू के लिए। भारी शरीर पर छोटा पेट। मर्द आदमी को खाना चाहिए। एक अपने लिए बहुत होगा। और एक रघु के लिए—टुकड़ा भर सुबह और टुकड़ा भर दुपहर को। बस, यहीं हेता का दिल चररर... चररर फटने लगता है कि पेट के जाये को भी वह जी-भर परोस नहीं पाती।

रघु जैसे ही टुकड़ा भर रोटला खत्म करता है, कि हेता झट से अपना हिस्सा उसके सामने रख देती है, 'ले बेटा, खा ले इतना!'

मगर रघु समझता है। जानता है कि माई को पूरे दिन मेहनत करनी है। वह कहता है, 'बस माई, पेट भर गया। अब भूख नहीं है।' और रघु सचमुच डकार मारने लगता है।

हेता आह भरकर रह जाती है, 'भगवान, इतना मायालु छोकड़ा हमारे भाग्य में कैसे लिख दिया?'

पर अब हेता की चिंता बदल गई है। यह आह भरता भाग्य भी ईश्वर ने उससे छीन लिया। क्षण भर में माई के प्यार का गढ़ा हुआ कौर खाकर, अंतड़ी की प्यास बुझाकर सुबह को सुहाना बनाने वाला रघु अब रोटला साथ ले जाने से इंकार करता है। जिस उमंग से वह रोटला खाता था, वह जैसे कहीं खो गई है। रघु अब भी खाता तो है, लेकिन आना-कानी करता है। जैसे माई का मन रखने के लिए खा रहा हो। शायद भूखा नहीं रह सकता, इसलिए मजबूरी में खाता है। उसके चेहरे पर अब पहले जैसी खुशी नहीं झलकती।

हेता को यह समझ में नहीं आता। उसे लगता है कि रघु दिन-ब-दिन गिरता जा रहा है। उसके चेहरे की लाली अब सूखती जा रही है। लगता है उसका रोटला नजरा गया है। नहीं तो खाने का मोह एकदम ऐसे उतर जाता है भला! हेता मरचा जलाती है। वह ब्राह्मण और गाय को एक-एक रोटी की मन्नत करती है, 'हे गाय माता, हे ब्राह्मण देवता, मैं दो बखत उपवास कर लूँगी, अपने इस कलेजे के टुकड़े के लिए। मगर उसको ठीक कर दे!' उसका दिल आर्तनाद कर उठता है।

पहले तो रघु स्कूल की एक-एक नई-पुरानी बात घर आकर माई-बापू को बताता था। खुद जो कुछ पढ़ता, वह याद कर उनके सामने बोल जाता। अंग्रेज़ी शब्दों की स्पेलिंग घोखता तो हेता और धनजी को बैकुंठ पहुँच जाने का सुख मिलता। हेता का विश्वास और पक्का हो जाता कि छोकरा जो कुछ पढ़ रहा है, एक दिन 'बालिस्टर' बन जाएगा। वह दोनों हाथ ऊपर उठाकर आसमान निहारती और आँखें बंद कर लेती। धनजी को भी लगता कि अब बुढ़ापे में उसे 'टाँगा' नहीं चलाना पड़ेगा। लगता है, यह जनम सकारथ हो जाएगा।

बरसात होने में ज़रा-सी देर हुई नहीं कि धनजी चिंता से आसमान में देखकर बोलता, 'बादल कहीं दिखाई नहीं देते, हेती! दऊ जाने इस साल भी वही होने वाला है।'

और हेता कुछ जवाब दे, उससे पहले ही किताब से मुँह हटाकर रघु बोल

पड़ा, 'नैऋत्य की मौसमी हवाएँ बारिश लाती हैं बापू! तुम्हारे बादल नहीं। बारिश आएगी, हवा का दबाव ज़रा कम होने दो।'

धनजी और हेता दोनों यह सुनकर अवाक् रह गए। हेता ने मरद की ओर आँख उठाकर देखा। वह बोल पड़ी, 'शहर की पढ़ाई है। ...शहर वाले ऐसे ही राज नहीं करते। इसी का नाम गियान है।'

मगर एक बार हेता झटका-सा खा गई। कुछ लिखते हुए अचानक रघु माई की ओर मुड़कर बोल उठा, 'माई, अपना घर हाउस नहीं कहलाएगा। होम भी नहीं। देखो, ये हैप्पी होम का फोटो है। अपने घर से इसमें कितना फर्क है! हाँ, अपना घर हट कहा जाएगा। हट यानि कि झोपड़ी। ...माई, मैं घर के बारे में निबंध लिख रहा हूँ।'

बच्चे के मुँह से निकले ऐसे बोल सुनकर खुश होने वाली हेता आज पहली बार अचरज से भर उठी। छोकड़ा कुछ और तो नहीं पढ़ रहा है? ...हेता के लिए यह सवा लाख का सवाल हो गया। 'हट' मतलब कि झोपड़ी कहते बखत रघु की बोली में कुछ ऐसा था जो हेता को चौकन्ना कर गया।

उस रात हरारत के कारण धनजी की तबीयत थोड़ी ढीली थी। उसका सिर दबाते-दबाते हेता धीमे से बोली, 'ए, सुनते हो, लगता है भाई कुछ ज़्यादा ही पढ़ रहा है। आज यह अपने घर को झोपड़ी कह रहा था और मुझे हट-हट कर रहा था।'

धनजी ने करवट बदलकर जम्हाई ली, 'दुविधा में मत पड़। जा, सो जा। उसकी पढ़ाई हमें समझ में नहीं आएगी।'

'पर अब तो वो कलेवे का रोटला भी नहीं ले जाता। सुबह खाता है, वह भी बे-मन से। कितना पूछ-पछोर करती हूँ, मगर मुँह ही नहीं खोलता।'

'फिर भी रोटला तो तुम बाँध ही दिया करो। चढ़ता लोहू है, भूख लगेगी तो खा लेगा। बहुत कठिन पढ़ाई है। उसी चिंता में नहीं खाता होगा।' धनजी ने फिर करवट बदल ली। और उसकी आँखें झपकने लगीं।

हेता देर रात तक खुली आँखों से ताकती हुई बिस्तर पर पड़ी रही। कोने में खटोले पर रघु बेखबर सो रहा था।

सुबह रघु के इंकार के बावजूद हेता ने डिब्बे में रोटला रख दिया। रघु ने बस्ता भर लिया तो वह बोल उठी, 'ले बेटा, ये साथ ले जा। जो मिले वह खाना पड़ता है, बेटा!'

'मैं नहीं ले जाऊँगा। एक बार कह दिया न मैंने।'

'लेकिन पहले तो तू कुरकुरा रोटला बहुत खाता था। फिर अचानक तुझे

यह क्या हो गया है कि रोटला अच्छा नहीं लगता है? मेरे राजा भइया, मैंने इसमें गुड़ भी मिलाया है।'

हेता का बढ़ा हुआ हाथ, बढ़ा ही रह गया। रघु जल्दी से आगे बढ़ते हुए बोल पड़ा, 'रोटले के अलावा तुझे कुछ और नहीं आता? सुबह भी रोटला, साँझ को भी रोटला?'

डबडबाई आँखों से हेता उसे जाते हुए देखती रही। यह सवाल सारे दिन उसे भाले की तरह गोदता रहा। रोटले के अलावा मैं और क्या जानूँ? बाकी चीज़ें मैं कहाँ से ले आऊँ कि इसके लिए पकवान बनाऊँ?

उस शाम धनजी को मालिक के खेत पर रतिहाई करनी थी। वह वहीं रुक गया। हेता ने कंट्रोल की दुकान से मिला गेहूँ निकाला। थोड़े दलिये के टुकड़े तैयार किए। और आधा सेर कुरकुरा आटा भी। उसने दलिया बनाया और कुरकुरे आटे से कंसार (पंजीरी जैसा एक पकवान) रांधा। पर उसका रंग देखने में अच्छा नहीं लग रहा था। हेता ने मन को समझा लिया कि दीये की मद्धिम उजास में रंग दिखाई ही कहाँ देगा।

उस साँझ हेता ने खूब प्यार से उसे खाने पर बिठाया। थाली के आधे हिस्से में दलिया और चौथाई हिस्से में कंसार परोसते हुए बोली, 'देख बेटा, तेरे लिए थोड़ी नई चीज़ें बनाईं हैं। खा ले बेटा। अन्नदेवता का कभी अपमान नहीं करना चाहिए, भइया!'

सुबह से भूखे पेट होने के कारण गरम-गरम कंसार के दो-चार कौर तो रघु को बहुत अच्छे लगे। और उस धुन में उसने माँ को मनाते हुए कहा, 'गेहूँ है तो रोटी बना देना। सुबह मैं लेता जाऊँगा!'

हेता समझ गई। अपने भीतर की लंबी साँस, भीतर सोखते हुए वह समझाने के सुर में बोली, 'देख बेटा, इस कंसार में दो टीपा तेल भी होता तो यह गले से नीचे उतरता। जब तक गरम है, थोड़ा खाते बनेगा। बाद में ठंडा होने पर नहीं भाएगा! मैं रोटी तो बना दूँ, पर बिना तेल की रोटी! शीशी में एक भी टीपा तेल नहीं है। जीव-जैसा यह तेल भी महँगा हो गया है। अपने खाने की यह चीज़ ही नहीं रह गई भइया! तेल का पइसा हमें कहाँ से पोसाएगा! इस धुँधले उजियारे में तुझे दिखाई नहीं दे रहा है। नहीं तो इस राशन के गेहूँ की बिना तेल वाली रोटी दुपहर तक ऐसी चीमड़ हो जाएगी कि तोड़े नहीं टूटेगी। इसका तवे जैसा करिया रंग देखकर ही तुझे मुँह में डालने का मन नहीं होगा, बेटा! गर्मी में बाजरे की रोटी उज्जर दिखाई देती है। और उसके चलते पेट में पानी का टेका होता है।'

हेता के बोल रघु के कान से आर-पार हो रहे थे। उसके दिमाग में तो कुछ और ही चल रहा था। उसकी आँखों के आगे, बीच की उँगली से रोटी दबाकर, पहली उँगली और अँगूठे से कौर तोड़ते हुए अपने उस सहपाठी का चेहरा घूम गया। वो गेहूँ कैसा होगा कि उसका रंग मुँह में पानी भर देता है? वो किस हवा-पानी में पकता होगा? वो लोग जहाँ खाते हैं, वह टेबल भी तेल से चीकट हो गया है। उनको तेल की कमी क्यों नहीं होती? तेल से भरी हुई नई-नई चीज़ें उन लोगों तक कैसे पहुँचती हैं?

बीच में उठा हुआ उसका हाथ देखकर हेता ने टोका, 'किस सोच में खो गए बेटा? जो अच्छा लगे, खा ले भइया!'

माँ का कहा हुआ रघु को तुरंत समझ में आ गया। ठंडा हो गया कंसार अब नीचे नहीं उतर रहा था। जैसे-तैसे उसने पाँच-छः कौर खाया। उसकी थाली से बचा हुआ कंसार हेता ने धनजी के लिए खेत पर भेज दिया।

लालटेन के उजियारे में रघु भूगोल के पन्ने पलट रहा था। उसे गेहूँ की पैदावार जाननी थी! ...दक्षिण भारत की प्रजा का मुख्य भोजन चावल है। और पंजाब की प्रजा का गेहूँ। और फिर गुजरात की प्रजा में वह स्वयं आता है या नहीं? यह सवाल उसे बेचैन कर रहा था। उसकी सूखी बुलबुली में उँगलियाँ घुमाते हुए हेता बोल उठी, 'ज़्यादा सोचना अच्छा नहीं है बेटा! पहले दुख सहकर पढ़ लो! फिर अच्छे दिन आ जाएँगे।'

सुबह पड़ोसी के कंधे का सहारा लेकर धनजी काँपता हुआ घर आया। उसकी हरारत तेज़ बुखार में बदल गई थी। थरथराते हुए पति की ठंड कम करने की उलझन में हेता रोटला बनाना भूल गई। वह चाय का खाँटी पानी उबाल रही थी कि रघु सामने आकर खड़ा हो गया, 'माई, रोडवेज़ का पास...!'

हेता जलते चूल्हे को देखती रही। फिर उठकर हाँड़ी में कागज़ की एक पुड़िया से नोट निकाला। पाँच-पाँच के तीन नोट थे। पाँच रुपये अभी भी कम पड़ रहे थे। हेता गली में दौड़ गई। वापस आई तो उसका मुँह उतरा हुआ था। पाँच के छूटे पैसे और बाकी के तीन नोट उसने रघु की हथेली पर रख दिए।

उस दिन चौथा पीरियड खेल का था। उसके बाद बड़ी रिसेस होती थी। रघु ने पास बनवाने के लिए छुट्टी ले ली।

खाली पड़े हुए क्लास में वह बस्ते से पुराना पास निकाल रहा था कि उसकी नज़र मिंटू के बस्ते से झाँकते प्लास्टिक के डिब्बे पर पड़ी। उसने स्वयं को लाख समझाया और आँख वहाँ से हटा ली। मगर मन नहीं हटा। जाने कब से रघु

मन-ही-मन सोचता रहा था कि ये सब चटखारे लेकर, तारीफ कर खाते हैं तो उनके भोजन का स्वाद कैसा होगा?

अपने मन के साथ जूझते हुए सहसा उसके दिमाग में एक चमक कौंध गई। उसने सावधानी से चारों ओर देखा। फिर मिंटू का टिफिन उसने पीछे की खिड़की पर रख दिया। जैसे ही वह कमरे से बाहर निकला, उस डिब्बे के पँख लग गए।

रास्ते में सहसा यह सोच भी उठी कि वहाँ रोडवेज़ में तो पूरी भीड़ होगी। वह कहाँ बैठकर खाए? सामने नगरपालिका के दवाखाने की पीछे वाली सीढ़ियाँ सूनी दिखाई पड़ीं। वहाँ बैठकर उसने नाश्ता निपटा दिया। ऐसा अद्‌भुत स्वाद तो उसने ज़िंदगी में कभी नहीं चखा था।

पास निकलवाकर वह वापस आया तो पाँचवाँ घंटा चल रहा था। मिंटू शिकायत कर रहा था कि उसका नाश्ते का डिब्बा किसी ने चुरा लिया। साहब अंग्रेज़ी पढ़ाने के मूड में थे। बोले, 'घर से ही नहीं लाए होगे। भूल गए होगे।'

'नहीं सर, यह ले आया था। हमने देखा था।' कितनी ही आवाज़ें एकसाथ गवाही दे बैठीं। उन सबकी आँखें रघु को बेध रही थीं। लेकिन सीधे किसी को बोलने का साहस नहीं हो रहा था।

'ठीक है, तुम अपने क्लास-टीचर से बताना।' कहकर साहब चले गए। क्लास-टीचर का घंटा सबसे आखिर में था। शिकायत हुई तो वह हँसने लगे, 'अब तो छुट्‌टी का वक्त हो गया है। घर जाकर खा लेना।'

बस में बैठकर रघु को स्वयं पर बहुत शर्म आई। आज दोपहर बाद एक साथ अठानवे चेहरे उसे घूरते रहे। वह किसी से आँख नहीं मिला पा रहा था।

...कबड्‌डी में उसको कोई हरा नहीं पाता था। क्रिकेट के टीचर कहते थे कि रघु को ट्रेनिंग मिले तो वह दूसरा करसन घावरी निकलेगा! भूगोल के सर पहला सवाल उससे ही पूछते थे। संस्कृत के पंडित जी उसे शुद्ध उच्चारण के साथ श्लोक बोलते सुनकर सोच में पड़ जाते थे। और अंग्रेज़ी के सर उसकी योग्यता पर शक करते थे। गणित के सर हमेशा शंका करते थे कि तू किससे ट्यूशन पढ़ता है? क्लास में वह छाती तानकर रह सकता था। फिर भी उसे यह अहसास हो ही जाता था कि एक गुजराती के अध्यापक के अलावा कोई भी उसे प्रोत्साहन नहीं देता। ...और सहपाठी तो ईर्ष्या से सुलग ही उठते थे। वे सब, उसके पहनावे, उसकी अक्ल-होशियारी और उसकी रोटी को नफरत से देखते थे। मिंटू के चेहरे पर आज भूख तो नहीं दिखती थी, पर रघु के मन में एक ओर जहाँ कुछ कचोट रहा था, वहीं दूसरी ओर उसे बहुत बुरा लग रहा था।

उस दिन साँझ को रघु घर पहुँचा तो बापू की तबीयत ज़्यादा खराब थी। घर में दवा के लिए पैसे नहीं थे। हेता ने राशन के गेहूँ से 'राब' बनाई थी। धनजी के गले वह उतर नहीं रही थी। मगर हेता दुखी न हो, इस सोच में वह कटोरी भर राब पी गया। और अगले ही क्षण उसे उल्टी हो गई।

'मैं ना बोल रहा था, लेकिन तू नहीं मानी। दो दिन जमकर सो जाऊँगा तो बुखार उड़न-छू हो जाएगा।' कुल्ला करके धनजी ने करवट बदल ली।

बाप की हालत देखने के बाद, उस दुपहर का डंक अब रघु को ज़्यादा पीड़ा देने लगा था। हेता के कहने के बावजूद उसने राब को हाथ नहीं लगाया, 'तू पढ़-लिखकर पहले लाट साहब बन जा। फिर जैसा मन हो, अपनी पसंद का खाना। अभी हमारा खून मत पी!' हेता अकारण ही खीझ उठी।

उस रात तीनों जागते रहे। धनजी बुखार के कारण उलट-पुलट होता रहा। हेता बिना वजह उसे दोष देने के अपराध से पछताती रही। और रघु भविष्य में कभी भी कुछ गलत न करने का निश्चय मन में दुहराता रहा। गुजराती के टीचर ने अखा (अखा भगत, गुजराती के प्रख्यात संत कवि) की उक्ति सिखाई थी—

काचो पारो खावुं अन्न।
तेवुं छे चोरीनुं धन।।

अखा कहता है, चोरी का धन खाना, कच्चा पारा खाने के समान है।

अगली सुबह रघु ने स्वयं हेता से पूछा, 'माई, आज रोटी नहीं बनाई!'

हेता की आँखें बहने लगीं, 'तीन दिन से तुम्हारे बापू खटिया पर पड़े हैं। दो दिन से मैं भी काम पर नहीं गई। आज पिसान नहीं है, बेटा। तेरा पास बनवाया था न! ...कल!'

रघु ने बंद होंठों से हँस दिया और स्कूल चला गया।

वह स्कूल पहुँचा तो मिंटू को उसने उस दिन खूब खुश पाया। मिंटू विपुल के साथ ताली बजाता हुआ कुछ कह रहा था। रघु ने सोचा कि जाकर उससे माफी माँग ले। पर अभी नहीं, रिसेस में माँग लूँगा।

पहला घंटा पूरा होने वाला था कि मिंटू के पापा डॉक्टर अमीन आ पहुँचे। उन्होंने क्लास-टीचर से कुछ बात की। वे दोनों प्रिंसिपल के ऑफिस की ओर चले गए। थोड़ी देर में चपरासी आया। और वह मिंटू के साथ रघु को बुलाकर ले गया। उनके बाहर निकलने के बाद विपुल क्लास के बच्चों को कुछ समझाने लगा। ऑफिस की ओर जाते हुए रघु के पैर जैसे फाँसी के फंदे की ओर जा रहे थे।

प्रिंसिपल की टेबल पर मिंटू का खाली डिब्बा पड़ा था। कम्पाउंडर गवाही दे रहा था, 'सर, यह लड़का कल वहाँ बैठकर इसी डिब्बे से नाश्ता निकालकर खा रहा था। पानी पीकर इसने नल के पास ही इस डिब्बे को फेंक दिया।'

प्रिंसिपल ने पूछा, 'तुझे कुछ कहना है?'

रघु की आँखें भर आईं।

डॉक्टर अमीन ने कहा, 'इसे रेस्टीकेट करो साहब! ऐसे चोरों के साथ हमारी सोसाइटी के बच्चे पढ़ेंगे तो उनका भी संस्कार बिगड़ेगा। संस्थाएँ संस्कार गढ़ने के लिए होती हैं। चोरों के लिए नहीं।'

●

फिसलते वक्त पर

ज्योतिष जानी

ऐसा लग रहा है न कि यह कुर्सी बिल्कुल ठीक-ठाक है! लेकिन इस कुर्सी की बात ज़रा निराली है। यह टूटी हुई है। इसका एक पैर ढीला पड़ गया है।

बैठिए, बेफिक्र बैठिए आप गिरेंगे नहीं। चैन से बैठिए। यह कुर्सी जब तक रहेगी, चैन, बेफिक्री, शांति, आराम, लहर, मौज, मस्ती और सुख जैसे शब्द बोलना मुझे अच्छा लगेगा। नहीं, यह हिलेगी नहीं। बहुत मज़बूत है। प्लीज़, बैठिए न!

क्यों, कैसा लग रहा है! बेफिक्री लग रही है न! इस कुर्सी की यही तो खूबी है। जो बैठता है, उसे थोड़े ही क्षणों में भीतर अपार शांति अनुभव होती है। घंटे-भर बाद आप भी मस्ती में सीटी बजाते हुए विदा होंगे। इस कुर्सी के बारे में मैंने तरह-तरह के कथन सुने हैं और मन में संतोष हुआ है, कि यह अद्‌भुत है, लकी है, कमाल है, कहना पड़ेगा, यह तो बिल्कुल नई चीज़ है, इसका रहस्य क्या है, आह! मन के सारे दुख दूर हुए, चित्त कैसा स्वच्छ हो गया, लगता है आईने में मुख देख रहा हूँ। ...वगैरह-वगैरह। मैंने अपने लिए इस कुर्सी का नाम ही रख दिया है—ईशावास्यम्! यानि ईश्वर का वास।

अभी परसों की बात है, अपने मनहरलाल जी आए थे। हाँ, वही मनहरलाल कि जिसकी लकड़ी की टाल में पिछले वर्ष भयंकर आग लगी थी और उनका लाखों का नुकसान हो गया था। पाई-पाई इकट्ठा करके उन्होंने धंधा जमाया था। तो मनहरलाल ने इस कुर्सी पर बैठे-बैठे जेब से लॉटरी का टिकट निकाला। हाथ में अखबार लिया और टिकट का नंबर देखते ही उछल पड़े। उनका ढाई लाख का ईनाम लगा था। आपने यह बात सुनी होगी। नंबर देखते ही मनहर भाई उछल पड़े और कुर्सी का एक पैर हिल गया। बस, इतना ही हुआ। इस कुर्सी ने हिलकर इशारा कर दिया कि यह सही संपत्ति नहीं है। टिकेगी नहीं।

यह सुख-शांति नहीं देगी। इससे व्यग्रता और दौड़-धूप बढ़ जाएगी। आंतरिक खिन्नता रहेगी।

मैंने गलत क्या कहा! कुर्सी जो इशारा करती है, मैं समझ जाता हूँ। अब कोई इसे मेरी अंधश्रद्धा कहे, तरंग कहे, बुद्धि-बाहर की बात समझे, वहम बोले—मुझे उससे क्या लेना-देना! कहे तो भले कहे।

फिर हुआ यह कि मनहरलाल एक बड़ा वहमी तो है ही। शुभ-अशुभ खूब मानता है। ग्रहों का योग देखे बिना कोई शुरुआत नहीं करता। बंबई भी जाना हो तो तीन-तीन ज्योतिषियों से मुहूर्त्त निकलवाएगा। ...हाँ, तो मैं क्या कह रहा था! तो मनहरलाल मेरे पीछे पड़ गए। बोले, "एक सौदा मंज़ूर करो!"

"कैसा सौदा! ज़िंदगी में मैंने कोई सौदा नहीं किया।"

"यह कुर्सी मुझे दे दो। इसके बदले जैसी चाहो, मैं दर्जन-भर कुर्सियाँ तुम्हारे लिए ला दूँगा—ईज़ी चेयर, रॉकिंग चेयर, रिवॉल्विंग चेयर, कम्फर्ट चेयर...या जो भी माँगो। जैसी भी चाहो, एक-से-एक नायाब कुर्सी मैं घंटे-भर में हाज़िर कर दूँगा। तुम्हारी इस कुर्सी का एक पैर मुझसे ढीला हो गया है। उसके बदले में... ।" मनहरलाल बोल रहे थे। मैं आँखें बंद किए सुन रहा था। कुछ पल यूँ ही बीत गए।

मैंने कहा, "मनहर भाई, बधाई! पिछले साल आग लगने से आपके साथ जो हादसा हुआ, उसकी भरपाई करने के लिए कुछ-न-कुछ तो होना ही था। आप उस हादसे में बरबाद हो गए थे। अब यह ढाई लाख मिला है तो सब ठीक हो जाएगा। और भाई मेरे, कुर्सी है तो पैर तो ढीला होगा ही। पैर टूटेगा भी। यह सीधी-सी बात मैं नहीं जानता! अब यह तुम्हारी वजह से हो तो क्या हुआ! भूल जाओ। अभी थोड़ी देर पहले जो हुआ, अगर उसमें कुर्सी की महिमा है तो जाओ आनंद करो।"

मनहरलाल को क्या मैं नहीं जानता! उन्होंने बहुत ज़िद की, हठ किया, विनती की, पैरों पर पड़े और अंततः इस कुर्सी का आधा लाख रुपया देने को तैयार हो गए। लेकिन मैं ऐसे कैसे दे देता! उनकी बातों से मैं उलझन में पड़ गया। बुद्धिहीन हो गया मैं। मैं निरीह था बहुत शरमाया, लेकिन तब भी अपना धैर्य नहीं खोया। आप समझते क्यों नहीं! यह भी एक तरह का सौदा ही हुआ न!

फिर क्या होता! अंततः मनहरलाल ने मेरे देखते-देखते कुर्सी माथे पर रख ली। और मुझे आँखें लाल करनी पड़ीं। मनहरलाल नाक चढ़ाकर पैर पटकते हुए चले गए। हाँ, यही हुआ।

आप तो पहचानते होंगे। परसों की ही बात है। वो मधुरिका आई थी। मधुरिका छः महीने पहले जांबिया-लुकासा होकर लौटी है। अरे, वही भारी आवाज़ वाली रूपाली लड़की। अब तो जान गए न! घंटे-भर इस कुर्सी पर बैठकर गई और उसने अपना नाम ही बदल डाला। अब अगर रास्ते में मिल जाए तो उसे नेहा कहकर बुलाइएगा। मधुरिका कहेंगे तो टेढ़े देखेगी। अरे भई, मज़ाक नहीं है। बात यह है मधुरिका आई थी तो उस वक्त मेरे लखनऊ वाले दोस्त मयंक भवसार बैठे थे। मयंक ज्योतिष के महान पंडित—चेहरा क्या, आपकी भौंहें देखकर ही भविष्य भाखने लगते हैं। नहीं, मैं तो ऐसे किसी शास्त्र में कभी विश्वास नहीं करता। लेकिन जो लोग मानते हैं, उनका कहना है कि आपकी जन्म-तारीख, समय, स्थल मिल जाए तो समझिए, आपके जीवन की किताब खुल गई। जानकारों का कहना है कि मयंक ज्ञान-विज्ञान की दृष्टि से परखते हैं। जन्म का समय और स्थल बताते ही आधे मिनट में वह ग्रहों का स्थान और उनकी दशा बता देते हैं। चंद्र-शनि, मंगल किस जगह में होकर, आपके जीवन के साथ क्या लीला कर रहे हैं यह आधे मिनट के भीतर ही आपको मालूम होने लगता है। मयंक के बारे में जाने क्या-क्या कहते हैं लोग! उनकी कथनी, करनी, उनकी ढब। मधुरिका की कुंडली मयंक ने तुरंत बांच डाली। उन्होंने कहा कि तुम्हारे नाम का चंद्रमा बारहवाँ है। तुम नाम बदल डालो और देखो चमत्कार। इसी माघशर में तुम्हारी शादी एक सौ एक फीसदी पक्की। क्यों हँस रहे हैं! नहीं, बात बनाने की मेरी आदत नहीं है। उसी क्षण अपना वह सुंदर नाम उसने केंचुली की तरह उतार फेंका, और जैसा कि मयंक ने बताया था, 'मधुरिका' से 'नेहा' होकर खुशी-खुशी विदा हो गई। जाते-जाते उसने अपने भावी पति के बारे में भी बहुत कुछ पूछ लिया।

तो ये बातें हैं। आपके आने से पहले मैं इस कुर्सी के बारे में ही सोच रहा था। इस पर बैठकर ओमकार का जाप करने जैसी शांति लगती है। मन में कोई उलझन हो, कोई बात, कोई संबंध, परिस्थिति—कुर्सी पर बैठते ही सब साफ हो जाता है। आप सही निर्णय ले सकते हैं।

नहीं, यह मैं नहीं कहता कि यह रत्नजटित सिंहासन है। ऐसा मैं कैसे कह सकता हूँ! पर यह खयाल ज़रूर आता है कि रत्नजटित सिंहासन पर बैठने वाले के मन में कैसे-कैसे भाव आते होंगे! पात्र और पात्रता की बात तो सच मानी ही जाएगी। यह सच है कि सिंहासन पर राजा-महाराजा बैठते हैं। सिंहासन के साथ ऐसे ही लोग पात्र होते हैं। लेकिन मैं आपको ज़रा दूसरी बात बता रहा हूँ।

हम कम-से-कम कल्पना तो कर ही सकते हैं। हम सोच सकते हैं कि सिंहासन के ऊपर बैठने वाले के मन में कैसी खुमारी होगी! कैसी महत्त्वाकाँक्षाएँ, कैसी योजनाएँ, कैसे ठाट, कैसे खेल होंगे उसके! वह आँखों की कोरों से कैसे देखता होगा, उसका मिजाज़ कैसा होगा, कैसी होगी उसकी दौड़-धूप, उथल-पुथल। और जब मैं परम शांतिदायिनी इस कुर्सी की बात कर रहा हूँ तो मेरे मन में राज्य-सिंहासन जैसी कोई बात नहीं है। मैं प्रधानमंत्री की कुर्सी या सत्ता के किसी प्रतीक की बात नहीं कर रहा। नहीं, मेरी बात से कोई दूसरा संदर्भ नहीं चिपकाया जा सकता। मैं तो इतना ही कहता हूँ कि आप जहाँ बैठे हैं, उस बैठक के लिए किन शब्दों का उपयोग किया जाए, समझ में नहीं आ रहा है! मैं ऐसा कहूं कि यह बैठक तरंग की ओर ले जाती है, परम्पराओं और संदर्भों की ओर खींचती है! जबकि सामने पड़े हुए व्याघ्रचर्म पर मैं कभी भाग्य से ही बैठता होऊँगा। घनघोर जंगल में हिंसक पशुओं की गर्जना के बीच समाधि लेते हुए ऋषि की तरह इस पर मेरे मन में भाव पैदा होते हैं। मैं नहीं चाहता कि ऐसे भाव पैदा हों। मैं मानता हूँ कि अंततः समाधि इस दुनिया से पलायन का नाम है।

आप सुन रहे हैं न! कि आप भी समाधि में लीन हो गए! मैं आपको बता रहा था कि इस पर बैठकर आप अपूर्व शांति में खो जाएँगे। इस कुर्सी की यही महिमा है। मैं भी यही करता हूँ। मन खिन्न हो, चित्त चंचल हो तो चुपचाप इस कुर्सी पर बैठ जाता हूँ। और थोड़े ही क्षणों में प्रसन्नात्मा बनकर चैन पाता हूँ। और आप जैसा ज्ञानी यह जानता ही है कि प्रसन्नात्मा व्यक्ति बुद्धि से स्थिर हो जाता है।

क्या कह रहे हैं आप! ऐसा नहीं हो सकता। आपको अचानक वैराग्य आ गया। सब कुछ क्षणभंगुर दिखाई दे रहा है! इस कुर्सी के बदले सर्वस्व समर्पण की बात आपको आवेगमय और विचित्र नहीं लगती! इस ढीले पाँव वाली कुर्सी के बदले में विशाल बंगला, ऐश्वर्य, लाखों की मिल्कियत और स्थावर-जंगम—सब कुछ आप न्यौछावर करने को तैयार हो गए! तो क्या फकीर होकर हम कुर्सी पर बैठेंगे! आप सोच कर देखिए कि लोग आपको क्या कहेंगे! मैंने तो आपसे सहजता से इस कुर्सी के बारे में बात की थी। मैंने तो अपनी श्रद्धा और अंधश्रद्धा का खुलासा किया था। मेरी इतनी-सी बात में आपको सेल्समैनशिप दिखाई दी! यह तो बहुत बड़ी बात है। यह मेरा उद्देश्य नहीं था।

विचार कीजिए कि शायद ऐसा न हो कि बात की शुरुआत हुई हो, और समय के उस बिंदु पर यह कुर्सी, आप और मैं—उस क्षण वहाँ न हों...

आपने जीवन-भर पागलपन के साथ अनेक रास्तों से, पुरुषार्थ करते हुए

जो भौतिक संपत्ति पाई है उसे अद्भुत और अपूर्व शांति के बदले दे देना चाहते हैं।

नहीं, इस तरह सब कुछ लुटाने की ज़रूरत नहीं है।

ना-ना, किसी तरह भी यह बात मुझे मंज़ूर नहीं है।

अरे, आप यह क्या कर रहे हैं! अचानक खड़े होकर आपने इस कुर्सी को कंधे पर क्यों उठा लिया! माफ कीजिए, मैं इसे आपको नहीं दे सकता। खबरदार, इसे पटकिएगा नहीं। जिस कुर्सी ने आपको इतनी सुख-शांति का अनुभव कराया उसके साथ यह कोशिश...! टूट जाएगी। इसका एक पैर ढीला तो है ही।

आपने समझा नहीं। मेरे कहने का मर्म आप पकड़ नहीं पाए। यह कुर्सी मेरे घर में है। एक स्थल और परिवेश में है। इसके आसपास एक विशिष्ट आबोहवा है। इस आबोहवा की बात मैं आपको फिर सुनाऊँगा। यह कुर्सी न्यारी नहीं है। आप जिस रूप में इसे मान रहे हैं, यह चमत्कारी भी नहीं है। यह कुर्सी जहाँ, जिस कालखंड में रखी गई है, उस कालखंड की बात ही निराली है...। ओह गॉड! ...आपने इस कुर्सी को ज़ोर से पटक दिया! इसका ढीला पैर टूट गया और दूसरा भी ढीला पड़ गया।

माफ कीजिए! हरगिज़ नहीं। अभी भी नहीं। आप अब भी इस टूटी हुई कुर्सी के लिए अपना सब कुछ लुटाने के लिए तैयार हैं! आपको सचमुच विश्वास है कि जीवन में किसी दूसरे अगले पल आपका मन बदल नहीं जाएगा! कुछ भी असंभव नहीं है, भले आदमी। इस फिसलते वक्त पर कुछ भी असंभव नहीं है।

•

बायाँ हाथ

झवेरचंद मेघाणी

पुराने ज़माने का वह जंक्शन था। रेलवे विभाग ने अपनी आदतें तब तक नहीं बदली थीं। स्टेशन-मास्टरों और गार्डों को अपने सफेद बालों पर बहुत अभिमान था। उनके चाय-पान के चलते, गाड़ियों का दस-पाँच मिनट देर से छूटना बहुत आम बात थी।

ब्रांच लाइन में जाती हुई ट्रेन एक बार तो छूट ही चुकी थी। पर अचानक पीछे से 'हाँ-हाँ' की आवाज़ सुनाई पड़ी। और जैसे यज्ञवेदी पर कोई ऋषि बैठा हो, स्टेशन-मास्टर ने अपने दोनों हाथ उठा दिए। बाकी रेलवे वाले भी चिल्लाने लगे—लाल झंडी दिखाओ...लाल झंडी...।

और झंडी इस तरह उठ गई, जैसे किसी हिंस्र जानवर की लाल आँखें हों। उसे देखते ही पेट में बल डालकर इंजन खड़ा हो गया। लेकिन धुएं से उसका गुस्सा अब भी बाहर निकल रहा था। शायद कोई मुश्किल आ गई थी। शायद गार्ड महोदय का टिफिन अभी तक घर से नहीं आ पाया था।

गाड़ी पीछे लौटी तो सेकेंड क्लास के डिब्बे के रिवर्स साइड में एक व्यक्ति खड़ा था। उसके मुँह पर गर्वोन्नत भाव था। वह अधिकार से बोल उठा, "चलो, नीचे आओ। यह तो मेरे अंतःकरण की ब्रेक है, उसके चलते कहाँ जा पाओगे?"

युवक-युवती डिब्बे से उतर गए तो बाहर खड़े उस पहले व्यक्ति ने कहा, "चंदू भाई, आओ! हाँ, तो हमारी बात अधूरी रह गई थी, पूरी कर लें!"

"क्यों नहीं? आराम से कीजिए!" चंदू आगे बढ़कर स्टेशन पर टहलने लगे। पत्नी 'भाई' के पास जाकर बगल में खड़ी हो गई। उन्हें 'भाई' कहकर उस दंपत्ति ने, उनके प्रति अपने विश्वास की घोषणा कर दी थी।

एक ओर लगातार बढ़ते विलंब के कारण गार्ड और स्टेशन-मास्टर के बीच

तकरार होने लगी। दूसरी ओर गार्ड अपनी बीवी पर बड़बडा रहा था–साली औरत की जात, नौकरी छुड़ाकर रोएगी! ...चाय वालों ने सोचा कि दो-चार कप चाय और खप जाएगी। वे चारों ओर चिल्लाने लगे–चाय गरम...चाय गरम...।

और आखिर सर्दियों की उस शाम युद्ध का शंख फूँकते हुए गार्ड ने सीटी मार दी। फिर से डिब्बे में बैठते हुए पति-पत्नी बतियाते रहे। पत्नी ने कहा, "भाई, क्रॉसिंग तक हमारे साथ नहीं आ सकते?"

"हैं भाई!" पति ने निवेदन किया, "सुभद्रा का बहुत मन है। मेरे लिए नहीं तो सुभद्रा के लिए आओ न!"

"सच? मैं आऊँ?" भाई ने चारों ओर देखा।

पति ने कहा, "इतने वर्षों बाद आपका होना हमारे लिए कितना कीमती है, चलो न!"

"चलिए, जल्दी कीजिए!" महिला की आँखों में भी निवेदन था।

और स्टेशन-मास्टर और गार्डों का वह जाना-पहचाना व्यक्ति, गार्ड को इशारा करके चलती गाड़ी में जा बैठा। उसने अपनी कृपा से उस दंपत्ति को पूरी तरह नहला दिया। फिर क्रॉसिंग आया, क्रॉसिंग गया। आखिरी स्टेशन आया और वहाँ से भाई के गाँव जाने वाली गाड़ी भी निकल गई। दंपत्ति ने कहा कि वह सुबह की ट्रेन से भाई को वापस भेज देंगे। आज तो उन्हें, उनके साथ ही गाँव जाना होगा।

उन तीनों को स्टेशन पर देखकर गाँव के लोग बतियाने लगे–

"इसे कहते हैं भाईबंदी! ...यह होता है भाई-बंधु!"

"सच्ची हो! ...इसने तो चंदू भाई को जोगी से गृहस्थ बना दिया!"

"लोग तो कह-कहकर थक गए। बुढ़िया-बुढ़वा हथेली भर-भर आँसू रोए। लेकिन बात बनी आखिर भाई से।"

"इसे तो कुछ खबर भी नहीं थी। सगाई, मुहूरत, तैयारी, घोड़ागाड़ी, बाजा-गाजा, फेरे और बिदाई...कहीं भी यह होश में नहीं था। अरे, कन्या हाथ में जयमाला लेकर खड़ी थी तब भी यह माई का पूत, जाने किस दुनिया में गुम था!"

"फिर क्या हुआ?"

"फिर लोगों ने पकड़कर भिड़ा दिया।" एक बूढ़े ने पोपले मुँह से कहा।

लोग हँसने लगे।

"भाई छाती वाला है! गजब छाती वाला। दुनिया देखी है इसने!" गाँव के एक और आदमी ने दलील दी।

"और क्या!" एक तीसरा व्यक्ति लोगों को रोककर कसम खाने लगा कि शुरू से अंत तक इस शादी का खर्च भाई ने ही चुकाया। लोग वाह-वाह कर उठे कि पुराना संबंध है, मुफ्त में थोड़ी चल रहा होगा! फिर भाईबंदी भी ऐसे ही चलती है?"

लोग चर्चा में लगे हुए थे कि तीनों को लेकर जाने वाली टैक्सी आँखें फाड़कर दौड़ती हुई गाँव की ओर बढ़ने लगी। टैक्सी में पहली बैठक भाई की थी, बीच की बैठक पत्नी की। पति ने सबसे अंत में बैठकर भाई और पत्नी के बीच की अधूरी बातचीत को पूरा करने का मौका दिया।

घर पहुँचकर चंदू ने दरवाज़ा खटखटाया।, "अरी ओ माँ, अरे बाबूजी जल्दी दरवाज़ा खोलो! भाई आए हैं!"

और भीतर से आवाज़ आई, "कौन है?"

"अरे, ये तो अपना चंदू है। बहू को लेकर आया है। भाई भी साथ में हैं। जल्दी खोलो, जल्दी।"

बूढ़ा जलती हुई बीड़ी बुझाकर धोती लपेटते हुए दरवाज़े की ओर दौड़ा। बुढ़िया के हाथ का आटा हाथ ही में पड़ा रह गया। भाई के आगमन से इस गरीब घर में सनसनाहट फैल गई। उनके भीतर की खुशियाँ माहौल में छा गईं। आसपास में रहने वाले लोग भी धीरे-धीरे इकट्ठा होने लगे। वे देर रात तक भाई का आभार मानते रहे कि उन्होंने चंदू भाई का घर बसा दिया। वे कहने लगे कि उन्होंने खानदान के ऊपर लगने वाली गाली उतार दी। ...लोग तो कहने लगे थे कि दाल में कुछ काला है तभी तो यह पचीस साल का जवान ठिकाने नहीं आ रहा है।

देर रात तक चलने वाले धन्यवाद के इस सिलसिले का उत्तर भाई दे नहीं पा रहे थे। उनका धैर्य अब चुकने लगा था। वह ऊबने लगे थे। और जम्हाई ले-लेकर उन्होंने सबको जाने को कह दिया।

उसके बाद देर रात तक उन्होंने चंदू को अपने पास बिठाए रखा। उन क्षणों में सुभद्रा बगल के कमरे में बिस्तर पर लेटी हुई सोचती रही कि इस भाई ने अपनी महाकाया से उन्हें सिर से पैर तक ढक दिया है। सगाई से लेकर शादी तक और शादी के बाद इस पाँचवीं रात तक उनका व्यक्तित्व ही, उसके चारों ओर गुँजार करता रहा है। जब वह विवाह के मंडप में बैठी थी, तब भी इस भाई का ही उन्मुक्त हास्य उसके चारों ओर लहरा रहा था। यह चंदू तो जैसे भाई की डोर से बँधा हो। भाई जितना कहेंगे, यह उतना ही घूमेगा। इस दुनिया में इसका इतना ही सुख है। चरम सुख।

सोचते-सोचते सुभद्रा की आँखों से चंदू अदृश्य हो गया। आसमान में जैसे चाँद-तारों के बीच, कोई एक तारा अपनी नन्ही चमक के साथ झिलमिला रहा हो। ज़िंदगी के कण-कण में फैले अंधकार की तरह पति का यह दोस्त उसके चारों ओर छा गया है।

रात काफी बीत जाने पर, चंदू सोने के लिए उठने लगा तो भाई उसे कमरे के दरवाज़े तक छोड़ने आए। भाई ने उसकी पीठ पर हाथ फेरते हुए कहा, ''ध्यान रखना, मैं तुमसे एक पवित्र रात्रि की कामना करता हूँ।''

सुभद्रा ने ये शब्द सुने। आज की रात भी उसके पति पर भाई का ही अनुशासन रहेगा। चंदू ने उससे पूछा कि तुम्हें इत्र पसंद आएगी या अगरबत्ती? सुभद्रा ने पसंद उसके ऊपर ही छोड़ दी। और चंदू ने कहा, ''अगरबत्ती की गंध इत्र से ज़्यादा सात्त्विक होती है। यह हमारे मन को वासनाहीन रखेगी। भाई का आग्रह है कि जहाँ तक हो सके, हमें शुद्ध और सात्त्विक जीवन जीना चाहिए!''

अगरबत्ती का धुआं सुभद्रा के गले से होकर छल्ले बनाता हुआ खिड़की के बाहर उजास में फैलने लगा। चंदू ने पूछा कि आज की रात पवित्रता से बिताने के लिए वह क्या पसंद करेगी? उन्हें कुछ पढ़ना चाहिए। लेकिन क्या पढ़ें वे? सहसा याद आया कि भाई ने सुभद्रा को चरित्र-संबंधी अनेक पत्र लिखे थे। तो क्यों न उन पत्रों को फिर से पढ़ा जाए!

सुभद्रा ने अपनी अटैची से उन पत्रों का पुलिंदा निकाला, जो सगाई से लेकर आज तक भाई ने उसके नाम लिखे थे। उन पत्रों में उनकी अद्भुत लिखावट मोती की तरह फैली थी। अक्षरों की इतनी सुंदर मरोड़, सुभद्रा ने उससे पहले कभी नहीं देखी थी। उन पत्रों में कविता थी, चाँद-तारों की रंगक्रीड़ा थी, आसमान की नीली गहराई थी, उनमें समंदर और पवन की लहरें थीं— और सारी सृष्टि के सौंदर्य का मूल, परमात्मा के प्रति विनम्र भाव था। भाई ने धर्म और पवित्रता के साथ उसे जीवन और कर्त्तव्य के बारे में विस्तार से बताया था।

लगभग एक घंटे तक लगातार पत्र पढ़ने के बाद चंदू को विश्वास हो गया कि उसके दांपत्य-जीवन को भाई एक कुशल शिल्पी की तरह सावधानी से गढ़ रहे हैं। उसकी आँखें भर आईं। उस रात बगल के कमरे से रुक-रुककर हे प्रभु हे नाथ... हरि-हरि...के शब्द सुनाई देते रहे। चंदू सोचता रहा कि इन शब्दों से भाई उसके दांपत्य पर भक्ति और आशीर्वाद बरसा रहे हैं।

सुबह वह सोकर उठा तो सुभद्रा बिस्तर पर नहीं थी। वह जमीन पर लकड़ी के एक टुकड़े का तकिया बनाकर लेटी थी। उसकी रेशमी साड़ी धूल में लिपटी पड़ी थी।

सुबह भाई को स्टेशन छोड़ने जाते हुए उसने हठ से सुभद्रा को भी साथ ले लिया। सास-ससुर ने भी उसे खुशी से स्टेशन जाने दिया। माँ-बाबूजी ने कहा था कि बेटा, भाई बड़े धर्मात्मा हैं। उनके दो बोल सुनने को मिलें, इसी में तुम्हारी भलाई है।

गाड़ी छूटने में अभी देर थी। स्टेशन-मास्टर के धर्मगुरु भी आज उसी गाड़ी से जाने वाले थे। लेकिन उनसे अभी नित्यकर्म पूरा नहीं हो पा रहा था। स्टेशन-मास्टर के नए जन्मे बच्चे के संस्कार के लिए गुरुजी यहाँ आए थे। और उनके लिए दस-पाँच मिनट देर से गाड़ी छूटनी ही थी।

"पाखंडी कहीं का!" भाई गुस्से से जल उठे। उन्होंने चंदू से कहा कि वह, उन्हें अकेले छोड़ दे। भाई सुभद्रा को अंतिम रूप से कुछ बताना चाहते हैं।

"आराम से, बताइए न!" चंदू स्टेशन पर टहलने लगा। उस सेकेंड क्लास के डिब्बे में केवल गुरु-शिष्या ही रह गए।

ट्रेन छूटने के बाद, गाँव लौटते हुए सुभद्रा ने पूछा, "भाई हमारी ज़िंदगी में इतनी हिस्सेदारी क्यों कर रहे हैं?"

"वह दुनिया को दिखाना चाहते हैं कि आदर्श जोड़ा कैसा होता है और किस तरह बनता है!"

सुभद्रा का नारी-हृदय पाप के दरवाज़े तक जा चुका था। फिर भी उससे, वह आखिरी झटका सहन नहीं हुआ। उसने कह ही दिया, "भाई मेरे साथ ऐसा क्यों कर रहे थे?"

"क्यों, मेरी बुराई कर रहे थे क्या?" चंदू मज़ाक करने लगा।

"नहीं, कल शाम को और आज गाड़ी में उन्होंने मेरा हाथ पकड़ लिया।"

चंदू चौंक गया। उसके चेहरे की रेखाएँ कमान की तरह खिंच गईं।

"फिर!"

"फिर कहने लगे कि सुभद्रा, तुम्हारा दायाँ हाथ चंदू का है तो बायाँ मेरा। और इतना कहकर हवा में चूमते हुए उन्होंने मेरा हाथ खूब-खूब दबाया।"

चंदू जैसे आसमान से गिरा हो। जैसे किसी ने उसके माथे पर पत्थर पटक दिया हो।

"और तू कुछ नहीं बोली?" उसने जलकर पूछा।

"मैं क्या बोलती? आप दोनों का रिश्ता कितना पक्का है! मेरे नाम आए उनके खतों की आपने कितनी सराहना की है!"

चंदू सोचने लगा कि भाई के ये खत, मेरे विवाह-जीवन में उनकी इतनी रुचि, सात्विकता के वे प्रवचन, इतने उबाल—यह सब सुभद्रा की देह में आधा हिस्सा माँगने के लिए था?

चंदू खामोश हो गया। वह सुभद्रा से क्या कहता? उसने स्वयं ही सुभद्रा को इस चक्कर में डाल दिया था। घर पहुँचकर उसने भाई के खतों को तुरंत जला दिया। और राख एक बोतल में बंद कर, उस पर कुछ लिख दिया। चंदू ने लिखा था—बायाँ हाथ।

•

तीरथ

दिलीप राणपुरा

चामुंडा का दर्शन कर, आराम करने के बाद सब उठे तो साठ के करीब पहुँची गलाल ने रमेश और महेश के सामने देखते हुए कहा, "मैं और तुम्हारे बापू यहाँ आ चुके हैं।"

"कब?" महेश ने पूछा।

"शादी के दूसरे ही दिन।"

गलाल ने जैसे ही पहाड़ की उतराई वाली सीढ़ियों पर पैर रखा कि उसकी देह ऐसे काँपी, जैसे वह अभी गिर पड़ेगी। रमेश ने उसकी बाँह पकड़ ली। गलाल खड़ी रह गई। फिर जैसे चढ़ाई में सांस चढ़ गई हो, उसने हाँफते हुए कहा, "हाथ छोड़ दे बेटा, मैं अपने से उतर लूँगी। अरे, चढ़ना ही कठिन है।"

पीछे आती हुई बहुएँ और बच्चे अब काफी सीढ़ियाँ उतर चुके थे। उन्हें देखकर गलाल बोली, "तब मैं भी ऐसे ही उतरी थी...।" गलाल आगे नहीं बोल पाई। रमेश ने अभी भी उसका हाथ पकड़ रखा था। महेश आगे निकल गया था।

"माई, थोड़ा आराम करना है?" आधी सीढ़ियाँ उतरकर रमेश ने पूछा।

"नहीं रे...मैं कहाँ थकी हूँ? असली घी-दूध की देह है। और उस ज़माने का पानी...अब तो यह रेतीला पानी है। बेटा, मैं कहती हूँ, यह पानी बदल गया है, बिल्कुल बदल गया है। ...यह दुख तो फाँस जैसा...।" और फिर गहरी साँस छोड़कर बात बदलते हुए गलाल बोली, "चढ़ती बखत मैं थकी नहीं थी। वो तो बहुओं-छोकरों ने बिना कहे ही दो बैठकिया करवा दिया। शायद वे खुद थक गए थे। वैसे यहाँ आने का हौसला था तो थकान क्या लगती?" फिर उसने मुँह पर आए पसीने को साड़ी के पल्लू से पोंछ लिया, "बेटा, इस देह में जो कुछ भी था, अब निचुड़ने लगा है। जैसे एक दिन सब निचुड़ जाएगा। ...यह माटी

की काया...सब कुछ लुटाकर यहीं खाली हो जाएगी...।'' गलाल एकाएक चुप हो गई।

तलहटी में उतरकर कलेवा करते हुए गलाल ने वही कहानी शुरू की, जो वह कई बार सुना चुकी थी, ''तू छह महीने का था तो हम तुझे मइया के पाँव छुआने ले आए थे। तब सीढ़ियाँ नहीं थीं। ...फिर महेश को ले आई। ...तब भी यही टाइम था। पियावा गाँव पहुँचते तो दिन डूब गया।'' ...और बोलते हुए गलाल एकाएक पुरानी यादों के जंगल में ऐसे खो गई कि उसका मुँह बंद हो गया। बस, यादें चलती रहीं।

वैसे यहाँ के लिए निकले, तब से गलाल बहुत-सी बातें याद कर बताती गई, जैसे वह बीते समय के महीन-से-महीन पत्थर चुन-चुनकर उनके सामने रख रही हो। गलाल भावविभोर हो जाती, उत्तेजित होती और चुप भी हो जाती। उसका गला रुंध जाता। बेटे-बहुएँ समझते कि उसे अपनी ज़मीन का दुख है। उसने खुद से बहुत कुछ छोड़ दिया, और कुछ उससे अपने-आप छूट गया। वहाँ उसका अपना कहने को अब कुछ भी नहीं था। अपने लोग, सगे-संबंधी, कुछ भी नहीं। केवल हथेली और मन को भरने के लिए घटनाओं और यादों का सिलसिला था।

गलाल को ही लगा था कि वह साठ की हो गई है। जात्रा के बहाने पियावा गाँव हो आए। हरियाली के दिन हैं, जन्माष्टमी का त्यौहार भी। इस त्यौहार ने मेरे जीवन में कितने उत्सव दिए! ...सब कुछ बदल गया। अब सब मन भरकर देख लूँ, यादें ताज़ा कर लूँ। जो मिट गई हैं, उन्हें फिर से बसा लूँ। जो धुँधली पड़ गई हैं, उन्हें उजली कर लूँ। गलाल ने बेटों से बात की। वे सहमत हो गए। भले पंद्रह दिन दुकान बंद रहे, भले बच्चे स्कूल न जाएँ, लेकिन माई को जात्रा करा दें। बच्चे भी अपनी ज़मीन देख लें। हमारे मन में भी धुँधली होती हुई वह दुनिया एक बार गहबर और ताज़ा हो उठेगी।

''हम तो बहुत छोटे थे तब...।'' रमेश ने कहा, ''बापू कब गुज़रे, हमें याद भी नहीं!''

''ना बेटा, तेरे बापू तो...।'' गलाल एकाएक अटक गई। भीगी आँखें झपकाकर साफ करते हुए उसने साड़ी के पल्लू से मुँह पोंछ लिया। उसने सोचा कि उसके बूढ़े चेहरे पर कोई ऐसा भाव पैदा न हो, जिन्हें इतने वर्षों से वह भीतर छिपाकर जीती आई है। इस कोशिश से, बेटे-बहुओं को लगा कि माई बापू को भूल नहीं पाई। अभी भी वह, उन्हें वैसे ही देखती है। जैसे-जैसे दिन बीत रहे हैं, वह याद और तेज़ होती जा रही है। बापू कैसे थे? ...थोड़ा और जीते...। अरे, कोई फोटो भी होती तो...। माई उनके बारे में बताती है तो मन में उनकी

तस्वीर गड्ड-मड्ड हो जाती है। वह इतनी बेचैन हो जाती है कि ठीक से कुछ कह भी नहीं पाती। फिर भी बेटों ने कई बार कहा कि माई, तुम ठीक-ठीक बताओ तो पेंटर के पास जाकर बापू की तस्वीर बनवा लें।

"मैं जो कहूँगी वो तस्वीर तो कोई भी बना लेगा, लेकिन मेरे रोएँ-रोएँ से जो निकलता है, उसकी तस्वीर कौन बनाएगा?" इतना कहकर गलाल अतीत में खो जाती। थोड़ी देर छत की ओर देखने के बाद, उठकर बाल्कनी में चली जाती। फिर ऊँची इमारतों के पार आसमान में कुछ ढूँढने की कोशिश करती। कभी चेहरे पर खुशी छलक उठती तो कभी आँखें दुख से भर जातीं।

"मैं आठ साल का था, तब हम...।" रमेश ने कलेवा खत्म करते हुए कहा।

"हाँ, ठीक आठ साल का, दूसरे दर्जे में पढ़ता था तो हम निकले थे। पियावा गाँव से निकलकर हम चोटीला गाँव आए थे। वहाँ से माता के दर्शन के लिए जाना था। पर गाड़ी का टाइम हो गया था, इसलिए...।"

"माई, अब तुम जी-भर दर्शन कर लो। अब गाड़ी नहीं छूटेगी।" रमेश बोला।

दस बीघा ज़मीन, घर-सामान...सब बेचकर, दोनों बेटों के साथ वह निकली भी तो अनजान लोगों के बीच, अनजाने शहर में...हाँ, एक पहचान वाला भी था, पूरी पहचान वाला। ...लेकिन वह तो छोड़ने आया था। ...केवल छोड़ने।

सब मोटर में बैठ गए। गलाल ने एक बार फिर पहाड़ियों की ओर देखा और मेटाडोर सड़क पर चढ़ गई। तीस साल में बैलगाड़ी की लीक वाला रास्ता, डामर वाली सड़क में बदल गया था। जहाँ कचरे पड़े रहते थे, वहाँ नए-नए रूप-रंग के मकान खड़े थे। गलाल पिछले दिनों में खो गई। वे पुराने दिन, वैसे ही उसके सामने आने लगे। मेटाडोर पियावा गाँव के रास्ते पर मुड़ी तो गलाल के मन में हल्का-सा रोमांच हो गया। तीस वर्ष अपनी छाती में छिपाए हुए, उसने जो कालखंड सजोए थे, उसके रोमांच में खलल पड़ते ही वह बोल उठी, "धीरे भइया, धीरे...।"

"क्या हुआ, माई?" महेश ने पूछा।

"कुछ नहीं...।" गलाल बता नहीं पाई। लेकिन उसके मन में बहुत कुछ उठ रहा था। मेटाडोर पियावा पहुँचे, इससे पहले वह, वहाँ पहुँच गई थी।

अठारह वर्ष की उम्र में उसकी शादी, पियावा के चालीसी छूते अमरशी मिस्त्री के साथ हो गई थी। विधवा माँ का अकेला बेटा। घर से सुखी था, लेकिन उस सुख का कोई वारिस नहीं था। अमरशी उसके लिए बेचैन था। और जब तीन साल बाद भी गलाल की कोख ने मिठाई खाने का अवसर नहीं दिया तो

अमरशी का मन खट्टा हो गया। माँ तो यह दुख अपने साथ ही ले गई। मियाँ-बीवी के संसार में भी आग लगने लगी। बात धीरे-धीरे बढ़ चली। दिन तो हँसी-ठट्ठे में बीत जाता, मगर रात होते ही चिक्-चिक् होने लगती। बात लोगों के कानों तक भी पहुँचने लगी। पर कुछ समझ में नहीं आता था। कभी हिचकियाँ सुनाई देतीं तो कभी ताने। लोग टोह लेने की कोशिश भी करने लगे, किंतु गलाल ने मुँह नहीं खोला। उसने साफ कह दिया कि यह हमारे घर की बात है। ...दूसरों को क्या लेना-देना?

गलाल ने जो भी कहा, पर लोगों को इतनी रुचि थी कि पूरे गाँव में चर्चा होने लगी। उन्हें लगा कि मिस्त्री को किस बात की तकलीफ है? दो परानी हैं। आमदनी भी है। रोकने-टोकने वाला कोई नहीं। गोद नहीं भरी तो क्या हुआ? दो-चार वर्ष बाद भर जाएगी। ...इसमें झगड़े की क्या बात...? मगर दोनों के बीच का यह झगड़ा नहीं टला तो मुखिया ने आनंदपुर से आए कामदार को टटोला, "कामदार, एक झगड़ा निबटाओ।"

"किसका?"

"मिस्त्री का।"

"उसका किससे झगड़ा है?"

"घर में ही है।"

"देखो मुखी...।" कामदार ने संकोच से कहा, "वो उनका अपना मामला है। मियाँ-बीवी के झगड़े का ओर-छोर किसी को नहीं मिलता। सबको लगेगा कि बात पूरी हो गई, पर वो थोड़ी घड़ी तक ही रहेगी। फिर वैसे-की-वैसी। इसलिए हमें नहीं बोलना चाहिए। बड़ा परिवार हो, सास-ससुर, ननद या देवरानी-जेठानी की दिक्कत हो तो उसका निपटारा हो जाएगा। लेकिन इसमें क्या हो सकता है?"

"पर दोनों हद से बाहर जा रहे हैं।"

"मतलब!"

"सारी रात बाजते रहते हैं।"

कामदार चुप हो गया।

"कामदार, जैसे ही रात होती है...।"

"मुखी, रात का बाजना मीठा होता है...।"

"लेकिन यह मीठा नहीं है। इतने कड़वे बोल बोलते हैं...।"

"देखूँगा...।" कहकर कामदार ने बात टाल दी।

मुखिया थोड़ी देर बाद चला गया।

तीरथ / 115

आधी रात तक कामदार को नींद नहीं आई। उसे लगा कि इतना बड़ा गाँव है, दो-चार घरों में तो यह होता ही रहता है। वैसे तो मैंने अड़ोस-पड़ोस के कई गाँवों का पुश्तैनी बैर निपटाया है। समधी-समधी के बीच का झगड़ा सुलझाया है। राजपूत भी मेरी बात से इंकार नहीं करते। और फिर मिस्त्री! ...मिस्त्री को बुला लूँगा। किसी को कानों-कान खबर भी नहीं होगी।

सुबह अमरशी मिस्त्री हाज़िर हुआ।

"अमरशी, पेट की बात करनी हो तो पूछूँ।"

"पूछो, छिपाऊँगा नहीं।"

"तुम मियाँ-बीवी के बीच यह क्या चल रहा है?"

अमरशी नीचे देखने लगा।

"कोई अंदरूनी बात है?" कामदार ने फिर पूछा।

अमरशी ने जवाब में सिर हिला दिया।

"नहीं बता पाओगे?"

अमरशी शरमा गया।

"मैं तुमसे बड़ा हूँ। जो हो, कह दो। हम दोनों के सिवा कोई नहीं जानेगा।"

"अब कैसे कहें, कामदार!" अमरशी मुश्किल से इतना बोल पाया।

"ठीक है, मत कहो। तुम आपस में समझ लेना।"

"आप उसे समझाओ न!" अमरशी इतना कहकर हाँफने लगा।

"तो दुपहरिया को भेजना।"

अमरशी चला गया।

कामदार खाकर लेटा था। पलकों पर नींद का बोझ था, फिर भी आँखें खुली थीं कि शायद सोता हुआ जानकर गलाल लौट न जाए। वह लौट गई तो यह झगड़ा बना ही रह जाएगा।

कुछ देर बाद गलाल चौखट पर आकर खड़ी हो गई। उसने पल्लू से आड़ कर ली।

"अंदर आओ गलाल...यह मुँह ढकना बंद करो।" ...कामदार खाट से नीचे उतर गया। वह बाहर जाकर मुँह धो आया। फिर कमरे में आकर पूछने लगा, "मामला क्या है?"

गलाल भी अमरशी की तरह नीचे देखने लगी।

"यहाँ बैठो...।" कामदार ने बिछी हुई जाजिम की ओर उँगली उठाई।

गलाल खड़ी रही।

"खड़े-खड़े बात करने में मज़ा नहीं आएगा। बताओ, क्या है?"

"आप उससे ही पूछ लो न!"

"कुछ बताओ तो बात निपटाई जाए।"

"उसने क्या बताया?"

"बताया कि अंदरूनी बात है।"

"तो आप समझ लो न!"

"अंदर तो बहुत कुछ चलता रहता है। कुछ बोलो तो समझ में आए।"

गलाल ने सिर हिलाया।

"अमरशी देह से मज़बूत है, रोटी-पानी से सुखी है। तेरे जैसी छमक-छल्लो बीवी हो तो वह बाण-बैल की तरह भड़केगा ही। ..." कामदार ने इतना कहकर ज़बान पर काबू कर लिया।

"ऐसा कुछ नहीं है।"

"तो!"

"जाँघ का घाव कैसे दिखाएँ?"

"मुझसे कहने में दिक्कत न हो तो...।"

"आपसे कहने में क्या मिलेगा?"

"कोई रास्ता निकल आएगा।"

"शादी से आज तक चुप रही हूँ। इस घाव की दवा नहीं है।"

"गलाल, ताने से बढ़कर कोई घाव नहीं होता। ...उसकी भी दवा मिलती है। फिर तुम्हारा घाव तो...।"

"उससे भी बढ़कर घाव है, कामदार...।"

"क्या है?"

"उसका पानी नमकीन नहीं है...।" गलाल खुल गई।

"मतलब!"

"पानी कमज़ोर है। आदमी को या तो गरम होना चाहिए या जाकर हिमालय पर रहना चाहिए। संसारी नहीं होना चाहिए। मैं सूख रही हूँ। एक दिन ऐसे ही तरसती लकड़ी पर सो जाऊँगी।" उसने कामदार की आँखों में देखा, "मुझे ही अफसोस होगा न! ...मेरी यह जोबनाई बिल्कुल...।" गलाल को समझ में नहीं आया कि वह और क्या बोले?

कामदार लड़खड़ा गया। क्षण-भर के लिए उसे अपनी उम्र और ओहदे का खयाल आया। और सहसा एक सूखी नदी के किनारों पर गर्म हवाएँ साँय-साँय कर उठीं। कामदार ने कहा, "भले, मैं तीन दिनों बाद आऊँगा।"

गलाल ओसारे के बाहर निकल गई। पर ओसारे में उसके पाँवों के निशान उभर आए थे। धूल में पड़े हुए वे चौखट पर आने के लिए बेचैन थे। उसकी चंचल, बावरी आँखें कामदार की देह पर अब भी घूम रही थीं।

अष्टमी के दिन कामदार अमरशी के घर गया। गलाल ने कहा, "वो तो सवेरे से ताश खेलने गया है।"

"भले खेले।" कहकर कामदार ने आसपास देखा।

गलाल ने खाट पर कथरी बिछा दी।

"फिर क्या हुआ?" कामदार ने पूछा।

"होगा क्या?"

"मिस्त्री कुछ बोला?"

गलाल ने जवाब नहीं दिया।

"तो गलाल! ..." कामदार थोड़ा हिचकिचाया।

"मैं तुम्हारी नज़र पहचानती हूँ।"

"कैसी लग रही है?"

"डर लगता है।"

"किसका डर?"

"तुम्हारी आबरू का...उमर का...और तुम्हारी...तुम्हारी...ना...ना...कामदार...!"

"गलाल...कामदार का पेट समंदर है। ...वो मरेगा तो उसके साथ ही, पेट की बात चली जाएगी। हवा को भी गंध नहीं आएगी...।"

"तो-तो...।" गलाल जोर से बोल गई।

"तो?" रमेश ने पूछा।

"पियावा गाँव आ गया...।" गलाल ने कहा, "तब यहाँ झाड़ी खड़ी थी।"

"हाँ माई, मुझे याद है। ...और माई, याद है कि बापू...।"

"ऐसा मत बोल बेटा! ...तेरे बापू तो...।" गलाल के होंठ फिर बंद हो गए।

रमेश समझ गया कि माई को, बापू की याद नहीं दिलानी चाहिए।

"माई, हम निकले थे तो...।"

"हाँ, तब पता नहीं था कि लौटकर गाँव आएँगे। समझ में नहीं आता कि यहाँ क्या लेने आए हैं!"

"माई!," रमेश ने कहा, "भिमोरा का किला तो टूटकर धूल में मिल गया। ...तुमने देखा!"

"हाँ बेटा, सब धूल में मिल गया। खाली डिब्बा बचा है। बिल्कुल खाली,

तुम्हारी माई की तरह। ...और जो धूल में मिल जाता है, वापस नहीं लौटता। ...तेरे बापू की तरह...।''

गलाल फिर यादों की तह में उतर गई।

मिस्त्री के मरने के बाद वह अकेली हो गई। कामदार की उम्र भी गलने लगी थी। राजपूती रियासत बिक गई। कामदार अब नहीं आता था। गलाल हाट-बाज़ार के बहाने भी कहीं जा नहीं सकती थी। लोगों को खबर नहीं थी कि गलाल और कामदार के बीच ऐसा भी संबंध है। ...किसी को वहम तक नहीं था। ...कामदार ने कहा, ''गलाल, इन दोनों छोकरों को मैं गाँव में नहीं रखूँगा। बंबई में मैंने इनके लिए सब इंतजाम कर दिया है। ...मकान लिया है। ...भाई-बंधु हैं। तुम्हारी देखभाल करेंगे। छोकरों को पढ़ाएँगे, धंधे से लगाएँगे। हमारी आबरू आज तक अकलंक रही है।...बनी रहे, इसलिए...।''

''ना कामदार...!'' गलाल ने बिल्कुल इंकार कर दिया।

''मेरी उमर हो गई है। छोकरों के लिए मेरा दिल हुड़कता रहेगा। और किसी दिन, किसी को कोई शंका...तुम सबके लिए यही एक रास्ता है। ...तुम समझदार हो...।''

''ऐसा मत सोचो, कामदार! ...मैं भरकर उतरा गई हूँ। फिर भी एक बूँद तक छलकने नहीं दूँगी।

कामदार उसे बंबई छोड़ गया। दो साल बाद उसकी मौत हो गई। गलाल यहाँ आने के लिए तरस उठी। मसान से लेकर उसकी राख ज़िंदगी-भर के लिए सहेजने की इच्छा थी। लेकिन वह आ नहीं पाई। ...और फिर तो कभी आने का मन ही नहीं हुआ। पर हर क्षण उसके भीतर जैसे कुछ टूटता गया। हर पल उसके लिए, तकलीफ का पल था। कितने साल बीत गए। बेटों ने पढ़ाई-लिखाई की। फर्नीचर की दुकान की। शादी-ब्याह किए। और बड़े-से-बड़ा मकान लेकर, एकसाथ रहना चाहते थे। गलाल ने कहा, ''मैं तो यहीं रहूँगी। ...यहाँ हम फले-फूले हैं। ...मैं यहीं मरूँगी।'' और वह छोटे बेटे के साथ, वहीं रह गई। एक रहस्य उसके भीतर अपनी संपूर्ण ताकत से ज़िंदा था। कभी डर लगता था कि कामदार ने किसी को कोई छोर न दे दिया हो। फिर लगता कि नहीं, मैं ही कमज़ोर हूँ। ...मैं ही...। पाप और डर मन के भीतर होता है...।

मेटाडोर गाँव के चौराहे पर आ गई।

लोग जमा हो गए।

किसी ने गलाल को पहचाना नहीं। उसने बताया तो सब हैरान रह गए। गाँव की बढ़इनें, सेठानी लगने लगी थीं। फिर तो आठ-दस साथिनें आ गईं।

पुराने किस्से चलने लगे। दिन ढल गया तो भोजन-पानी के लिए ज़िद होने लगी। ...एकाएक गलाल ने कहा, "आज तो गोकुल अष्टमी है। ...फलाहार करना है।..."

"सुबह याद क्यों नहीं आया? क्यों हुआ ऐसा?"

"आज रात रुक जाओ। ...गोकुल अष्टमी को तो हम रास खेलते थे। ...तुम्हीं गवाती थीं गलाल! तुम्हारा गला अब भी वैसा ही होगा।"

"लेकिन देह!"

"देह उमरदार हो गई है, मन नहीं। और गला भी नहीं। उछाह तो हरगिज़ नहीं।"

सब रुक गए।

रास शुरू हुआ। औरत-मर्द साथ थे। गलाल ने गला खोल दिया। उसे वह गोकुल अष्टमी याद आ गई। ...वह गाती हुई नाच रही थी। कामदार चारपाई पर बैठा देख रहा था। उसके पाँव चंचल हो उठे। देह डोलने लगी। तभी एक ने जाकर कामदार को उठा दिया कि आज तो तुम हमारे साथ...।

और कामदार बिल्कुल गलाल के बगल में आ गया...

अदल सोनारण

बदल सोनारण...।

गलाल आज भी गवा रही थी। और साथ-साथ अतीत को निचोड़ रही थी। कामदार गलाल को सुनाकर धीरे-से 'सोनारण' (सोनारन) के बदले 'सुतारण' (बढ़इन) बोलता। और पलक झपक गाने लगता—सुतारण फूल नो गजरो...। हे सुतारण, तू तो फूल के गजरे जैसी है। ...ज़ाहिर है कि कामदार गलाल को संबोधित कर रहा था। गलाल को वहम हुआ कि कोई सुन लेगा तो...! वह रास छोड़कर निकल गई। और तेज़ी से घर जाकर, फफककर रोने लगी। ...अमरशी के साथ कामदार और दूसरे भी लोग आ गए तो उसे चुप हो जाना पड़ा। ...और तब से कामदार की एक और याद...।

रमेश पैदा हुआ तो सारे गाँव में उजियाली की गई। कामदार भी कपड़े और खिलौने दे गया। अमरशी को तब भी कोई शंका नहीं हुई। वह तो यही मानता था कि भगवान ने आखिर यह दिन भी दिखाया। कौवे को पिंडदान देने वाला आखिर आया तो सही।

आज भी वैसे ही गलाल का गला रुँध गया। स्वर लड़खड़ा गया। रास खेलते लोगों के पाँव रुकने लगे। उसकी आँखें भीग गईं। मन हुआ कि वैसे ही दौड़कर निकल जाए। लेकिन किस घर जाकर माथ छिपाये? किस कोने में दिल खोलकर रोये? उसकी हिचकियाँ फूट पड़ीं।

"क्यों रो रही हो, गलाल बहू?" एक बुढ़िया ने पूछा। गलाल जवाब नहीं दे पाई। उसने फिर पूछा तो इतना ही बोली, "मैं तो जात्रा पर निकली हूँ। और मुझे संसार याद आ रहा है।"

"गलाल, पियावा तो तुम्हारा तीरथ है।"

"हाँ माई...!"

और वह मेटाडोर की ओर बढ़ गई। रमेश ने पूछा, "माई, क्यों रोने लगीं?"

"तेरे बापू की याद आने लगी।....ऐसे में वो... ।" और फिर पहले की तरह गला भर आया। इतना ही कह पाई, "चलो, चलें अब!"

"इतनी रात को?"

"हाँ बेटा, मेरी जात्रा पूरी हुई। यही मेरा तीरथ... और आनंदपुर... ।" वह बाकी शब्द घोंट गई। वह बता नहीं पाई कि किस बापू की बात कर रही है? यह दर्द उसकी छाती में जाकर हमेशा के लिए डूब गया कि बेटों को उनके बाप के बारे में नहीं बता सकती मैं।

●

पांखुरी

धीरेंद्र मेहता

बाहर आकर मैंने देखा तो बरामदे की सीढ़ियों के पास एक अधेड़ उकड़ूँ बैठा था। माथे पर और जहां तक पहुँचता था, वहाँ तक उसने कंबल लपेट लिया था। उसमें से उसके थोड़े-से बाल बाहर निकल आए थे। उसके पीछे आँखें भी ढक गई थीं। दाढ़ी-मूँछ बढ़ी हुई थी और उसके साथ बाल मिल गए थे। केवल मुँह में धधकती हुई बीड़ी में ही वह चेतन दिखाई देता था।

मुझे देखकर उसने बीड़ी फेंक दी और ऐसे खड़ा हो गया जैसे झोले में से बाहर निकल रहा हो। और उसी क्षण उसकी बगल में स्वस्थ होकर बैठी हुई पांखुरी दिखाई पड़ी। उसे देखकर मुझे नयेपन का बोध हुआ। वह खड़ी नहीं हुई। लगा जैसे वह यहाँ नहीं रहती हो और अभी ही अपने मामा के साथ आई हो। उसने ज़रा भी परिचय दिखने नहीं दिया।

पांखुरी के मामा को मैंने पहचाना। इस तरह कभी-कभी अधेड़ पुरुष आता था। इसी जगह, इसी तरह बैठता था। और मुझे देखकर खड़ा हो जाता था लेकिन किसी वक्त पांखुरी को उसके बगल में मैंने बैठा हुआ नहीं देखा था। वह पांखुरी का हाल जानने आता था। घरवाली या बाल-बच्चे बीमार होते तो भी वह आता। हर महीने पैसा तो वह ऑफिस में आकर ले जाता था।

थोड़ी देर वह वैसे ही खड़ा रहा। फिर बोला, "साब, पांखुरी को ले जाना है।"

मैंने बेमन से कहा, "क्यों, क्या हुआ!"

पर उसके जवाब में उसने जो कुछ कहा, उसकी उम्मीद नहीं थी। ओढ़े हुए कंबल में वैसे ही मुँह ढँककर उसने कहा, "अब उसे भेज देना है।"

मैं बगल में रखी कुर्सी पर बैठ गया। अब बात बेकार बढ़ जाएगी, शायद इस दहशत से वह आगे बताने लगा, "सगाई किए हुए बहुत समय हो गया।

वे लोग कब तक राह देखेंगे! कहलाया है कि अब विदाई नहीं करनी हो तो सगाई तोड़ डालें...''

मैं वैसे ही सामने देखता रहा। मुझे उसकी बात समझ में नहीं आई या उसके साथ मेरा कोई संबंध नहीं था, मुझे कुछ समझ में नहीं आया। उसने भी शायद यह सब कहने के लिए ही कहा हो। शायद छुट्टी माँगने का यही तरीका हो। वह एकाएक चुप हो गया। पांखुरी भी खड़ी हो गई। गोद में रखी हुई पोटली उसने हाथ में ले ली।

वे दोनों सीढ़ियाँ उतर गए तो मैं खड़ा हो गया। बरामदे के किनारे आकर रुका तो वे मुझे दिखाई नहीं पड़े। सांझ का धुंधलका फैलने लगा था। सामने रास्ता सुनसान था। मैं किसलिए यहाँ खड़ा हूँ, यह सोचते ही मैं वहाँ से हट गया। शोभा और सुरखी बाहर गए थे। लेकिन घर निर्जन हो गया था। और यह निर्जनता उनकी गैरहाज़िरी के कारण नहीं थी। तो क्या यह पांखुरी के चले जाने से थी।

इस सवाल का मेरे पास कोई जवाब नहीं था। कारण कि पांखुरी के साथ मेरा संबंध ही क्या था। वह घर में घूमती फिरती थी, लेकिन शायद ही कभी उसने मेरा ध्यान खींचा हो। शोभा के बताये गए छोटे-बड़े काम वह करती थी पर मेरे पास उसे बताने लायक काम ही क्या था!

हाँ, मुझे याद आया, वर्षों पहले उसे देखते हुए मेरे भीतर तेज़ी से हलचल होने लगती थी। वह हमारे घर आई, यह अरसे की बात है।

सुरखी तब बैठना सीख गई थी। और उसके साथ ही नई स्थिति पैदा हो गई थी। वह खिसकने की कोशिश करती और गिर पड़ती। शोभा को काम छोड़कर दौड़ना पड़ता और उसके बाद वह जब तक चुप नहीं बैठ जाती, शोभा काम हाथ में नहीं ले सकती थी। मेरे ऑफिस जाने का समय हो जाता था। शोभा खाना नहीं बना पाती थी और मैं खाये बिना ऑफिस चला जाता था। शोभा परेशान हो जाती। मैं न रसोई के काम में उपयोगी था न सुरखी को संभालने में।

इन्हीं संयोगों में पांखुरी हमें अचानक मिल गई, इसलिए मन को बहुत अच्छा लगा। पांखुरी के मामा की चाय की रेकड़ी मेरे ऑफिस के पास थी। एक बार लंच में चाय पीने गया तो मैंने उसे रेकड़ी पर बैठी हुई देखा। उसने मेरी ओर आँखें उठाईं तो मेरे भीतर जैसे अचानक कुछ पैदा हुआ। उसके छोटे चेहरे पर कौन-से भाव उभरे थे, यह जानना मेरे लिए मुश्किल था। और उसके बाद तो असंभव भी हो गया। कारण कि उसने माथा झुका लिया।

मुझे उसकी ओर देखते हुए पाकर रेकड़ी वाले ने कहा, ''बिना माँ-बाप की है।''

पता नहीं मैं काँप गया या क्या हुआ।

मैंने उसके साथ बात करने के इरादे से पूछा, "मेरे घर चलेगी।"

और उस वक्त मेरे मन में शायद यह रहा हो कि यह सुरखी को संभाल सकेगी। इस भावना को मैं समझ नहीं पाया था। लगा कि मेरी बात सुनकर वह संकोच से भर गई। उसने पल-भर के लिए पलकें उठाईं तो उसकी आँखों में एक तरह का भय दिखाई दिया। फिर उसके बाद जैसे उसके भीतर लगातार यह विचार चल रहा हो। कुछ भी करते हुए जैसे उसके भीतर कुछ मंडरा रहा हो। घर जाकर मैंने शोभा से बात की। सब सुन लेने के बाद उसने असंगत ढंग से कहा, "उसके बाप से पूछ लेना था न! हमारे यहाँ रहे तो सुरखी को संभालेगी।"

मैं फिर एक बार बौखला गया। रेकड़ी वाले का यह कहना कि बिना माँ-बाप की है, मुझे भीतर तक छील गया था। मुझे अच्छा नहीं लगा कि शोभा उसे नकारकर अपनी समस्या का हल ढूँढ़ रही है।

पांखुरी दूसरे ही दिन आ गई। मैं अपने कमरे में पढ़ रहा था कि वह बरामदे में दिखाई पड़ी। उसकी कमर पर सुरखी थी। चेहरे पर अजनबीपन का भाव था। थोड़ी देर रुककर वह चली गई। सुरखी को कमर पर लेकर घूमते हुए उसे देखकर मैंने सोचा कि वह इसी तरह कमर पर घड़ा या कोई दूसरा बोझ लेकर चलती रही होगी। दोपहर में सुरखी अपनी माँ के साथ सो जाती। कमरे का दरवाज़ा बंद हो जाता। और पांखुरी बाहर रह जाती। एक-दो बार मैंने उसे आराम करने को कहा, किंतु उसने कोई जवाब नहीं दिया। उसने खाली-खाली आँखों से मेरी ओर देखा और चुपचाप खिसक गई। फिर मैंने देखा कि वह बरामदे की सीढ़ियों पर घुटने पर गाल टेककर बैठी हुई थी। उसके ऊपर सुनसान दोपहर की छाया थी।

यह दृश्य मुझे रह-रहकर याद आ रहा था। दूसरा एक दृश्य आधी रात का था। मैं उठकर कमरों के बीच ओसारे में गया। और अचानक मेरे पांव से कुछ टकराया। मैं चकरा गया। नीचे झुककर देखा तो एक ढेर जैसा पड़ा था। अगले क्षण मुझे याद आया कि वहाँ पाँखुरी सोई होगी। फिर भी मेरे भीतर से उस चौंक की छुवन दूर नहीं हुई।

जैसे-जैसे सुरखी बड़ी होती गई, वैसे-वैसे बीते दिनों के ख्याल आते-जाते रहे। लेकिन घर में मेरी दृष्टि बहुत कम थी। चलते-फिरते आते-जाते खिड़की-दरवाज़े से जैसे बाहर के दृश्य दिखाई देते हैं, पाँखुरी ठीक वैसे ही मुझे दिख जाती थी।

वह सुरखी का कपड़ा बदलती हो, उसका बाल सँवारती हो या उसे कुछ खिला रही हो। सुरखी के साथ शोभा उसे भी खाने को देती। मुझे लगता था कि शोभा इस बात का बहुत ध्यान रखती है कि पांखुरी अपने खाने में से सुरखी को कुछ न खिलाये। वह सुरखी के साथ रहती थी, फिर भी उससे बिल्कुल अलग लगती थी। यह भी दिखाई देता था कि शोभा उसकी स्वच्छता-सुघड़ता वगैरह के प्रति सावधानी रखने लगी थी। इसलिए पांखुरी का रूप-रंग बदलने लगा था।

सुरखी अब चलने लगी थी। शोभा पांखुरी को टोकती रहती थी कि वह अचानक गिर न पड़े, उसे चोट न लग जाए। शोभा निरंतर सावधान थी। वह बताया करती थी कि ऐसी असावधानियों के क्या परिणाम हो सकते हैं। उन क्षणों में पांखुरी शोभा को देखती रहती थी। लगता था, जैसे वह पूरे चेहरे से सुन रही हो। दूसरी ओर सुरखी ज़रा भी शांति से नहीं बैठती थी। पांखुरी उसके पीछे-पीछे दौड़ा करती थी। देखने वालों को उसकी दौड़-धूप दिखाई देती थी। लगता था पांखुरी कोई मशीन हो।

सुरखी बाल मंदिर में जाने लगी थी। पांखुरी की भूमिका अब बदल गई थी। शोभा सुरखी को खुद तैयार करती थी। और तब उसके भीतर की उमंग देखने लायक होती। पांखुरी उसे बाल मंदिर ले जाती थी। फिर लौटकर शोभा के दिए हुए काम में लग जाती थी। सफाई करती थी, चीज़ों को ठीक से रखती थी, कपड़े तह करती थी। वह तब भी मशीन की तरह चलती थी। लगता ही नहीं था कि घर में पांखुरी न हो।

सुरखी बड़ी हो रही है। पांखुरी शोभा की सहायता करती है। उसके साथ बाज़ार जाती है। थैला उठाकर शोभा के पीछे-पीछे आती है। शोभा कभी-कभी जल्दी में होती है। सुरखी को बाल मंदिर से वापस लाने का समय हो गया है। वह पुांखरी को जल्दी-जल्दी आदेश देती है।

सुरखी अब कितनी बड़ी हो गई है। खुद तैयार होती है और अपना काम-काज भी खुद ही संभालती है। वह कभी जल्दी में होती है, और देर होने पर पांखुरी को आदेश देती रहती है। परेशान होने पर वह, उसे धमका भी लेती है। सुरखी अब खुद शोभा के साथ बाहर जाती है।

आज भी वे दोनों बाज़ार गई हैं। उन्हें मालूम होगा कि पांखुरी आज जाने वाली है। उन्होंने मुझसे कुछ नहीं कहा। मैंने भी पांखुरी से कुछ नहीं पूछा। यह सोचकर मैं बेचेन होने लगा।

अब उन्हें आना चाहिए, यह सोचकर मैं बाहर देखने लगा। आसपास सब अंधेरे में डूब गया है। रास्ते की रोशनी कहीं-कहीं पर अंधेरे की चादर उठाए हुए है। शोभा और सुरखी के आने तक मैं वैसे ही खड़ा हूँ।

वे आईं और मेरे बगल से होकर घर में चली गईं। मैं अंदर जाते हुए उनके बीच की बातचीत सुनता हूँ।

"...वैसे तो अब उसका काम भी क्या था! ..."

यह कौन बोला! मैं सुनता हूँ। सोचता हूँ और चुप हो जाता हूँ।

•

आनंद-रात्रि

धूमकेतु

पहली बार अहमदाबाद स्टेशन देखकर राधा हैरान रह गई। वह तो अच्छा हुआ कि उसका देवर टपुड़ा साथ था। नहीं तो जगमगाती रोशनी के सिलसिले उसे जादुई करामात ही लगते। यह स्वाभाविक भी था। अभी कल की ही तो बात है कि छुटकी राधा स्टेशन से लगभग पंद्रह मील दूर छोटे-से कालसरा गाँव की नदी में नहाती थी। वह मोटरों का जत्था देखकर बोल उठी, ''टपु भाई, इतनी सारी मोटरें किसकी होंगी?''

लेकिन टपु ने जवाब देने की बजाय एक तेज़ ज़ाती बस को हाथ देकर रोक दिया। यह देखकर राधा को लगा कि अहमदाबाद जैसे शहर में टपुभाई की हैसियत है। भाभी को बस में बैठना नहीं आएगा, यह सोचकर टपु ने उसे रास्ता दिखाया, ''भाभी, यहाँ से चढ़ो!'' सीट और उसका रंग देखकर लजाती हुई राधा टपु के सामने देखकर हँस पड़ी।

उसकी सोच में भी न समाये, ऐसे रिचि रोड पर सिनेमा के हज़ारों दीये तारों की तरह चमक रहे थे। पान की दुकान पर शौकीन लोग खड़े-खड़े पान खा रहे थे। राधा ने लाज से यह सब देखा वह बीच-बीच में इनके बारे में टपु से पूछती जाती थी।

''यह देखो!'' टपु बोला।

''क्या?''

''ये लक्ष्मीविलास होटल। इसकी चाय का ज़ायका लेने मैं हर इतवार को भाई के साथ आता हूँ।''

पति के नाम से राधा की आँखें शर्म से झुक गईं। लेकिन उसके गंवई चेहरे की उजास देखने की किसी को फुरसत नहीं थी। खड़ी बस से दो लोग उतरे नहीं कि चार भीतर आ गए।

राधा उमंग में थी। उसके लिए सब कुछ अजूबा था—रिचि रोड, लक्ष्मीविलास होटल, और उसकी चाय। उसने गाँव में चाय के लिए कितनी बार फाँफा मारा था। लेकिन मेहमान बिना घर में चाय नहीं बनती थी। इसलिए एक बार तो उसने लक्ष्मीचंद सेठ का तीन मटका पानी भरकर एक प्याली चाय पी थी। उसने सोचा कि टपु भाई से यह बात कह दे। लेकिन लगा कि टपुभाई यह न सोचें कि भाभी कितनी भुक्खड़ है। वह मज़ाक बन जाएगी। उसने मुँह पर आई हुई बात भीतर पचा ली।

"भाभी, ये देखो, तीन दरवाज़ा।"

लाज से भरी हुई राधा ने जैसे ही दरवाज़े की ओर आँख उठाई कि भद्र की घड़ी ने आठ बजाये।

"ये क्या है, टपुभाई?"

उसकी हैरानी देखकर कई लफंगे मज़ाक बनाने लगे थे कि टपुभाई का ठिकाना आ गया। वह राधा के साथ उतरने की तैयारी करने लगा, "उतरो!"

"घर आ गया?"

"ना, यहाँ से चलकर जाएँगे।"

राधा ने छोटी-सी पोटली माथे पर रख ली और धीरे-से नीचे उतर गई। दोनों साथ-साथ चलने लगे।

"कितने बजे होंगे?"

"आठ। अभी घड़ी का घंटा नहीं बजा था! ये देखो भाभी, भद्रकाली का मंदिर है। वो रही भद्र की घड़ी।

राधा और टपु बातें करते हुए घर पहुँच गए।

घर के आँगन में एक अधेड़ उम्र का पीला मरियल आदमी बैठा था। एक प्रौढ़ा भी थी। आँगन बड़ा था और धुएँ से भरे होने के बावजूद साफ-सुथरा था। टपु को देखकर प्रौढ़ा बैठ गई।

"वाह टपुभाई, तुझे तो बहुत दिन रोक लिया। आदमी हैं कि...! आओ बहू, यहां आओ!"

राधा ने आगे बढ़कर उस औरत के पाँव छू लिये।

औरत आशीर्वाद देते हुए बोली, "सुखी रहो, अपना घर-बार संभालो। तुम्हें नहीं मालूम कि इस टपुड़े और बड़े को कितना संभालना पड़ा। इनकी माँ मरी थी तो बहू, तुम पैदा भी नहीं हुई होगी।"

मेघा और टपुड़ा बचपन में ही अनाथ हो गए थे। अब वे अलग रहते थे।

काकी का भी अपना बेटा था। और आज मेघा की बीवी आने वाली थी, इसलिए घंटे-दो-घंटे के लिए वह आ गई थी।

"लो बहू, भात पकाया है। डिब्बे से गुड़ निकालकर तुम लोग खाने बैठ जाओ। मेघा, कुछ चाहिए तो मँगा लेना। और बहू, तू सुबह टपुड़ा को लेकर आना। अब मैं जाती हूँ, नहीं तो देर हो जाएगी।"

मेघा की बीवी को सब समझाकर काकी थोड़ी देर बैठी रही।

"काकी, तुम यहीं खा लो न!" टपुड़ा बोला।

"नहीं रे बप्पा!" कहकर काकी उठी और भोर में बहू को जागने की राय देकर चल पड़ी। काकी कह गई कि बहू तुम आलस मत कर जाना नहीं तो रसोई नहीं हो पाएगी।

राधा ने दोनों भाइयों को भात परस दिया।

टपुड़े ने गुड़ का डिब्बा आगे धर दिया।

राधा ने घूँघट के भीतर से सिर हिलाकर मना कर दिया।

"अरे, ऐसे नहीं चलेगा। सुबह मिल में जाना पड़ता है। चार बजे उठकर रोटी बनानी होगी। खाए बिना कैसे होगा?"

टपुड़े ने अपनी थाली से भात निकालकर तीसरी थाली परस दी। मेघा ने भी अपनी थाली से भात निकालकर उसमें डाल दिया। गुड़ लेकर तीनों खाने बैठे ही थे कि थोड़ी दूर पर मकान की खिड़की से आवाज़ आई, "मेघा!...ए मेघा!"

"अइजीनियर साहब होंगे। टपुड़ा, आज तू चला जा।"

इंजीनियर साहब नज़दीक ही बंगले में रहते थे। मेघा उनके ऑफिस में ही काम करता था। उन्होंने रोज़ की तरह ही उसे आवाज़ दी, "ऐ मेघा!"

टपुड़ा जवाब दे, इससे पहले ही भूपतसिंग आ गया, "मेघा!"

"क्या हुआ?"

"अइजीनियर साहब बुला रहे हैं।"

"हाँ, अभी आता हूँ, टपुड़ा जाएगा।"

टपुड़ा जल्दी से खाकर बाहर निकल गया। उसने बाहर कदम रखा ही होगा कि मेघा ने राधा का हाथ पकड़ लिया, "क्यों, खा क्यों नहीं रही हो?"

राधा ने कोई जवाब नहीं दिया।

"बोलती क्यों नहीं?"

वह राधा के और पास आ गया। उसने घूंघट उठा दिया।

दो उदास आँखें शर्म से लाल हो गईं। उसने राधा से फिर पूछा, "खाती क्यों नहीं हो?"

अचानक टपुड़े के आने की आहट सुनाई दी, "भइया!"

"क्यों टपुड़ा, क्या कहा अइजीनियर साहब ने?" मेघा बाहर निकल आया। टपुड़े ने भाभी पर नज़र डाली तो वह लंबा घूंघट काढ़े एक ओर खड़ी थी।

"अइजीनियर साहब ने पूछा कि तू कब आया? मैंने बताया तो नाराज़ हो गए। फिर पूछा कि अपनी भाभी को ले आया? मैंने कहा कि हाँ, ले आया तो कहने लगे कि अच्छा किया, बीना बहुत बीमार है, रात को दर्द से छटपटाने लगती है। धनु तो है ही। अपनी भाभी को भी उसकी मदद के लिए भेजना। मेघा को बता देना।"

मेघा कुछ बोला नहीं। भूपतसिंग फिर आ धमका। वह भी उसी मिल में काम करता था और इंजीनियर साहब के पास ही रहता था।

"मेघा, तुमने खाना खाया?"

"ना।"

"तो जल्दी से खा ले। बीना मेमसाहब ठीक नहीं हैं।"

और सहसा इंजीनियर साहब की आवाज़ आई, "मेघा!...ओ मेघा!"

"हो शाब!...हो शाब!" करता मेघा दौड़ पड़ा।

कुछ देर बाद लौटकर वह चुपचाप खाने बैठ गया। राधा ने भी दो कौर खा लिया। खाने में उसका मन ही नहीं लग रहा था। वह आँगन में जाकर बर्तन रख आई। फिर टपुड़े को बुलाने लगी, "टपु भाई, तुम्हारा गद्दा कहाँ बिछाऊँ?"

टपु की नज़र अब भी इंजीनियर साहब के घर पर लगी थी। मेघा आँगन में बैठकर उधर ही कान लगाए था। उसने धीरे से कहा, "तू भाभी के साथ जाकर चौकी कर आ। गए बिना चलेगा नहीं।"

टपुड़ा चलने लगा। राधा भी उसके साथ थी। उसके पाँवों में बजते हुए कड़े की आवाज़ मेघा आँगन में बैठकर सुनता रहा।

चारपाई पर एक पीली मरियल औरत सोई पड़ी थी। राधा पास जाकर खड़ी हो गई। एक अधेड़ औरत बगल में बैठी उसकी देह सेंक रही थी।

"तू किसकी बीवी है, मेघा की?"

राधा ने बिना कुछ कहे सिर हिला दिया।

"तो ले, इस गोटे से यहाँ सेंक।" औरत ने छाती के पास सेंकने की जगह बता दी।

राधा एक कदम आगे बढ़ गई। उसके पाँव के कड़े बज उठे।

"लो...यहाँ कड़े के बिना आई होती तो नहीं चलता? टपुड़े को दे दे। घर रख आएगा।

राधा ने बाहर आकर इधर-उधर देखा। टपुड़ा एक कोने में बैठा बीड़ी पी रहा था।

"टपु भाई, ये मेरे पैर का कड़ा निकालना।"

टपु कड़े निकालने लगा। लेकिन निकलते हुए देर लगी। टपुड़े ने ज़ोर लगाया। राधा ने लपककर उसका हाथ पकड़ लिया, "अरे माई रे, तुम्हारा हाथ है कि...!"

टपुड़ा कड़े लेकर घर गया तो राधा अन्दर चली गई। उसने सेंकने के लिए गोटा रखते हुए उस मरियल औरत की ओर देखा। उसके विकृत चेहरे को देखकर उसके मन की रही-सही उम्मीद भी खत्म हो गई। औरत बोल नहीं रही थी। उसका चेहरा इतना विचित्र था कि वहाँ आसपास का मौन और भी भयानक लगता था। राधा भीतर-ही-भीतर काँप रही थी। जैसे वह प्रेतों की दुनिया में आ गई हो। वह सोच रही थी कि भले यह अधेड़ औरत उसे बुरा-भला कहे, लेकिन यह पास बैठी हो और कुछ बोले...।

लेकिन उस औरत ने इतना ही कहा, "बिटिया, मैं ज़रा बाहर से आती हूँ। तुम बीना मेमसाहब को बुलाना नहीं। कुछ काम हो तो टपुड़े को भेजकर मुझे कहलवा देना। यहाँ से चिल्लाना मत।"

तभी उस मरियल औरत ने 'गों-गों' की आवाज़ में कुछ इस तरह कहा कि राधा भय से चौंक गई। अधेड़ औरत जा चुकी थी। राधा ने आँखें बंद कर लीं। वह उस औरत के सामने देख भी नहीं पा रही थी। भीतर एक कँपकँपी लगातार चल रही थी। तभी वहाँ इंजीनियर साहब किसी डॉक्टर को लेकर आ गए। टपुड़ा भी आ गया था। इंजीनियर साहब ने कहा, "टपुड़ा, अभी हम सब हैं, इसलिए तेरी भाभी जाना चाहे तो भले जाए। काम पड़ेगा तो बुला लेंगे।"

टपुड़े ने भाभी को बाहर बुला लिया। वह, उसे बंगले की सीढ़ियाँ उतारकर मुड़ने ही जा रहा था कि भाभी ने अंधेरे में जैसे कोई भयानक आवाज़ सुनी। उसने घबराकर कहा, "टपु भाई, मुझे घर तक छोड़ आओ।"

टपु चुपचाप आगे चलने लगा। रास्ते में एक कुत्ते को देखकर राधा ने उसे कुछ और ही समझा। उसने लपककर टपु का कंधा पकड़ लिया, "ए टपु भाई, कोई खड़ा है।"

"अब भाभी, देखो तो सही!...कुत्ता है।" उसने राधा का हाथ धीरे से हटा दिया।

राधा घर आई तो मेघा आँगन से उठकर भीतर आ गया, "क्यों, क्या हुआ? वहाँ अच्छा नहीं लगा?"

राधा कुछ नहीं बोली। उसने धीरे से मुस्करा दिया। लेकिन वह मुस्कराहट बहुत देर तक नहीं रह पाई। और अंततः वह शर्माकर लाल हो गई।

"अब बैठ मत। मेरी खटिया यहाँ डाल दे और टपुड़े की खटिया ओसारे में।"

राधा चुपचाप उठी। आँगन से खटिया लाकर ओसारे में बिछा दी। गद्दा कहाँ होगा, उसे मालूम नहीं था। वह ओसारे में खड़े होकर सोच रही थी।

"क्या चाहिए?"

"टपुभाई का बिछौना कहाँ है?"

मेघा खुशी से फूल उठा। राधा की मीठी, शर्मीली और कोमल आवाज़ जैसे ही उसके कानों में पड़ी, उसके भीतर अचानक कुछ तेज़ी से बजने लगा। वह आगे बढ़ा, "आओ, मैं बिछौना देता हूँ।"

राधा उसके पीछे घर में चली गई। मेघा ने उसका हाथ पकड़ लिया। वह चुपचाप देखती रही। और फिर तेज़ी से हाथ खींचने लगी। लेकिन मेघा ने दूसरा हाथ भी पकड़कर उसे एकदम पास खींच लिया। वह उसके मुँह पर अपना मुँह रखने ही जा रहा था कि अचानक उसका हाथ ढीला पड़ गया। इंजीनियर साहब के घर से रोने की आवाज सुनाई देने लगी। उसने आहट ली तो लगा कि वहाँ दौड़-धूप मची हुई है। उसने राधा का हाथ छोड़ दिया। राधा काँपकर घर से बाहर निकल गई। लगा कि कोई आ रहा है।

"कौन रो रहा है टपु भाई?"

टपु की साँस चढ़ गई थी, "मेघा भइया, मेमसाहब को बहुत दर्द हो रहा है।"

मेघा बाहर निकल आया, "दर्द हो रहा है?"

"हाँ, चलो न! तुम्हें बाज़ार जाना पड़ेगा।"

"चलो, आता हूँ।"

और फिर भूपतसिंग आ गया, "मेघा, तुझे बाज़ार जाना है। भाभी को वहाँ भेज दे। मेरी माँ भी है।"

"भइया, इतने बड़े साहब हैं। एकाध आदमी रखना चाहिए। कोई बाई-माणस हो तो और भी अच्छा। ये इतनी दूर से चलकर आ रही है। और इस घड़ी यह सब देखना।...भला कोई ज़िंदगी है।"

"अब भाई, चल न! हम क्या कर सकते हैं? बड़े लोगों को बड़ा लोभ

होता है। मेम साहब के पास मेरी माँ नहीं बैठती, रात-दिन? अभी भी वहीं बैठी है। चल, ऐसे ही चलता है। नौकरी तो हमें उसके नीचे ही करनी है। मुफ्त में काम चलता है तो आदमी रखने की क्या ज़रूरत? चल अब।"

"लेकिन हम आदमी नहीं हैं क्या? तेरी माँ वहाँ रात-दिन रतजगा कर रही है, ये इतना बड़ा साहब है, कोई आदमी नहीं रख सकता?"

"चल-चल, देर हो रही है। भाभी फिर आ जाएगी।"

मेघा मुँह लटकाए निकल पड़ा।

राधा को खड़े देखकर टपुड़ा पास आया, "भाभी, तुमने खाना खाया?"

राधा ने सिर हिलाकर हामी भर दी।

टपुड़ा शरारत से भर उठा, "भइया ने खाने को कहा इसलिए...।"

लेकिन इसके आगे टपुड़ा कुछ नहीं बोल पाया। वह राधा की उदास आँखें देखकर चुप हो गया। मेघा फिर लौट आया था। उसने कहा, "टपुड़ा, तू भी चल। अइजीनियर साहब तुझे भी बुला रहे हैं।"

टपुड़ा शरारत से भाभी को हाथ मारकर पीछे दौड़ पड़ा। राधा ओसारे का खंभा पकड़कर चुप खड़ी थी। यह उनकी आनंद-रात्रि थी। उसकी आँखों से लगातार आँसू बह रहे थे।

•

नेशनल सेविंग

पन्नालाल पटेल

गाँव के चौरे के आगे एक मोटरसाइकिल खड़ी है। उसके पिछले हिस्से से इस तरह धुआँ निकल रहा है जैसे घरों में सुबह की रसोई चल रही हो। हवा में फैली हुई गंध जैसे कुछ बोल रही हो। कोई हरे मरचे के साथ आ रहा है तो कोई सब्ज़ी के साथ। एक आदमी लहसुन छील रहा है तो दूसरा मसाला पीसने के लिए सिल धो रहा है। नाई दही ले आया है तो कुम्हार माथे पर पानी का हंडा लिए है।... दो-तीन अफसर भीतर-बाहर होकर इस भाग-दौड़ को और बढ़ा रहे हैं।

पर उसके आगे वाले हिस्से में पूरी तरह सन्नाटा है। इसका मतलब यह नहीं कि वहाँ कुछ है ही नहीं। वहाँ इस ओर से ज़्यादा ही संख्या है। वहाँ ज़मीन पर बिछे गद्दे-तकियों पर अफसर जैसा एक आदमी चूड़ीदार पायजामे पर कमीज़ डाले खुले माथे से अखबार पढ़ रहा है। उसके बाएँ हिस्से में हैट और बस्ता रखा हुआ है तो दाईं ओर तीन क्लर्क बैठे हुए हैं। एक आदमी फुट-पट्टी से लकीरें बना रहा है और दूसरा लिख रहा है। अगला क्लर्क कागज़ देख रहा है। लगता है उसके काम का कोई पार ही न हो। वह कागज़ ऊपर-नीचे कर रहा है और कभी बीच से कोई पन्ना खींचकर उसे क्रम में रखने लगता है।

सामने की ओर एक जाजिम बिछी है। कुछ फासले पर दो-चार खेतिहर बैठे हैं। वे बहुत संकोच में हैं। उनके पीछे धोती-पगड़ी में लगभग एक जैसे पहनावे वाले चालीस-पचास किसान और भी हैं। वे जहाँ बैठे हैं, वहाँ पावों के नीचे धूल और कंकड़ हैं। साथ ही माथे पर चैत महीने की तपती धूप। लेकिन किसी को भी थोड़ा आगे सरककर, उस जाजिम तक जाने या छाया में बैठ जाने की इच्छा नहीं है। अगर इच्छा भी है तो उनमें हिम्मत नहीं है।

साहब ने 'स्टेट गज़ट' एक ओर रखते हुए सामने बैठे हुए बूढ़े से कहा,

"क्यों बैठे हो मुखिया! सारे गाँव को बे-परदा करना ठीक होगा क्या?"... उन्होंने बगल वाले क्लर्क से कागज़ लेकर उसमें लिखे हुए नामों पर निगाह डालते हुए कहा, "एक तो आधा नाम छोड़ दिया गया है।"... उन्होंने बस्ते से एक रजिस्टर निकालकर उसे खोलते हुए कहा, "देखो, एकहत्तर घर के बदले तुमने खाली पैंसठ लिखवाया है।"

"लिखाया होगा। राजा बाबू के कागद में जो लिख जाए, वही सही है। लेकिन रूपड़े तो तीन-बीसी ही होंगे मालिक। फिर आप न मानो तो आप हाकिम हो।"

"खैर, बोलो! चलो, तुम कितना लिखा रहे हो?"

"मैं लिखाऊँ अन्नदाता!"

"सुनो, फिर से सुनो। एक बार मैंने कह दिया कि इसमें आना-कानी नहीं चलेगी, फिर भी..." उन्होंने फिर क्लर्क की ओर देखा, "लिखो, मुखिया का पचास।"

लेकिन क्लर्क के लिखने से पहले मुखिया ने माथे से पगड़ी उतार दी, "गज़ब हो जाएगा अन्नदाता! रूपड़े में एक भी चवन्नी नहीं है। जान से मार डालना हो तो आप जो चाहो माई-बाप।"

मुखिया के साथ और लोग भी बोल पड़े, "ना साब, ना! ऐसे तो मर जाएँगे।"

साहब हँसने लगा, "अरे मूर्ख, कौन मर जाएगा—मुखिया!" उसने फिर से विश्वास दिलाया कि यह पैसा तुम लोगों को बारह वर्ष बाद सूद सहित वापस मिल जाएगा। दस दोगे तो पंद्रह मिलेगा और बीस दोगे तो तीस मिलेगा।

और उसके बाद उसने किसानों को एक छोटा-सा भाषण ही दे डाला कि लड़ाई में अंग्रेज़ सरकार ने जमकर खर्च किया है। हमारे प्रदेश को भी उसमें पूरा सहयोग देना पड़ा है। उसने अर्थशास्त्र के अनेक मुद्दे समझाए कि लड़ाई के कारण महंगाई बढ़ गई। महंगाई बढ़ती है तो लोगों के पास पैसा आता है। पैसा आए तो समझो आदमी की खरीद-शक्ति बढ़ती है। और खरीद-शक्ति बढ़ने से महंगाई बढ़ती है। अब आपके पास से पैसा लिया जाए तो खरीद-शक्ति घटेगी। और खरीद-शक्ति घटेगी तो महंगाई घटेगी।

सामने बैठे हुए लोगों में इस बात का कोई अर्थ नहीं था कि महंगाई और खरीद-शक्ति का आपस में क्या रिश्ता है। वे न तो समझ पा रहे थे और न ही समझना चाहते थे। वे इतना ही जानते थे कि सरकार को यह रुपया देने के लिए या तो कोई ढोर बेचना पड़ेगा या तो कहीं मजूरी करने के दिन देखने पड़ेंगे।

और उसके बाद साहब ने 'नेशनल सेविंग सर्टिफिकेट' का दूसरा बड़ा फायदा बताया कि इस बहाने दुख-सुख सहकर आप इतने पैसे पा सकेंगे। हर आदमी महीने में दो आने ही बचाए तो घर में आठ आदमी एक मास में एक रुपया बचा सकते हैं। साल में बारह रुपये होंगे। इस तरह दस साल बचाओ तो छः बीसी जैसी बड़ी रकम निकल जाएगी।

मुखिया हँसने लगा, "अरे अन्नदाता, ऐसे बचता होता तो लोग करज क्यों लेते?"

"आप समझते नहीं मुखिया जी, कर्ज़ होगा तो कमाई की इच्छा होगी। समझ गए ना। लीजिए, बोलिए, कितना लिखा रहे हैं।"

साहब के इतने भाषण और पैसा वापस मिलने की पूरी-पूरी गारंटी देने के बाद भी अंततः लोगों का विचार वही का वही था। ऐसे मीठा-मीठा बोलकर ये साहब-सूबा पैसे निकलवाकर खा जाएँगे। तभी तो मुखिया ने कहा कि आप पैसा न भी लौटाओ तो भी दिए बिना तो नहीं न चलेगा साहब। लेकिन ज़रा मुट्ठी देखकर माँगो मालिक तो वाजिब रहेगा।...लिखो—दो रुपया।"

"पागल हो गए हो मुखिया!" एक क्लर्क बोल उठा। उसने मुखिया के सामने एक कागज़ रख दिया, "ये देखो, मांडण गाँव के मुखिया ने कितना लिखाया है।...है न पचीस रुपया।"

"होगा सरकार! हमारे लिए तो काला अक्षर भैंस बरोबर है। पर आप खोटा थोड़े बोलोगे।"

"तो फिर! चलो, बोलो!" क्लर्क ने कलम उठा ली। साहब बोल उठे, "लिखो बीस रुपया।" और सहसा मुखिया को फिर पगड़ी उतारते देखकर पंद्रह करवा दिया। ..."अब बोलना नहीं मुखिया। हाँ, अब आगे कौन है।"

मुंशी नाम बोलने लगा। जैसे-जैसे नाम आते गए, कभी साहब लिखते गए तो कभी मुंशी स्वयं ही लिख लेता। लंबी पंचायत तो थी नहीं। किसी को पाँच तो किसी के नाम दस रुपये लिखने थे। इससे कम या ज़्यादा नहीं। हाँ, कोई बतंगड़ करता तो भले ही उसे छोड़ दिया जाता। लेकिन पाँच से कम में सर्टिफिकेट लेने की गुंजाइश नहीं थी।

साहब स्वयं समझ रहे थे कि इन लोगों के पास पैसे का भयानक दुख है। पर वे क्या करें । चिट्ठी के चाकर थे। जहाँ सारी प्रजा गरीब थी, वहाँ छोड़ते तो कितनों को छोड़ते।

एक भील को गरीब समझकर उसकी अर्ज़ पर विचार करते हुए साहब उसे छोड़ने जा ही रहे थे कि मुंशी ने उसकी देह पर पड़ा कपड़ा चादर हटवा

दी। काली देह पर चाँदी का चूड़ा चमक उठा। मुंशी ने कहा, ''देख लिया, कहता है कि गरीब हूँ।''

साहब को भी मुंशी की बात सच लगी। वह बोल उठे, ''लँगोटी पहनकर जीने वाली प्रजा तीन-तीन जोड़े कपड़े पहनने लगी है। लोग ढोर-डांगर से घर भरने लगे हैं। अब गरीब रहे कहाँ?''

चूड़ी वाले भील की मदद के लिए, लिस्ट में उसके बाद आने वाला एक भील उठ खड़ा हुआ, ''चूड़ी तो साब, उसकी बहन की है।''

साहब ताव खा गया, ''ठीक है, तो उसका पैसा तू दे दे।... लिखो इसका पाँच। अब ज़्यादा होशियारी दिखा रहा है तो लिखो दस।''

''हाय-हाय साब, गज़ब हो जाएगा माई-बाप!'' उस भील को तो जैसे बुखार चढ़ गया। मुंशी को तो एक के साथ सिफर लगाते कितनी देर लगनी थी।

''ले चाप अँगूठा राव जी!''

लेकिन रावजी तो अब भी उसे मज़ाक ही मान रहा था। उसने मुखिया की ओर ऐसे देखा जैसे भक्त भगवान की ओर देख रहा हो। सबने सोच लिया था कि कोई किसी की तरफदारी नहीं करेगा। पर मुखिया से इस बार नहीं रहा गया, ''हाँ अन्नदाता, बहुत गरीब है ये। घरवाली तो इसकी मर ही गई। अब तो दो छोटे छोकरे हैं...।''

''तो छोकरों को क्या खिलाता है ये! सरकार को दस रुपये नहीं दे सकता! चल लगा अँगूठा, जल्दी कर। खाकर निकलना है।'' साहब को लगा कि नरमाई से काम नहीं चलेगा।

यह देखकर मुंशी हरेक के नाम पाँच-पाँच का आँकड़ा लिखता जाता। कोई पंचायत या अर्ज़ करता तो काम निपटाने का नुस्खा था कि उसके नाम दस रुपये लिख दिए जाएँ।

दोपहर होते-होते एक ओर जहाँ रसोई तैयार हो चुकी थी, वहीं दूसरी ओर वे लोगों को भी निपटा चुके थे। साहब ने मुखिया को छुट्टी देते हुए कहा, ''आप लोगों को अभी तो मुश्किल होगी, लेकिन जब दस का पंद्रह रुपया हाथ में आएगा तो उल्टे मन होगा कि ज़्यादा भरा होता तो अच्छा था। और देखो, जब भी कोई अमलदार पैसा लेने आए, ''नेशनल सेविंग सर्टिफिकेट'' का छपा हुआ कागज़ दे तो उसे संभालकर रखना।''

लेकिन मुखिया के साथ-साथ गाँव वालों को भी यकीन था कि साहब गप्प मार रहे हैं। यह सब सरकार की धोखा-धड़ी है। हाथी के आगे रखा हुआ चारा कभी वापस लिया जा सकता है।

और फिर महीने-भर में अमलदार पैसे लेने आ गया। किसी ने तेल की दुकान से रुपये-ऊपर महीने एक आने ब्याज पर पैसे लिए तो किसी ने धान बेचा। और किसी-किसी ने तो मुर्गा-बकरा बेचकर पहले से ही रख छोड़ा था। लेकिन रावजी रुपये का ब्याज रुपया दे तो भी तेलवाला पैसे देने को तैयार नहीं था कि घर में एक दाना तक नहीं है। मिल्कियत गिनो तो एक बकरी और तीन छोकरे हैं। उसने अमलदार से अर्ज़ की, "साब, कुछ भी नहीं है। क्या दूँ?"

लेकिन अमलदार तो काटने दौड़ा। पाँच-सात गालियाँ देकर उसने ऊपर से एक लात भी जड़ दी, "उठ साला सूअर, नहीं है तो बीवी बेच दे।"

"पर साब, बीवी तो मर गई। फिर क्या बेचूँ?"

"फिर क्या बेचूँ! बताऊँ।" कहता चपरासी उसकी ओर बढ़ आया।

मुखिया ने बीच-बचाव करते हुए उसे समझाकर घर भेज दिया कि एक बकरी है, जाकर वही बेच आए। और क्या हो सकता है? लेकिन मौके पर पंद्रह की बकरी का कोई दस भी देने को तैयार नहीं है। अंततः उस तेलवाले को ही मेहरबानी करनी पड़ी। उसने आठ रुपया बकरी का दिया और दो रुपये, रुपये महीने दो आने सूद पर दिए।

रावजी के हाथ में दस रुपये का नेशनल सेविंग सर्टिफिकेट आते ही एक महाभारत जैसी उलझन खड़ी हुई कि वह इस कागज़ को कहाँ खुद संभाले। चचरे के घर में न तो कोई संदूक थी न मिट्टी का ही कोई खाली बर्तन। अनाज का कोठिला भी टूटा पड़ा था। अगर एक-दो महीने संभालना होता तो और बात थी। लेकिन इसे तो बारह बरस तक संभालना था। वह अपनी उलझन पर खुद ही हँसने लगा। मूल बात यह थी कि इस कागज़ को संभालकर वे करेंगे क्या? और इसका जवाब पाने के लिए कुछ लोग उस दुकानदार के पास चले गए। दुकानदार देसी भाषा भी पूरी तरह नहीं जानता था। फिर तो वह अंग्रेज़ी कहाँ से जानता?

लेकिन नोट की तस्वीर और अंग्रेज़ सरकार की मुहर देखकर उसने हिम्मत कर डाली। हँसते हुए उसने भील से पूछा, "चल, आठ आने में देना है यह कागद?"

"अरे जा-जा सेठ, पाँच रुपये का कागद आठ आने में। यह तो बड़ा धोखा होगा।" वह कागज़ लेकर चलता बना।

लेकिन रावजी नहीं उठा। वह सोच रहा था कि दुकानदार को स्वयं ठग लेगा। उसने कहा, "सबका तो पाँच-पाँच का है, लेकिन मेरा कागद दस रुपये का है।"

"तो तेरा एक रुपया। बोल, देना है कागद!"

"उहूँ-अं।" रावजी ने ना बोल दिया।

"डेढ़।...देना है तो हाँ बोल, नहीं तो ले जा।" और कागज़ लौटाते हुए बोल पड़ा, "घर जाकर तरकारी में डाल लेना। खटास आएगी।"

रावजी जैसे दुकानदार का मन भाँप गया था, दुकानदार भी उसकी मरजी अच्छी तरह समझता था। इसलिए वापस लौटते हुए रावजी को उसने दुबारा नहीं बुलाया।

दुकान से बाहर निकलकर रावजी फिर से उलझ गया कि दूसरी बातें तो ठीक हैं, लेकिन इस कागद को संभालें कैसे! बारह बरस तक कौन जिएगा, कौन मरेगा! छोकरे तो एक-डेढ़ बरस के हैं। वे भी अब दूध के बिना कैसे जी पाएँगे। छोकरियाँ तो ससुराल चली जाती हैं और रावजी। वह हँसने लगा पाँच-सात बरस जी लें तो छोकरों का भाग्य। उसने बड़बड़ाकर तय कर लिया कि चल दे देना। डेढ़ मिलेगा तो डेढ़ सही। कागद संभालने की झंझट तो नहीं रहेगी।

उसने फिर पूछ लिया, "सेठ, वो ऊपर वाला पैसा...मूल औ ब्याज निपटाना हो तो बोलो। बोलो, निपटा सकते हो।"

"अंदर आओ तो ना! कि खड़े-खड़े।"

रावजी फिर दुकान में चला गया।

दुकानदार ने दो रुपये का आठ आना सूद ले लेना चाहा, "ला, आठ आने पर हाथ रख तो समझ ले यह कागद दो रुपये का।"

रावजी जल उठा, "वाह रे, रुपया लेकर एक बीड़ी पीने का बख़त तो बीता नहीं और इतने में आठ आने सूद हो गया!"

दुकानदार हँसने लगा, "हाँ, हो गया। हिसाब गिन न। दो रुपये का चार आना आढ़त हुआ और चार आना महीने का ब्याज।"

"लेकिन अभी तो... ।"

"वो तो बही में लिखते ही महीने भर का हो गया। पर तू क्यों माथा फोड़ रहा है। जो कागद लेना हो तो आठ आना आती होली पर दे देना।" और काम बनाने के लिए उसने यह भी बोल दिया, "फिर जैसी तेरी मरजी।"

रावजी ज़िद कर उठा, "सब चुकता करो तो लो कागद। नहीं तो...।"

"हे भाई, चल सब चुकता सही। ला दे कागद।"

दुकानदार ने कागज़ हाथ में लेकर दो-तीन बार उलटकर देखा। अंततः उसने तय किया कि घर में पड़ा रहेगा। बारह साल बाद सरकार देगी तो ठीक, नहीं तो समझो कि बकरी आठ के बदले दस में पड़ी थी। धंधा कोई चख-चखकर

नहीं होता।" उसने सर्टिफिकेट पर रावजी का अँगूठा लगवाकर उसके खाते की रकम जमा कर दी, "ले, खतम कर दिया, बस।"

दुकान से बाहर निकलकर रावजी इतना खुश था कि घर जाने से पहले वह मुखिया को बताने निकल गया, "मैंने तो उस कागद से ढाई रुपये निकाल लिया मुखिया।"

मुखिया के साथ चिलम पीते हुए पंद्रह-बीस लोग उस पर आग बबूला हो उठे। मुखिया ने कहा, "रावजी, तू दस रुपये में मर नहीं गया तो ढाई रुपये में मर जाता, बानर!"

रावजी को क्षण-भर तो लगा कि वह ठगा गया है। पर तुरंत याद आया कि वह कितनी उलझन में था। उसने लाचारी व्यक्त की, "मैं तो नहीं मरता मुखिया लेकिन छोकरे दूध बिना मर जाते। चलो, मैं उन्हें भी मार दूँ, पर...।" उसने लोगों, की ओर देखते हुए कहा, बारह-बारह बरस तक यह कागद रखेंगे कैसे? कहाँ रखेंगे?"

अचानक लोगों की आँख खुल गईं । सब चिंतित हो गए कि सच बात है। कागज कैसे संभालेंगे। घर में पेटी-पिटारी तो है नहीं। बाँस के भीतों में कोई ताखा बनाने की जगह भी नहीं है।

लोगों को लगा कि रावजी ने अच्छा ही किया । कागजों के कचरे से उसने कमीज़ निकाल ली है। फिर भी एक-आध लोगों ने जैसे तमाचे से उसका मुँह लाल कर दिया, "अरे मूरख, बाँस के पोंहड़े में डालकर रख देता।"

लेकिन वह पोंहड़ा कहाँ रखता। कहाँ संभालता उसे। यह सवाल भी उतना ही जटिल था, जितना कागज़ संभालने का सवाल। और फिर उन पंद्रह-बीस लोगों में से एक के बाद एक, हर कोई खिसकने लगा... तेज़ कदमों से बेसब्री के साथ कि कहीं कोई उससे पहले जाकर यह फायदा न उठा ले।...जो भी मिले , ले लो भइया। पाँच सेर नमक भी आया तो कहाँ कम है।

और कोई-कोई तो यह भी सोच रहा था कि आधा सेर तमाखू आए तो भी बहुत है।

•

कृष्णतुलसी, रामतुलसी

भगवतीकुमार शर्मा

गुरुदयाल ने अपनी लंबी दाढ़ी पर हाथ फेरा। दाढ़ी सफेद होगी! और थी भी। इस उम्र में आखिर कैसी होगी? सब कहते थे कि दादाजी, आपकी दाढ़ी तो सूतफेनी हो गई है। वह हँसकर जवाब देते कि खा जाओ। सब हँस पड़ते। और वह खुद भी हँसने लगते। उनका पोपला मुँह खुला देखकर गली का कोई बच्चा बोल उठता, "दादाजी, तुम्हारा मुँह तो अंधे कुएँ जैसा है।"

"हाँ बेटा, अंधा कुआँ...।" गुरुदयाल के मुँह से गहरी साँस निकल पड़ती। अंधा कुआँ, मतलब कि काला न। अँधेरे का और कौन सा रंग हो सकता है।

अपनी सोच से हटाने के लिए गुरुदयाल ने काम में मन लगाया। वह अपने हाथों से तोरण गूँथ रहे थे। अजीब अनुभव और फुर्ती से उनकी उँगलियाँ पत्ते, डंठल और सुतली के छोर—सब खोज निकालती थीं। और उन्हें व्यवस्थित कर गांठ मारते हुए, वह तोरण गूँथते जाते।...आखिर पत्ते तो हरे ही होंगे न। चिकनाई थी, इसलिए माना जा सकता था। अगर पीले हो गए होते तो यह चिकनाई कैसे टिकती? हाथ का धागा मोटा और खुरदरा था। इसलिए कहा जा सकता था कि सुतली ही होगी। कच्चा धागा नहीं था। सुतली का रंग पीला न कत्थई और न ही सुनहरा होता है। सारे रंगों को अपने में समाए हुए कच्चा धागा मैली सफेदी लिए होता है। गुरुदयाल को कच्चे धागे से सूतफेनी याद आई। और सूतफेनी से अपनी दाढ़ी। उन्होंने तोरण छोड़कर एक बार फिर दाढ़ी पर हाथ फेरा।

ढोल की आवाज़ गूँज उठी। शहनाई का सुर पानी के रेले की तरह बहकर आने लगा। वह सुर गुरुदयाल के कानों में गहरे तक उतरने लगा। जैसे वह रोज़ भोर में तालाब के ठंडे पानी में नहाने उतरते थे। सुर और उसकी गूँज का रंग नहीं होता। नहीं तो उसे याद रखना पड़ता। अगर उस गूँज और सुर को उंगलियों

से छुआ जा सकता तो कितना अच्छा होता। उन्हें बार-बार उंगलियों से छूकर, इस तोरण के पत्ते की तरह ही उनसे पहचान हो जाती। फिर भी लगता था कि यह सुर और गूँज उन्हें गहरे तक छू रहे हों। वे जैसे-जैसे पास आते जा रहे थे, लगता था उनके अधखुले शरीर को छूकर बहती हुई हवा बदलती जा रही हो।

अब आसपास लोगों की भीड़ इकट्ठी होने लगी थी। सब सुनाई देता था... उनकी पदचाप, उनके कपड़ों का फड़फड़ाना, बर्तनों का खड़खड़ाना, कुर्सियों की चरमराहट और इन सबकी एक गंध। अचानक किसी के हाथ से थाली गिर गई। गुरुदयाल बोल पड़े, "कौन है! राधा है क्या!"

"हाँ दादाजी, आपको कैसे पता चला।"

"ले, तेरे पैरों की आवाज़ नहीं पहचानता मैं!"

गुरुदयाल जवाब दें, इससे पहले ही राधा दौड़कर निकल गई। वह बड़बड़ाने लगे कि रधिया ठहरती ही नहीं। कहती है तुम्हें कैसे पता चला। अरे बेटा, तू तो इस गली की गुड़िया, छुटपन से तुझे गोद में लेकर खिलाया है। तेरे पैरों का ठुमका मैं नहीं तो कौन पहचानेगा।

चौरे पर ब्याह की चीज़ें बिछाई जा रही थीं। गुरुदयाल समझ गए कि उसके बिना यह खड़खड़ाहट और क्या हो सकती है। वह तेज़ी से बोल पड़े, "अरे भई, खूब संभालकर बेदी बिछाना। कोई कमी न रह जाए, नहीं तो...।" किसी ने उन्हें जवाब नहीं दिया। पर बेदी से आती हुई झंकार और बढ़ती गई। गुरुदयाल को लगा कि वह खुद जाकर बेदी सजाने की कला बता दें। लेकिन कहीं वे इस भीड़-भाड़ में किसी से टकरा गए तो...। सुना है कि विवाह की बेदी भी अब बनी-बनाई आती है। हमारे समय में तो मिट्टी से सब बनाना पड़ता था। ज़रा भी दरार पड़ जाए तो मन में वहम उठता था। पर रंग कितना लाल चटक होता था। केसरिया पगड़ी जैसा। मेरी शादी में वही माटी की बेदी थी।...गुरुदयाल अकेले ही हँस पड़े जैसे बेला के फूल खिल आए हों। इतने वर्ष बीत गए। एक के बाद दूसरी और तीसरी पीढ़ी निकल गई। सविता के बाद गोपी और अब यह वेणु। फिर भी बेदी की मटकी का वह गेरुआ केसरिया रंग अभी तक आँखों के सामने तैर रहा है। जैसे मैं अभी उस रंग को छू लूँगा। अचानक अँधेरे कुएँ में असंख्य लाल कमल खिल आए।

यह इतने पास पायल पहनकर कौन दौड़ रहा है। वेणु तो नहीं। नहीं, वेणु तो कमरे में सहेलियों और औरतों के बीच घिरी होगी। साज-सिंगार चल रहा होगा, गीत गाए जा रहे होंगे। गीत की आवाज़ यहाँ तक नहीं आती। परछन होने में अभी देर है। कितना बजा होगा? सूरज डूब गया कि नहीं। तो फिर सांझ

का अँधेरा, अब गीतों के साथ लड़कियों के हँसने की आवाज़ भी आ रही है। गाने के रंग जैसा, दूसरा कोई रंग नहीं। सविता गरबा गाती थी तो सारी गली गुलाल से भर जाती थी। और ढलती सांझ को दीवार से सटकर कोई पद गुनगुनाती तो अँधेरें कमरे में जैसे बत्तीस कोठों में दीये जल उठते थे। उस सविता के साथ गुरुदयाल ने शादी के बाद कुल-गोत्र की पूजा की थी। पीली दीवारों पर नया चूना कराया था। तब भी अँधेरा कम नहीं हुआ। अँधेरे की भी एक गंध होती है। खुरदरी भीत पर रेवाशंकर महाराज ने अपने अनुभवहीन हाथों से कुंकुम का गोत्र बनाया था। उस कुंकुम को जैसे पसीने की एक लकीर चीर गई हो। कत्थई रंग का नारियल नागरबेल के हरे-हरे पत्ते, तांबे के लोटे की गुलाबी झाईं, रेवाशंकर के कपाल का केसरी चंदन, सफेद और लाल बूटेदार शादी के जोड़े में लिपटी गदराई हुई सविता, स्वयं पीताम्बर और केसरिया धागों वाली कलाई में गुरुदयाल। ओसारे में झूलती भूरी हांडी का उजास, पानी वाली थाली में सफेद कौड़ियाँ और सिक्के पकड़ने के लिए टकराती हुई सविता की सांवली उंगलियाँ, ऊपरी मंज़िल की खिड़की से छनकर आता हुआ पूर्णमासी का चंद्रमा, और सविता के शरीर से उठते हुए बुलबुले...गुरुदयाल आज भी वह सब अपनी उँगलियों से छू रहे थे। जैसे रंग और स्पर्श एक-दूसरे से हिल-मिल गए हों। सविता के खुले माथे पर लाल-धूम बिंदिया, आँखों में तैरती हुई सुनहरी मछलियाँ, गालों में पड़ते गड्ढे, और गड्ढे में हरे गोदने...सब आँखों में हिल-मिलकर उतर रहे हों।

"दादाजी, तोरण तैयार हो गया!" अचानक किसी ने पूछा। यह हमीर होना चाहिए। गुरुदयाल ने हड़बड़ाकर कहा, "हाँ भाई, हमीर यह रहा तुम्हारा तोरण।" गुरुदयाल जब तक हाथ ऊँचा करें, कि तोरण वहाँ से सरक गया। घिसटते पत्तों की सरसराहट और हमीर के मज़बूत पाँवों की आवाज़ सुनाई दे रही थी। कोई ठहरकर बैठता नहीं था, बातें नहीं करता था। गुरुदयाल को ख्याल आया कि सब बच्चों की तरह दौड़ रहे हैं, जैसे पेट के बल घिसट रहे हों। गोपी ऐसी ही थी और वेणु उसी पर गई है। तितली की तरह बस उड़ती ही रहती है। फर्क इतना ही कि तितली पीली होती है और गोपी गोरी है। उसके जैसा गोरा रंग गाँव में किसी और का नहीं है। भूरी-बिल्ली वाली आँखें, सुनहरे बाल, गुलाबी होंठ... गाँव के लोग पूछते नहीं थकते थे कि गुरुदयाल, इस विलायती परी को तू कहाँ से ले आया।

"दादाजी, समझो बारात मंडप में आने ही वाली है।" किसी ने पास आकर कहा। गुरुदयाल समझ गए कि वनमाली है। उसकी गहरी आवाज़, मुँह से तम्बाकू की गंध, और चढ़ती साँसें...।

"आने दे बनमाली! सारी तैयारी तो हो गई होंगी न। तुम्हारे जैसा पड़ौसी है तो मुझे किस बात की चिंता। बस, यह रुई की पूनी वेणु ब्याह जाए, फिर मुझे क्या चाहिए। संसार की जातरा पूरी हुई।" गुरुदयाल हँसने की कोशिश करने लगे। बनमाली भी वहाँ से चला गया। उसकी जगह खाली हो गई। बैठा होता तो तैयारियों के बारे में कुछ पूछ लेते। पर उसने साफ कह दिया कि गली वाले वेणु को पेट की जाई समझकर भारी सजावट किए बैठे हैं...बत्तियों की झालर, आँगन में स्वास्तिक, केले के बंदनवार, ढोल-शहनाई, सब तो है।

गोपी के ब्याह में भी ऐसी ही सजावट करनी थी। ऐसा होता तो वह शादी के जोड़े-गहने में कैसी परी जैसी लगती। सोलहवें वर्ष में तो मुई ऐसी निखर आई कि सारे गाँव की आँखें फट जाती थीं। इसीलिए तो यह सुंदरता ही उसके लिए समस्या बन गई और गोपी जैसे माथे पर आधी रात का अंधकार ले बैठी। दूसरा रास्ता नहीं था। उसके पेट में वेणु आ गई थी। पसंद भी किया तो गोपी ने गाँव के ढलते सामंत को। सामंत कद-काठी से जवान लगता था, उसकी आँखों में काम का दरिया हिलोरें ले रहा था। पर उसके लक्षण अच्छे नहीं थे। गोपी जान-बूझकर कुँए में कूद पड़ी। काले भँवर और घोर अँधेरे में । उससे तो मेरे मुँह का कुआँ ज़्यादा सतरंगा है। गोपी गायब ही हो गई। पाताल में गई कि आकाश में अलोप हो गई, कौन जाने! और जब पता चला तो बहुत देर हो गई थी। गुरुदयाल की तब अधेड़ उम्र वाली आँखों में मोतियाबिंद से रोशनी कम हो गई थी। और उस दौर में पहली सौर में वेणु को जन्म देकर गोपी चल बसी।

गुरुदयाल बनमाली के बाप के साथ का सहारा लेकर घिसटते हुए वहाँ पहुँचे तो अकेली वेणु मिल पाई...उन्नीस साल बीत गए तब से यह वेणु भरत के मृग जैसी...

अचानक सुगंध की एक नदी-सी बहती मालूम हुई। जैसे बेला और जूही की गंध हिल-मिल गई हो। जैसे फूलों का उबटन किसी ने अपनी देह में लगा लिया हो। गुरुदयाल बिना देखे पूछ बैठे, "कौन है?" कोई जवाब नहीं मिला तो खड़े होने लगे। केवल एक सुगंध थी, जिसे वे दूसरी से अलग कर सकते थे। आँगन में तुलसी के पौधे उन्होंने खुद बोए थे। वह भाव से उसे वृंदावन कहते थे। उनके हिसाब से उस घर में कुल तीन लोग थे। ... वह खुद, वेणु और तुलसी। वेणु तो उन्नीस की हो गई, पर तुलसी की तो उम्र भी याद नहीं। सविता ब्याहकर घर में आई तब भी यहाँ तुलसी थी। और गोपी उसके साथ ही खेलकर बड़ी हुई। और वेणु! वह तो तुलसी के पौधों के पीछे छिप जाती थी। मोतिया आँखों वाले गुरुदयाल उसे खोजने में ठोकर खा बैठते । वेणु ताली

बजाकर हँसती। और बुखार आने पर तुलसी के पत्तों से काढ़ा बनाती। हर देव-दिवाली को गुरुदयाल विष्णु भगवान के साथ तुलसी का ब्याह रचाते। उनके बाप के समय से गाँव के विष्णु मंदिर से आधी रात के बाद विष्णु भगवान की डोली आती। और उनके आँगन में भगवान वृंदा को अंगीकार करते थे।

नन्ही वेणु कई वर्षों तक पूछती रही, ''दादाजी, आप तुलसी का विवाह करते हो, मेरा विवाह कब करोगे।'' और इसके बाद वेणु समझदार होती गई। गुरुदयाल हर देव-दिवाली पर उसे चिढ़ाते, ''अगले साल तुम्हारी शादी है, हो बेटा वेणु!' वेणु शरमाकर भाग जाती। पिछले बीस सालों से तो तुलसी माता को देखा भी नहीं। केवल उसके पत्तों, पतली टहनियों और मंजरियों को छुआ है। उन्हें थपथपाया है। कितना संतोष मिला है ऐसे में! हज़ारों पीले पत्ते इस तुलसी से चले गए। सूखी डालियाँ टूट गईं। हरे पत्ते उगे, नई टहनियाँ फूटीं, मंजरियाँ आईं, फिर भी चौतरे का वह वृंदावन आँखों के अँधेरे कुएँ में तारों के झुंड की तरह झिलमिलाया करता है। पत्तों की नोक और टहनियों के कोने सब इस कुएँ में अटूट थे। उनकी तैरती आती गंध और स्पर्श में अब भी कोई कमी नहीं थी। जैसे एक बारहमासी नदी हो।

पर इस वेणु को तो कभी ठीक से देखा ही नहीं। इसका आना और आँखों का जाना...दोनों एकसाथ ही हुआ। इसके चेहरे की हल्की पहचान और रंग की झाईं भी याद नहीं। सब घुप्प अँधेरा। दूसरे लोग लाख कहें कि छोकरी तुम्हारे ऊपर गई है। यह भी कहते हैं कि दूसरी सविता ही है। घर के लोग बताते हैं कि मुखार से सामंत ही है। गोपी का तो इसने रोवाँ भी नहीं चुराया। पर गुरुदयाल इस रूप-रंग को कैसे देख पाएँ। मुई ने शहर के मेले में जाकर कुछ तस्वीरें खिंचाईं थीं। लेकिन आदमी जैसा आदमी, जैसे काला कपड़ा पहनकर अँधेरी रात में निकला हो। फिर ये तस्वीरें किस काम कीं। उँगली रख-रखकर वह बताती, देखो दादाजी मेरी नाक। है न आपके जैसी नुकीली। आप तस्वीर में कैसे पहचानेंगे। मेरी यह सचमुच की नाक छूकर देखो न दादाजी! नहीं, आप इसे तोते ही नाक कह चोंच कहेंगे। मैं आपसे नाराज़ हो जाऊँगी। और देखो तस्वीर में मेरी गर्दन कैसी उतर आई है। आप उस दिन, वो श्लोक नहीं पढ़ रहे थे... शंखग्रीवा...। लाओ अपना हाथ दो। लाओ मेरी गर्दन पर! यह मत कहना कि बकरी या ऊँट की गर्दन है।''

गुरुदयाल थक जाते, लेकिन वेणु नहीं थकती थी। वह अपनी कान की लर के बारे में, पैरों के बारे में, हथेली की रेखाओं के बारे में, गाल के तिल के बारे में बहुत कुछ बताती थी। वह गुलाबी नाखून की झाईं, हाथ की कुहनी पर

पड़े हुए दाग, पायल के घुँघरू, खुले माथे और आँखों की सफेदी को लेकर जाने क्या-क्या कहती। गुरुदयाल के अँधेरे कुएँ में सविता और गोपी दहकने लगते। लेकिन यह वेणु! इस वेणु को किस रूप में देखें?

उन्होंने वेणु का अपने विचारों में एक चित्र बनाया था...वह भी हल्की लकीरों और रंगों वाला। जब-जब उसके कंठ के घुँघरू झंकार करते, वह तुलसी की पूजा करते हुए पद गुनगुनाती, तुलसी चौरे के पास बैठकर दीया जलाने के लिए माचिस घिसती, मटके में पानी भरकर रखने जाती, कुएँ से पानी खींचती, जब भी वह काम से थककर हाँफती...गुरुदयाल के मन में उसके चेहरे की एक हल्की तस्वीर उभरने लगती। यह तस्वीर कुछ-कुछ सविता की उजली दूध वाली रेखाओं जैसी होती या गोपी के खिले फूल-सी देह वाली मगर फिर भी वेणु की तस्वीर के आगे उनकी मोतिया आँखें आ जाती थीं।

"दादाजी, चलो अब! बारात चबूतरे के नीचे आ पहुँची है। स्वागत करना है।"

वनमाली फिर लौट आया। उसने हाथ बढ़ाकर गुरुदयाल को खड़ा कर दिया। शोर बढ़ गया था। औरतों का गाना, बच्चों का दौड़ना, कुर्सियों का झपटना, मर्दों की चिल्लाहट, ब्राह्मण के मंत्र, लोगों की देह का स्पर्श...खत्म ही नहीं हो रहा था। लेकिन बत्तियों की जगमगाहट बढ़ने लगी थी। शहनाई के सुर अब और छूने लगे थे। और ढोलक की आवाज़ तो उनकी चादर ही उड़ाने लगी थी। वनमाली उन्हें सब बताता हुआ मंडप की एक कुर्सी पर ले गया। कुछ ठीक से सुनाई नहीं दे रहा था। उन्होंने जानने की कोशिश की कि वह चौतरे के किस हिस्से में हैं! शायद तुलसी चौरे से दाएँ दक्खिन की ओर। इस भीड़ में कहीं तुलसी कुचल न जाए। गुरुदयाल को चिंता हो आई।

"दादाजी...!"

शोर की इस लहर में कपूर के दीये और रूपा की घंटी, या पारिजात के फूल जैसी एक कूक उनके कान में पड़ी। यह कूक वे पहचान गए। इस कूक के सहारे वह पिछले बीस वर्षों से टिके हुए हैं।...हाँ दादाजी!" कहकर वेणु उनके पैरों पर झुक गई। उसके हाथों के हाथीदांत के चूड़े और चमकते हुए जोड़े-गहने की मिली-जुली आवाज़ से गुरुदयाल के सामने हवा भी लड़खड़ा गई।

"मेरा तो हमेशा तुझे आशीर्वाद है, बेटी!" काँपती आवाज़ में वह बहुत मुश्किल से बोल पाए। उनकी बंद आँखों से आँसू की बूँदें ऐसे निकलने लगीं जैसे पहाड़ चीरकर झरना बह रहा हो।

"दादाजी, जी छोटा मत करो...।"

वनमाली की आवाज़ कान में रेंग उठी, "देखो, तुम्हारी वेणु कितनी सुंदर लग रही है। जैसे सविता ही हो।"

"लेकिन गोपी बहन की याद दिला रही है।" हमीर ने कहा।

गुरुदयाल को पहली बार अपना अंधापन नागवार गुज़रा। अरे, यह मेरी रूई की पूनी जैसी वेणु इस समय सोलह सिंगार सजकर, सौभाग्यवती होने के लिए गौरैया की तरह पंख फैला रही है, और मैं दो पल आँखें उघाड़कर उसे देख भी नहीं सकता। यह भी नहीं कि बेटी को देख लूँ, फिर हमेशा के लिए ये आँखें बंद हो जाएँ तो क्या फर्क पड़ेगा! वैसे भी अब ये बंद ही हैं। केवल साँस अटकने की देर है।

गुरुदयाल से ज़्यादा देर तक खड़ा नहीं रहा गया। वनमाली ने उन्हें संभाल लिया। फिर वह कुर्सी पर लुढ़क गए। अँधेरे कुएँ के काले-गहरे पानी को होंड़ देने के लिए उन्होंने अपनी ही बाँह पकड़ ली।

फिर धीरे-धीरे उस अंधे कुएँ में वृंदावन उभर आया। यह वृंदावन चाँदनी की कलाओं से संपन्न था। तुलसी के झुंड में दो जातियाँ थीं...कृष्णतुलसी और रामतुलसी। और दोनों के पत्ते एक-दूसरे के रंग में हिल-मिल गए थे। जैसे सविता, गोपी और वेणु एक-दूसरे से एकाकार हो गई हों।

•

अपना भूत

भूपत वड़ोदरिया

खुद अपना भूत बने हुए एक आदमी की कहानी है यह। अपना भूत? यकीन नहीं होता न! पर आप पूरी बात सुन लीजिए। आपको विश्वास हो जाएगा कि बात भले स्वीकार के लायक न हो, लेकिन सही है। जो कि सच को सच साबित करना मुश्किल तो है ही। लगभग पैंतीस साल का दुबला-पतला आदमी था वह। माथे पर हल्के भूरे बाल, नाक-नक्श तीखे और सौम्य, साढ़े पाँच फुट की ऊँचाई। उसके चेहरे-मोहरे से यही आभास होता था कि वह किसी बैंक या किसी ऐसे ही सरकारी दफ्तर में ज़्यादा कुछ नहीं तो कम-से-कम क्लर्क ज़रूर होगा।

अभी कुछ ही दिनों पहले की बात है। वह लाल दरवाज़े के बस-स्टैंड पर चक्कर काट रहा था। लगभग अठवड़िया से वह घर नहीं गया था, जहाँ उसके लेनदार उससे अक्सर टकराते रहते थे । और लेनदारों से बचने के लिए वह यहाँ-से-वहाँ और वहाँ-से-यहाँ भटकता रहता था। उसकी कलाई पर घड़ी थी। लेकिन दिन और तारीख गड़बड़ थी। जाने कितने दिनों से, पहले के दिन और तारीख उसमें चिपके हुए थे। और सही दिन-तारीख दिखाने की, उसकी कोई क्षमता बाकी नहीं रह गई थी।

उसे घर जाना था। कितने ही दिनों से वह, वहाँ नहीं गया। इन दिनों उसने पेट-भर खाना भी नहीं खाया। वह कैसे और कहाँ खाता? उसके पास खाने-भर को पैसा ही कहाँ था? पैसा होता तो वह तुरंत घर नहीं गया होता?

लेकिन आज उसे घर जाने का मन था। घर कैसे जाए, यह सवाल उसे बेचैन किए हुए था। जेब खाली थी। शहर में उसके लेनदार जगह-जगह उसे ढूँढ़ रहे थे। और घर पर सारे लेनदारों की सिरमौर पत्नी थी, जो राह देखकर बैठी होगी। कर्ज़ बाँटने वाले किसी पठान से भी वह बढ़कर ज़ालिम थी। उसे बस पैसा, और पैसा चाहिए था। बिना काम-धंधे का आदमी पैसा कहाँ से ले आए?

मगर आज मन हो उठा था। पत्नी से मिलने का भी मन था। और उसे अपना पाँचवर्षीय बेटा तो बहुत ही याद आ रहा था। लेकिन पैसे के बिना वह वहाँ कैसे जाए? पत्नी पूछेगी कि इतने दिन कहाँ रहे? तुम्हें घर और घर के लोगों की कभी कोई चिंता भी होती है?... और एक बार उसने भी चिढ़कर पत्नी से पूछा था, "पर पैसा लाऊँ कहाँ से? जहाँ से ले सकता था, ले लिया। अब तो देने वाले वापस माँग रहे हैं। तू कहती है तो चोरी कर आऊँ!"

भाई साहब ने सोचा था कि पत्नी हैरत से कहेगी, "अरे, कैसी बात करते हो। अब हम चोरी करेंगे? चोरी करनी है तो अफीम खाकर मर नहीं जाएँगे!"

मगर पत्नी ने कहा कि उसने चोरी करने से कब मना किया है?

उसे लगा कि उसके कानों के पास किसी ने एक बड़ा पटाखा फोड़ दिया है। वह एकदम काँप उठा। उसे बहुत बुरा लगा। जैसे उसे गृह-त्याग के लिए विवश किया जा रहा हो।

लेकिन आज साला मन ही हो उठा था। जो भी हो, आज घर जाना ही है। ...पर जाए कैसे? आस-पास बिल्लियों की फौज से घिरे चूहे की तरह डरकर, यहाँ-वहाँ छिपते हुए वह अपने घर पहुँचना चाहता था। वह चाहता था कि वहाँ पहुँचकर वह घर में ही गुम हो जाए। अदृश्य हो जाए वह। मगर वहाँ तक पहुँचने का रास्ता जोखिम भरा था। और उससे भी जोखिम था वह घर। ऐसे में वह जाए तो कैसे? जाड़े की सांझ थी। जैसे सूरज भी जल्दी से घर पहुँचना चाहता हो।

वह लाल दरवाज़े के एक स्टैंड पर खड़ा था कि दूर से उसे एक लेनदार आता हुआ दिखाई पड़ा। और उसी क्षण लाल बस आकर खड़ी हो गई। वह तुरंत बस में घुसकर आखिर में कोने की सीट पर बैठ गया। बस की घंटी बजी और वह चल पड़ी तो उसने राहत की साँस ली। पर अगले ही क्षण उसकी बेचैनी बढ़ गई। किस नंबर की बस है यह? कहाँ जा रही है? उसने कुछ भी नहीं देखा था। और सबसे बड़ी बात यह थी कि उसके पास टिकट का पैसा भी कहाँ था? और तभी कंडक्टर ने, किसी चिमटा बजाते हुए साधु की अदा से टिकट पंच-बजाकर उसे संबोधित किया, "बोलो।"

पसीने से तर-ब-तर होकर उसने खाली पड़ी हुई जेबों को, और भी खाली करने की कोशिश की। लगा कि अभी कंडक्टर बस रोककर उसे उतर जाने का आदेश देगा। लेकिन चमत्कार देखिए साहब कि कंडक्टर ने कहा, "भले आदमी, जेब क्यों टटोल रहे हो? आँख खोलकर देखो, तुम्हारा पर्स तो तुम्हारे पैर के नीचे पड़ा है।"

उसने कंडक्टर की ओर देखा कि कहीं वह मज़ाक तो नहीं कर रहा है। फिर उसने नीचे निगाह दौड़ाई। वहाँ पैरों के पास सचमुच पर्स पड़ा था। उसने काँपते हाथों से पर्स उठा लिया और खोलकर कंडक्टर को पैसे दे दिए। फिर आस-पास देखा। सब अपने में डूबे हुए थे। पर्स वज़नदार था। डर लगा कि वह किसी भी क्षण पकड़ा जा सकता है। यह चोरी या लूट नहीं तो और क्या है? वह इतना बड़ा आदमी अभी नहीं हुआ था कि चोरी करने पर भी उसे पकड़े जाने का डर न हो। वह एक आम आदमी था। अगर वह चैन से छोटा आदमी बनकर जी पाए तो उसे बड़ा बनना ही कहाँ था।

दूसरा स्टैंड नेहरू ब्रिज के आखिरी छोर पर था। बस रुकते ही वह तुरंत उतर पड़ा। जैसे बस में आग लगी हो, और वह उतरे बिना बच नहीं पाएगा।

बस से उतरकर वह एकदम उल्टी दिशा में चलने लगा। वह सुरक्षित जगह ढूँढ़ रहा था। पर्स में कितना पैसा है, यह जानने के लिए वह बेचैन हो उठा। एक मोटर के पीछे उसे यह मौका मिल गया। उसने पर्स टटोला तो सात-आठ सौ रुपये थे। अब वह अपनी अंतरात्मा के शीशे के सामने खड़ा था। उसे लगा कि किसी का पैसा ऐसे हजम नहीं करना चाहिए। वह लाल दरवाज़े के मुख्य स्टैंड पर जाकर ऑफिस में बता आए कि फलां नंबर की बस में किसी का पर्स गिरा हुआ मिला है। सही आदमी देखकर लौटा देना।

और अगले ही क्षण वह उस शीशे के आगे वकील की तरह खड़ा हो गया कि तू कितना बेवकूफ है। 'सच्चाई इसी को कहते हैं' इस कवायद के साथ तुझे अखबारों के बॉक्स की न्यूज़ बनना है? तुम्हारे लेनदार यह समाचार पढ़कर, तुम्हें कच्चा चबा जाने के लिए, जहाँ से भी होगा, ढूँढ निकालेंगे।

अरे मूर्ख, तू अपनी ओर देख। ...तू अपनी बीवी का चेहरा याद कर। अपने बच्चों के बारे में सोच। 'सच्चाई' जिन लोगों को पोसाएगी वे लोग भी सच्चा बनने की तकलीफ गवारा नहीं करते। फिर तुमने क्या भांग पी रखी है कि यह ढोंग कर रहा है?

वह घर लौटने की तैयारी में एकदम तनकर खड़ा हो गया। उसने रिक्शा रोका और बैठ गया। घर साबरमती से थोड़ा आगे, अंदर की एक छोटी-सी सोसायटी में था। उसने अपना एक हाथ पतलून की जेब में ही डाला हुआ था। पर्स से जैसे बिजली बह रही हो और उसकी उंगलियों से होकर पूरी देह में उजाला फैला रही हो।

वह घर पहुँचा तो लगभग अँधेरा फैल चुका था। उसने दरवाज़े पर अपनी नेम-प्लेट देखी। नेम-प्लेट धुँधली हो चुकी थी। फिर भी वह अपना नाम पढ़

सकता था—रमेशचंद्र एस. मेहता। सब ठीक-ठाक है। पिछले लंबे समय से वह अपना नाम भी भूल गया था। वह इतना ज्यादा हार गया था कि स्वयं अपने नाम को छिपाता फिर रहा था। जैसे वह इरादापूर्वक अपना नाम भूल जाने की कोशिश कर रहा हो। पर उसके लेनदार उसे नाम भूलने नहीं देते थे। वे कहते थे कि लो, तुम्हारे नाम पर तो तुम्हें पैसा दिया है। बाकी तो तुम्हारी कोई चीज़ हमने गिरवी रखी नहीं है। और गिरवी रखने के लिए तुम्हारे पास है भी क्या, तुम्हारे नाम के सिवा?

रमेशचंद्र ने दरवाज़े पर हांक लगाई। कोई जवाब नहीं मिला। उसने फिर पुकारा। भीतर से स्टॉपर खुल गया। कोई सहजता से बाहर निकला। रमेशचंद्र की पत्नी अमी थी। जैसे वह, उसे देखकर जल गई हो। उसे दुख हुआ, लेकिन वह कुछ बोल नहीं पाया।

अमी ने पूछा, "क्या काम है?"

उसने चिढ़कर कहा, "अरे, मैं हूँ। ...रमेश।"

अमी ने फिर सवाल किया, "कौन रमेश?"

रमेश उलझन में पड़ गया कि यह कैसा मज़ाक है। वह भीतर से डर गया था। फिर भी हँसी का नाटक करते हुए बोला, "दूसरा कौन रमेश, तेरा पति।"

अमी बोली, "ए मिस्टर, ज़बान संभालकर बात करो। मेरे पति को गुज़रे हुए महीनों बीत गए।"

रमेश हैरत में था, "तुझे क्या हो गया है? तू अपने पति को नहीं पहचानती? इतना गुस्से में है तू!"

अमी चौंक उठी, "बाप रे, यह भूत है कि आदमी...।"

अमी ने एक धड़ाके से दरवाज़ा बंद कर लिया। रमेश को मूर्छा-सी आने लगी। सब कुछ गोल-गोल घूमने लगा। वह वहीं बैठ गया। दरवाज़ा फिर से खटखटाने की हिम्मत नहीं हो रही थी। अँधेरा गहराने लगा था। जगह-जगह बत्तियाँ जल गईं थीं। लेकिन कहीं कोई रोशनी नहीं थी। सब कुछ स्याही में डूबता जा रहा था।

अब?

वह स्वयं आशंकित हो उठा था कि वह वास्तव में रमेशचंद्र एस. मेहता ही है, या सचमुच कोई भूत? यह संभव था कि अमी दरवाज़े के भीतर उससे लड़ने पर उतर आए। लेकिन यह कैसे हो सकता है कि वह, उसे पहचाने ही नहीं। और पहचाने भी तो भूत के रूप में? और अगर यह हुआ है तो वह कब मर गया? उसे कुछ याद नहीं आ रहा था। रमेशचंद्र एकदम चौंक उठा। कोई

मरा तो था। ...उसके दिमाग में स्मृतियाँ बिजली की तरह दौड़ने लगीं। याद आया कि अपने जिस बच्चे का मुँह देखने के लिए वह तड़प रहा था, उसे गुज़रे हुए महीनों हो चुके हैं। उसने अपनी घड़ी को कई झटके दिए। यह सब गड़बड़ी इस घड़ी की है। कोई दिन-न-तारीख। केवल घंटे और मिनट की सुइयाँ चक्कर मार रहीं थीं।

पैसे की तकलीफ के कारण बेटे की दवा ठीक से नहीं हो पाई। मोहित एक हफ्ते की बीमारी में ही चला गया। उन दिनों वह पैसे के लिए कहाँ-कहाँ नहीं भटका। ...यहाँ-वहाँ से, जहाँ पैसे मिल सकते थे, उसने लेकर जुए के कितने ही दाँव आज़माए। उन दिनों वह शराब भी बहुत पीने लगा था।

रमेश अब जैसे स्वयं को ही नहीं पहचान पा रहा था। तो क्या वह सचमुच भूत हो गया है? वह सचमुच मर गया है? शराब और जुआ तो कब का छूट गया। यहाँ बैठा हुआ रमेश उसके बारे में कुछ भी नहीं जानता। मगर वह जुए और शराब में डूबे हुए रमेश को अच्छी तरह पहचानता है।

मोहित का चेहरा अब भी आँखों के सामने झिलमिलाता रहता है। वह अब भी दिमाग में ऐसे घूमता रहता है, जैसे गेहूँ के बीच घुन हो। वह अपनी उन यादों और अनुभूतियों को स्वयं से अलग नहीं कर पा रहा था। बच्चे के साथ गुज़रे हुए दुखद क्षण उसकी देह में सुई भोंकते जा रहे थे। मोहित बीमार होने से पहले कितना तूफान करता था। सगे बाप के साथ वह ऐसे व्यवहार करता था जैसे बारहवाँ चंद्रमा हो। छोटा-सा बच्चा ऐसी भाषा बोलता था कि अक्सर गुस्से में उसका गला दबा देने का मन हो उठता था। लेकिन बच्चा बाप से बिलकुल निडर था। वह अपने ही तर्क दोहराया करता था कि नहीं, तुम मेरे पापा नहीं हो। पापा ऐसे नहीं होते। मुझे आशीष अंकल जैसे पापा अच्छे लगते हैं।

उसके दिमाग में जैसे गरमी चढ़ गई हो।—आशीष।...उसके बगल के मकान वाला आशीष। बाप पैसा छोड़कर गया था, इसलिए बड़ा साहूकार बन बैठा।

आशीष ने उसके घर पर कब्ज़ा कर लिया था। शुरू में उसने अमी को एक बार धमकाया भी था। लेकिन अमी तो जैसे पूरी तैयारी में थी। रमेश ने साफ बोल दिया था कि आशीष अपना पड़ौसी हो या परदेसी, इस घर में अब वह पाँव नहीं रखेगा।...मगर अमी ने कहा कि जिस घर को तुम अपना बता रहे हो, वह घर सचमुच आशीष का ही है। तुमने तो बस, बुकिंग भर करवा दी। बाकी सारे पैसे तो बेचारे आशीष ने ही चुकाए हैं। सच पूछो तो यह घर तुम्हारा है न मेरा। घर तो उसी का है।

"तो चलो, उसका घर हम उसे लौटा दें। अभी इसी वक्त।"

अमी ने अपना सुंदर मुखड़ा बिचकाकर कहा, "मुझे किसी रास्ते पर नहीं भटकना है। घर जिसका भी हो, मुझे तो यहाँ आसरा मिला है। मैं ऊपरवाले का धन्यवाद करती हूँ।"

रमेश अमी को देखता ही रह गया। पतली, ऊँची, गोरी और उसके लंबे-लंबे बाल थे।—उसके साथ शादी हुई तो लगा कि वह दुनिया का सबसे बड़ा और मालदार आदमी है। सबसे बड़ा हीरो। उसे सब कुछ ईनाम में मिल गया।

उसने पूछा, "मैं तुझे अच्छा नहीं लगता तो फिर शादी क्यों की?"

और अमी ने जवाब दिया कि उसने तो पहले ही दिन बता दिया था कि सौतेली माँ के टंटे से पिता इतने दुखी थे कि तुम्हारा सुंदर चेहरा देखते ही, उन्होंने मुझे विवाह के बंधन में बाँध दिया। जबकि मुझे बॉम्बे में बहुत बड़ा मकान मिल रहा था। अहमदाबाद का तो मुझे नाम भी पसंद नहीं। लेकिन जामनगर के नाम पर मैं ढीली पड़ गई।...इस पुराने शहर में आकर मैं गलत फँस गई। बॉम्बे वाले मुझे देखकर खुश हुए थे। मगर तुम्हारे जैसे किसी दुश्मन ने उनके कान में 'यह' बात डाल दी और उन्होंने मुँह फेर लिया। तुम्हारे खूँटे से बँधना था, इसलिए बापू ने टीका कर दिया। मुझे तुम्हारे जैसा हीरो नहीं चाहिए था। मुझे तो ऐसा पति चाहिए था जो हर ओर से ताकतवर हो, जो नई-नई साड़ियाँ लाए। दिवाली पर एकाध गहने बनवाए, सिनेमा-थियेटर ले जाए, और हमें आबू-अम्बाजी घुमाए—मुझे ऐसा पति चाहिए।

और उसके बाद कुछ बाकी नहीं रह गया। वह भटकता रहा। उसने सब-कुछ जान लिया था। लेकिन फिर भी उस घर से जुड़ने की कोशिश में था, जैसे कुछ भी जानता न हो। बाहर के दबाव उसे घर की ओर धकेल देते थे, और घर था कि उसे धक्का देकर बाहर निकाल देता था।

उसने जुए के कितने ही दाँव आज़माए कि किसी तरह किस्मत बदल जाए। उसे ख्वाहिश थी कि एक बार ऐसी बाज़ी जीत जाए कि रुपयों के बंडल लेकर घर लौटे। अमी देखते ही पैरों में बिछ जाएगी। माफी माँगेगी। और फिर तो सब-कुछ खाया-पीया और राज किया जैसा हो जाएगा। आशीष का मुँह धूम-काला पड़ जाएगा, मैं उसे अमी की मौजूदगी में आदेश दूँगा—चल, उठा अपना पैसा। अब फिर कभी दिखाई पड़ा तो खड़े-खड़े काटकर रख दूँगा।

पर कोई बाज़ी उसे यह सब नहीं दे पाई। वह अपनी हर पराजय को कितनी-कितनी शराब से धोता रहा। और अंततः उसके लेनदारों के चेहरे जैसे

आसमान के सूरज, चाँद और सितारे बन गए। उसके चारों ओर वही मंडल घूमता रहता था। आज की सांझ जैसे किस्मत चमक उठी थी। जैसे छिपे हुए खज़ाने तक पहुँचने की पहली पगडंडी मिल गई हो। एक नन्हीं-सी चाभी हाथ लग गई हो। मगर जिस बक्से को उसने खज़ाने का बक्सा समझकर खोला था, वह शव-पेटी साबित हुआ। एक सुंदर आकर्षक शव के साथ।

उसे लगा कि वह सचमुच मर गया है। और अगर नहीं, तो उसे मर जाना चाहिए। मोहित चला गया। अमी रहकर भी न रहने के बराबर है। एक वासना के सिवा कुछ भी बाकी नहीं है। रमेश तो कब का मर चुका है। और यह जो वासना है, उसी ने उसे भूत बना दिया है।

सर्दियों के शुरू के दिन थे। ठंड ज़्यादा नहीं थी। पर रात को ठंड शुरू हो जाती थी। रमेश सारी रात वहाँ बैठा रहा। सुबह दूधवाला आया तो उसने दूध ले लिया। दूध की चार थैलियाँ। पैसा भी चुका दिया। उसे लगा कि अमी दूध के लिए तो दरवाज़ा खोलेगी ही।

सूरज निकल आया था। प्रभात की किरणें आसपास के मकानों और पेड़ों पर मुकुट बाँध रही थीं। सहसा दरवाज़ा खुला और अमी नाइटी में बाहर आ गई। उसने दूध की थैलियाँ ऐसे झपट लीं, जैसे वे बिल्ली के पंजे में हों। अमी भीतर चली गई। उसने दरवाज़ा बंद नहीं किया। रमेश अंदर गया। सबसे पहले एक छोटा-सा ड्राईंग रूम था। अमी ने बत्ती जला दी। जैसे वह, उसका मुँह देखना चाहती हो। रमेश सोफे पर ऐसे बैठ गया जैसे उस घर का कोई बड़ा मेहमान हो। अमी ने पूछा, "तुम किसलिए उल्टी राह चल रहे हो?"

रमेशचंद्र ने तीखे स्वर में कहा, "तू अमी नहीं है? तेरे पति का नाम रमेशचंद्र एस. मेहता नहीं है? मैं वही रमेशचंद्र मेहता नहीं हूँ?"

अमी ने बेधड़क जवाब दिया, "मैं अमी ही हूँ। मेरे पति का नाम रमेशचंद्र एस. मेहता ही है। लेकिन तुम रमेशचंद्र मेहता नहीं हो। फिर तुम मेरे पति कहाँ से हो गए? सुबह-सुबह मैं किसी पड़ौसी को बुलाऊँ, यह अच्छा नहीं होगा। तुम जहाँ से आए हो, वहीं लौट जाओ।"

रमेशचंद्र अमी को देख रहा था। अमी ही है, मगर ऐसा क्यों लगता है कि कोई और व्यक्ति है? मेरा दिमाग तो नहीं घूम गया है? या मैं सचमुच जिंदा नहीं हूँ? मैं केवल भूत हूँ।

उसे बाहर खुले में कभी ठीक से नींद नहीं आई थी। सिर बहुत भारी हो गया था। आँखें जल रही थीं। मन था कि जगह मिलते ही वह पसरकर सो जाएगा। लेकिन बात दिमाग में पूरी तरह बैठ नहीं पा रही थी। वह एकाएक खड़ा हो

गया। और अमी को देखते हुए बोला, "आखिरी बार पूछ रहा हूँ। सोच-समझकर जवाब देना। मैं तुम्हारा पति नहीं हूँ?"

अमी ने न तो सोचा-समझा और न ही दिखावा करने की कोशिश की। उसने साफ कह दिया, "नहीं, तुम मेरे पति नहीं हो।"

रमेश चुपचाप लौट गया। उसने रिक्शा लिया और सरसपुर के लिए चल पड़ा। सरसपुर में कबीर साहब के चौरे के पास उसका एक दोस्त रहता था। रमेश ने तय किया कि वहाँ जाकर वह सो जाएगा।

तीसरी सुबह अमी स्थानीय समाचार-पत्र में एक आखिरी पन्ने पर एक विज्ञापन देखकर चौंक पड़ी। विज्ञापन था—

रमेशचंद्र एस. मेहता के लेनदारों के लिए एक सूचना।...आप सबको मालूम हो कि रमेशचंद्र एस. मेहता होने का ढोंग कर, एक व्यक्ति हमारे सगे-संबंधियों, मित्रों और परिचितों से छोटी-बड़ी रकम उधार लेता है। ऐसे सभी लेनदारों को सूचित किया जाता है कि वे अपनी दी गई रकम का सुबूत-सामान लेकर, संपूर्ण विवरण के साथ हमारे घर पर उपस्थित हों। अपने नाम पर गलत धब्बा न लगे, इसलिए मेरे पति रमेशचंद्र एस. मेहता यह रकम चुका देना चाहते हैं।...भवदीया—अमी रमेशचंद्र एस. मेहता।

अमी घबराकर बाहर निकल आई कि अभी लेनदारों की भीड़ खड़ी हो जाएगी। वह आशीष को अगोरने लगी। पिछली रात तक वह घर नहीं आया था। दो दिनों पहले वह यह कहकर निकला था कि नवसारी जाकर लौट आएगा।

अमी सचमुच उलझ गई थी। वह तो किस्मत अच्छी थी कि आशीष लौट आया। दरवाज़ा बंद कर अमी ने उसे वह विज्ञापन दिखाया और रोने लगी।

आशीष ने कहा, "पागल, इसमें रोने की क्या बात है। उसने इस तरह तुम्हें अपने कब्ज़े में लेने की चालाकी की है। पर उसे नहीं मालूम कि मैं इतना कच्चा नहीं हूँ। लेनदारों को आने दे। पाई-पाई देकर निपटा दूँगा। तुम्हारे उस दुश्मन ने किया भी होगा तो कितना कर्ज़ किया होगा? —पच्चीस हज़ार? पचास हज़ार? लाख रुपये? मैं नवसारी से पैसे लेकर ही आया हूँ। इस पूरे ब्रीफकेस में नोट भरे हैं। भले लाख रुपये चुकाने पड़ें, पर अंततः यह सूत्र यहीं खत्म कर दूँगा।...अभी वो शूरवीर, यह तमाशा देखने खुद यहाँ आएगा। तुम उसे प्रेम से अंदर ले जाना। और कहना कि बैठो, चाय-पानी पीयो। एक-एक कर मैं लेनदारों को पैसा चुकाता जाऊँगा। और वे पैसा गिन लें तो जैसा मैं कह रहा हूँ, तुम उन्हें साफ बताती जाना। तुम्हारे शब्द सुनकर अमी का पति बेचारा रमेशचंद्र एस. मेहता ज़मीन में समा जाने के लिए तैयार हो जाएगा। ज़मीन तो फटेगी नहीं,

ऊपर से यह धरती भी उसे भारी पड़ेगी। फिर तो वो यहाँ से ऐसे भागेगा कि मुड़कर पीछे देखेगा भी नहीं। हमेशा के लिए इस घर का रास्ता भूल जाएगा।''

अमी अपनी इस हार की संपूर्ण बाज़ी जीत में बदल देने की ताक़त रखने वाले आशीष को अहोभाव से देख रही थी। एकाएक उसने आशीष को बाँहों में भर लिया। आशीष ने उसे चुम्बनों से सराबोर कर दिया।

थोड़ी ही देर बाद दूर से रमेशचंद्र एस. मेहता आता दिखाई पड़ा। अमी एकदम सीढ़ियाँ उतर गई। उसने हाथ उठाकर रमेश को बुलाया। रमेशचंद्र एस. मेहता हँसते और कुछ डरते हुए पास आ गया। अमी ने खुले दिल से उसका स्वागत किया तो रमेश गले तक डूब गया। उसे लगा कि यह उसके विज्ञापन का परिणाम है। उसे पछतावा होने लगा कि उसने विज्ञापन देकर अच्छा नहीं किया। अपनी प्यारी अमी पर उसे दया उमड़ आई। बेचारी अब क्या करेगी? पैसा कहाँ से चुकाएगी? वह स्वयं भी लेनदारों को क्या जवाब देगा?

वह सोच ही रहा था कि आशीष भीतर के कमरे से निकल आया। उसने हँसकर रमेश से हाथ मिलाया । वे आमने-सामने बैठ गए। तभी माणिक चौक से जयंतीलाल सोनी आ पहुँचे। पूछा, ''अमी बेन.....।''

अमी ने कहा, ''मैं हूँ । आप विज्ञापन पढ़कर आए हैं?''

''जी हाँ।''

सोनी ने बंडी के भीतर वाली जेब से छोटी-सी पोटली निकालकर कहा, ''इसमें तीन-चार तोले सोने की फुटकर जिनिस है। इस कागज़ पर रमेशचंद्र एस. मेहता खुद यहाँ का पता लिखवाकर, चार साल पहले तीन हज़ार रुपये ले गए थे। चार साल का जो सूद गिनना हो, गिन लो, जो भी देना चाहो दे दो और अपना सामान देख लो।''

आशीष ने पाँच हज़ार गिनकर सोनी को दे दिए। और वह पोटली लेकर बगल में रख दी। उसने कहा, ''कुछ देखना नहीं है। सब ठीक ही होगा।''

''धन्यवाद!'' सोनी उठ खड़ा हुआ। अमी ने कहा, ''सुनो, मेरे पति ने तुम्हें पैसा चुका दिया है। इन्हें अच्छी तरह पहचान लो। यही रमेशचंद्र एस. मेहता हैं। फिर कभी धोखे में मत पड़ना।''

सोनी ने आशीष को देखकर हाथ जोड़ लिए और अमी की ओर मुड़कर पूछा, ''बहन, आपकी बात मानता हूँ। लेकिन सोने की यह जीनिस किसकी है? आपकी नहीं है?''

अमी उलझ गई। उसने आशीष की ओर देखा।

आशीष ने कहा, ''जयंती भाई, आपका सवाल मुद्दे का है। ये सारे जिनिस

इसी के हैं। लेकिन अक्सर समझदार औरतें भी दूसरों के बहकावे में आकर गलत यकीन कर बैठती हैं। तुम्हारे यहां ये चीज़ें गिरवी रखकर पैसा ले जाने वाले ये मिस्टर हैं!'' आशीष ने रमेश की ओर उँगली उठा दी।

सोनी ने कहा, ''समझ गया।''और वह अपनी चप्पल घसीटता हुआ वापस लौट गया। रमेशचंद्र को काटो तो खून नहीं। वह पत्थर की मूरत जैसा जड़ हो गया।

जयंतीभाई के जाते ही छोटे-बड़े लेनदार आते गए और पैसे गिनकर वापस लौट गए। सभी लेनदारों ने अपनी आँखों से यह सनद लिख दी कि अमी बहन जिसे अपना पति बता रही हैं, वो असली रमेशचंद्र मेहता पैसा चुकाने वाला व्यक्ति स्वयं है। जबकि बगल में पत्थर की मूरत बने बैठे भाई नकली रमेशचंद्र एस. मेहता हैं।

बात भी सही है। जो लेनदार आपको घर बुलाकर पैसा चुका रहा है, वही सही आसामी होगा न! जो कर्ज़ ले जाने के बाद मुँह भी न दिखाए, वह आदमी कभी सही हो सकता है?

रमेशचंद्र एस. मेहता घर से बाहर निकला, जैसे वह अपना ही शव अपने कंधे पर लिए जा रहा हो। उसे लगा कि वह सचमुच मर गया है। ज़िंदा आदमी, रास्ता भूला हुआ आदमी, हारा हुआ आदमी और टूटा हुआ आदमी–अगर उसके पास सचमुच घर है तो देर-सवेर वह अपने घर लौटेगा। लेकिन रमेश के पास घर ही कहाँ था? घर होता तो भी वह स्वयं आदमी कहाँ था? वह तो शव बन चुका था। और अपने घर में भी शव कभी वापस नहीं लौटता।

रमेशचंद्र, मसान में बैठे हुए शव की तरह, एक जगंह बैठ गया। उसकी आँखों में आँसू थे। पास ही बिजलीघर के बगल में एक वकील का ऑफिस था। रमेश वहाँ चला गया। सुबह के दस बजे थे। वकील साहब मौजूद थे। उस दिन उन्हें अदालत में एक महत्त्वपूर्ण केस पर बहस करनी थी। वह बहुत व्यस्त थे। फिर भी उन्होंने अपना कीमती वक्त बरबाद कर, रमेशचंद्र की सारी बात सुनी।

वकील डायाभाई गाँधी ने कहा कि उसका केस ज़रा अटपटा है लेकिन है दिलचस्प। अखबार वाले पूरा पन्ना भरकर इसकी रिपोर्टिंग करेंगे। पर उन्हें यह केस कमजोर लग रहा है। रमेश हैरत में था कि यह कैसे हो सकता है, जबकि वह असली रमेशचंद्र एस. मेहता है? वकील यह साबित क्यों नहीं कर सकता?

डायाभाई ने घड़ी की ओर देखा। उन्हें सचमुच देर हो रही थी। उन्होंने खेद व्यक्त करते हुए सहानुभूति से कहा, ''मिस्टर रमेशचंद्र, केस की यही कमजोर कड़ी है। कानून की दुनिया, आदमियों की दुनिया जैसी ही, बल्कि उससे भी थोड़ी

ज़्यादा विचित्र है। आप रमेशचंद्र नहीं होते तो शायद मैं आपको रमेशचंद्र साबित कर देता। गलत को सही साबित करना आसान है। मगर सही को सही साबित करना बहुत मुश्किल है। लगभग असंभव। एनी वे....लड़ने का जुनून ही हो तो आप कल मुझसे मिलिए। दो हज़ार रुपये एडवांस लेते आइएगा। ओ. के. थैंक्स!''

रमेशचंद्र चला गया। और ऐसे गया कि फिर कभी नहीं लौटा। उस दिन के बाद वह कहीं दिखाई नहीं दिया। कौन जाने, कहाँ गया वह।

अमी को कई-कई बार आशंका होती है कि कहीं वह सचमुच तो भूत नहीं बन गया? कई बार उसे लगता है कि रमेश और मोहित— बाप-बेटे दोनों साबरमती आश्रम के फुटपाथ पर भटक रहे हैं। लेकिन वह रो नहीं पाती। आशीष उसे रोने भी नहीं देता।

●

गोवालणी

मलयानिल

वह बहुत जवान थी। किसी के पंद्रहवें साल में ही होंठों पर लाली दमकने लगती है। और किसी की अठारह वर्ष में आँखें चमक उठती हैं। सोलहवें शरद में उसके कंठ से कोयल कूकने लगी थी। नादानी ने अवकाश लेना शुरू कर दिया था। बचपन अब खूबसूरती को जगह दे रहा था। उसके यौवन का फूल खिलने को कसमसा उठा था।

वह पढ़ी-लिखी नहीं थी। फिर भी बहुत चंचल थी। शहर की नहीं थी, फिर भी शिष्ट लगती थी। उच्च जाति की नहीं थी, लेकिन गोरी थी। उसकी आँखों पर भौंरे उग आए थे। पुतली में तीर की धार थी। गालों पर गुलाब छाए हुए थे।

वह गोवालणी थी—ग्वालिन। माथे पर पीतल की चमकती बटलोई रखकर जब वह सिवान से गाँव में आती तो ऐसा लगता जैसे लक्ष्मी ने प्रवेश किया हो। ''दूध ले लो, दू-ऊ-ऊ-ऊ-ऊ-ध...।''की कुहुक गली-गली में गूँज उठती। दातुन करता हर कोई उसकी ओर देखने लगता। मर्दों को यह सगुन लगता। औरतों को ईर्ष्या होती।

वह गुजरात की ग्वालिन थी। सुबह वह अपने गाँव से निकलती। ताजा दुहा गया दूध भरकर हमारे गाँव आती। सबको उसका दूध लेने का मन होता था। उसका 'दूध ले-लो, दू-ऊ-ऊ-ऊ-ध...' सुनकर गली की औरतें झट से बिस्तर से उठ जातीं।

वह हमेशा अपनी नई, मोटी चटख लाल साड़ी में साफ-सुथरी और सलीकेदार होती थी। उसमें पीली किनारी होती और काला पल्लू। हाथों में हाथी-दाँत की चाँदी की पट्टी वाली वज़नदार बंगड़ी और पाँव में मोटे-मोटे कड़े होते थे। नाक में नथनी और कान में बाली होती। उँगलियों में चाँदी की अंगूठियाँ, गले में काले

मोतियों की माला और मंगलसूत्र—ये उसके गहने थे। माथे पर थोड़ा-सा घूँघट होता था, इसलिए किसी को मालूम नहीं था कि उसके बाल कैसे थे। वह बाल काढ़ती होगी, माँग में सिंदूर लगाती होगी—यह सोच ही उसकी खूबसूरती को और बढ़ा देती थी।

मैं उसी समय ओसारे में दातुन करने बैठता था। उसे दूर से आते हुए पाकर मैं बेशर्मी से एकटक देखता रहता। वह बेचारी नज़र झुकाए, नई-नवेलियों की तरह अपनी चाल बदलती नहीं थी। उसके हाथ-पाँव में कंपन नहीं था। शांत, गंभीर आवाज़ में वह 'दूध ले-लो, दू-ऊ-ऊ-ऊ-ध...' कहती चली जाती।

पत्नी से मैं रोज़ पूछता था कि इस ग्वालिन से तू दूध क्यों नहीं लेती? रोज़ 'बहिन, दूध लेना है?' कहते हुए उसकी जुबान दुख जाती है। और तुझे ज़रा भी परवाह नहीं है।

जाने क्यों, जब से उसे देखा था, दिल में एक अजीब-सी संवेदना हो आई थी। ज़रूरत हो न हो मैं उससे दूध लेता था। इस बहाने उसे अपने आँगन में बैठाता और क्षण-भर अपनी ओर देखने को बाध्य कर देता। ऐसी कोमलाँगी होती हुई वह 'भरवाड़' जाति में कैसे पैदा हुई? उसके कोमल बदन पर इतना मोटा कपड़ा कैसे रह पाता होगा? ईश्वर भी बिना सोचे-समझे जन्म दे देता है।

उसी दिन मुझे लगा कि मैं भरवाड़ होता तो अच्छा था। मुझे तालाब के किनारे खड़े होकर बाँसुरी बजाना कितना भाता! सिवान में जानवरों के बीच उन्हें पुचकारते हुए, लाठी पर देह टिकाए, सिर पर पगड़ी बाँधे, गीत गुनगुनाना मुझे कितना भला लगता! यह तो कृष्ण-कन्हैया का जीवन होता। पागल बना देने वाली यह भरवाड़न भी राधा की जात वाली है।

बार-बार उसके सौंदर्य को देखते हुए मुझमें कुदृष्टि पैदा हो गई। उसकी गंभीर काली आँखों पर मैं ललचा गया। मन करता कि उसके पीछे गली में भटकूँ और वह जहाँ भी जाए, उसे निहारूँ।

एक दिन तो आठ बजते ही मैं उठा और इधर-उधर जाने की बजाय गाँव के किनारे खड़ा हो गया। दूध बेचकर घर लौटने के लिए वह आ ही रही होगी। मैं अनजाने में उसके पीछे चल दूँगा और मौका मिलते ही पूछूँगा कि तू कौन है? तेरी इन आँखों में क्या है? तेरी ग्वालिन की जात में इतना बेहोश कर देने वाली परियाँ भी हैं?

यह सोचते हुए मैं खड़ा था कि इतने में पैसा गिनती, दूध की बटलोइयाँ सिर पर रखे, सीधी गर्दन से नज़र झुकाए चलती हुई वह गाँव से बाहर निकल आई। मैं पीछे-पीछे चलने लगा।

रास्ता बैलगाड़ियों की लीक से भरा था। ऊँची चढ़ाई वाली ज़मीन से होकर जाने के कारण अगल-बगल मिट्टी की दीवारें बन गई थीं। और उन पर लताओं के साथ करौंदों के घने पेड़ उग आए थे। वह रास्ते पर धूल उड़ाती तेज़ी से चली जा रही थी। सामने सूरज होने के कारण वह एक हाथ से छाँह किए हुए थी और दूसरा हाथ बटलोइयों पर था। एक-दो बार पीछे मुड़कर उसने मुझे देख लिया था। उसे शक हुआ कि कहीं मैं उसके पीछे ही तो नहीं आ रहा हूँ। शायद इसीलिए वह कभी धीरे चलती तो कभी चाल बढ़ाकर लगभग दौड़ने-सी लगती। मैं भी अपनी चाल, उसकी चाल की तरह बदलता जा रहा था। मुझे नहीं मालूम कि वह ठगिनी अपने शक को पतियाना चाहती थी या नहीं। यह ज़रूर था कि मैं उसकी पवित्रता और चरित्र को कलुषित नहीं करना चाहता था। मैं तो उसके रूप पर मोहित था और मन से स्वयं भ्रष्ट हो चुका था। फिर भी अभी दिमाग की शक्ति चल रही थी। मगर मैं बेसुध होकर कुछ अघटित कर बैठूँ, इस हद तक पागल नहीं हुआ था।

हम लगभग आधे मील चले होंगे कि वह रुक गई। वहाँ बरगद की जटाएँ थीं और उसके नीचे मुसाफिरों के बैठने के लिए छप्पर बाँधा गया था। ऊपर कोयल की कुहुक थी, नीचे गाय-बकरी-भैंस और बछड़ों के घूमते झुंड थे। जगह सुंदर थी।

मड़ैया के बाहर उसने बटुली उतार दी। और रास्ते के एक ओर घास पर 'हे राम' कहते हुए खड़े पाँव बैठ गई।

मेरी हालत खराब हो गई। मैं चला जाऊँ या रुकूँ? बात करने की सोच से ही दिल धड़कने लगा। चेहरे पर खून तैर आया। बहुत साहस कर मैं यहाँ तक आया था। मगर इस गोरी ग्वालिन ने तो ताकत ही हर ली।

यह सोचते हुए मैं उससे आगे निकलने लगा। दो ही कदम चला होउँगा कि उसने पुकारा, "संदन भई, कहाँ जा रहे हो?"

चंदन भाई के घर रोज़ आने के कारण वह उन्हें अच्छी तरह जानती थी। लेकिन इस तरह एकाएक वह मुझसे बोलने लगेगी, यह सोचा भी नहीं था। क्या यह जान गई होगी कि मैं इसी के पीछे आ रहा हूँ? मुझे वह जाने किस रूप में देखती होगी?

मन में ढेर सारी बातें आने लगीं। लगा कि उसके सवाल का जवाब देना ही चाहिए। पर क्या जवाब दूँ? मैं घबराहट में बोल उठा, "तेरा गाँव देखने..." फिर सहसा याद आया कि यह मैं क्या बोल गया! उसका गाँव देखने की मुझे क्या ज़रूरत? अब तो वह मेरी कमज़ोरी ज़रूर जान गई होगी। शायद यह

उसकी इच्छा के विरुद्ध हो और वह किसी से कह दे कि 'संदन भई' उसका गाँव देखने आए थे।

मगर तभी उसने पूछा, "वहाँ देखने को का है? तुम्हारे गाँव की तरह थोड़े ही है। लो, इधर आओ, मेरा दूध पियो। बकेना भैंस का है। जीभ से सवाद नहीं जाएगा।"

मेरी उलझन जैसे सुलझ गई। मन ने कहा कि उसे कुछ भी अजूबा नहीं लगा है। ऊपर से वह मुझे बुला रही है। यह डर मन से निकल गया कि मैं उसकी निगाह में छोटा साबित हो जाऊँगा। अगर गुलाब ही बुलबुल को बुलाए तो बुलबुल का क्या दोष! अगर नाग ही बीन के पास जाकर बैठ जाए तो मदारी का क्या अपराध! अब तो जो होगा, देखा जाएगा। मेरी इच्छा जिस घाट लगनी है, लगे।

"ना-रे, ऐसे तेरा दूध पी लूँ? कल घर दे जाना।"

पीने का तो बहुत मन था। लेकिन एक बार कहने से पी लूँ तो कितना अनगढ़ लगेगा।

"घर पर तो लोगे ही। पर यहाँ तो पियो। वहाँ कहाँ बड़ की ऐसी छाँह होगी? अइसे चिड़ियां कहाँ गाती होंगी वहाँ? वहाँ मेरे हाथों से तुम्हें दूध कहाँ मिलेगा? भाभी जान पाएगी तो कहर छा जाएगा।"

कोई कहता कि वह अपढ़ है तो इसका मतलब यही हुआ कि उसे अक्षर ज्ञान नहीं है। कोई कहता कि उसे बोलना नहीं आता तो इसका अर्थ यही कि उसके पास शहर की टीप-टॉप बोली नहीं है। वह कुदरत की गोद में पल रही थी और कुदरत का स्वाद अच्छी तरह जानती थी। वह अपनी मीठी गँवई आवाज़ में मुझे उस आस्वाद तक ले जा सकती थी। वह ऐसे एकांत में सरलता से मन की सारी संवेदनाएँ अपने संपूर्ण प्रभाव से व्यक्त कर सकती थी। मैं पल-पल उससे बँधता जा रहा था।

"चल, तेरा दूध पी लूँगा, अगर तू पैसे ले तो..."

"पगलाय गए हो? इसका पइसा लूँगी मैं। मेरी सौं जो ना बोला।"

उसने अध-खड़े होते हुए दूध मेरी ओर बढ़ा दिया। मैंने सोचा कि और खींच-तान अच्छी नहीं होगी। बहुत नाज-नखरे से कमल मुरझा जाता है। मैंने उसके हाथ से दूध मापने वाला बर्तन लिया और पी गया। दूध में चीनी नहीं थी, दूध गर्म नहीं था। फिर भी मुझे स्वादिष्ट लगा। वैसे तो दूध स्वाभाविक रूप से स्वादिष्ट ही होता है। जो ताज़ा दुहा दूध पीता है, वही उसकी मिठास जानता है। और यह तो उस खूबसूरत औरत के हाथ का दूध था। उसके आग्रह से

सना, जो वह अपने पीछे एक बेसुध आदमी को पिला रही थी।

"गोवालणी, तू किस जात की है?" दूध पीते हुए मैंने बात शुरू की।

"लो, तुम तो भरष्ट हो गए।"

"ना-ना, मैं इसलिए नहीं पूछ रहा था। बस जानना चाहता था। बोल तो, तू किस जात की है?"

"काहे? हम तो जनावर चराने वाले रबारी लोग हैं।"

"तू ब्याही है कि कुँवारी?"

मेरा पागलपन बढ़ता जा रहा था। ज़रा शरमाकर उसने धीरे से कहा, "बियाही।"

"किसके साथ?"

"जाये दो न संदन भई, नाम कइसे बोलूँगी? अपने जइसे ही किसी रबारी के साथ...।"

"प्रेम क्या है, समझती है तू?"

मैं सुध-बुध खो बैठा। क्या पूछना चाहिए। और क्या नहीं, मुझे यह भी ख्याल नहीं रहा। वह कुछ समझी नहीं कि मैं क्या पूछ रहा हूँ।

"क्का?" वह मेरा मुँह देखने लगी।

"दुलार क्या है, तू जानती है? तुझे अपना धणी अच्छा लगता है?"

"संदन भई, तुम तो सच्ची पगलाय गए हो।"

"ना, तू मुझे बता। मैं तेरे पीछे इसलिए आया कि गली में बात करने में डर लगता है। बोल, अगर तू मेरे साथ बात नहीं करेगी तो तुझे मेरी कसम।"

मैं उसके ठीक सामने बैठ गया। हम दोनों के बीच दूध की बटलोइयाँ थीं। अचानक वह 'हा-आ-आ-आ-य...राम' कहकर चौंक गई।... "मैं तो खंचोली भूल आई। हाय, अब का होगा?"

मैं हतप्रभ था। वह उठ खड़ी हुई, "संदन भाई, मेरी बटलुई देखना। मैं खड़े पग लौट आऊँगी।"

"हाँ, क्यों नहीं।"

वह सारे दिन धूप में बैठने को कहती तो भी मैं तैयार था। फिर इतनी देर के लिए बैठना बहुत छोटी-सी बात थी।

"हाँ-हाँ, जा! जा, ले आ! मैं यहीं बैठा हूँ।"

मैं सोचता रहा कि मुझे यहाँ बैठा देखकर लोग क्या सोचेंगे। मैं बटलोइयों के साथ उसका इंतज़ार कर रहा था। किसी ने वहाँ घास का बिछौना डाल दिया था। उन पर रहट्ठे डालकर छप्पर बनाया गया था। और उसे बबूल के खंभों

पर टिकाया गया था। पीछे दीवार में एक खिड़की थी। उस दीवार से सटकर मैं पाँव फैलाए बैठा था।...वाह रे गोरी ग्वालिन, तेरी गँवई बोली की मिठास। बस, आज तो तुझे जाने नहीं दूँगा। मेरी बातों में तू अपना घर भूल जाएगी। देखूँ, मुझे वो गाय चराना सिखाती है या नहीं। वह पतली झलकती साड़ी, कसमसाती चोली, रेशमी घाघरा पहने होती तो कैसी लगती? उसके जूड़े में अगर गुलाब होता, गले में असली मोती की माला होती, और वह ऐसी ही मदमस्त चाल से चलती जाती तो किसको नहीं भरमा लेती?—कल्पनाएँ जोड़कर मैं उसके सौंदर्य को और भी मोहक बना रहा था। उस कल्पना के साथ मैं और भी मोह में फँसता जा रहा था। उन बटलोइयों पर कोई नाम लिखा था। मैं ध्यान से देखने लगा। धुँधले अक्षरों में 'दली' पढ़ने में आ रहा था। मुझे लगा कि यह उसका नाम होगा। लेकिन यह एक औरत का नाम कैसे हो सकता है? शायद मायके से ससुराल जाते समय उसे ये बटुलियाँ उसके माँ-बाप ने दी होंगी। बटुलियाँ भीतर और बाहर से कितनी साफ-सुथरी हैं। दूध अगर सुंदर बर्तन में हो तो ज़ाहिर है कि और सुंदर लगने लगेगा। बटुली के कारण भी वह पसंद आ सकता है। बटुली के नीचे सिर पर रखने वाली गड़ारी भी वह छोड़ गयी थी। इस गड़ारी पर वह भरी हुई बटलोई रखकर गाँव में आती है तो उसकी बोली कितनी मीठी होती है। जैसे भोर में कोई प्रभाती गा रहा हो। जैसे अर्द्ध-जागृत अवस्था में सुबह सगुन का सपना आए और सारा दिन आनंद में बीते। पूरे गाँव के लिए वह आशीर्वाद की देवी थी।

मैं लगभग बीसेक मिनट बैठा होऊंगा कि वह आई और पूछा, "बैठे हो!"

"क्यों, खंचोली मिली?"

"ना रे भई, चार-पाँच घर पूछ आई। पर कहीं भी नहीं है। कौन जाने, किस घर छोड़ आई? सुबह-सुबह कहाँ भटकूँ?" वह निराश होकर बैठ गई।

"दली!"...सुनते ही वह चौंक गई।

"लोग मुझे दूध वाली कहते हैं।"

"देख ये तुम्हारी बटुली पर लिखा है। ये मैके से मिली है न? तेरे ब्याह के समय?"

मैं इतना डूबा हुआ था कि उसके बारे में पता नहीं क्या-क्या सोच गया था।... "तू... दुहाजू है?" उसके गले की माला बता रही थी कि उसका दूसरा ब्याह हुआ है।

मेरी आँख अपनी गोरी देह पर महसूस करते ही उसने सामने देखा और पल्लू में देह समेटने लगी।

"तू और तेरा धणी दिन-भर क्या करते हो?"

"करते का हैं? जनम बेकार गया।" वह तिरछे देखकर हँसी और दाँत की कलियों को जबड़ों में छिपा लिया।

"ना-ना, बोल तो सही, सुबह से सांझ तक तू करती क्या है?"

"का करते होंगे। जनावरों का काम। सवेरे जल्दी उठना, दतुवन कर, बछड़े को दूध पिलाते हैं। वो गाय दुहता है, मैं भैंस दुहती हूँ। दूध दुहने के बाद चार बार फेंटकर हम निकल पड़ते हैं। वो उस तरफ जाता है, मैं इस गाँव आती हूँ। फिर दूध देकर मैं यहाँ उसके लौट आने की राह देखती हूँ।"

अचानक मैं चौंक गया। इसका धणी आता होगा। वह मुझे इसके साथ बैठा देखकर बरस पड़ा तो क्या होगा? इज़्ज़त जाएगी, दो कौड़ी का हो जाऊँगा और अगर मार पड़ी तो...? मुँह पर चिंता और भय छा गया। एकाएक उठने के लिए मैंने टोपी हाथ में ले ली।

"डरते काहे हो, आज मैं अकेले आई हूँ। वो घी बेचने गया है।"

मैं चुप बैठ गया। फिर बात शुरू की, "तेरा धणी कैसी बंसी बजाता है कि तुम सब वहाँ खड़ी रहती हो? मैं तालाब पर बाँसुरी बजाऊँगा तो मुझे बजानी आएगी?"

"हाँ, काहे नहीं आएगी? पर तुमको अइसे बनने का मन क्यों होता है?"

"तुम्हारे कारण ही दली। तुम खाओ वो मैं खाऊँ, तुम्हारा मोटा रोटला मैं पचाऊँ, तुम्हारी गाएँ चराने जाऊँ—ऐसा मन होता है। तुम्हारा गाँव अभी कितनी दूर है?"

"चार-पाँच खेत बाद वो जो मड़ैया दिखती है न, वही है। तुम हमारे घर रह पाओगे? हम तो गोदड़ी में सोते हैं, खुले में खटिया बिछाते हैं, बाजू में ढोर सारी रात बां-आं-आं-आं-...बां-आं-आं-आं करते रहते हैं। तुम्हारे जइसे लोगों को वहाँ कहाँ अच्छा लगेगा?"

"मुझे तो यह सब बहुत अच्छा लगता है। तुम मेरे साथ रहो तो मैं अपने घर जाने का नाम भी नहीं लूँगा।"

बातचीत से मैं समझ रहा था कि वह मेरे ऊपर मोहित है। मैं उसका दिल चुरा सकता हूँ। वह धीरे-धीरे मेरे सामने अपनी संवेदनाएँ खोल देगी। जैसे फूल खिलता है, मेरा हृदय आशा से खिलता जा रहा था। जैसे झरना बहे, मेरी कल्पना बह रही थी। किसी केतकी की तरह मेरा मन उसमें डोल रहा था। हाथ में तिनका लेकर वह ज़मीन पर लकीरें खींचती, टेढ़ा धनुष बनाती हुई तिनकों को तोड़ रही

थी। बिना घबराहट, भय और लाज के वह मित्र की तरह मुझसे परिचित होकर बातें कर रही थी।

कुछ देर हम शांत रहे। अचानक बिजली चमके और बच्चों का दिल, धड़क उठे, अघोर वाद्य बजें और मालती-पुष्प फड़फड़ा उठे, जैसे आनंद को धकेलता हुआ दुख प्रवेश करे— एकाएक छप्पर की खिड़की से मेरी पत्नी की गरदन भीतर आ गई। उसने मुझे कोपपूर्ण चेहरे से एकटक ताकना शुरू किया।

उसे देखते ही मेरा शरीर थर-थर काँपने लगा। उसकी आँखों में गुस्से के कारण पानी भर आया था। वह अवाक् थी। समझ नहीं पा रही थी कि क्या बोले, क्या न बोले! मन में गुबार भरा था। मगर वह एक भी शब्द नहीं बोली। मेरी ओर केवल देखती रही। मैंने आँखें नीची कर लीं। उधर दली अपने पूरे लुच्चेपन से पल्लू में मुँह ढाँककर हँस रही थी।

बहुत अनुपम दृश्य था। अगर कोई चित्रकार उस दृश्य-बंध की तस्वीर बनाता तो उसे तीन तस्वीरें रचनी होतीं—एक काली की, दूसरी जादूगरनी की और तीसरी एक बेवकूफ की।

·

ईंट के सात रंग

मधु राय

हरिया पढ़ने में कमज़ोर था। उसकी माँ रोज़ कहा करती थी कि मरखौका पढ़-पढ़। कुछ काम कर... कुछ काम कर। और एक दिन हरिया चलता-चलता अहमदाबाद पहुँच गया।

अहमदाबाद।... अहमदाबाद का उसने बहुत नाम सुना था। उसे पता था कि उसके गाँव की साग-सब्ज़ी अहमदाबाद में जाकर बिकती है। वैसे हरिया इतना कमज़ोर भी नहीं था।

हरिया को मालूम था कि अहमदाबाद में उसे काम मिल जाएगा। और काम खोजते हुए, एक दिन किसी लड़के के साथ वह भी बस की लाइन में खड़ा हो गया। लड़के ने कंडक्टर से कंसेशन टिकट माँगा। हरिया ने भी वैसा ही किया। कंडक्टर ने उससे कंसेशन का कागज़ दिखाने को कहा। कागज़ हरिया के पास नहीं था। कंडक्टर ने कहा, "पढ़ता नहीं। लो..."

हरिया बस में बैठा तो एक साहब उसे लगातार घूर रहे थे। हरिया को लगा कि यह आदमी उसे काम दिलाएगा। उसने हरिया से पूछा, काम चाहिए? हरिया ने 'हाँ' कह दिया। उस आदमी ने उसे बस से उतार लिया और अपने घर ले गया। उसने हरिया से नाम पूछा। अपना नाम बताया। और जानना चाहा कि हरिया कहाँ रहता है? हरिया ने कहा कि वह मौसी के घर पाड़ापोल में रहता है। उस आदमी ने पूछा कि तुझे गिनती आती है? आती हो तो काम बहुत मुश्किल नहीं है। हरिया ने कह दिया कि उसे सत्रह तक पहाड़ा आता है। आदमी खुश हो गया।

उस आदमी ने हरिया को बताया कि देख, तेरी पोल में, तेरे पड़ौस में जो मकान हैं, उसमें कितनी ईंटें हैं? ईंटें गिन डाल। यही तेरा काम है। इस काम के लिए तुझे खाना-पीना, कपड़ा-लत्ता—सब मिलेगा। तुम्हारा हर ओर से ध्यान

रखा जाएगा। और हरिया के पूछने पर उस आदमी ने यह भी बताया कि उसके एक फ्रेंच साहब हैं, उनके पास पैसे की कमी नहीं है। वह यह मानते हैं कि सारी दुनिया में जितनी ईंटें हैं, उनकी गिनती हो जाए तो दुनिया की सारी मुश्किलों का इलाज हो सकता है। हरिया ने कहा कि वह पड़ौस के मकान की ईंटें गिन डालेगा। उस आदमी ने उसे एक फार्म दिया। उसमें ईंटों के बारे में सभी जानकारी भरनी थी।

हरिया दूसरे दिन से होशियारी से काम पर लग गया। पड़ौस के मकान में एक माँ-बेटी रहती थीं। घर बहुत बड़ा नहीं था। हरिया को लगा कि मुश्किल से एक दिन का काम है। खिड़की-दरवाज़ों को छोड़कर बाकी भींत की गिनती उसने शुरू की। वह फार्म में लिखने लगा। फॉर्म में घर के लोगों की भी जानकारी देनी थी। एक माँ, एक बेटी, एक शादी-शुदा लड़का और बहू थे। लड़का शनि-रवि को कल्लोल से अप-डाउन करता था। उनके लिए सोने की जगह छत में बनी हुई टांड थी जो अक्सर बंद रहती थी। दीवारें पूरी थीं, उनमें आधी ईंटें भी थीं। एक-दो जगह छेद था। और एक ईंट इस तरह टूटी हुई थी कि वह आधी भी नहीं थी, और पूरी भी नहीं।

दूसरे दिन हरिया ने उस आदमी से बात की। उस आदमी ने उसके लिए दूसरा फॉर्म दिया—उस टांड के लिए, आधी-पौनी टूटी हुई ईंटों के लिए।

उस घर में पानी का मटका रखने के लिए जगह थी, एक तुलसी की क्यारी थी—और उनमें भी ईंटें काम में आईं थीं। जल्दी ही बेटी की शादी होने वाली थी, इसलिए नया बाथरूम बन रहा था। हरिया इन सबके लिए एक दूसरा फॉर्म ले आया।

धीरे-धीरे हरिया के ध्यान में आया कि सभी ईंटें एक ही छाप की नहीं हैं। उसे कुतूहल हुआ कि अलग-अलग छाप की ईंटें कब-कब आई होंगी? और इसके लिए वह और फॉर्म ले आया। उस फॉर्म में उसने ये बातें भर डालीं। घर का आधा हिस्सा उस वक्त चुना गया था, जब पिता जीवित था। बाकी का हिस्सा बेटे ने कलोल के घासलेट डिपो में काम करते हुए पैसा बचाकर पूरा किया था। और फिर लड़के की शादी के वक्त जो पैसा आया उससे टांड समतल किया गया। साथ ही पुरानी छत को नई ईंटें डालकर प्लास्टर कराया गया। हरिया ने सोचा कि संगमरमर के फर्श को ईंट के रूप में गिना जाएगा कि नहीं? भला क्यों नहीं गिना जाएगा? उसके लिए अलग फॉर्म था। वह ले-आकर उसने भरना शुरू किया।

उस आदमी ने हरिया की सोच-समझ की हँसकर सराहना की।

हरिया ने कहा कि हँसने की बात नहीं है, उसे मज़ा आता है इस काम में।

लड़का शनि-रवि को घर आता था तो अपने हाथ से हजामत करता था। और बैठकर, आईना रखने के लिए एक ईंट रखता था, कि उसका मुँह ठीक से दिखाई दे। एक चारपाई डगमगाती थी, इसलिए एक ईंट उसमें उपयोग की जाती थी। और दुनिया की सारी ईंटें गिननी थीं। हरिया गिनता गया।

घर में दायीं दीवार पर एक कैलेंडर था। उसके पीछे दीवार उखड़ गई थी और उसमें ईंट की जगह गोबर भर दिया गया था। एक दीवार की, एक ईंट खूब घिस गई थी। और इसका कारण यह था कि वहाँ आईना लगा था। वहाँ बार-बार हाथ जाता था। हरिया उसके लिए दूसरा फॉर्म ले आया।

घर में कई बार तापने के लिए दो ईंटों का चूल्हा बनता था। कोयला तोड़ने के लिए माँ-बेटी एक ईंट का उपयोग करती थीं और ईंट नीचे रखकर कोयला तोड़ती थीं। घर में एक ओखली थी, और उसे कुछ ईंटों को हटाकर बनाया गया था। कुछ ईंटें गोलाकार कटी हुईं थीं। हरिया रोज़ नई जानकारी और नई-नई बातों के लिए नया फॉर्म ले आता।

पड़ौस के उस घर में अभी वह आधा ही पहुँचा होगा कि बेटी की शादी का समय आ गया। चौरा बाँधा गया, अग्निकुंड बना। उसमें ईंटें लगाई गईं। घर के सामने, ओसारे में नई ईंटें लगाई गईं। खिड़की की छत ठीक की गई, और वहाँ की ईंट खिसक गई। कैलेंडर के नीचे ईंट लगाई गई और वहाँ गोबर से भरी गई जगह कुछ कम हो गई। लकड़ी का टांड अब ईंटों का बनाया गया। छत पर सीढ़ियों वाला घर बनाया गया और लकड़ी की जगह ईंटों की सीढ़ियाँ बनाई गईं। फिर दरवाज़ा, खिड़की, टांड, झरोखे—इन सबके नीचे नक्काशी का काम, हरिया की समझ में लकड़ी का था। लेकिन वह भी ईंटों का निकला। हरिया नया फॉर्म ले आया। फॉर्म भरता गया। कौन ईंट कहाँ लगाई गई, कब लगाई गई, उसे किसने लगाया होगा, क्यों लगाया होगा— हरिया को यह सब लिखना था। यह भी लिखना था कि किस चीज़ के बदले ईंट लगाई गई और कहाँ ईंट के बदले कोई दूसरी वस्तु उपयोग की जा रही है?

एकाएक हरिया का ध्यान गया कि पूरे घर की गिनती कर लेने के बावजूद कुछ ईंटें बच गई थीं और उनसे आँगन में महादेव का एक छोटा-सा मंदिर बनाया गया था। हरिया के फॉर्म में सारी बातें अप-टू-डेट थीं।

अचार बनाने के मौसम में माँ-बेटी आम के टुकड़े, नमकीन पानी में भिगोकर

छत पर रख आती थीं। और जिस साड़ी पर टुकड़े फैलाए जाते थे, उसके चारों किनारों पर एक-एक ईंट रख देती थीं। सर्दी के दिनों में खिड़की से हवा आने पर, टूटी हुई सिटकनी के कारण खिड़की पर एक ईंट रखी जाती थी। चाकू पर लगा हुआ ज़ंग छुड़ाने और धार लाने के लिए ईंट के टुकड़े का उपयोग होता था। इन सारे ब्योरों के लिए हरिया रोज़ फॉर्म ले आता और भरता गया।

कोई घर के आस-पास बाड़ बनाने के लिए, कोई फूल की क्यारी के लिए, कोई भौंकते कुत्ते को मारने के लिए ईंटों का उपयोग करता—हरिया ने दूसरा घर शुरू किया तो उसके पास पैंसठ तरह के फॉर्म हो गए थे। बरसात का मौसम आने पर हरिया को ध्यान आया कि भरा हुआ पानी लाँघने के लिए ईंटों का उपयोग होता है। ऐसे में टांड, ताखे, भूपधरे, चौखट, पट्टी, क्यारियों और आँगन में ईंटें काम में आती हैं। एक लड़का अपनी किताब को सीधी रखने के लिए दो ईंटें लगाता था। किसी घर में मेज़ पर रंगीन ईंटें पड़ी रहतीं। हरिया फॉर्म पर फॉर्म भरता गया।

फ्रेंच साहब के पास पैसे की कमी नहीं थी। अपने विचारों के लिए उन्होंने गाँव-गाँव में लोगों को काम पर लगा दिया था। इस काम में हरिया का भी भरण-पोषण हो रहा था। ईंटें गिनने का काम ज़रूरत से ज्यादा लंबा था। लेकिन उतना ही मजा आता था। हरिया होशियारी से गिनता गया और इसी बीच उम्रदार हो गया। ईंटें गिनते-गिनते हरिया की शादी हई और वह हरिया से हरिभाई हो गया। लेकिन अभी उसने मुश्किल से गली के पाँच ही मकान पूरे किए थे। वह लगन से धीरे-धीरे बारीक काम करता हुआ, नए-नए फॉर्म भरता हुआ, हरिभाई से हरिलाल हो गया। मगर अब भी ईंटें गिनी नहीं जा सकी थीं। हरिया का बेटा बड़ा हो गया। वह स्कूल-कॉलेज होता हुआ काम पर लग गया। लोगों ने उसे भी दूसरी जगहों में भेज दिया। दुनिया में जगह-जगह बाँध बन रहे थे, रॉकेट-स्टेशन, पावर-हाउस, रेडियो-स्टेशन को-आपरेटिव-हाउसिंग सोसायटियाँ बन रही थीं। हरिया का बेटा उनमें उत्साह से ईंटें गिनने लगा। फ्रेंच साहब ने कहा था कि दुनिया की सभी ईंटे गिन जाएँगीं तो सभी समस्याओं का हल निकल जाएगा। हरिया का बेटा, बाप जैसी सूझ-बूझ से ही काम पर लगा था। वह भी उद्यम और लगन से नए-नए फॉर्म भरता गया। लोगों ने कहा कि तुम्हारा बेटा, तुम्हारे जैसा ही समझदार निकला। और हरिया ने कहा कि इसमें मज़ा भी आता है।

काम करते-करते हरिया के बाल सफेद हो गए। एक दिन हरिया की बहू ने उसे हलवा खिलाया और उसे याद आया कि उसका बावनवा वर्ष चल रहा है। उसने गली के सारे मकान गिन लिए थे। सबकी ईंटें गिनी जा चुकी थीं।

पैंसठ तरह के फॉर्म ठीक से भरे गए थे। गली के मुहाने पर भागवत सप्ताह का मंडप बाँधा गया। उसमें लगाई गई ईंटें गिन ली जाएँ तो उसका काम पूरा हो जाएगा। हरिया खुशी से नाच उठा।

भागवत सप्ताह के मंडप की नई ईंटें गिनने के बाद, हरिया ने सारे फॉर्म एक भूरे रंग के कपड़े की थैली में डालकर, उसे हरी और शीशे की कढ़ाई वाली शीशी में रख लिया। और जैकेट-टोपी पहनकर हरिया गली के बाहर निकला। उसके सामने वाली गली से भी जैकेट-टोपी में एक दूसरा आदमी बाहर निकला। दोनों चुपचाप चौरस्ते की ओर जाने लगे। चौराहे पर दूसरी ओर से, दो लोग उन्हीं कपड़ों में आ रहे थे। चारों लोग चलते हुए बाज़ार के मुख्य चौक में आ गए। चौक में एकसाथ दस रास्ते मिल रहे थे। इन सभी रास्तों पर चार-चार लोगों की टोली इन्हीं कपड़ों में आ रही थी। सब चलते हुए स्टेशन पहुँच गए। सभी गलियों-मुहल्लों से, सभी गाँवों-बाज़ारों से ईंटें गिनी जा चुकी थीं। और सभी ईंट-गणकों की स्पेशल ट्रेन बम्बई जा रही थी। वहाँ से वे फ्रेंच साहब से मिलने पेरिस जाएँगे।

ट्रेन बम्बई पहुँची तो उस वक्त देश के अनेक भागों से, कई ट्रेनें आकर खड़ी हुईं थीं। लोग शिष्टता और शान से प्लेटफॉर्म पर उतर आए। ईंट गिनने वालों की कतारें चारों ओर से अभी भी आ रही थीं। ये सारे लोग स्पेशल स्टीमर में बैठकर पेरिस जाने वाले थे।

पेरिस के एफिल टॉवर वाले मैदान में ये सारे ईंट गिनने वाले इकट्ठे हुए और भी देशों से ईंट-गणकों की फौज चली आ रही थी। लोग चुपचाप आकर खड़े हो रहे थे। टॉवर के नीचे रोशनियों और लाउडस्पीकरों का पूरा इंतज़ाम था।

फ्रेंच साहब आए तो लोग शांति से तैयार हो गए कि आज दुनिया की समस्याओं का हल मिल जाएगा। फ्रेंच साहब की चिबुक पर छोटी गुलाबी दाढ़ी थी और हाथ में ब्रीआर पाइप। उनकी आँखों में एक ऐसी बात थी, जिसे समझना मुश्किल था। हरिया को लगा कि साहब की आँखें आसमान के तारों की तरह कुछ कह रही हैं। क्या कह रही हैं, यह तो ईश्वर ही जानता है!

फ्रेंच साहब ने दुनिया के तमाम ईंट-गणकों का अंतःकरण से आभार माना। उन्होंने गद्गद कंठ से कहा : मेरे एक विचार के पीछे आप सबने अपनी ज़िंदगी के इतने सारे वर्ष दे दिए। इसके लिए मैं व्यक्तिगत रूप से आप सबका हृदयपूर्वक आभारी हूँ। ईंटे गिनी नहीं गई थीं, उस समय मुझे विश्वास था कि इन्हें गिनने के बाद दुनिया की समस्याओं का हल मिल जाएगा। और यह काम आज संपूर्ण हो गया है। आज दुनिया के कोने-कोने से, नींव से लेकर अटारी-टोड़े तक की

ईंटों का ब्यौरा मेरे पास है। लोगों की आबोहवा और मनोदशा की संपूर्ण रूपरेखा मेरे पास करोड़ों कागज़ों में चित्रित है। और आज अचानक मैं दुनिया के सामने अपने को कंगाल पा रहा हूँ। सहसा मुझे समझ में आ रहा है कि एक आदमी, इस सृष्टि की लीलाओं का कोई तोड़ निकाले, यह संभव नहीं है। एकाएक आज मैं समझ पा रहा हूँ कि मैंने आप सबकी, संसार के असंख्य लोगों की, ज़िंदगी के अमूल्य वर्ष अपनी एक धुन के पीछे खर्च किए हैं, यह बिलकुल गैर-ज़रूरी, निरुपयोगी और वाहियात काम था। इस काम में मैंने आप सबका जीवन नष्ट कर दिया। माफी माँगने के लिए मेरे पास शब्द नहीं हैं। गलती करने का जितना मुझे दुख है, उससे अधिक दुख इस बात का है कि मैंने आप सबको गलत ठहराया है। इस अपराध से मैं शर्मिंदा हूँ। और इसके लिए, मैं इस टावर के ऊपर से कूदकर आत्महत्या करूँगा। मैं अपना शेष जीवन समाप्त कर, करोड़ों लोगों का जीवन बरबाद करने का प्रायश्चित्त करूँगा।

सभा में सन्नाटा छा गया। हरिया चौंक गया। वह खड़ा हुआ और अफ्रीकी ईंट-गणकों से कहने लगा : हमारा जीवन नष्ट कहाँ हुआ है?...ईंट गिनने में मुझे खूब आनंद आया है। इस काम में मेरा चित्त रात-दिन लगा रहता था और मैं लगन से अपना काम करता जाता था। ईंटों ने मेरी ज़िंदगी में सात रंग भरे हैं। मेरी ज़िंदगी के सभी सवालों का जवाब इन ईंटों ने दिया है। तो इसमें नष्ट क्या हुआ? यह सृष्टि की लीला का तोड़ नहीं है? और अगर नहीं है तो क्या हो गया?

लोग हरिया की ओर देखने लगे। फ्रेंच साहब की आँखों में फिर तारे चमकने लगे। हरिया मूर्ख की तरह भरी सभा में बोल गया : फ्रेंच साहब, कूदना नहीं। यह टावर ईंटों का नहीं बना है।

बोझ

मोहन परमार

ऊँची-कंटीली झाड़ियों से खोर पटी पड़ी थी। सूरज रसरी भर माथे पर आ गया था। लचक से बचने के लिए कमर में गमछा बांधकर लकड़ियाँ काटने निकली लली से चंची को ईर्ष्या हो आई। उसे झाड़ियों के बीच टांगी मारते हुए वह, एकटक देखने लगी। चेहरे पर फैले पसीने को लली ने जैसे ही पोंछा, उसका मुँह धूप में चमकने लगा। लली को यह अच्छा नहीं लगा। उसने अपने हाथों को निहारा। मन हुआ कि अपनी काली चमड़ी खपड़े से घिस डाले। उसे हँसी आ गई। ऐसी बेहूदा बातें क्यों सोचती है भला। फिर जैसे ही यह ख्याल आया, उसने लली के ऊपर से आँखें समेट लीं। फिर काम में लग गई। लकड़ियाँ काटने के लिए आगे बढ़ते हुए एक बेल उसके माथे से टकरा गई। डर लगा कि कहीं कीरा-बिच्छी न हो । वह पीछे हट गई। मगर वह बेल अब भी लटकती देखकर चंची हँस पड़ी।

उसकी हँसी ज़्यादा देर तक नहीं टिक पाई। बैल की पूँछ मरोड़ते और अपनी मूँछों पर ताव देते हुए गजुभा (गजु भाई, पुराने ज़माने में गाँव का शासक) का बेटा फतेहसिंह तेज़ी से चला आ रहा था। ...यह कलमुँहा सुबह-सुबह कहाँ से आ टपका! बड़बड़ाते हुए उसने फतेहसिंह की ओर पीठ फेर ली। उसे अनदेखा कर, झाड़ी में खच्-खच् करती हुई चंची ने तिरछी निगाहों से देख लिया। बैल को आगे छोड़कर, कमर पर हाथ अड़ाए हुए वह बोला 'हमार सारा लोग सिवान लूट ले गए। और अब काँटे-कुशे भी हड़पने लगे हैं।'

चंची आगबबूला हो उठी। वह टांगी और ज़ोर से चलाने लगी। उसका मन हुआ कि कह दे, तू अपना घिनौना मुँह मुझसे दूर रख कलमुँहे!...चंची के पैर फड़कने लगे। लेकिन फतेहसिंह टलने वाला नहीं था। वह इस तरह चला आ रहा था जैसे बदला लेना चाहता हो।...'सोचते हैं कौन बोले, इसलिए

बोलते नहीं। इसका मतलब यह नहीं कि पूरा सिवान काट डालो!' फतेहसिंह के शब्द चंची की छाती में शूल की तरह लग रहे थे। वह थोड़ा पीछे हट गई। पीठ में झाड़ियों के काँटे चुभते ही उसका गुस्सा बेकाबू हो गया। वह बोल पड़ी, 'यह खोर तुम्हारी नहीं है। तुम्हारे खेत में गोड़ डालूँ तो मार डालना, भइया!'

'मुझसे ज़बान लड़ाती है, साली-कमीनी!'

'तू कमीना, तेरा बाप कमीना!' चंची थोड़ा रुकी और बोलने लगी, 'तेरा बाप कमीना था इसलिए जेल में सड़ रहा है। तुझे भी जेल जाना है!'

चंची से 'तू-तड़ाक' सुनकर फतेहसिंह के दिमाग की नसें चढ़ गईं। वह काँपने लगा। कुछ करे इससे पहले ही लली ने झाड़ी के छेद से उसे देख लिया था। टहनियों में चलती हुई उसकी टाँगें रुक गईं थीं। वह चंची को जानती थी। पिछले कई दिनों से चंची ने यही रट लगा रखी थी कि उसे बदला लेना है। गजुभा जेल से छूटे-न-छूटे, फतेहसिंह तो है न!... लली ने मौका ताड़ लिया। टांगी झाड़ी में फेंककर वह दौड़ पड़ी।

खोर में घुसते ही उसने पाया कि फतेहसिंह आगे बढ़ रहा है। और चंची की टांगी थामे हाथ धीरे-धीरे ऊपर उठ रहा है। लली सहम गई। लगा कि जैसे चंची को हथकड़ी डाली जा रही है। और वह स्वयं, अकेले ज़िंदगी और मौत के बीच झूल रही है। चंची के चेहरे के गोदे गए स्मृति-चिह्नों को अदेखा करके वह बिलख रही है।...उसने हांक लगाई और फतेहसिंह ने पीछे मुड़कर देखा। चंची दौड़कर आई और दोनों के बीच खड़ी हो गई। छाती तक उठा हुआ टांगी वाला हाथ चंची ने नीचे कर लिया, 'तू दूर रह, हरामी के सिर के दो टुकड़े न कर दूँ तो मेरा नाम चंची नहीं।' लली ने इशारा करके फतेहसिंह को पीछे कर दिया। उसे देखकर वह थोड़ा शांत हो गया। वह खुद नहीं जानता था कि लली का कहना वह क्यों मानता है? शुरू में लली का बाप ग़जुभा का मानुस था। कटाई-ओसाई से लेकर मजूरी-दिहाड़ी भी उसके घर के लोग ही करते थे। लली उन दिनों ही खेत में आने-जाने लगी थी। और तब से फतेहसिंह उसका कहा मानने लगा था। गजुभा जेल चला गया, तब से उनका घरोबा टूट गया था। लली ने उस घर से बोलना भी बंद कर दिया था। और आज इसी बहाने लली बोली तो सही। फतेहसिंह सोच में पड़ गया। वह लली को देखकर मुस्कराया और पैर पटकते हुए चला गया। उन क्षणों में आँखों में जो कुछ गुज़रा, वह चंची को और भी उत्तेजित कर गया। वह चिल्ला पड़ी, 'रांड, तू मेरी दुश्मन हो गई!'

'मतलब कि उसे मारकर तुझे खुद भी मरना था न! ...तुम्हारे अलावा मेरा कौन होगा!' लली हाँफने लगी।

चंची बोली, 'रांड, भगवान ने तुझे सुघड़ता देकर भूल की है। नहीं दिया होता तो अच्छा था। तेरा खसम तेरे रूप से आन्हर होकर चला गया। तू कोई कम नहीं है, कमीनी! घर चल, बताती हूँ।'

लली हँसने लगी। पर चंची को यह रास नहीं आया। उसके सामने वह दृश्य लगातार घूम रहा था। भीतर खलबली मची थी, जैसे वह स्वयं से कोई युद्ध लड़ रही हो। आँखें आग उगल रही थीं और हृदय रो रहा था। उसके हाथ से टांगी गिर पड़ी। उसे वहीं छोड़कर वह आगे बढ़ते हुए बोल उठी, 'ये भा के पूत का सिवान है तो मैं जाती हूँ। आज से इस सिवान में कभी गोड़ नहीं रखूँगी।' लली ने उसका हाथ पकड़ने की कोशिश की। लेकिन वह, उसे झटककर गाँव की ओर दौड़ने लगी।

खोर पूरी होते ही उसकी नज़र काणी गोजियार (जगह का नाम) की ओर गई। उसके पाँव थम गए। लली और चंची रोज़ाना लकड़ी काटने आती थीं तो यहीं से होकर वापस जाती थीं। काणी गोजियार के नीम के पेड़ों के नीचे सुस्ताए बिना उन्हें चैन नहीं मिलता था। आज पहली बार चंची ने नियम तोड़ा। मन तो उड़कर काणी गोजियार के निचाट वाले मैदान में घूम रहा था। पर आँखों के सामने वही दृश्यबंध तैर रहा था। असह्य वेदना के बावजूद उसने मन को काबू में रखा। माथे को एक झटका दिया, जैसे खुद की उपेक्षा कर रही हो।

घर जाकर भी उसे चैन नहीं मिला। बाजरे की लिट्टी बनाते-बनाते वह कहीं खो जाती थी। यहाँ तक कि एक बार चूल्हे में लकड़ी डालना तक भूल गई। वह तवे पर पड़ी लिट्टी सेंकने की कोशिश कर रही थी। लिट्टी पक नहीं रही थी। चूल्हे में झाँककर देखा तो आग बुझ चुकी थी।

'मुआ कपूत, तेरा नाश हो। तुझे कीड़े पड़ें।' वह रसोई से निकलकर ओसारे में खड़ी अंचरा से हाथ पोंछ रही थी कि लली आ गई।

'खाना खाया!'

'ना!'

'खा ले!'

'नहीं खाना है।'

'मेरी बहिन, तुझे कुछ अकिल है कि नहीं। लड़के-बच्चों का तो विचार कर। चल, तुझे मैं खिलाती हूँ।' बेचारे बच्चे चंची की ओर देखकर धूल में पाँव इधर-उधर

करने लगे। चंची ने लली की बात पर ध्यान नहीं दिया। बस्ती सुनसान थी। दुख जैसे उसके दुआरे खड़े नीम के ऊपर मंडरा रहा था। चंची बच्चों पर निगाह डालकर ओसारे में बैठ गई। दुआरे क्या, पूरे गाँव में दुख के बादल मँडरा रहे थे। पूरा संसार जैसे सूना-सूना लगता था। उसे कुछ भी अच्छा नहीं लग रहा था, 'हाय राम, अब मैं क्या करूँ। ये छोकड़े कब बड़े होंगे!'

लली ने उसकी बाँह पकड़कर, उसे खड़ी करने की कोशिश की। चंची खड़ी नहीं हो रही थी। लली बोली, 'मेरी कसम है अगर तुम नहीं उठीं तो...तुम्हारी इसी करनी से तुम्हारे देवर को बहुत दुख होता है। हमारा तो कुछ ख्याल करो।' चंची के दिमाग में कुछ कौंध गया। वह बेमन से खड़ी हो गई। बच्चे खाकर खेलने चले गए। लेकिन चंची के सामने तरकारी की कटोरी ऐसे ही पड़ी रही। लली को बुरा न लगे, इसलिए रोटी के दो-चार कौर मुँह में डालकर वह खड़ी हो गई।

कचरे का बेटा सूत छोड़ गया था। लच्छी बनानी थी। लेकिन आज कुछ नहीं हो पाएगा, यह सोचकर उसने सूत रखने के लिए अलमारी खोली। लली ने उसे रोका। चंची के हाथ से सूत की गठरी खींचकर, उसने छोर ढूँढकर खटिया से बाँध दिया। फिर खूँटी पर टँगी चरखी उतारकर चंची को देते हुए बोली, 'लो तुम चलाओ, मैं धागे निकालती हूँ।' वह सामने खड़ी होकर लटाई से धागे निकालती हुई नीचे रखने लगी। चंची चरखी पर सूत लपेट रही थी। लेकिन काम में दिल ही नहीं लग रहा था। लली उसे काम के लिए उत्साहित कर रही थी। मगर वह नहीं चाहती थी कि उसके दुख में कोई और भागीदार हो। वह बोली, 'लली, तू जा!'

'मैं तो काम निपटाकर आई हूँ।'

'लेकिन और भी काम होंगे। सोमा भाई तुझे खोजने आएगा।'

'आने दो। कहीं और तो नहीं गई न....।'

'बाप, मैं तुझे हाथ जोड़ती हूँ। मुझे अकेली छोड़ दे।'

'काहे? क्या मैं तेरा कुछ बिगाड़ रही हूँ?'

'नहीं, बिगाड़ नहीं रही है। तू तो मेरी सहेली है। तू न होती तो शायद...'

हाथ का सूत ज़मीन पर बिछाकर लली, चंची के पास आ गई। वह पानी ले आई थी। चंची को पानी पीते देखकर उसे लगा कि चंची के प्रति उसका कैसा लगाव है कि यहाँ से जाने का मन ही नहीं होता। यह घर, इस घर के खिड़की-दरवाज़े जैसे सब मेरे अपने हैं।...मुझे ऐसा क्यों लगता है कि जैसे यह चंची...।

पानी का गिलास नीचे रखते हुए चंची बोली, 'तेरे जेठ को मैं किसी भी तरह भूल नहीं पाती हूँ। पर तुझे देखती हूँ तो लगता है जैसे वही हो।'

'आंय।' ...चौंकते हुए लली की जीभ बाहर निकल आई। वह चंची की पीठ पर हाथ फेरने लगी। लली को अच्छा लगा। आँखों से आँसू छलक आए। चंची उसे देखे, इससे पहले उसने आँखें पोंछ लीं। संवेदना उबलने लगी। लगा कि वह चंची के साथ और नहीं बैठ पाएगी। यह सोचकर उठते हुए बोली, 'चलती हूँ।'

वह तेज़ी से लौट गई और सांझ को फिर नहीं आई। लेकिन सुबह चंची चाय पी रही थी तो वह आ गई, 'चलो, लकड़ियाँ बीन लें।'

'मुझे नहीं आना है।'

'जलाओगी क्या?'

'खरीद लूँगी। नहीं मिलेगा तो हाथ-पैर जला लूंगी। लेकिन सिवान में नहीं जाऊँगी।''

'क्यों, सिवान फतिया के बाप का है? अब बोलेगा तो टांगी से काट डालूँगी।'

मगर चंची नहीं मानी। लली थक-हारकर चली गई। दो-तीन दिन ऐसे ही निकल गए। घर की सारी लकड़ियाँ खत्म हो चली थीं। बची-खुची चैलियों से जमीन झाँकने लगी थीं।

उन्हीं दिनों अठवड़िया के लिए बाहर भी जाना पड़ा। लकड़ियाँ बीनने नहीं जा पाईं। घर लौटते ही दूसरे दिन मेहमान आ टपके। मुश्किल खड़ी हो गई। लली के घर से चैलियाँ लेकर उसने काम चलाया। पैसे से लकड़ी लेना असंभव था। और सिवान में जाने का मन नहीं होता था। पर लली के साथ जाना सुरक्षित था। चंची सोचने लगी कि बेचारी मेरे लिए इतना करती है, जबकि उसे मुझसे कोई गरज़ नहीं है। उसने मुझे कितना समझाया कि मैं उसके साथ जाकर लकड़ियाँ ले आऊँ। मुई मैं ही अपने रोने-धोने से उबर नहीं पाई। आखिर उसकी भावना को मैं क्यों समझ नहीं पाती!

उसने निश्चय किया कि कल तो सिवान में लकड़ियाँ बीनने जाना ही है।

रोज़ सवेरे लली उसके घर आ जाती थी। लेकिन आज भोर में बच्चों को पहना-ओढ़ाकर वह लली के घर पहुँच गई। सोमा घर के पिछवाड़े वाले बाड़े में दातुन कर रहा था। लली पत्थर पर टांगी की धार तेज़ कर रही थी।

'आज तो सोने का सूरज उगा है।' लली हँस पड़ी। चंची ने भी फीकेपन से हँस दिया। वह खटोले पर बैठ गई और लली से बोली, 'टांगी पर धार तो है। चल निकल जल्दी लौटना है।'

'ले, चल!' लली उठ गई।

सिवान में पहुँचते ही चंची को फतेहसिंह याद आ गया।...'साला कलमुहाँ।' वह बड़बड़ाकर खोर से उल्टा चलती हुई, काणी गोजियार से थोड़ी दूर, चौराहे पर घूमने लगी। लली खोर के बाहरी हिस्से से लकड़ियाँ बीनने लगी। लेकिन चंची का दिल नहीं लग रहा था। उसकी निगाह बार-बार काणी गोजियार की ओर चली जाती थी। फिर लगा कि जैसे उसकी कमर टूट गई है। वह समझ नहीं पा रही थी कि यह थकान क्यों है। वह क्यों जल्दी थक जाती है? उसके पैर टूट रहे थे। वह दूर जाने की हिम्मत नहीं जुटा पा रही थी। चरी का मैदान खत्म होते ही खेतों में संठे खड़े थे। उसकी आँख सिवानों में घूमने लगी। कहीं-कहीं दूर पर किसान दिखाई देते थे। फिर भी अच्छा मौका था। घाघरे का कंछाड़ मारकर वह खेत में घुस गई।

मगर वहाँ पहुँचते ही उसकी देह काँपने लगी। कुछ दिन पहले ही इन संठों पर उसकी निगाह पड़ी थी। लली उस दिन बहुत दूर निकल गई थी। तभी उसने इस खेत में जाने का मन बना लिया था। पर उस दिन एक पैर मेड़ के बाहर था और दूसरा खेत में कि सहसा कोई भैंस तेज़ी से दौड़ती हुई आई। उसने खेत से पैर निकाल लिया।...अभी भी डर तो था ही कि कोई आ न जाए। और इस डर से वह हाँफने लगी। लकड़ियों पर टांगी की मार वातावरण को झकझोर रही थी। बहुत बड़ा बोझ बन गया था। वह मुस्कुराती हुई आगे बढ़ी, जैसे इन लकड़ियों के बीच अपना साम्राज्य बना बैठी हो। लली को झाड़ियों से जूझते हुए देखकर उसे हँसी आने लगी।... अच्छा हुआ कि उसने मुझे खेत में जाते नहीं देखा। वरना वह भी...। चंची लकड़ियों में जैसे तैरने लगी थी। खेत का अगला हिस्सा भी सुनसान था। थोड़ी दूर पर काणी गोजियार का विशाल मैदान पसरा हुआ था। वहाँ भी कोई नहीं था। काणी गोजियार में पिछले साल रामजी आया था, तब से जैसे उस जगह के प्रति उसका लगाव हो गया था। लकड़ी के बोझ वहाँ नीम के पेड़ों के नीचे रखकर आराम करने के बाद ही वे दोनों घर जाती थीं। चंची को आज जल्दी से वहाँ जाने का मन हुआ। मगर लगा कि लली इतनी जल्दी पार नहीं पाएगी।

'ये लली तो जैसे सारी खोर ही घर ले जाएगी। ऐसी चिपकी है कि छूटती ही नहीं।' चंची मन-ही-मन बोलती हुई बोझ उचककर खड़ी हो गई। वह खेत से बाहर निकल आयी। और नीम के नीचे बोझ रखकर लली को हांक लगाने वाली थी कि उसे अपने नाम की पुकार सुनाई दी। वह चक्कर खा गई। दबी हुई, कुछ रुँधी सी आवाज़ आ रही थी। वह बोझ फेंककर दौड़ पड़ी। एड़ी से

चोटी तक वह भयभीत थी। चंची को हाँफते-दौड़ते देखकर लली सहम गई। टांगी को ज़मीन पर रखते हुए उसने पूछा, 'क्या हुआ, चंची बहिन!'

चंची हाँफते हुए रुक गई। लेकिन अब भी उसकी साँस सहज नहीं हुई थी।

'कुछ बोल तो खबर पड़े।'

'क्या बोलूँ।' चंची रुक गई। उसकी जीभ थरथराने लगी, 'मु...झे... कि...सी...ने बुलाया।'

'कौन था?'

'मुझे तो वही लगा।'

'पागल हो गई है!'

'तेरी सौं, यह उसी की आवाज़ थी।'

लली खामोश देखती खड़ी रही। उसकी आँखें चकराने लगीं। धूल में पड़ी टांगी को हाथ में उठाते हुए वह होंठों में हँस पड़ी।

चंची को अचरज हुआ, 'तू हँस क्यों रही है?'

'ले, चल।'

लली आगे बढ़ गई। चलते-चलते उसे लगा कि शायद यह हो भी सकता है। चंची क्यों झूठ बोलेगी!

लली ने देखा, चंची अभी भी खड़ी पैर के अंगूठे से ज़मीन कुरेद रही है। वह खीझकर पीछे मुड़ गई। चंची के चेहरे पर लिपटा हुआ भय देखकर लली को यकीन हो गया कि वही हो सकता है। लेकिन वह हो भी तो डरने की क्या बात? पर लली को लगा कि चंची की जगह अगर मैं होती तो मैं भी यही करती।

'तुम्हारा बोझ कहाँ है?'

'वो नीम के नीचे!' चंची ने उँगली से इशारा किया। नीम के पास बोझ साफ दिखाई दे रहा था। मौज-ही-मौज में लली ने चंची का हाथ पकड़कर उसे खींच लिया। चंची खिंचती चली आई।...खेत में घूमती हुई लली की निगाह उस भयानक माहौल से जा टकराई। दूर तक उजड़ा हुआ सिवान जैसे खाने को दौड़ रहा था। मगर लली को उसकी परवाह नहीं थी। वह कंधे पर टांगी रखकर मस्ती से चल रही थी। धूप में चमकती हुई टांगी लकड़ियाँ काट-काटकर और धारदार हो गई थी। उसने नीम के पेड़ों के नीचे जाने का साहस तो जुटाया। पर चंची अब भी थरथरा रही थी। वह अब भी उस मायावी आवाज़ में उलझी हुई थी। उसने आवाज़ खुद अपने कानों से सुनी थी। वह आवाज़ उसके जैसी ही थी...मैं उसकी बोली कैसे नहीं पहचानूँगी? मैं इतनी बेसुध तो नहीं हूँ।

नीम का पेड़ जैसे-जैसे करीब आने लगा, वह लली के पीछे छिपने लगी। लली आगे बढ़ रही थी, मगर चंची की हालत देखकर उसे भी घबराहट होने लगी। फिर भी वह हिम्मत से चलती रही। चिरे हुए झाड़ों के बीच से जल्दी-जल्दी गुज़रने से उसके पाँवों में काँटे चुभ गए।

'उई माँ!' उसने चौंककर बगल में चलती चंची का कंधा पकड़ लिया। कांटा निकालने का वक्त ही कहाँ था? चलते-चलते ही उसने पाँवों को ज़मीन पर रगड़ लिया। पैरों में जलन हो रही थी, लेकिन पेड़ों के नीचे लकड़ियों का बोझ देखकर वह सब भूल गई। चंची अब भी बगल में दुबकी हुई थी। उसकी बात लली को सच लगने लगी थी। थोड़ा-सा तो विश्वास हो ही चुका था। उसने एक हाथ से टांगी थामकर, दूसरे से, भागने की कोशिश करती हुई चंची को पकड़ रखा था, 'तुझे किससे डर लगता है बहिन?'

'तू क्यों मानती नहीं?'

'लेकिन इस बखत...?'

'उसको बखत की कहाँ पड़ी होगी।'

'तू डरना नहीं, हो...'

पर चंची हिम्मत हार चुकी थी। मन करता था कि बोझ लिए बिना ही काणी गोजियार में जा बैठे। लली का ध्यान तो उस नीम की ओर ही था। और वह तेजी से चल रही थी। चंची घिसटती जा रही थी। उसे वहाँ जाने की इच्छा नहीं हो रही थी। वह सचमुच डर गई थी। घर के कोने जो उसने यह पुकार सुनी होती तो अच्छा लगता। वह लोगों को बताती। लेकिन इस समय वह बिलकुल विचलित हो गई। तेज़ी से चलती हुई लली का हाथ उसने ज़ोर से खींच लिया। लली रुक गई, 'क्या हुआ?'

'मुझे नहीं आना है।'

'बोझ नहीं लेना है?'

'ना, मुझे तो काणी गोजियार में रुकना है।'

'फिर जलाएगी क्या?'

'थोड़ा सुस्ता तो लें। हम कोई अवतार थोड़े ही हैं। लकड़ी लेकर जलते-फुंकते घर आओ तो फिर वही काम...। चल, चलेगी।'

'पर मुझे तो अभी बोझ बाँधना है।'

'बाद में फुरसत से बाँध लेना।'

दोनों एक-दूसरे का हाथ पकड़कर हिलाते हुए चलने लगीं। काणी गोजियार

सामने पाकर चंची उछल पड़ी, 'तू तो ग़ज़ब की है। इधर आई नहीं कि मन बेकाबू हो गया।'

'क्या करूँ, चंची, तू क्या जाने। रामजी ओड मेरे लिए सगे भाई से भी बढ़कर था।'

'वो था, उसी के चलते तो... अब ज्यादा बोलेगी तो उसकी आत्मा झखेगी। बस कर।' चंची ने लली के मुँह पर हाथ रख दिया। फिर जैसे स्वगत-कथन करती हुई स्वयं से बोलने लगी, 'रामजी का भी क्या दोष! दोनों की भाई-बंदी हो गई थी। वह अफीम के गट्ठे ले आया तो गजुभा को नहीं दिया। इतना ही उसका अपराध था। और गजुभा ने उसकी बहू को सिवान में पकड़ लिया। फिर रातों-रात रामजी का झोंपड़ा सुलगा दिया गया। तुम्हारे जेठ नहीं होते तो उसका झोंपड़ा नहीं बचता।... समझी लल्लो!'

'अब ये बातें छोड़ बहिन!' लली धूल में लेट गई। लेकिन चंची का मन नहीं माना। जिस जगह उस दिन रामजी खड़ा था, वहीं जाकर खड़ी हो गई। दो पेड़ों की ओट से गाँव साफ दिखाई देता था। जहाँ वह थी, वहाँ से ठीक बाईं ओर खिसके तो गजुभा के खेत में खड़ा महुए का पेड़ पूरे गाँव को ढक लेता था। कई बार चंची बाईं ओर खिसक कर देख चुकी थी। और तब गजुभा की तरह ही उसे, उस महुए के पेड़ पर गुस्सा आया था। मगर घटिया आदमी का गुस्सा पेड़ पर थोड़े ही उतारा जाता है। एकाएक उसकी निगाह पास से गुज़रती हुई बकरियों पर पड़ी। अभी तक तो ये नहीं थीं। ये आईं कहाँ से?

'अरे लली, इधर आ, देख तो ये बकरियाँ कहाँ से आईं?'

लली ने भी देखा। वह उठकर चंची के पास आ गई। बकरियाँ खेल रही थीं। वे एक-दूसरे की पूँछ मरोड़ते हुए मिमिया रही थीं। चंची और लली एक-दूसरे की ओर देखकर खिलखिला उठीं। एकाएक चंची की हँसी गायब हो गई।...रामजी की बकरी को गजुभा ने तलवार के एक ही झटके से उड़ा दिया था। और फिर उसने उसे पकाकर खाया था। रामजी को इसका पता बाद में चला। गजुभा खेत में घूमने निकला तो रामजी ने उसे ललकारा। बात हद से ज़्यादा बढ़ गई। दोनों हाथापाई पर उतर आए। पूरा गाँव जमा हो गया। 'वो' करघे से उठकर कमर में फेंटा बाँधते हुए दौड़ पड़ा था। किसी को सामने आने की हिम्मत ही नहीं हो रही थी। वो जल्दी से दौड़कर दोनों के बीच आ गया और क्षण-भर में उन्हें अलग कर दिया। गजुभा की पूरी देह गुस्से से लाल हो रही थी, 'साला, रामजी मुझसे जबान लड़ाता है।'

उसने एक नुकीला पत्थर रामजी की ओर फेंका। रामजी तो हट गया, लेकिन वो रामजी के पास ही खड़ा था। उसकी कनपटी पर पत्थर आकर गिरा और उसका खेल खत्म हो गया। देखने वालों ने बताया कि पत्थर लगते ही वह छटपटाकर भहरा गया। उसका फेंटा खुल गया। वह सुध-बुध खो बैठा था। उसका तड़पता हुआ हाथ धम्म से ज़मीन पर गिर पड़ा और उसने वहीं दम तोड़ दिया।

'उसका नाश हो, मुझे तो बरबाद कर ही दिया।' चंची की आँखें भर आईं, 'तू क्यों रो रही है?'

'बस, ऐसे ही...'

लली कुछ बोली नहीं...रामजी ओड थोड़ा माल ले आया था। गाँव के लोग खरीदने उमड़ पड़े थे। लली भी आई थी। उस दिन से ही गजुभा इधर कुछ ज़्यादा ही चक्कर काटने लगा था। लली को तभी लगा था कि कुछ होकर रहेगा। ...चंची ने लली को झकझोरा। अब तक वह स्वस्थ हो चुकी थी। मन हल्का हो गया था। एकाएक उसे अपने बोझ की याद आई और वह काणी गोजियार के पेड़ों के इधर-उधर घूमने लगी। फिर संतुष्ट होती हुई बोली, 'लली, चल अब!'

'बैठ न! क्या जल्दी है?'

'तुझे भी बहुत चस्का लग गया है। मेरी तो माया है यहाँ। पर तू क्यों यहाँ आने के लिए अधीर होती है?'

'तू नहीं समझेगी।'

'ऐसा क्या है?'

'कुछ नहीं।'

'ना, बोल दे।'

चंची पीछे पड़ गई। लली हँसने लगी। वह बोली, 'ये जो टेकरी देख रही है न!'

'हाँ...'

'एक दिन यहीं मैं बोझ बाँधकर खड़ी थी। बोझ खुद से उठ नहीं रहा था। सोचा, कोई आए तो उठवा दे। रामजी बकरियाँ ढूँढ़ने निकला था। उसने उठवा तो दिया। बोझ उठाते हुए बस एक बार, सिर्फ एक ही बार उससे आँखें टकराईं। बेचारा दुखी जीव, उसकी आँखों में मैंने अपने जेठ को ही बैठे देखा था। बस तब से ही...।'

'बस, अब बस कर। मैं इतनी बेसुध नहीं हूँ, समझी।' कहकर चंची थोड़ा

आगे बढ़ी। लली की आँखें बहुत कुछ कह रहीं थीं। और चंची जैसे यह सब पी रही थी। नीम के नीचे पड़े बोझ से होकर लली की निगाह जिस तरह घूम रही थी, उसे देखकर चंची को सब समझ में आ गया था।

चंची अब रुक नहीं पाई।

उसने जल्दी से लली का हाथ अपनी ओर खींच लिया। लली खिंच गई। अबकी चंची की बारी थी कि वह लली का हाथ पकड़कर आगे-आगे चले।

और अब दोनों हाथ हिलाते हुए उस बोझ की ओर जा रही थीं।

•

क्रॉस रोड

मोहनभाई पटेल

उस विशालकाय इमारत के सभाखंड से लगभग पचास किलोमीटर दूर एक पेड़ खड़ा था। सभाखंड में प्रोफेसर नैषध मेहता भाषण दे रहे थे। पेड़ बेचैनी से उस ओर निहार रहा था। जैसे वह अपनी समग्र चेतना से नैषध मेहता की रगों में उतर जाना चाहता हो।

प्रोफेसर मेहता को लेकर आने वाली कार जैसे ही रास्ते से दाखिल हुई, पेड़ तभी से उनके आगमन को जान गया था। उसे मालूम हो गया कि नैषध आ रहा है। पेड़ उन्हें 'प्रोफेसर' और 'मेहता' से अलग, केवल नैषध के रूप में पहचानता था। नैषध–चंचल और प्रतिभाशाली नैषध। पेड़ की छाँह में लगी बेंच पर, वाहनों की दौड़ती हुई भीड़ में धमाल से भरपूर क्रॉस रोड पर, वह घंटों स्वप्निल आँखों से अपनी मंगेतर का इंतज़ार करता रहता था। मंगेतर सामने की गली से आती थी। बाकी नैषध को इस इलाके से कुछ लेना-देना नहीं था।

प्रोफेसर नैषध मेहता भाषण दे रहे थे। उन्हें ज़रा भी पता नहीं था कि यह पेड़ उनके इतने निकट, सामने ही खड़ा है। पता होता तो उनके भीतर शायद कुछ क्षोभ भर जाता। अंततः जिन दिनों मंगेतर ने वहाँ आना बंद कर दिया था, वह हर शाम अपना बहुत-सा समय इस पेड़ के नीचे खामोशी में गुज़ार देते थे। उन बातों को अब वर्षों बीत गए। क्रॉस रोड पर मोटर, बस, रिक्शा और स्कूटरों का मेला दौड़ता रहता था। वाहन जैसे तिरछी खड़ी पटरी पर दौड़ रहे हों। वह सब नैषध ने अपनी आँखों से देखा था। उदास चेहरे से। सांझ होते ही जब सूरज विदा लेने लगता था, लोग अपने रोटी-पानी से निपटकर पैदल, साइकिल और स्कूटरों पर अकड़कर सरकने लगते थे, क्रॉस रोड़ की भीड़ देखने लायक होती थी। कई बार ऐसा होता था कि जाम हो गई सड़क पर वाहनों

के शोर से कान फट जाते थे। लेकिन कोई दो कदम भी आगे सरक नहीं पाता था।

उस जंजाल में नैषध अपनी आँखें पिरो देता था। कितनी ही बार वह उसमें उलझ भी जाता था। उसे पता था कि मंगेतर अब नहीं आएगी। तब भी वह घंटों बैठा रहता था।

आज सालों बाद नैषध के कदम सूँघकर पेड़ को उससे मिलने की भारी उमंग हो आई। उसने सभाखंड के सभी दरवाज़ों से अंदर झांक लिया। नैषध भाषण दे रहा था। नैषध नहीं, प्रोफेसर नैषध मेहता भाषण दे रहे थे। नैषध कितना बदल गया है। चेहरे पर कुछ दाग उभर आए हैं। और उसकी स्वाभाविक चमक कुछ कम हो गई है। नाक पर चश्मा बैठ गया है। गले में हड्डी उभर आई है। मुख की तरावट ऐसी गायब हो गई है कि समझ में नहीं आता, वह कभी उनके चेहरे पर रही होगी। और अब नैषध नहीं प्रोफेसर नेषध मेहता ही थे।

प्रोफेसर नैषध मेहता को पेड़ ठीक से देख रहा था। शायद प्रोफेसर मेहता भी कुछ अचकचा गए। उनके भाषण में वाक्य टूटने लगे थे। सामने जवानी से भरपूर श्रोता बैठे थे। रंग-बिरंगे कपड़ों में सजे-सँवरे लड़के-लड़कियों से हॉल खचाखच भरा था। प्रोफेसर अपनी विद्वत्ता में तह तक पहुँचे हुए व्यक्ति थे। तीन-चार कॉलेजों में उनके भाषण का आयोजन किया गया था।

पेड़ समझ नहीं पा रहा था कि प्रोफेसर क्या बोल रहे हैं। उनकी वाणी से गोदावरी तट, राम, वासंती, जनपद...जैसे अनेक शब्द फूट रहे थे। पर इनमें से वह किसी से परिचित नहीं थे। शायद इसलिए कि इनकी साँसों को प्रोफेसर ने कभी छुआ भी नहीं था।

पेड़ ने देखा कि प्रोफेसर मेहता की आवाज़ कुछ बदलती जा रही है। चेहरे पर कोई मौन-वेदना झलकने लगी है। कोई बेचैनी उन्हें लगातार घेर रही है। उन्होंने बाहर देखा। पेड़ ऐसे में उनकी एकाध निगाह कैद कर लेने के लिए आतुर था। प्रोफेसर बेचैन नज़रों से कहीं और जाना चाहते थे। और अचानक उनकी दृष्टि इस पेड़ पर पड़ गई। एकाएक जैसे कोई चमत्कार हुआ हो। उनकी आँखें वहीं गड़ गईं। वह पूरी तरह वहीं खिंच गए।

अभी तक वह इस विषयान्तर के बावजूद अपने भाषण का प्रभाव बनाए हुए थे। उनके प्रभावशाली शब्दों से श्रोताओं में सन्नाटा छा गया था। संवेदना का एक ज्वार उन्हें अपनी मौजों में डुबोता चला गया था।

प्रोफेसर ने सहजता से मुँह फेरकर आँखें बाहर टिका दी थीं। श्रोताओं को लगा कि छायानाटक के राम और सीता की स्थिति से द्रवित होकर भीगी आँखों को वह, उनसे छिपाना चाहते हैं...

उन्होंने अपनी आँखों का एक हिस्सा उस पेड़ पर और बाकी उस रास्ते पर निढाल छोड़ दिया। कुछ-कुछ परिचित-सा लग रहा था। रास्ते की किसी चीज़ को वह सीधे पहचान नहीं पा रहे थे। मगर उन्हें लग रहा था कि यह रास्ता वर्षों तक उनकी आँखों में रहा है। शायद...। शायद कुछ...।

पेड़ खुश हो गया। वर्षों बाद उसने नैषध की आँखों की डोर अपने हाथों में पा ली थी। प्रोफेसर मेहता उसके ऊपर छाते चले गए थे।

प्रोफेसर को लगा कि आने वाले दिन किसी क्रिकेटर को फुटबाल जैसे लगते होंगे। पेड़ अपनी काया में विशाल होता जा रहा था।... तो क्या यह वही पेड़ है? या उन्हें कोई भ्रम हो रहा है?...अब उस पेड़ की ज़रूरत भी क्या है? ...प्रोफेसर ने पूरे रास्ते पर अपनी सदेह चेतना डाल दी। आती-जाती बसें और दूसरी मोटर-गाड़ियाँ उसे खिलौनों जैसी शांत-गतिमान लग रही थीं। पूरे माहौल को अपनी कर्कश आवाज़ों से बींध डालने वाले रिक्शे भी एयरटाइट काँच के पिंजरे में खामोश दौड़ रहे थे। अनेक रंगों में राहगीर अपने कदों से बेहद छोटे होकर तेज़ी से आ-जा रहे थे। प्रोफेसर ने खुद को उन राहगीरों के बीच पिरो दिया।

यह सब पल-दो-पल में हो गया। उन्होंने कोशिश कर अपने को सभाखंड में लौटा लिया। फिर जैसे ही बाहर देखा, उनकी गर्दन वहीं जम गई।

प्रोफेसर अपने भाषण में घिसटने लगे। श्रोताओं के ध्यान में यह आ गया था। उन्हें कुछ अनगढ़ लग रहा था। खिड़की से सटे बैठे युवकों ने उनकी आँखों की डोर से सरककर जान लिया कि इस फले-फूले लाल चटख पेड़ ने प्रोफेसर को अपनी ओर तान लिया है।

प्रोफेसर मेहता ने ताकत से व्याख्यान पूरा कर दिया। आभार व्यक्त करने से पहले ही अधिकांश श्रोता उड़ती गोरैयों की तरह बिखर गए थे।

प्रोफेसर अब अकेले होना चाहते थे।

इससे पहले कि आयोजक उन्हें बगल के कमरे में चाय-पानी के लिए ले जाएँ, वह सभाखंड की बालकनी में आकर रुक गए। मेज़बान साथ ही थे। प्रोफेसर ने स्वाभाविक होते हुए पूछा, 'इस तरफ, यह नया डेवलपमेंट है।'

'शहर में हर ओर विकास हो रहा है। यहाँ भी हुआ है। यह बिल्डिंग भी नई है।'

'हम किस रास्ते से आए हैं?'

एक व्यक्ति ने हाथ उठाकर रास्ते ही ओर इशारा किया।

'इस मेन रोड से भी आ सकते थे न।'

'हाँ, लेकिन आपको बस-स्टेशन से लाना था। वही रास्ता छोटा था।'

बातचीत के दौरान प्रोफेसर मेहता की निगाह उस मुख्य मार्ग पर ही मंडराती रही। उन्होंने उस रास्ते पर खुद को कायम रखते हुए कहा, 'आपको अचरज होगा, मैं इस रास्ते से बहुत परिचित हूँ। पर उसके बगल के हिस्सों से मैं बिलकुल अनजान हूँ।'

बात महत्त्व की नहीं थी। उन्होंने सुनने के लिए सुन लिया।

कुछ पल शांति से बह गए।

प्रोफेसर की नज़रें उस पेड़ पर जमीं थीं। उन्होंने कहा, 'वैसे तो सारे राजमार्ग एक जैसे ही होते हैं। समय-समय पर उसका रूप-रंग बदलता जाता है। फिर भी कोई निशान होता है। जो...।' प्रोफेसर मेहता अटक गए।

अब भी वह पेड़ की ओर बेचैन होकर देख रहे थे। जैसे उनकी समग्र चेतना उस पेड़ से लिपट जाने को उन्हें मथ रही हो।

प्रोफेसर मेहता की यह विचित्र निगाह सबको बेहद नई लगी। उनके चेहरे की गंभीरता कुछ अपार्थिव हो रही थी। मेज़बान ने टोका, "चेंबर में चलें।"

कुछ कहने की बजाय वह, उनके पीछे चल दिए। बस छूटने तक वैसे वह आयोजकों से घिरे रहते। पर उन्होंने युक्तिपूर्वक स्वयं को सांझ होने से पहले, उनसे मुक्त कर लिया।

प्रोफेसर उस रास्ते पर निकल आए। कदम रखते ही उनका मन ठनगन करने लगा। कोई मटियाली जगह होती तो वह लेटकर उसे चूम लेते। उन्हें जाने क्या हो रहा था। यह वही रास्ता था, जिस पर...।

प्रोफेसर मेहता ने अपनी नज़रें दाएँ-बाएँ घुमाईं। सब कुछ परिचित था। केवल लोग बदल गए थे। दुकानों के घाट बदल गए थे। सड़क के कितने ही छप्पर पाँच-सात मंज़िलों तक धकिया दिए गए थे। और फिर भी कुछ नहीं बदला था।

एकाएक पास कहीं कोई ब्रेक लगा हो, वह थम गए। सामने कोई वाहन नहीं था। यहीं एक दिन ब्रेक लगने की ज़बरदस्त कचकचाहट हुई थी। उन्होंने

मंगेतर की बाँह पकड़कर खींच ली थी। शायद वह मोटर के नीचे आ गई होती। उन दिनों उन पर जवानी की ऐसी मदहोशी छायी थी कि उन्हें रास्ते के वाहनों का भी ध्यान नहीं होता था। उन्होंने उसे खींच लिया था। ...और आस-पास की नज़रें उन पर जम गईं थीं।

प्रोफेसर मेहता रास्ते के बीचोंबीच थम गए थे। सचमुच किसी वाहन के हार्न की कर्कश आवाज़ उनके कानों से टकरा रही थी। खिसियाकर वह फुटपाथ की ओर बढ़ चले।

उन्होंने कदम आगे बढ़ा दिए। बगल में दुकानें थीं। वैरायटी-स्टोर्स थे। इम्पोरियम थे। एक बड़े शो-केस में एक औरत की आदमकद मूर्ति थी। मूर्ति नृत्य-मुद्रा में थी। प्रोफेसर मेहता वहाँ रुक गए। वह मूर्ति को अपलक देखने लगे। मूर्ति प्लास्टर-ऑफ-पेरिस की थी। पर उन्हें तो वह मोम की लग रही थी। उसके एक-एक अंग बेहद सुकोमल थे। चेहरे का एक-एक भाव उभरकर बोल रहा था।

प्रोफेसर मेहता का यह मूर्ति खरीद लेने का मन हुआ। वर्षों बाद फिर किसी औरत से अनुबंध की संभावना हुई। औरत सुंदर थी। आँख, नाक, कान, स्तन—सब सुंदर थे। ऐसी औरत घर में हो तो अच्छी लगेगी। ड्राइंग-रूम का कोई कोना सुंदर हो उठेगा। यह घर में आ जाए तो वर्षों से निरर्थक लगते घर का शायद रूप बदल जाए। आत्मा जुड़ा जाएगी।...प्रोफेसर मेहता फिर से उस औरत के अंगों पर दृष्टि डाल रहे थे।

बगल से गुज़रते हुए किसी युवक ने अपने मित्र से कहा, 'देख तो, बूढ़ा गड़गड़ाकर क्या देख रहा है।'

प्रोफेसर मेहता इस टिप्पणी पर हँस पड़े। उन्होंने चारों ओर नज़र घुमाई। फिर मूर्ति खरीदने का विचार छोड़ दिया। पड़ौस से शायद कभी—कोई कह दे कि देख तो, बूढ़ा क्या ले आया है?

प्रोफेसर मेहता आगे चल दिए। उनकी आँखों की कोर छलक रही थी। पेड़ करीब आ गया। उसके नीचे अब भी वही बेंच थी। वह बेंच ठंड-गर्मी-बरसात और लोगों की मार खाकर अब पुरानी हो चली थी। प्रोफेसर उस बेंच पर बैठ गए। उन्होंने एक लंबी सांस ली। सामने गली की ओर देखा। शायद मंगेतर आए।

मगर प्रोफेसर अपने भ्रम को पूरी तरह समझ रहे थे। पूरे पैंतीस साल बीत चुके थे। मंगेतर की उम्र उन दिनों बीस की थी। पचपनवें वर्ष में कोई औरत

मंगेतर नहीं रह जाएगी। और फिर भी प्रोफेसर बहुत तीव्र उत्सुकता से उस गली की ओर ताक रहे थे। जैसे पैंतीस सालों पूर्व वह, उस दिशा में निहारा करते थे। बस, उसी तरह...वैसे ही...।

अंधेरा होने लगा था। दुकानें और स्टोर बिजली की रोशनी में झिलमिलाने लगे थे। लाल, भूरी, हरी और नीले रंगों की रोशनी तरह-तरह के विज्ञापनों से रास्ते का आकर्षण बढ़ा रही थी।

प्रोफेसर मेहता अब भी वह अंधेरी गली निहार रहे थे।

और वह पेड़ उन पर चारों ओर से पसरता जा रहा था।

•

जन्नत

मोहम्मद मांकड़

जुसब की बीवी हलीमा छुटक मजूरी करती थी। तीन बच्चे थे उसके। और अब तो हद हो गई थी। उसे पूरा यकीन था कि खुदा भूखा उठाता है, लेकिन किसी को भूखा सोने नहीं देता। और एक बार उसे खुद भूखा सोना पड़ा। उस रात नींद नहीं आई। उसे बचपन से मालूम था कि खुदापाक इस दुनिया का पालनहार है। वह हरेक को उसकी रोज़ी देता है। पर उसे खबर नहीं थी कि उस रोज़ी-रोटी को लूटकर काबू में कर लेने वालों की भी एक दुनिया है, जो कुत्ते की हड्डी की तरह गैर-ज़रूरी चीज़ों को भी जमा करते जाते हैं। वे इतना जमा कर लेते हैं कि उनका उपयोग भी नहीं कर सकते। फिर भी वे जमा करते हैं और करके मर जाते हैं।

हलीमा कहती थी कि एक बार सबको मरना है। अब इस वक्त वह मौत से भी बदतर ज़िंदगी जी रही थी। उसका पति जुसब दो वर्ष पहले मर गया। मरकर वह ज़िंदगी से छूट गया। हलीमा अब अकेले ही उस ज़िंदगी का दुख उठा रही थी। तीनों बच्चे गदेले थे। बड़ा लड़का कासम सात-आठ साल का था। उससे छोटी लड़की थी...नूरी। और उससे भी छोटा था उस्मान। वह पिछले एक साल से बीमार रहता था। गलकर सरकंडे जैसा हो गया था। अधिक-से-अधिक थोड़े दिन ही और जीता। लेकिन हलीमा उसका पूरा ध्यान नहीं रख पाती थी। उसका मन तो लगा रहता था, लेकिन पैसे वालों की तरह सारे दिन खाट के पास बैठे रहना उसे नहीं पोसाता था। वह भोर में मजूरी करने निकल जाती थी। कासम और नूरी उस्मान के चेहरे से मक्खियाँ उड़ाते हुए बैठे रहते। माँ बारह बजे पैसे लेकर लौटती थी। वह चक्की से आटा ले आती थी। कभी गले हुए केले, आम, और शकरकन्द भी ले आती। आजकल मजूरी कम मिलती थी। हलीमा

का मन उस्मानिया पर लगा रहता इसलिए काम में ध्यान नहीं दे पाती थी। कोई बुलाता तो दौड़ कर जाने के बदले सोचती बैठी रहती। और इस तरह मजूरी चली जाती। फिर उसे शकरकंद पर पेट चलाना पड़ता। आटा महंगा हो गया था। शकरकंद सस्ता था। और उबालो तो उसकी मिठास से रोटी और सब्ज़ी दोनों का काम चल जाता था। बच्चों को भी शकरकंद खूब अच्छा लगता था। हलीमा उस्मानिया के मुँह में भी शकरकंद का गूदा डाल देती। बच्चा आँखें मिचमिचाकर माँ को देखने लगता। और धीरे से उस गूदे को होंठों से बाहर कर देता। कासम और नूरी खुश हो जाते कि माँ, उस्मानिया मुँह चला रहा है। शकरकंद खा रहा है वह। अब अच्छा हो जाएगा।

माँ ही बताती थी कि उस्मानिया खाने लगेगा तो ठीक हो जाएगा। उसे खून की बीमारी है। कासम और नूरी को उस बीमारी के बारे में कुछ भी मालूम नहीं था। पर उससे, उन्हें बहुत डर लगता था। उस्मानिया कितना गल गया था। रोग तो बुरा है, लेकिन खाए तो खून बनेगा। और रोग मिट जाएगा। कासम और नूरी—दोनों ही खूब खाते। हलीमा कहती कि ससुरे बड़ों से भी ज़्यादा खींच जाते हैं।

पहले तो कासम बस पर जाता था और दो-चार पैसे ले आता था। लेकिन अब उस्मानिया को नूरी के भरोसे रखकर जाना ठीक नहीं था। हलीमा को अब अकेले ही घर की गाड़ी खींचनी थी।...'हं मालिक...!' हलीमा गहरी सांस लेती। पर उससे आगे नहीं बोल पाती थी। मालिक से वह बहुत कुछ कहना चाहती थी। वह कहना चाहती थी कि उस्मानिया को ठीक कर दो मालिक! ...इतने छोटे बच्चे को, फूल से बच्चे को... मुझसे उसका रोग नहीं देखा जाता। उसे अच्छा कर दे खुदा! और नहीं तो...

हलीमा से अब नहीं रहा जाता था। छोकरा रिरियाता था। हाथ-पैर गल गए थे। पेट सट गया था। छाती हड्डियों के ढांचे जैसी हो गई थी, चेहरे का चाम सूखकर चिपक गया था। होंठ फीके पड़ गए थे। और आँखें दीनता से टूक-टूक देखती रहती थीं।...अब नहीं देखा जाता मालिक! पेटजायी का दुख ...ऐ खुदा...!

और खुदा ने जैसे दया की। एक दिन उस्मानिया को उठा लिया।

पड़ौसी कहने लगे, छोकरा दुख से चिचिया रहा था। बेचारा छूट गया। और पेटजायी का दुख, पेटजायी ही जानती थी। हलीमा को पता नहीं क्यों? उस्मानिया कासम और नूरी से भी ज़्यादा प्यारा लगने लगा था। यह प्यार ऐसे था, जैसे

मरने के बाद छाती में दूध उतर आया हो। पतले नन्हें होंठ, झीनी दतुली, गेंद सा चेहरा, मोती दाने जैसी आँखें–जैसे आँखों के सामने उस्मानिया टकर-टकर देखता पड़ा हो और उसे उठाकर छाती में दबा लेने का मन हो आया हो।

लेकिन उस्मानिया चल बसा था।

उस दिन सुबह से उस्मानिया को घुटन हो रही थी। छाती की धमनियाँ चलने लगी थीं। वह तो अच्छा हुआ कि हलीमा मजूरी पर नहीं गई थी। मजूरी का टाइम होने को था कि छोकरा चला गया। हलीमा चीख मारने लगी–अरी मेरी आँखों के रतन।...अरे मेरे बाप।

पड़ौस से गोरधन और उसकी बीवी दौड़े आए। वे हलीमा को संतोष देने लगे कि यह तो माटी की देह है बहन, छोकरा तो फूल था। और फूल की बेदी खिलकर मुरझा गई।....रो मत बहन...।

कासम और नूरी ओसारे में खड़े होकर रो रहे थे। गोरधन उन्हें बाहर ले गया कि बच्चों को कुछ खिलाकर उनका दिल बहला दें। पड़ौसी और क्या कर सकते थे! मुसलमान के किरिया-करम के बारे में उन्हें क्या मालूम!

पर मुसलमान की जाति एकजुट होती है। गोरधन देखता रहा। अच्छा काम हो तो वे आने में देर लगाएँगे। लेकिन मौत की खबर सुनते ही अली सेठ और रहीम पटेल तुरंत आ गए। ऐसे वक्त में कोई बड़ा-छोटा नहीं होता। उन्होंने बच्चे के कफ़न-दफन का काम संभाल लिया। रहीम पटेल तेली जाति का पटेल था। उसके तेल के चार कोल्हू चलते थे। सुखी आदमी था। हलीमा का पति जब तक रहा, रहीम पटेल के यहाँ काम करता था। जब जुसब मर गया तो, रहीम पटेल ने उसके किरिया-करम का सारा भार अपने ऊपर ले लिया था। फिर भले उसने हलीमा को आज तक एक पाई की भी मदद नहीं की। वह सरकार नहीं था कि पेंशन देता। लेकिन मौत की बात थी तो कैसे चुप रहता। उसने एक बार फिर सब संभाल लिया। रहीम नेक आदमी था। खुदा के खौफ वाला। और हलीमा मन से उसका एहसान मानती थी।

उस्मानिया को वे ले गए। रहीम पटेल ने उसे खुद गोद में उठाया। उसका बाप जीता होता तो...। हलीमा पछाड़ खाकर गिर पड़ी, 'मेरा बेटा रे...

औरतों ने उसे पकड़ लिया, ''अल्लाह-अल्लाह करो बहन! अल्लाह-अल्लाह करो।''

...ला-इलाहा.... कलमा पढ़ते हुए लोग चले गए, गोरधन और उसकी बीवी यह सब देखते रहे।

ग्यारह बजे होंगे। दो-चार औरतें गली में आ गई थी। गोरधन की बीवी ने उनसे पूछा, "हलीमा ने सुबह से चाय भी नहीं पी होगी। उसके लिए खाना बना लें...।"

अली सेठ की बेगम हूरबाई भी खड़ी थी। उसने कहा, "आज हम सब यहीं खाएँगे।"

गोरधन की बीवी चकरा गई कि बाप रे, हलीमा के घर में तो आटा भी नहीं होगा।...हूरबाई ने कहा, "हम लोगों में रिवाज है कि सब अपने घर से रोटी बनाकर ले आते हैं। और यहाँ इकट्ठे होकर खाते हैं। इस तरह उस घर का दुख कुछ कम तो हो जाएगा।...तीन दिनों तक हम यहाँ आएँगे।"

गोरधन और उसकी पत्नी को लगा कि यह अच्छा है। यह नहीं होता तो हम कोई और इंतज़ाम करते। ये बच्चे सुबह से रो रहे हैं। खाना भी दिया लेकिन नहीं खाते।

कासम और नूरी घर के कोने में अब भी रो रहे थे। हूरबाई ने गोरधन से कहा कि मैं बच्चों को ले जा रही हूँ। उसने कासम के माथे पर हाथ रख दिया कि भइया, तू तो बड़ा है। भाई तो खुदा के घर गया...जन्नत में। तुम सब रोओगे तो उसे दुख होगा। इसलिए रोते नहीं बेटा।

कासम को अचानक अपना बाप याद आया। उसने आँसू रोकने की कोशिश की और नूरी का हाथ पकड़कर घर में घुस गया। बाप मरा तो नूरी बहुत छोटी थी। लेकिन कासम को खूब याद है। याद है कि उसका बाप जन्नत में गया था। रहीम पटेल ने उससे बहुत प्यार से कहा था कि बेटा, तेरा बाप जन्नत में गया है... खुदा के घर। रो नहीं। ... कासम को अब भी अच्छी तरह याद है।

नूरी का हाथ पकड़कर वह, उसे एक ओर ले गया। फिर उसने धीरे से नूरी को बताया कि हम रोयेंगे तो उस्मानिया को दुख होगा। हमें रोना नहीं चाहिए। वह जन्नत में गया है...खुदा के घर। तू रोना नहीं।

नूरी ने आँसू रोकने की कोशिश की। लेकिन तब भी वह रो पड़ी। माँ मजूरी पर होती थी तो उस्मानिया के पास बैठे हुए वे कभी कपड़े की गेंद बनाकर, एक-दूसरे पर उछाल देते। उस्मानिया हँस पड़ता। ...और कभी बहुत डर जाता। नूरी को वह डरा हुआ बीमार भाई याद आ गया। माँ भी रो रही थी। नूरी ने कासम से बताया तो कासम घड़ी-भर को गंभीर हो गया। कोई जन्नत में जाए

तो रोते नहीं। लेकिन माँ रो रही थी। थोड़ी देर के लिए वह चिन्तित हो उठा और फिर वह भी रोने लगा।

हूरबाई सेठानी हलीमा को समझा रही थी, 'तू ऐसे रोएगी तो बच्चे कैसे चुप रहेंगे। दो घंटे से वे खड़े-खड़े रो रहे हैं। अब तो सबर कर...'।

हलीमा ने धीरे-धीरे रोना बन्द कर दिया। फिर जैसे बुझती मोमबत्ती की लौ भभके, वह दो-चार हिचकी लेकर शान्त हो गयी।

सब हो गया। मर्द वापस लौट आए थे। वे आकर चले भी गए। औरतें भी घर जा चुकी थीं। लेकिन जैसे उंगलियाँ खुलकर बंद हो जाती हैं, थोड़ी देर में ही भोजन लेकर वे हलीमा के घर आ गईं।

किसी ने धीमे से कहा, "पहले बच्चों को खिला लो।"

"हाँ-हाँ।"

"तू उन्हें समझा, तभी खाने बैठेंगे। रहीम पटेल ने कासम को कितना कहा तो भी वह उनके साथ खाने नहीं गया। तब से बस रो रहा है।" एक महिला ने हलीमा से कहा।

हूरबाई सेठानी और हलीमा... दोनों बच्चों के पास गईं। कासम और नूरी चलो बेटा, खा लो, खा लो! हलीमा की आँखें लाल-लाल हो गईं थीं। कासम ने माँ की आँखें देखीं तो और ज़ोर से रो पड़ा।

"देखो, रोते नहीं।" हलीमा बोली। उसने अपना मन कड़ा कर लिया। हूरबाई ने दोनों बच्चों का हाथ पकड़ लिया। वह उन्हें ओसारे में ले आई।

"हाथ धो लो बेटा!"

कासम और नूरी हाथ-मुँह धोकर खाने बैठे। हलीमा उनके पास ही थी। अब वह रो नहीं रही थी। कासम भी चुप था कि रोना नहीं चाहिए। भाई खुदा के घर...। उसकी आँखें फिर गीली होनें लगीं। लेकिन होंठ दाबकर वह बैठा रहा।

हूरबाई ने थाली में रोटी रख दी। कासम रोटी को देखता रहा। रोटी बहुत सफेद थी। हूरबाई सेठानी ने नौकरानी को आवाज़ दी, 'आलू की सब्जी है। ले आओ न। छोकरे मुँह तो झूठा कर लें।'

आलू की सब्जी। कासम और नूरी ने एक दूसरे को देखा। लाल चटक शोरबे के बीच बड़े-बड़े कतरे थे। दो कटोरों में सेठानी ने सब्जी दी थी।

कासम अब रो नहीं रहा था। नूरी भी नहीं। सफेद रोटी, लाल चटक सब्जी और अचार की दो फांक... दो कटोरी मट्ठा...यह सब उनके सामने था। "खाओ

बेटा।''हूरबाई सेठानी ने कहा। साथ ही उसने गुआर की फलियाँ और तलेहु तली हुई मिर्चें भी थाली मे डाल दीं। कासम के मुँह में पानी आ गया। आज तो उसका भाई उस्मान...।

हलीमा बगल में ही थी। कासम ने माँ से पूछा, ''हें माँ, भाई को...जन्नत में...खुदा के घर...।''

और नूरी भी बोल उठी, ''उसे ऐसा ही खाने को मिलेगा न माँ।...खुदा के घर...''।

हलीमा के होंठ काँपने लगे। और वह मुँह फेरकर रो पड़ी।

•

फैमिलीमैन

रजनीकुमार पंड्या

"देखो!" अपनी कनपटी पर रिवॉल्वर की नाल टेककर, नीली आँखों से क्रोध बरसाते हुए अंजना ने कहा, "इतना ही वक्त लगेगा।"

वीर काँप गया, "लेकिन मैंने ऐसा क्या कह दिया? मैं तो यह कह रहा हूँ कि...।"

"मैं अपने चरित्र पर उंगली नहीं उठाने दूँगी।" वीर के शब्दों से उठता पछतावा भी अंजना को छू नहीं पाया। वह बोलती ही जा रही थी। थोड़ी दूर पर पालने में बच्चा हाथ-पैर उछाल रहा था। उस ओर पिस्तौल दिखाकर उसने कहा, "मैं कोई हत्यारी नहीं हूँ। किसी को मारूँगी नहीं। खुद अपनी जान दे दूँगी।"

वीर ने तब तक उसके हाथ से रिवॉल्वर ले लिया और दराज़ में रखकर जल्दी से चाभी घुमा दी। फिर पूरी सुरक्षा का बोध हुआ तो उसने जेब से रूमाल निकाला और मुँह पर फेरने लगा।

"तुम बात-बात में अकड़ जाती हो।"

"इसे तुम बात-बात में कहते हो?" अंजना बोली, "तुम मलय कंसारा को खाने पर बुलाओ और उस वक्त उसकी वाइफ काले पत्थर की तरह बैठी रहे तो इसका क्या मतलब? मलय के साथ फॉरमल बात भी नहीं करनी चाहिए? बस, इतने से तुम्हारी आँखों से चिंगारी निकलने लगी?"

वीर को बहुत कुछ कहना था। कहना था कि केवल इतना ही नहीं था। जब तुम उसकी थाली में रसगुल्ले दे रही थीं तो कपड़े का ज़रा ध्यान रखना था। वह बदमाश उस वक्त कहाँ था, तुम्हें पता है? उसकी बीवी वहीं जलकर खाक हो गई थी।...तुम्हें कैसे बताऊँ?

पर उसने कुछ नहीं कहा। मन में जो था, एक छोटी हँसी में बदल दिया।

पास जाकर अंजना के गोरे गालों पर थपकी मारने का मन हुआ। पर लगा कि अंजना का तेवर अब भी कम नहीं हुआ। वह पालने के पास आया। बच्चा पोपले मुँह से हँसकर, हाथ-पैर उछाल रहा था। उसे उठाकर वह अंजना के पास ले गया। और उसके गुस्से के बावजूद, उसकी गोद में डाल दिया। फिर खिसियाकर बोला, ''देख तो ज़रा—तुझे कब से बुला रहा है? चल, इसका पेट भर और मुझे भी नाश्ता दे। गुस्सा थूक दे अब! ...सॉरी...सॉरी...सॉरी...ओ.के.।''

अंजना ने बच्चे को लेकर साड़ी का पल्लू ऊपर किया।

''यहाँ अभी तीन साल बिताना पड़ेगा।'' उसने केवल बात शुरू करने के इरादे से कहा। बाकी ये बातें रोज़ पचासों बार होती थीं।...क्या करें? नौकरी के लिए आए हैं। इसलिए पड़े हैं। नहीं तो अहमदाबादी अरुणाचल में रहने क्यों आएगा? थोड़े गुजराती परिवार यहाँ हैं, इसलिए 'देस' जैसा लगता है। नहीं तो हम यहाँ घुट जाते। तू नहीं थी तब मुझे गुजराती लोग भी नहीं बुलाते थे। तुम्हारे आने पर मुझे इन परिवारों में जाने का ग्रीनकार्ड मिल गया। नहीं तो मैं यहाँ देशबदर ही था।

''अहमदाबाद में ही तुम्हारा कहाँ कोई खास सर्किल था?'' अंजना याद दिलाती कि तुमने ही तो बताया था।

और यह सच वीरेन्द्र को स्वीकारना ही पड़ता था। अहमदाबाद में भी इतना ही अकेलापन था। मित्र कहाँ से होते? तब बारह की उम्र रही होगी, जब उसने माँ-पिता को लाश के रूप में देखा था। दोनों ने एक-दूसरे से गुंथकर आत्महत्या की थी। वह तब से ही गूँगा हो गया था। नौकरी में दो-चार दोस्त थे, जो उसे 'चुप्पा' ही समझते थे। लेकिन यह सच नहीं था। घर की चारदीवारी के बीच उसका कम बोलना चल जाता था। जब भी कोई घर आता, उसे अनगिन जवाब देने होते। ... लो, तुम अकेले रहते हो तो ये तीन पलंग किसलिए? जवाब में वह विस्तार से समझाता कि आज नहीं तो कल परिवार होगा। और परिवार होगा तो कम-से-कम तीन जनों का सेट तो होगा ही। तीन लोग होंगे—पति, पत्नी और बच्चा। तू क्या सोचता है, पत्नी आएगी तो अपने साथ कमरा और पलंग भी लेती आएगी? अरे, यह व्यवस्था तो परिवार के हेड के रूप में मुझे ही करनी होगी, लल्लू!

''लेकिन अभी से? अभी शादी तो कर ले।''

शादी हो गई। साथ ही ट्रांसफर भी हो गया। आखिर कहाँ? बाप रे—अरुणाचल! पहाड़ी प्रदेश में। नीली आँखों वाली अंजना डेढ़ वर्ष बाद आई। तब तक परिवार का पूरा स्टेज तैयार हो गया था। एक बेडरूम, उसमें दो जुड़े हुए पलंग, थोड़ी

दूर पर पालने के लिए जगह, लिविंग रूम और किचन। किराया ज़रा ज़्यादा देना पड़ता था। लेकिन ज़रूरी था। परिवार के लिए इतना तो करना ही पड़ता है। बिलकुल बाबा-ब्रह्मचारी की तरह नहीं रहा जा सकता। लगना चाहिए कि यहाँ कोई गृहस्थ रहता है। लंडूरा नहीं।

"या तो किसी को घर बुलाओ या हम कहीं चलेंगे।" अंजना ने आने के थोड़े दिनों बाद कहा, "तुम्हारा कोई मित्र है बीवी-बच्चों वाला?..."

तेल की बूँद जैसे पानी में फैलती है, उसके रिश्ते फैलते गए। अंजना के व्यक्तित्व का जादुई प्रभाव बढ़ता गया। यहाँ के गुजराती परिवारों में वह सबसे सुंदर थी। उसकी नीली झाईं वाली आँखों पर तो औरतें भी आशिक हो जाती थीं। एक अधेड़ महिला ने एक बार पूछ भी लिया था कि एक फिल्म में साधना की आँखें नीली थीं। क्या उसने आँखों में काँच फिट कराया होगा? क्या आँखों में काँच की फिटिंग हो सकती है?

"पैदा होने से पहले भगवान के पास उसकी अर्ज़ी देनी होती है।" अंजना ऐसे हँसी जैसे हल्की हवा में शीशे के झूमर बज उठे हों, "मेकअप भौंहों का होता है, पपोटों का होता है और बरौनियों का भी, लेकिन पुतलियों का मेकअप नहीं होता, पूर्वी बेन।" फिर उसने बच्चे की आँखों में देखकर कहा, "देखो, इसे ध्यान से देखो।"

वीर उनकी बातें नाराज़ होकर सुन रहा था। लेकिन नीली आँखों के बयान से वह खुश हो गया। उनके जाने के बाद, उसने बच्चे को एक बार ध्यान से देखा। बच्चे का मुखड़ा पूरा उसके जैसा था। हालांकि अभी कैसे पता चलता? पर नक्शा बोल देता था। केवल आँखें अंजना की थीं। यह सच था कि बच्चा बड़ा होकर शक्ल-सूरत से प्रभावशाली होगा। इसमें मीन-मेख नहीं था।

सर्किल और बढ़ता गया। मगर उस सर्किल की धुरी से वीरेन्द्र गायब हो गया। लोग उसके बच्चे को खेलाने आते। अंजना लोगों से बच्चे के बारे में इस तरह बताती, जैसे उसने अकेले उसे रच-रचकर बनाया हो। एक बार ऑफिस में कोई मौत हो जाने पर, वह अचानक घर लौट आया तो डाइनिंग टेबल पर महेश मुंशी नाश्ता कर रहा था। कई तरह की पेस्ट्री उसके सामने फैली हुई थी। अंजना पास ही कुर्सी पर बे-फिक्री से बैठी थी। नीली आँखों वाला बच्चा पालने में रो रहा था। अंजना ने पूछा, "क्यों, ऐसे..अचानक..?" वीर ने कह दिया, "बच्चे के रोने की आवाज़ सुनाई पड़ी, इसलिए चला आया, तीन मील से। तुम्हें तो सुनाई नहीं देती।" फिर उसने नाश्ते के बीच डूबे हुए महेश की ओर देखा—"परिवार वाले जहाँ होते हैं, परिवार का हिस्सा बनकर जीते हैं। अलग व्यक्ति बनकर नहीं।

लंडूरे लोगों को यह समझ में नहीं आएगा...।" वीर जानता था कि महेश बिना घर-घाट वाला है। उसे क्या मालूम कि पत्नी और बच्चा क्या चीज़ है? खासकर ऐसे व्यक्ति के लिए कि जिसका घर बचपन में ही उजड़ गया हो।

उसके जाने के बाद घर में महाभारत हो गया। बेचारी अंजना की कोई गलती नहीं थी। कोई अचानक आ जाए तो चाय-नाश्ते की समझ तो रखनी ही पड़ती है। कपड़े-लत्ते की बे-फिक्री के बारे में उसका साफ कहना था कि खबरदार, तुम कुछ मत बोलना। तुम खुद ही नहीं जानते कि कितने असभ्य होकर बैठते हो। बचपन में तुम्हारे माँ-बाप चले गए, इसलिए तुम्हें किसी ने सिखाया नहीं। अब तुम चुप ही रहो तो अच्छा है। और बच्चा? रोने से तो उसके फेफड़े मज़बूत होंगे। भले वह दिन में दस बार रोए। तुम्हें हर वक्त उसका रोना सुनाई देता है?...बोली बोलना तुम्हें बहुत आता है। इससे तो अच्छा है, साफ कह दो, तुम्हें मुझ पर शक है।

वीर का मुँह बंद हो गया। सवाल उसके भीतर ही सूख गया। सच तो यह है कि कुछ बोलना ही नहीं चाहिए था। बोल दिया। सॉरी।

लेकिन उसके बाद मलय कंसारा आया तो वीर घर में हाज़िर था। बल्कि उसने ही आमंत्रण दिया था। उसे क्या मालूम था कि अंजना आत्मीयता से लोट-पोट होकर, इतना झुक-झुककर उस हेड मास्टर को परोसेगी? उस वक्त कंसारे की बीवी के साथ ही वीर की आँखें भी अचरज से फैलती गईं। फिर भी उसने सब्र किया। और उनके जाने के बाद, बात चली तो अंजना ने नागिन की तरह फुफकार छोड़ी। इस जंगली इलाके में, घर में सुरक्षा के लिए रखी हुई लाइसेंसी रिवॉल्वर निकालकर उसने अपनी कनपटी पर रख लिया। एक क्षण में वीर को घर टूटता-सा लगा। उसने जल्दी से गलती मान ली। और अंजना को सिर से पैर तक मना लिया।

लेकिन उसके बाद चौथे ही महीने एक बड़ा विस्फोट हुआ। वह घर पहुँचा तो मलय कंसारा बाहर निकल रहा था। उसके पैर लड़खड़ा रहे थे। वीर अंदर गया तो टेबल पर ब्रांडी का आधा गिलास पड़ा था। अंजना बच्चे की मालिश कर रही थी। वीर ने क्षण-भर घर में नज़र घुमायी। घर सलामत था। लेकिन उसमें से बू आ रही थी। अंजना के कपड़े जैसे-तैसे लपेटे हुए थे। वीर की आँखों में खून उतर आया। सांसें तेज़ हो गईं। वह अंजना पर बरस पड़ा और अंजना ने जो कुछ कहा, वह समझ सकता था। अंजना ने बताया कि बच्चे को सर्दी हो गई थी। उसने छाती पर मलने के लिए ब्रांडी निकाली कि तभी मलय भाई आ गए। मलय ने कहा कि भाभी, लाओ न एक-आध घूँट मैं भी...। मेरी छाती

भी सर्दी से जकड़ गई है। राहत रहेगी। बस, इतनी सी बात! और तुम मेरे ऊपर...। यहाँ तक पहुँचते ही अंजना की आवाज़ रुंध गई, "मैं कुलक्षणी हूँ, चरित्रहीन हूँ, लम्पट हूँ मैं।..."उसने दौड़कर दराज़ से फिर रिवॉल्वर निकाल ली। वीर उछलकर उसका हाथ पकड़े , इससे पहले उसने बच्चे की कनपटी पर...और फिर अपनी...। वीर ज़ोर से चीखा। लेकिन वह चीख, सब कुछ टूटने के बाद की चीख थी। उस चीख से कहीं, कुछ भी जुड़ नहीं पाया था।

वह अपने परिवार को बहुत चाहता था, यह बात सबने एकमत से कही। वीरेन्द्र को सुनकर लगा कि जैसे उसके घाव पर फूँक मारी जा रही हो। दुनिया उसे पहचानती थी। परिवार के प्रति उसकी चाह लोगों को पता थी। इसलिए पुलिस में लफड़ा नहीं हुआ। कागज़ शुरू होकर फाइलों में बंद हो गए। अखबारों में चार लाइनें छपीं और लोग मातमपुर्सी के लिए आने लगे। कोई अंजना के गलत कदम की बात करता था तो कोई प्लास्टिक के गुड्डे जैसे बच्चे की। कितना सुंदर बच्चा था। होगा, कुछ लेना बाकी था।...लेकर गया। अंजना बहन साधन बन गईं। वैसे देखो तो हम सब ऊपर वाले के साधन ही हैं न । भाई, दिल में संतोष रखो। परेशान नहीं होना। समझना कि यहाँ का पूरा गुजराती समाज तुम्हारा ही परिवार है।

परिवार! वीर सोचता रहा। अगर ये परिवार होता तो अपने बीवी-बच्चे के जाने से इतना दुख क्यों होता? उसे पिछले दिन याद आते। ऐसे ही किसी झगड़े के कारण मां-बाप ने ज़हर खाया होगा। तब भी दुनिया कहती थी कि परेशान नहीं होना। हमें अपना ही मां-बाप समझना । ज़रा भी संकोच नहीं करना। लेकिन कौन मां-बाप हुआ? बोर्डिंग के बच्चों की तड़ी खा-खाकर जीना पड़ा। भोजन परोसने का काम करते हुए, मुफ्त में खाना और छुट्टियों में खाली बोर्डिंग में, अकेले प्रेत की तरह भटकना। ऐसे ही वर्ष बीतते गए, तब जाकर एक परिवार बना। एक घर हुआ।

लेकिन जैसे बना था, वैसे ही काँच की हांडी की तरह फूट गया।

अब?

एक दिन उसके बॉस ने उसे चैम्बर में बुलाया। कुछ देर तक इधर-उधर की बातें कीं। पेपरवेट गोल-गोल घुमाता रहा। फिर एकाएक याद करते हुए कहा, 'अरे, अभी खड़े हो, मिस्टर वीरेन्द्र। बैठो, बैठो न... टेक दैट चेयर, प्लीज़!"

वीर कुर्सी खींचकर बैठ गया। उसने बॉस को धन्यवाद दिया

"एक निजी सवाल पूछूँ?"

"श्योर सर!" वह बोला, "आप तो मेरे पिता जैसे हो।"

"थैंक्यू।" बॉस ने आभार माना। पूछा, "डोन्ट यू फील लोनली?"

उसने दुख से भरे चेहरे पर मुस्कान लाने की कोशिश की।

"कितने साल हो गए, उस एक्सीडेंट को हुए?"

वीर को गिनने की ज़रूरत नहीं थी। रोज़ एक नया दिन, वर्षों के हिसाब से जुड़ जाता था। वह तुरंत बोला, "तीन वर्ष, चार महीना और नौ दिन हो गए, सर।"

"तुम्हारी उम्र कितनी हुई?"

"बत्तीस।"

"लगता नहीं कि इस उम्र में तुम्हारे पास परिवार होना चाहिए?"

दिल की गहराइयों से जैसे किसी ने, चिमटे से मांस नोच लिया हो। जैसे अभी सिसकारी निकल पड़ेगी। वह बेचैन हो उठा। गले में जैसे कुछ फँस गया हो। वह बोल नहीं पाया।

"यह बात तुमसे कुछ खास इरादे से पूछ रहा हूँ। तुम्हारा ज़ख्म कुरेदने के लिए नहीं। मुझे तुमसे सिम्पेथी है।"

उसने बॉस की ओर देखकर नज़रें झुका लीं।

"...सी," बॉस बोला, "मेरे कज़िन की एक डॉटर है, ब्यूटिफुल गर्ल। अठाइस की है, कुंवारी। लड़कों के बारे में उसका ख्याल है कि किसी ऐसे लड़के के साथ शादी करेगी, जिसकी फैमिली में कोई न हो। आइ मीन, पैरेन्ट्स, काका-काकी, मामा-मामी, ब्रदर्स-सिस्टर्स—कोई नहीं होना चाहिए। अब ऐसा कहाँ मिलेगा? और मिलेगा तो वह शायद उसके योग्य नहीं होगा। इसी उधेड़-बुन में इतने वर्ष निकल गए। अचानक मेरे मन में तुम्हारा विचार आया। मैं तुमसे प्रपोज़ कर रहा हूँ।"

वीर उसे ऐसे देख रहा था, जैसे एक-एक शब्द मन में उतार रहा हो। आज तक वह बॉस को मशीन समझता आया था।...यह आदमी तुम्हारे लिए इतना सोचता है? सच कह रहा है।...हाँ, तुम्हारे भी एक परिवार होना चाहिए। जो मिट गया, उसे भूल जाओ। नया नक्शा बनाओ। नई इमारत रखो।

"कहाँ रहते हैं वे लोग, सर?"

"दिल्ली में ही।" बॉस ने कहा, "अगले हफ्ते बुला लेता हूँ।"

उसने मेज़ की दराज़ से एक लिफाफा निकाला। उसमें लड़की के आधे दर्जन फोटोग्राफ थे। टेबल पर फैलाकर उसने वीर को दिखाया। फिर इकट्ठा कर, उन्हें लिफाफे में रख दिया। लिफाफा वीर के हाथ में देते हुए कहा, "तुम

घर ले जाओ। अपने सर्किल में किसी को दिखाना हो तो दिखा लो। इन द मीन टाइम, अगले हफ्ते मैं उसे यहाँ बुला लूँगा।''

वीर ने लिफाफा हाथ में लिया। सहमति में सिर हिलाया और चेम्बर से बाहर आ गया। ये फोटोग्राफ वह किसे दिखाएगा?... लड़की सुंदर है, यह हकीकत है। यह भी कि उसकी सोच में फिट बैठती है। बत्तीस वर्ष का लड़का, सुन्दर और कमाता हुआ। परिवार न हो।...परिवार । वीर को गहरी ठेस लगी। परिवार होता तो आज पत्नी होती, बच्चा भी पाँच साल का हो गया होता। घर उसकी किलकारी से भर जाता। अब तो फिर से...।

''साहब, अंदर आऊँ।''

''यस मिस्टर वीरेन्द्र।'' बॉस ने पाइप एक ओर रखकर चश्मा उतार दिया, ''कम इन... मैं तुम्हें अभी बुलाने वाला था।''

वीर अंदर आया। उसके हाथ में एक फाइल और दो लिफाफे थे। वह कुछ कहने जा रहा था कि बॉस ने बोलना शुरू किया। वह चुप हो गया।

''इसलिए कि...''बॉस ने फाइल बगल में रखते हुए कहा, ''मैंने अभी दिल्ली फोन किया था। रोमा, मेरे कज़िन की बेबी, दस-बारह दिन बाद आएगी। ओ. के. तुम्हें कन्वीनियेन्ट रहेगा?''

''सर!,'' वीर ने गले से निकलती हुई आवाज़ में कहा। वह मेज़ के और करीब झुक आया। फिर ऐसे मुँह खोला जैसे एक-एक शब्द गिनकर बोल रहा हो, ''फिर से फोन कर दीजिए सर! आना हो तो भले आएँ! वेलकम...लेकिन उस परपज़ के लिए नहीं।''

बॉस की आँखें चमक उठीं। माथे पर बल पड़ गए, ''क्या? क्या मतलब?,'' वीर खिसियाकर हँसा। उसके होंठों का एक कोना टेढ़ा हो गया, ''आपने प्रपोज़ किया था न सर, उसके लिए सॉरी सर, सॉरी...लेकिन''

बॉस को समझते हुए थोड़ी देर लगी। पर जो कहना था, वीर ने साफ कह दिया। वीर ने उसकी दरखास्त मंजूर नहीं की। उसने ना कह दिया। बॉस को खराब लगा। फिर भी रिलैक्स होने की कोशिश में उसने पूछा, ''क्या हुआ? वॉट इज द मैटर?''

वीर ने वह फोटोग्राफ वाला लिफाफा सामने रख दिया, ''गिन लीजिए सर, सात थे।'' उसने इस तरह कहा, जैसे माफी माँग रहा हो। साथ ही उसने एक और लिफाफा आगे कर दिया...क्या है इसमें? बॉस ने खोलकर देखा तो चौंक

गया। उसमें वीर की शादी का निमंत्रण-पत्र था। अगली सुबह शादी थी और शाम को रिसेप्शन।

"क्या बात है?" बॉस की आवाज़ में उलाहना था, "तुम्हारी शादी? इतनी जल्दी ...। वॉट इज द प्रॉब्लम?"

"प्रॉब्लम नहीं सर!" उसने कहा, "सोल्यूशन है। सॉरी सर, आप नाराज़ होंगे लेकिन...लेकिन...लेकिन... ।"वह समझ नहीं पाया कि आगे क्या बोले। तब तक बॉस ने उसकी होने वाली बीवी का नाम पढ़ लिया।–हेमा।...बस इतना ही लिखा था। कुमारी या सौभाग्याकांक्षिणी जैसा कुछ नहीं था। कौन होगी? इसके साथ कोई पुराना लफड़ा होगा।

"कॉन्ग्रेच्यूलेशन!" बॉस ने पाइप उठाया। उसे सुलगाकर, एक कश लिया और धुआँ छोड़ते हुए कहा, "एंड शॉक्ड आलसो। ऐसा कोई अफेयर था तो पहले बोल दिया होता।

"नो...नो...नो...सर.... !" वीर एकदम पिघल गया। "अफेयर जैसा कुछ नहीं था। प्लीज़ बिलीव मी...परसों ही मेरे एक दोस्त ने प्रपोज़ किया। कल देखा तो 'हाँ' कर दिया। विडो है सर!"

बॉस की आवाज़ में नाराज़गी छा गई। वह बोला, "तुम्हारे निजी मामले में मैं दखल नहीं देना चाहता। पर एक कुंवारी लड़की का प्रपोजल छोड़कर, तुम एक विधवा के साथ... तुमने क्या देखा उसमें?"

वीर की आँखें चमक उठीं। चेहरा रोशन हो गया, "सर, क्या कहूँ। मेरा परिवार बस जाए, और क्या चाहिए?...उसके दस बरस का एक लड़का भी है। आपने सुना सर!"

बॉस ने कुछ नहीं सुना।

उसने धुआँ हटाने के लिए ए.सी. चालू कर दिया। और पंखा भी।

•

हृदय-परिवर्तन

रामनारायण पाठक

आम मकानों से थोड़ी ऊँची मुंडेर वाले एक नए, छोटे-सादे घर के बरामदे में शाम को करीब चार बजे फोन्सेका और उसकी पत्नी जेनी, चाय पीने बैठे थे। दोनों ने यूरोपियन साहबों जैसे कपड़े पहने थे। नौकर चुनिया ने आकर चाय की ट्रे रख दी। जेनी ने दो प्याले भरकर उसमें दूध और शक्कर घोलना शुरू कर दिया। बाहर से संतुष्ट होने के बावजूद वे भीतर से एकदम खाली थे। और ऐसे में ज़िंदगी में जो शून्यता आती है, उसे अपने में पचाते हुए दोनों चाय पीने लगे। इतने में ज़ोरों का बवंडर उठा। ऊँची मुंडेर और ज़मीन में पानी के छिड़काव के बावजूद तूफान ने उनकी चाय पर हमला कर दिया और बढ़ते-बढ़ते आंधी का रूप लेने लगा। धूल-धक्कड़ से मुक्त बॉम्बे छोड़कर इस अनजान इलाके में पहली बार आए इस क्रिश्चियन दम्पती को यह दृश्य अजीब लगा। उन्हें अचरज में देखकर नौकर ने कहा, ''साहेब, अब तो ऐसी आंधी रोज़ आएगी।''

फोन्सेका ने पूछा, ''तुझे कैसे मालूम?''

''साहेब, बरसात करीब आ गई है। ऐसी नौ आंधियों के बाद बारिश होती है। लगता है इस साल बारिश जल्दी आने वाली है।''

''लेकिन और आठ आंधी आएंगी तब न।''

''पर मेंढक अभी से टर्राने लगे हैं।''

''डियर जेनी!'' फोन्सेका ने पत्नी को संबोधित करते हुए कहा, ''अब तू बॉम्बे चली जाए तो अच्छा है। बारिश आई तो यहाँ के कीचड़ में मोटर चलेगी नहीं। फिर तुझे वहाँ कैसे भेजूँगा? ज़रूरत पड़ने पर यहाँ डॉक्टर भी नहीं होगा।''

''डियर, मेरा हाथ देखकर ज्योतिषी ने कहा है कि यह साल मेरे लिए मुश्किल का है। मैं तुमसे भला अलग कैसे रह सकती हूँ?''

''ऐसे हाथ देखने वाले तुम्हें पता नहीं कहाँ से मिल जाते हैं। तुम जानती

हो कि हम यहाँ अकेले हैं। यहाँ हमारी बिरादरी का कोई नहीं है। गाँव के लोग हमारी मदद करने नहीं आएँगे। ऐसे में तुम यहाँ रहने की ज़िद क्यों करती हो?''

''मैंने तो मना किया था कि इन देसी लोगों की हाय लेकर ज़मीन मत खरीदो। फिर भी तुम नहीं माने।''

फोन्सेका चिढ़ गया, ''बार-बार वही बातें! तुम्हें दूसरा कुछ नहीं सूझता? गाँव में एक घर हो, एक सुंदर बगीचा हो, तुम्हारा मन नहीं था? हिंदू लोगों से हमें क्या लेना-देना? काउन्सिल के चुनाव में उन्होंने प्रोफेसर डिसोजा को एक भी वोट नहीं दिया।''

''हम लोग भी उन्हें कहाँ वोट देते हैं? मगर वह भी एक समय था कि हम उनके साथ थे। आज उनका हक मारकर हमने उनकी ज़मीन ले ली। फिर भी वे लोग कुछ नहीं बोले।''

दोनों के बीच लंबी बहस होती रही और आखिर वे समाधान पर उतर आए। जेनी ने वायदा किया कि वह हिंदुओं की ज़मीन के बारे में कभी ताने नहीं देगी। डिलीवरी का क्या है, एक अच्छी नर्स बुला लेंगे।

धूल का तूफान अब शांत हो गया था। शाम को दोनों साथ टहलने निकलते थे। फोन्सेका ने आज भी बाहर चलने को कहा। जेनी ने मना कर दिया। वह अकेले ही बंदूक लेकर घूमने निकल पड़ा। बाहर जाते समय वह बंदूक साथ ले जाता था। दिखावा करता था कि जैसे शिकार पर जा रहा हो। कभी कोई चिड़िया, कबूतर और खरगोश मार भी लाता था। लेकिन सच तो यह था कि उसे लोगों का डर था और उनसे बचने के लिए ही वह बंदूक साथ रखता था। बंदूक का लाइसेंस उसने यहाँ आने के बाद ही लिया था।

फोन्सेका के जाने के बाद भी जेनी वहीं बैठी रही। आज बरसों बाद उसे वे दिन याद आए, जब उन्होंने यहाँ आने के बारे में तय किया था। सरकार से न्याय न मिलने के कारण देवूसणा तहसील के लोगों ने लगान देना बंद कर दिया था। सरकार ने ज़बरदस्ती वसूली की कार्रवाई की। पर कोई परिणाम नहीं निकला। उसके बाद उनकी ज़मीनें हड़प ली गयीं। लोग तब भी डरे नहीं। आखिर ज़मीन की नीलामी हो गई। कोई बोली लगाने नहीं आया। नीलामी खास शर्तों के साथ विज्ञापित हुई थी। गवनर्मेंट गज़ट से यह विज्ञापन फोन्सेका ने ही जेनी को पढ़कर सुनाया था। जेनी को शहर की भागदौड़ से दूर गाँव में एक सीधा-सादा जीवन जीना अच्छा लगता था। फोन्सेका अपनी एक्साइज़ की नौकरी में अक्सर बाहर रहता था। उसे सुदूर जंगलों में भटकना पड़ता था। जेनी अकेलेपन से तंग आ गई थी। उसका बाप एक बड़ा ज़मींदार था। वह खेती-बाड़ी से रूबरू हो चुकी

थी। इसलिए ज़मीन लेने के बारे में वह गंभीरता से सोचने लगी थी। हालांकि यह नीलामी की ज़मीन लेने के पक्ष में वह बिलकुल नहीं थी। फिर भी गाँव की ज़िंदगी का लोभ उसे यहाँ खींच लाया। जो ज़मीन यहाँ के हिंदू, मुसलमान और पारसियों ने नहीं खरीदी, वह आखिर इस कैथोलिक दम्पती ने खरीद ली। गाँव से आधे मील दूर करीब अस्सी एकड़ ज़मीन उन्होंने पसंद की।

ज़मीन तो ले ली, मगर यहाँ की मुश्किलें कुछ कम नहीं थीं। देवूसणा गाँव में उनकी ज़मीन जोतने वाला तो कोई मिलता ही नहीं, घर में काम करने के लिए भी कोई कहाँ आने वाला था! बाज़ार में चीज़ें नहीं मिलती थीं। रुपये का छुट्टा नहीं मिलता था। फोन्सेका के चाचा ने रेलवे के मकानों का ठेका लिया था। उन्होंने अपने मजदूर लगाकर मकान बनवा दिया। फोन्सेका के एक मित्र, एक देशी राज्य के बैंड-मास्टर थे। उनके यहाँ कड़ी गाँव का एक अकालपीड़ित कई वर्षों से मजूरी कर रहा था। उस विश्वसनीय नौकर चुनिया को उसने फोन्सेका के पास भेज दिया। और इस नए इलाके में इस कैथोलिक दम्पती का घर चलने लगा।

जेनी के सपनों का गाँव कहीं दूर छूट गया था। उसकी जगह यह जेल की ज़िंदगी जीनी पड़ रही थी। काँच की ऊँची मुंडेरें उसके लिए सचमुच जेल जैसी थीं। सारे दिन बात करने को कोई नहीं होता था। पति से वह कितना बोले-बतियाये, कितना उससे प्रेम करे! बाहर की सभी ज़रूरतें अपने-आप पूरी हो जाने से वह बेहद दुखी थी। जब भी वह बाहर निकलती, लोगों के इस कथन पर तिलमिला जाती कि ये किरिस्तान हमारी ज़मीन हड़प गए। वह सूखकर कुम्हलाने लगी थी। हर पल सोचती कि इस पाप में वह पति के साथ स्वयं भी हिस्सेदार है।

जेनी का विचार-चक्र लगातार घूमने लगा। उसने कहीं पढ़ा था कि खराब सोच गर्भ के बच्चे पर असर डालती है। उसने अच्छी बातें सोचने का निश्चय किया। फोन्सेका ने भी वायदा किया कि वह अब ज़मीन के बारे में कुछ नहीं कहेगा। वैसे अब इस ज़मीन से भी लोगों का भला किया जा सकता है। स्कूल बन सकता है, मंदिर बन सकता है और एक दवाखाना भी खुलवाया जा सकता है। अस्पताल और धर्म के बहाने क्रिश्चियेनिटी के बारे में बताकर इन्हें क्रिश्चियन बनाया जा सकता है।

जेनी यह सब सोचती हुई अर्द्ध-निद्रित सी हो गई। आदमी अपने किए गए कार्यों को सुधार कर नहीं, उन्हें भुलाकर अच्छा बनना चाहता है।

रात के दस बजे होंगे। जेनी प्रसव की सख्त पीड़ा से गुज़र रही थी। फोन्सेका

बार-बार नर्स से उसकी तबीयत पूछ जाता था। और कोई खास उत्तर न मिलने पर वह घबराहट और व्यग्रता से बरामदे में टहलने लगता था। अचानक जैसे कुछ सूझा हो, उसने पास जाकर नर्स से पूछा कि ऐसे में जो भी मुश्किल आएगी, वह निपटा सकती है या नहीं?

संवाल नया नहीं था। उसने हर रोज़ नर्स से यही सवाल पूछा था। और आज इस मौके पर वह चौथी बार पूछ रहा था। नर्स उसकी मानसिकता जानती थी। उसने साहस से कहा, "नार्मल केस होगा तो तकलीफ नहीं होगी। लेकिन कुछ एब्नार्मल हुआ तो डॉक्टर की ज़रूरत पड़ेगी।"

फोन्सेका ने उसकी बात अच्छी तरह नहीं सुनी। सुनता भी तो समझ नहीं पाता। दुख से आँखें मींचकर बाल खींचते हुए वह फिर बरामदे में चक्कर काटने लगा। थोड़ी देर बाद नर्स आकर बता गई कि बच्चा उल्टा है, किसी होशियार डॉक्टर की ज़रूरत है। वह, उसे जल्दी बुलाए। मेमसाहब को असह्य दर्द हो रहा है।

वैसे तो गाँव में कोई डॉक्टर नहीं था। पर आज एक डॉक्टर उपलब्ध हो सकता था। गुलाब भाई देसाई की लड़की की शादी थी। वहाँ आने वालों में उनका एक संबंधी डॉक्टर था। मगर वह इस कैथोलिक परिवार के लिए आएगा या नहीं, यह कहना मुश्किल था। गुलाब भाई लगान का विरोध करने वाले किसानों के स्थानीय नेता थे। उनका स्वभाव बहुत उग्र था। पूरे गाँव में उनकी साख थी। फोन्सेका डॉक्टर को बुलाने के लिए दरवाज़े की ओर दौड़ा। लेकिन जैसे किसी ने उसके पाँव से बंधी रस्सी खींच दी हो, वह एकाएक पीछे मुड़ गया। आज तक गाँव के एक भी आदमी से वह मिला नहीं था। गुलाब भाई से भी नहीं। उन्हें वह अपना दुश्मन समझता था। ऐसे में उन्हें कैसे बुलाने जाए? फोन्सेका वापस आकर कुर्सी पर माथा टेककर बैठ गया। उसने कातर चेहरे से नर्स से कहा, "आप लोग एक धंधे के आदमी हो। वह आपकी बात ज़रूर मानेंगे।"

चुनिया बगल में खड़ा था। वह बोला, "कहो तो अब्दुल घांची को बुला लाऊँ।"

हमारे देश की प्राचीन शक्ति, विद्वत्ता, विद्या, कला और कौशल की अनेक विभूतियाँ अभी भी गाँवों में भूली-बिसरी पड़ी हैं। आज भी वहाँ कुशल तैराक, साँप का ज़हर उतारने वाले, पीलिया मिटाने वाले, दाग देने वाले, हड्डी का इलाज़ करने वाले, और कंठमाल जैसे असाध्य रोग का निदान जानने वाले योग-साधक और उपासक होते हैं । वे अपने ढंग से काम करते हुए इस दुनिया में अपने कर्मों की महक फैलाकर, एक दिन हमसे विदा हो जाते हैं। इस विज्ञापन के ज़माने में इस बारे में कोई कुछ नहीं जानता कि उसमें कितनी सच्चाई है, और कितना

अंधविश्वास। पर ये जगहें कोई और नहीं भर सकता। अब्दुल घांची एक ऐसी ही अनुपम विभूति था। प्रसव का मुश्किल से मुश्किल मामला वह सहजता से निपटा सकता था। महिलाओं का संकोच दूर करने के लिए वह आँखों पर पट्टी बाँध लेता था। इस कार्य में वह जितना निपुण और सिद्धहस्त था, उसे ईश्वर का प्रताप मानकर हर जगह हाज़िर हो जाता था। इस काम के वह पैसे नहीं लेता था। ये नए आए क्रिश्चियन दम्पती गाँव के लिए अपरिचित थे। पर चुनिया ने सबसे जान-पहचान कर ली थी। उसने कई बार इस दम्पती को अब्दुल के बारे में बताया था और अब जबकि डॉक्टर के आने की संभावना बहुत कम थी, फोन्सेका ने देसी लोगों के प्रति अपना दुराग्रह छोड़कर अब्दुल को बुलाने के लिए हामी भर दी।

फोन्सेका की ज़मीन के सामने एक और ईनामी जमीन में आमों का बाग था। उस बगीचे में खोड़ी दास पटेल रहता था। कितने ही लोग केवल गंध से बिना देखे-जाने, आगम जान लेते हैं। पटेल जान गया था कि इस मेम को कोई मुश्किल है। वैसे तो वह पहले दर्जे का स्वार्थी और आलसी था। सत्याग्रह की लड़ाई में उसने एक पाई भी खर्च नहीं की थी। दस्तखत करने में भी वह सबसे पीछे था। लेकिन इस समय, इतनी देर रात को वह नर्स और चुनिया से पहले ही घर से निकल पड़ा और अब्दुल के यहाँ पहुँच गया। अब्दुल अभी जाग रहा था। उसका छोटा बच्चा रोकर अभी सोया था। और वह चौखट पर बैठा इस चिंता में था कि बच्चा फिर से न जाग जाए। जैसे पानी में गहरे तक उतरने वाला आँखें बंद रखकर भी पानी का दबाव सहता रहता है, अब्दुल अपने दुखों से वैसे ही दबा रहता था। पर वह दुखों से बेपरवाह था।

"अब्दुल काका, वो तुम्हारा ज़मीन-चोर, आज दाँव में आया है। घर में सौर पड़ी है। जाकर देख आओ। बेचारा कैसा दीन हो गया है।"

गुलाब भाई के यहाँ हस्तमिलाप चल रहा था। भाई मंडप में बैठे थे। खोड़ीदास यह कहकर कि बहुत ज़रूरी काम है, उनके पास पहुँच गया। उसने कान में कहा, "गुलाब भाई, वो ज़मीन-चोर आज दाँव में आया है...।"

"पर तेरी ज़मीन थोड़े ही ली है उसने कि तू उसे ज़मीन-चोर कहने आया है।" गुलाब भाई उसे अच्छी तरह जानते थे।

"मगर भैया..।"

"तू जाने दे न! आधी रात को टांग लपलपाते चला आया है। जानता नहीं कि मंडप में बैठा हूँ। क्यों होशियारी दिखा रहा है? चल, उठ यहाँ से" खोड़ीदास उठ गया।

इतने में नर्स आ गई। उसने गुलाब भाई से बात की। भाई को अब समझ में आया कि खोड़ीदास क्या कह रहा था। तुरंत डॉक्टर को बुलाकर कहा, "वह तो ज़मीन-चोर है, लेकिन हम उसके पीछे पाप के भागीदार क्यों हों? आप बढ़कर जाओ।"

भाई महात्मा जी के अहिंसा-संबंधी विचारों को अपने दैनिक कार्यों में उपयोग करते थे। उनकी इच्छा थी कि एक दिन इन्हीं विचारों से वह अपनी ज़मीन कब्ज़ा करने वाले इस कैथोलिक को धराशायी कर दें।

"पर मेरे पास तो यहाँ कोई डॉक्टरी सामान नहीं है।"

"जो भी हो, आप जाकर जो भी कर सकते हो, करो।"

डॉक्टर ने सिर पर टोपी डाल ली और छड़ी टेकता हुआ चल पड़ा। वह पहुँचे उससे पहले अब्दुल पहुँच चुका था। कुछ अपरिचय और कुछ छोटे लोगों के संग-साथ के प्रति उदासीन रहने के कारण फोन्सेका अब्दुल की उपस्थिति स्वीकार नहीं कर पाया। मगर अब्दुल ने इस स्थिति को नज़रअंदाज़ करते हुए कहा, "हाथ धोने के लिए पानी लाओ। भगवान का फोटो लाकर धूप सुलगा दो।"

चुनिया से पानी लेकर उसने हाथ धोया। फिर देवता के सामने लोहबान सुलगाकर उस पर हाथ रखकर वह कुछ बड़बड़ाया। हाथ को आँखों पर लगाकर साथ में लाई गई पट्टी को उसने सुलगते लोहबान पर सेंका और चुनिया से अपनी आँखों पर बँधवा लिया।

"मुझे अब मेमसाहब के कमरे में ले चलो।"

कमरे में पहुँचते ही वह बोल उठा,"नहीं हो माई, तुम तो मेरी बहन हो। घबराओ मत । आँख थोड़ी देर के लिए बंद कर लो। मैं जैसा कहूँ, वैसा ही करना, बहन!" उसके चेहरे पर आपरेशनकर्ता की चपलता नहीं, एक धर्मनिष्ठ की गंभीरता थी। आँखों पर गांधारी जैसी पट्टी देखकर उस क्रिश्चियन महिला को श्रद्धा हो आई। उसने आँखें बंद कर लीं।

अब्दुल ने अपना काम शुरू किया। इतने में डॉक्टर नर्स के साथ आ गया। फोन्सेका ने चैन की सांस ली। उसने दौड़कर डॉक्टर का स्वागत किया। डॉक्टर ने अब्दुल को देखकर उसे अपना काम करने दिया। वह नर्स के साथ पास ही खड़ा था।

फोन्सेका बाहर था। रह-रहकर जेनी की चीख और अब्दुल के हिम्मत बँधाते शब्द उसके कानों तक पहुँचते रहे। वह सुनता रहा कि अब्दुल कैसी सांत्वना दे रहा है, "फिकर नहीं हो बहन, ज़रा ज़ोर से साँस लेना।"

वह दम साधे दूर से सुनता रहा। थोड़ी देर बाद अब्दुल ने कहा, "बस्स!"

और फिर बच्चे के रोने की आवाज़ आई। जैसे दुनिया में वह अपने लिए मार्ग खोज रहा हो! जैसे लोगों के बीच वह अपनी गणना करवाने की अनिवार्यता व्यक्त कर रहा हो। अब्दुल ने मुस्कराकर कहा, "देवता, पैदा होने में इतना डंका बजा दिया तो बड़ा होकर क्या करेगा!" फोन्सेका उसके संबोधन से जान गया कि लड़का हुआ है।

डॉक्टर बाहर निकल आया। फोन्सेका से उसने अब्दुल की बहुत तारीफ की। नर्स को ज़रूरी निर्देश देकर डॉक्टर लौट गया। थोड़ी देर में अब्दुल भी बाहर आ गया। उसने पट्टी खोल दी और घर जाने के लिए इजाज़त मांगी। फोन्सेका उसे हैरत से देखता रहा।।

अब्दुल तीन दिनों तक आकर हाल पूछता रहा। जेनी की तबीयत अच्छी थी। उसने तीसरे दिन अब्दुल से हिल-मिलकर बातें कीं।

फोन्सेका इस घटना-क्रम से एकदम बदल गया था। वह हारा हुआ आकर जेनी के सामने खड़ा हो गया।

"देखो डियर, ये अब्दुल के बारे में तुम नहीं जानतीं। आज मैंने उससे सारी बातें पूछीं। उसकी सारी ज़मीन चली गई। घरवाली की मर्ज़ी थी कि ज़मीन रखे। लेकिन वह गाँव वालों से अलग नहीं होना चाहता था। उस दुख से वह रोकर मर गई।" जेनी ने एक लंबी साँस ली, "फिर भी उसने ज़मीन जाने दी। इन दिनों उसका धंधा नहीं चलता। सरकार ने लगान में उसकी घाणी और बैल नीलाम कर दिया। उसके घर में खाने को कुछ नहीं है। मैंने कहा कि वह जितना चाहे, दो-तीन सौ रुपये मुझसे ले जाए। पर उसने इन्कार कर दिया। इस धंधे में तो वह कुछ लेता नहीं। घर पर छोटा बच्चा है, उसे दूध चाहिए। परदेस जाना चाहता है, मगर बच्चे को कहाँ रखे?"

जेनी ने फोन्सेका के चेहरे का चढ़ाव-उतार देखा। फिर लंबी साँस लेकर कुछ कहना चाहा कि फोन्सेका ऊँची आवाज़ में बोल पड़ा, "मेरे खुदा!" और ज़ोरों से रो पड़ा। जेनी ने प्यार से बैठाया, "नहीं, डियर, मैं तुम्हें डांट नहीं रही। लेकिन...।"

"जेनी, मैं उसकी ज़मीन लौटा दूँगा।"

"पर वह बात भी मैंने उससे पूछ ली। गाँव से अलग होकर वह अकेले ज़मीन नहीं रखना चाहता।"

"तो क्या हुआ? मैं सारी ज़मीनें लौटा दूँगा। हम यहाँ से चले जाएँगे।"

फोन्सेका अब भी रो रहा था। दोनों न जाने कितनी बार इस तरह अकेले बैठे होंगे। मगर इतना संवाद उन्होंने कभी नहीं किया होगा। बड़े-बूढ़ों का कहना

है कि पुरुष और उसके भाग्य के बीच एक पत्ते का फासला होता है। पत्ते को उड़ने में जितनी देर लगती है, उतना ही वक्त भाग्य खुलने में लगता है। शायद उससे भी अधिक सच यह है कि इंसान और उसके सौजन्य के बीच वही पत्ते भर का फासला है। अनजाने में आदमी उसे हटा नहीं पाता।

फोन्सेका-दम्पती के यहाँ आने से पहले ही सरकार जनता से हारकर समाधान कर चुकी थी। उस हार के बाद वहाँ के मूल लोगों की स्थिति सुधारने और उन्हें संरक्षण देने के लिए, सत्याग्रहियों का एक मंडल बनाया गया। फोन्सेका और जेनी उसमें प्रमुख रूप से जुड़ गए। उन्होंने अपनी ज़मीन गाँव के लोगों को लौटाकर, उसका ट्रस्ट बना दिया। उस ट्रस्ट से 'अब्दुल प्रसूतिगृह' की स्थापना की गई। एक अच्छा डॉक्टर अब्दुल के साथ काम पर लग गया। इन दिनों वहाँ प्रसव-संबंधी तालीम भी दी जाती है। और तहसील-भर की औरतें उस तालीम का लाभ उठाती हैं।

•

चाँद के उजाले में

वर्षा अडालजा

"हल्लो, थ्री फाइव टू फोर नाइन ज़ीरो।"

"नो।"

"ओह, आइ एम...सॉरी...।"

उसके कंठ से दबी हुई सिसकी निकल गई।

"हल्लो... हल्लो, कौन? कौन रो रहा है?" दूसरी ओर से काँपती आवाज़ सुनाई दी।

सुशी सहम गई। भूल से रिसीवर अभी भी हाथ में था। उसने धीरे से रिसीवर रख दिया। वह काँपती हुई आवाज़ सुशी अब भी सुन रही थी। उसने पूछा कि आप कौन हैं...? बहुत सीधा सा सवाल था। वैसे देखा जाए तो इसमें कुछ भी नहीं था। फिर भी वह हिल गई।

सुशी टेलीफोन से दूर हट गई। उसने आस-पास निगाह फेरी। कॉरीडोर में कोई नहीं था। दुपहर तप रही थी। बड़े शहर की भीड़-भरी बस्ती का वह गंदा और सस्ता होटल था। काली धोती का छोर हाथ में पकड़े सामने महाराज चला आ रहा था। उसका बेहिसाब फूला हुआ पेट, उसके हरेक कदम के साथ झूल रहा था। सुशी पर निगाह पड़ते ही वह अपने मोटे और बेडौल होंठ खोलकर हँसा। फिर गंदी दीवार पर पान की पिचकारी मारते हुए, वह सुशी से सटकर आगे निकल गया। उसकी देह से अभी भी रसोई की गंध आ रही थी।

सुशी को उबकाई आ गई। मुँह फेरकर वह जल्दी से अपने कमरे में घुस गई। उसने दरवाज़ा बंद कर लिया। बहुत छोटा-सा कमरा—खटमल और पसीने से तर-बतर खाट, एक दीमक लगा टेबल, पॉलिश उखड़ा हुआ आईना और भरे हुए गटर वाला बाथरूम...। सूखे आँसुओं वाली आँखों से वह चारों ओर देखती रही। उसकी दुनिया इस बंद कमरे में कैद हो गई थी।

सुशी ने सोचा कि अगर वह सचमुच नहीं आया तो...? और इस सोच से डरकर उसने आँखें बंद की लीं। आँख बंद होते ही एक दूसरी दुनिया खुलती चली गई। उस दुनिया में तरुण उसे चूम रहा था। पत्तों की मर्मर आवाज़... प्रणय की फूटती कोंपल-गंध, उसके रोम-रोम में फैलती चली गई।

सुशी हाँफने लगी। आँसुओं के पार वह एक और सुशी को देख रही थी, जो फिल्मी कथा की तरह ही एक सुंदर युवक के प्रेम में थी। दोनों परिवार के विरोध के बावजूद, घर से भाग निकलते हैं—एक नई दुनिया बसाने के लिए। तरुण ने उछलती जुल्फों से फिल्मी अंदाज़ में कहा था...। और वह नई दुनिया इस होटल के गंदे कमरे में थी।

सुशी ने अपने पाँवों के सारे निशान मिटा दिए। और स्टेशन की ओर निकल गई। वहाँ पहुँचकर वह तरुण का इंतज़ार करती रही। और अंततः उसे एक चिट्ठी मिली।

प्रिय सुशी,

मैं अभी नहीं आ पाऊँगा। और जैसा कि हमने तय किया था, तुम चली जाना। 'सी-व्यू' होटल के 206 नं. में मुलाकात होगी। राह देखना। थ्री फाइव टू फोर नाइन जीरो पर फोन करना।

—तुम्हारा ही,
तरुण

चिट्ठी चूमकर वह लौट आई। 'सी-व्यू' के 206 नं. कमरे में इंतज़ार करती हुई दीवारों से लड़ती रही। और आखिर वह हार गई। और उसके भीतर गर्भ जैसा एक भय थिरकने लगा। जैसे प्रसव-वेदना की एक-एक आहट बोल रही हो—तरुण अब नहीं ही आएगा। तो...?

बंदूक की गोली जैसे 'तो' शब्द से वह खूब डरती थी। 'सी-व्यू' छोड़कर वह 'जयहिंद' में आ गई...।

फोन की एक पतली डोर से उसका शव लटक रहा था। शायद अब भी...। और वह काँपते हाथों से फोन जोड़ देती, 'हल्लो, थ्री फाइव टू फोर नाइन ज़ीरो...।'' और एक काँपती आवाज़ पूछने लगती, ''हल्लो, आप कौन हैं?''

वह रिसीवर रख देती। आँसू पोंछकर धीरे कदमों से कमरे में लौट आती। फिर दिन-भर पिछली गली में खुलने वाली खिड़की के पास बैठी रहती। सूरज शीशे के गोले की तरह फूट जाता। धूप की किरचें बिखर जातीं। सुनहरे रजकण घिसकर मलिन हो जाते। और सांझ की धुँधली लालिमा में जा मिलते। वह सींखचों पर माथा झुका देती। रात बीमार की तरह हाँफने लगती। और ऐसे में वह टूट

जाती। उसका अस्तित्व छिन्न-भिन्न हो जाता। वह भीगी आँखें बंद किए सो जाती।

"हल्लो, थ्री फाइव टू फोर नाइन ज़ीरो।"

और दूसरी ओर से वही, पहले वाली आवाज़। वही कंपन।

"हल्लो, आप कौन?"

सुशी को लगा कि वह वक्त के गहरे बहाव में धँसती जा रही है। उसने बचने की बेहद कोशिश की। रिसीवर पसीने से भीग गया था।

"देखिए... मैं... आपको रोज़ तकलीफ देती हूँ...वहाँ...वहाँ तरुण हैं? आप उसे जानते हैं?"

और उस क्षण जैसे धरती रुक गई। जैसे उफनता हुआ कालखंड थम गया। वैसे ही, जैसे सती अनसूया ने सूरज को रोक दिया था। उस कांपती आवाज़ ने गहरी साँस लेकर कहा, "नहीं, मैं तरुण को तो नहीं जानता, लेकिन आपको जानता हूँ।"

सुशी अवाक् रह गई। रुका हुआ वक्त पिघलने लगा..."आप...मुझे... जानते हैं?"

काँपती आवाज़ थम गई।

"हाँ, कारण कि मैं आपका दुख पहचानता हूँ।"

कोई उससे कुछ कह रहा था। उसके अकेलेपन में गुहार लगा रहा था। उसे लगा कि रिसीवर हाथ से फिसल न जाए। समझ में नहीं आया कि क्या कहे।

"हल्लो... हल्लो...।"

कांपती आवाज़ उत्तेजित होती जा रही थी।

वह मुश्किल से बोल पाई..."हल्लो...!"

"आप अपना नाम बताइए। प्लीज, रखिएगा नहीं।"

इन शब्दों में ऐसी नरमी थी कि रिसीवर रखने के लिए बढ़ा हुआ हाथ जड़ हो गया। वह कुछ सोच ही नहीं पाई। उसने फिर रिसीवर कान से लगा लिया। हालांकि सब अर्थहीन था। अब तो इस गंदे होटल में रहना भी बेमानी था। इससे तो अच्छा है कि इस दुनिया में उसका नाम ही शेष रह जाए।

सुशी का हाथ इतनी तेज़ी से काँपने लगा, जैसे रिसीवर हाथ से गिर जाएगा।

"हल्लो... हल्लो।"

सूखे होंठों पर उसने जीभ फेर ली..."जी।

यह सब बेकार है। बस इसी क्षण रिसीवर पटककर बाहर निकल जाना चाहिए। और ट्रेन, बस या समन्दर...और एक फूली हुई दुर्गन्ध देती लाश कि

जिसका नाम सुशी नहीं होगा। जो इस दुनिया में अकेली नहीं होगी और जिसे कुछ सहन करना नहीं रह जाएगा।

रिसीवर से वह कांपती आवाज़ बहती रही... "मैं जानता हूँ कि आप किसी गहरी पीड़ा में हैं। मगर अपने मन में दुख को जगह मत दीजिए। वह मेहमान की तरह आएगा और आपका मालिक बनकर बैठ जाएगा। एक बार अपने भीतर की आँख से देखिए, दुनिया कितनी सुंदर है। जीने के लिए है।"

रिसीवर कान से सटाकर सुशी काठ की तरह खड़ी थी। ..."आप...आप सुन रही हैं न। ईश्वर पर विश्वास रखिए। उसकी योजना कभी अधूरी नहीं होती।"

सुशी ने धीरे से रिसीवर रख दिया। वह मुश्किल से कमरे में पहुँच पाई। लगा कि जैसे अभी गिर जाएगी। वह बिस्तर में गठरी की तरह पड़ गई। आखिर कहाँ से यह दुनिया जीने के लिए है? नहीं, यह मूर्खता है। कितनी पथरीली जमीन में उसने सपने बोए थे? उसे अपने आँसुओं से सींचा था और उससे सुंदर नव पल्लवित वृक्ष उगने का इंतज़ार कर रही थी।

उसने चारों ओर नज़र घुमाई। लगा कि यह सब छोड़कर जाने में उसे क्या दुख होगा? बस, एक पल में सब खत्म। स्वयं को धक्का देकर वह उठ बैठी। यह पर्स...उसे ख्याल आया कि मरने के लिए पर्स की क्या ज़रूरत है? पता नहीं किस बेहोशी में उसने बाल ठीक किए, कपड़े पर हाथ फेरा और कमरे का दरवाज़ा अटकाकर बाहर निकल गई। संकरे बरामदे में चलते हुए, जैसे भूलवश वह फोन के पास रुक गई। लेकिन किसलिए?...वापसी में मुड़ी ही थी कि सोचा, उसे आखिरी फोन कर लेना चाहिए। केवल इतना ही कि हल्लो, बाय...। इतने दिनों यह टेलीफोन ही तो दुनिया थी। बस, यही जी रहा है। और यह भी, केवल बस फर्ज़ के लिए।

"हल्लो, थ्री फाइव टू फोर नाइन ज़ीरो।"

कांपती आवाज़ हँस पड़ी, "हल्लो, कैसी हैं आप? आज संध्या कैसी खिली है? कितनी सुंदर है आज की सांझ?"

सुशी को पहली बार विचार आया कि यह आवाज़ उसके वजूद का हिस्सा बन गई थी। अनजाने में ही वह रोज इंतजार करती रही कि कब फोन करे और वह काँपती आवाज़ सुने! लेकिन अब वह सावधान थी। अब क्या करना है? बस दुनिया के साथ हिस्सेदारी का यह एकमात्र सूत्र—टेलीफोन।... क्या इसे भी काट देने का समय आ गया है? उसने मीठी आवाज़ में कहा, "बाय!"

कांपती आवाज एकाएक चौंक गई।..."नहीं ऐसा मत कहिए...टेलीफोन किसलिए? ...आप मिलने आइए। हम बातें करेंगे तो बहुत मज़ा आएगा। देखिए मेरा पता है...।"

सुशी चुपचाप सुनती रही। रिसीवर रखकर वह बाहर निकली तो हवा तेज़ी से चल रही थी। उसके कपड़े और बाल उड़ने लगे। उसे अच्छा लगा। रास्ते पर एक ओर खड़ी होकर वह हवा की छेड़छाड़ से भीगती रही। चारों ओर भीड़ थी, आवाज़ें थीं। लेकिन सबको कहीं जाना था। सब जल्दी में थे। और वह वक्त की धारा से खिसककर मौत की ओर जा रही थी। सांस लेकर वह आगे बढ़ी। लेकिन कौन है अपना? कहाँ जाए वह?

...आप मुझसे मिलने आइए। हम खूब बातें करेंगे। मैं आपकी राह देखूँगा।

लगता है कोई पागल है। मेरी राह क्यों देखेगा वह? मुझसे किसी का कोई रिश्ता नहीं।

और वह भीड़ के बीच से चलने लगी। वह चाहती थी कि अपनी सारी उलझनों का अंत कर ही डाले। दुनिया को उसकी ज़रूरत नहीं है। उसे भी किसी की क्या ज़रूरत? बात साफ है।

...मैं आपकी राह देखूँगा।...राह देखूँगा।

मन की गहराइयों में ये शब्द गूँज रहे थे। एक बार मिल लेने में हर्ज क्या है? फिर तो जाना ही है। बेचारे ने कहा तो है...।

अचानक रुककर उसने रास्ता पूछा। वह चौंक गई। घर पास ही था। चलो आखिरी बार किसी से मिल लें। पिछले दिनों वह चिड़िया की तरह, अकेले में छटपटाती रही है। कितने दिन हो गए, उसने किसी से बात भी नहीं की।

घर सुविधा से मिल गया। वह हिचकिचा गई। बहुत पुराना घर था। लेकिन घर से क्या करना? उसने अँधेरे में डूबा दरवाज़ा खटखटाया। थोड़ी देर में दरवाज़ा खुल गया। लेकिन कोई दिखाई नहीं पड़ा। भीतर से आता हुआ पीला-फीका उजाला, अँधेरे को और गहरा कर रहा था।

"आइए, मैं इंतज़ार कर रहा था।"

भीतर से वही आवाज़। वही कँपकँपी। वही स्वर। वह भीतर चली गई। फीकी रोशनी के घेरे में कोई चित लेटा था। पास जाने पर वह और चौंक गई। छोटी पतली चारपाई में बिखरी हुई किताबें, बगल में पानी का जग और चाय का सामान फैला हुआ था। वह कमज़ोर और बीमार था। उसके पैर घुटनों से कटे हुए थे।

चारपाई के पास बैठकर सुशी ने तिरछे देखा। आँसुओं से उसके गाल भीग गए।

"छी-छी, आप रो रही हैं? रोना तो कायरता की निशानी है।"

सुशी की आँखें उस पर ठहर गईं।

"आप दुखी मत होइए। आपका जो भी दुख हो...वह आपका खून, जोंक बनकर पी जाए, इससे पहले उसे उखाड़कर फेंक दीजिए।"

"आपने दरवाज़ा कैसे खोला?" सुशी को लगा कि यह उसकी अपनी आवाज नहीं है।

वह हँस पड़ा। उस रोशनी में ठंडी हवा के पंखों पर चढ़कर हँसी सारे घर में फैल गई। सुशी भी हँस पड़ी।

"देखिए, इस तरफ डोर है। इसका दूसरा सिरा दरवाज़े से बँधा है। बगल वाली बहन सुबह खाना बनाकर, मेरे बिस्तर के पास रख देती हैं। एक अखबार वाला मेरा दोस्त है। वह लाइब्रेरी से किताबें ला देता है। और बंदा खा-पीकर मौज करता है।

गले में अटकी हुई रुलाई को रोककर, सुशी ने धीरे से पूछा, "आप ये क्या लिख रहे हैं?"

एक क्षण के लिए वह विचलित हो गया। फिर अपनी उसी आवाज में बोला, "उपन्यास लिख रहा हूँ। ...एक व्हील चेअर मिल जाती तो...।"

वह फिर हँसने लगा।

"आप जानती हैं, मेरी सबसे बड़ी लग्जरी है टेलिफोन। कितने लोग आते हैं फोन करने। सबसे मिल लेता हूँ। सबके सुख-दुख में हिस्सेदार हो जाता हूँ। यह बहुत बड़ी बात है। देखिए न, आपसे भी मिल पाया मैं। यह क्षण, इसी रूप में ईश्वर ने अनंत काल पहले गढ़ा होगा।"

सुशी की आँखें बह रही थीं। उसने आँसू पोंछकर कहा, "व्हील चेअर नहीं है तो क्या हुआ? मैं आपको बाहर ले जाऊँगी।"

एकाएक उसके चेहरे पर चमक आ गई।

"ओह, ईश्वर की सचमुच बहुत कृपा है मुझपर। अभी चांद निकलेगा। इस छोटी खिड़की से बहुत सुंदर दिखाई देता है, चांद।"

और सुशी को लगा कि चांद निकल आया है। उसके उजाले में यह छोटी-अँधेरी कोठरी नहा उठी है।

•

सौगंध

सरोज पाठक

संबल की जाति के लोग उस शहर में बहुत कम थे। साढ़े पाँच हाथ का पूरा मर्द था वह। दो जून रोटी खुशी से कमा ले, इससे अधिक उसे किसी से लेना-देना नहीं था। कभी मौज में होता था तो दोस्त पी-पिला लेते थे। रास्ते चलते झगड़ा भी मोल लेता था। खास तो ऐसे मौकों पर, जब कोई औरत को हाथ लगा दे। संबल सब्र नहीं कर पाता था। उसका माथा ठनकने लगता था। ऐसे ही एक दिन उसे पूरबी मिली थी। तब से घर लौटते हुए बस के मोड़ पर वह पूरबी की खोज-खबर ले लेता था।

अमरित और नंदो कानाफूसी करते थे। लेकिन संबल को उनकी चिंता नहीं थी। संबल मुहल्ले वालों को दुत्कार देता था, "सालो, तुम्हारी माँ-बहन है कि नहीं।"

लेकिन पूरबी को इतने से संतोष नहीं था। अकेली औरत, मर्द के साथ हो तो क्या ठिकाना! अगर वह संबल की चुनरी ओढ़ ले तो जाति-वाति का हिसाब पूछने वाला कोई नहीं था। पर अब चुनरी के उस रंग में उतना मज़ा नहीं था। बाकी इतने बड़े शहर में किसी को खबर भी नहीं होती कि कोर्ट-कचहरी करता। खुद कमाई करके खाना खाना था, अपनी मर्ज़ी से रहना था और जहाँ दिल हो, रहने के लिए कुटिया तो मिल ही जाती। पूरबी आठवीं पास थी। बच्चों के स्कूल में धुलाई-सफाई करती थी। सब वक्त का खेल है। हट्टा-कट्टा अफसर सूरजमल अपाहिज हुआ तब से मांग भरना, न भरना उसके लिए बरोबर था। पति की दुल्हन होने का ज़माना चला गया। हाथ-पैर की मेंहदी, बर्तन धोने में धुल गई। गाली-गलौज, मार-पीट और पुरुष-गंध से थककर वह शहर भाग आई।

संबल के पास भी दूर गाँव में खेती-बाड़ी, बाल-बच्चा, चाचा और मुँहफट औरत थी। औरत जब खदेड़ देती तो बाघ जैसा संबल रोनी सूरत बनाकर दुम

दबाए, पूरबी के पास भाग आता। और उससे सटर-पटर कर अपना गुस्सा शांत कर लेता था।... जाने दो ससुरी, वो भी कोई औरत है। एक कौर भी पेट में चैन से जाने नहीं देती। वही रोना-धोना, बकझक और माथापच्ची। पाँच मर्दों का माथा फोड़कर बनाई गई बाई। एक ही बात की ज़िद कि शहर की नौकरी छोड़कर गाँव में मजूरी कर। खेती-बाड़ी की कमाई, अपनी कमाई होती है और शहर की नौकरी तो निठल्लों का काम है। मुंशीगीरी में नामर्द बनकर मुफ्त में कामचोर बन जाएगा वो।...धत्तेरे की! कौन याद करे। मुँह में जबान है कि..। शैतान की नानी।

पचास रुपया मनीआर्डर का वह देश में भेज देता था। पूरबी के साथ बात करने से मन बहल जाता था। बड़ी बेटी की शादी कर दी थी। अब छोटी की मंगनी होनी थी। बेटा चौथा दर्जा पास कर चुका था। इतना सा छोकरा, बीड़ी-तमाखू पीता था। कोई परहेज नहीं। चाचा के लिए अफीम ले आता था। और इसके लिए जो भी करना पड़े। चोरी-डकैती भी कर लेता था। माँ कहती थी, ''जैसा बाप वैसी औलाद।''...संबल डेढ़ दो सौ की कमाई कर लेता था। पर चोरी-डकैती। कभी नहीं! तौबा!

पूरबी को संबल पर यकीन था कि यह भोला-भंडारी, लाल चुनर वाला भंवरा भौंरा नहीं है। लाड़-दुलार करो तो जैसे कोई बच्चा हो, दुधमुँहा बछड़ा हो। और रखवाली में बाघ-कुत्ते के माफिक। मजाल है कि कोई उसके मालिक का आंगन अनजाने में पार कर जाए। बिना मरजी कोई हिले-डुले, कुछ सूँघे। भौं-भौं। झगड़ा किटकिटाहट... और मार पिटाई। जैसे आस-पास कोई लकीर हो। और कोई माई का लाल उसके भीतर नहीं जा सकता। कोई जीत ले संबल को हाथापाई में तो फिर पूरबी जितना उसे धिक्कारे। पर अभी तो कुत्ते की तरह सीमा बाँधकर बैठा है। पूरबी के घर की सीमा।

पूरबी के घर के पीछे गली में गंदगी थी। लोग घरों का कचरा फेंक जाते थे। गटर के पास से होकर आना पड़ता था। छिलके पर भी पैर फिसल सकता था। संबल संभलकर आता था। पानी बरस रहा हो, पैर में फटा जूता हो न हो, सर्दी बुखार हो या ज़्यादा पी गया हो तब भी उस गली में आते हुए, वह रखवाले की ज़िम्मेदारी से ही आता था।

पूरबी सोचती कि इस मुहल्ले का भी क्या भरोसा। लाओ, संबल की सौगंध ले लूँ। इस कुत्ते के गले में पट्टा डाल दूँ। जाने कब कौन लाड़-दुलार करे, और यह भोला उसकी रखवाली में चला जाए। पूरबी यह सोचकर काँप जाती थी। भगवान न करे, इसकी मुँहफट जोरू यहाँ आकर, उसे धमकाकर ले जाए तो क्या

होगा। चाचा भी जली-कटी सुनाएगा और यह भोला उसके पैरों पर गिर जाएगा। तब...। संबल सामने रोना-धोना देखकर निढाल हो जाता है। पूरबी ने अपनी आँखों से देखा था। इसलिए संबल को वह खोना नहीं चाहती।

पति के पेट में कोई गांठ थी। वह उन दिनों उसे यहाँ आपरेशन के लिए ले आई थी। अस्पताल की महंगी दवाओं के कारण संबल घर पैसे नहीं भेज पाया। पूरबी को जैसा अपनत्व लगा, वह बयान नहीं कर सकती। संबल की आँखें गीलीं हो गईं। जबकि बबुआ को नोटबुक नहीं भेजे तो वह रोएगा। संबल गहरी सांस लेकर बता रहा था। बाकी मौत भी आए तो उसकी आँखों में पानी नहीं आने वाला था। जोरू तो मर्द जैसी ही है। बाकी छुटकी में जीव लगा रहता है। पूरबी पूछ लेती थी, गाँव से चिट्ठी-पत्री। हाल-चाल तो ठीक है न। बबुआ स्कूल जाता है कि नहीं। बैल की कीमत भर दी। इस बार कितना घी बाहर भेजा घरवालों ने।

संबल बात-बात में कहता...जैसा हुकुम। जान हाजिर। पूरबी सोचती कि अब देर किस बात की? लाल चुनर ओढ़कर उसके नाम की सौगंध विधि कर लो और अपना सब कुछ सौंप दो।...पूरबी कच्चा काम करना नहीं चाहती थी। बस, एक बार मुँह से कह दे तो संबल यही करेगा। वह तुरंत बोलेगा—जान हाजिर। ..जैसा हुकुम।

वह तो पूरबी ही तय नहीं कर पाती थी। हे पारबती मइया, मनसा पूरी करो। पूरबी की बनाई हुई खिचड़ी संबल पाँचों उँगलियों से चटाखे मारकर खाता था। मैले हाथों से जब वह मुँह पोंछने लगता था तो पूरबी को अपने अफसर पति का ठाट-बाट चीरकर रख देता था। संबल कितना जंगली है। चित होकर आंगन की खाट पर सोता है तो लगता है जैसे निश्चिंत होकर माथे पर आकाश ओढ़ लिया हो। उसे सोये हुए देखकर पूरबी को प्यार उमड़ जाता। इससे क्या कहें। अभी उठकर किसी सपने की कहानी सुनाने लगेगा। दस रुपया मांगकर ले जाएगा तो जुए में बीस जीतकर पूरबी की मुट्ठी में ठूँस देगा। ...अरे, यह भी मुझे ही काम आएगा पगली। मैं क्या अलग हूँ तुमसे।

"लक्खी, आज नहीं। आज तो डटकर पुलाव खाया है, धनीराम के साथ एक फस्ट क्लास होटल में।" पूरबी जैसे एक छोटी बच्ची हो और वह लाड से उसे 'लक्खी' कहता हो। ऐसे में संबल का ठाट ही कुछ और लगता था। पूरबी उस मर्द पर लुट-लुट जाती। उसे अपने पति की याद भी नहीं आती थी... आज मौका है, कह दे पूरबी, अभी कह दे कि भोलाराम, एक बात...। एक बात... । धत्त पगली, एक बात-एक बात...अरे लाख बात बताओ न। बंदा हाजिर। हुकुम

दो।...संबल का दीवार कँपाता हुआ ठहाका पूरबी साफ सुन लेती थी। तय पूरबी को ही करना था।

और उसने कह ही दिया, "बात की बात यह है... देखो न । हम नौकरी करते हैं तो दो दिन की छुट्टी लेकर बाहर घूमने...।"

पूरबी कह भी नहीं पाई कि सब तैयार होने लगा। जो हुकुम।

और दोनों शहर से दूर जाकर एक धर्मशाला में ठहर गए।

धर्मशाला के रजिस्टर में संबल ने लिखा : नाम—संबल धरमदास मुंशी जा पत्नी सहित।

गाँव—गंगापुर।

काम—शहर देखने।

धर्मशाला के बगल के होटल से संबल ने चाय मँगाई। चाय की प्लेट गंदी थी। प्याले का हत्था टूटा हुआ था। गंध आ रही थी उस चाय से। जैसे किसी ने अंडा उबाल दिया हो। ओह इतनी कड़क चाय। संबल दोनों कप पी गया। पूरबी बिछौने पर उल्टी लेट गई। उसके पैरों पर कंबल ओढ़ाकर संबल बीड़ी-माचिस खोजने लगा। छत पर जाले लटक रहे थे। पूरबी खटमल से खीझ उठती थी। धर्मशाला का छोकरा पानी का मटका और गिलास रख गया था। दोनों दरवाज़े खुले थे। संडास से बास आ रही थी। पूरबी धर्मशाला को भूलकर पति को याद करने लगी। देवरानी ने लिखा था...। सूरजमल तो चमड़ी ही उधेड़ देता। चाय तो उसे ट्रे में ही चाहिए। दमे का रोग था और बीड़ी की धौंस। किसी का कहा मानता नहीं था। असली चीज़ पीने को मिले तो उस पर अफसरी का रंग चढ़ जाता था। पूरबी ने पिछले ही साल उसे बैसाखी बनवाकर भेजी थी। गुस्सैल इतना कि उसने उठाकर फेंक दी। वह टकराकर टूट गई। अब दूसरी बैसाखी तैयार करने में समय लगेगा। पूरबी पैसा जुटाने में लगी है।...देवरानी का बिरजू खूब चंट है। उसकी बस चले तो पूरबी को भी नहीं छोड़े। वह तो ओसारे में बिरजू की खों-खों की शरम। मर्द की गंध।

"क्या सोच रही है, लक्खी।" संबल ने उसे चौंका दिया।

सामने के बिछौने पर अब संबल भी उल्टा हो गया। मैली बनियान उसने निकालकर खूंटी पर टांग दी। खुली छाती। पहलवान। बाघ-कुत्ता। काला-सीना। ...पर जब वह पूरबी को लक्खी कहता था तो उसके मुँह पर कितना भोलापन झलक उठता था। यही संबल था, जो अपनी जोरू को मुँह भर-भर गाली देता था। घर-गृहस्थी को लात मारकर पूरबी के इशारे पर 'जो हुकुम' कहता हुआ निर्दय पिता और पति हो गया था। पचास रुपये का मनीआर्डर भी उसने बंद

कर दिया। वह छुट्टी लेकर यहाँ कौन सी मंशा पूरी करने आया होगा। संबल कोई छल करे, उस पर टूट पड़े, मांस खाने की मांग करे तो पूरबी उसे कैसे गुनहगार ठहराएगी। जवान-जट्ठा पहलवान मर्द को अकेले में नारी शरीर ललचाये तो इसमें उसका क्या दोष? और एक बार जो संबल पूरबी को अपनी बाँहों में कस ले तो ''उस पर'' जाने में पूरबी को कोई बाधा नहीं रहेगी। उसका इरादा था पहले सौगंध ले ले। यह तो वैसे ही हुआ जैसे कोई पूछकर नेकी करे।

''क्या सोच रही है, लक्खी!'' संबल मीठी आवाज़ में पूछ रहा था। पूरबी सावधान हो गई। अब तो 'उस पार' उस पार ही...। दूसरी कोई बात नहीं। पर पूरबी सब्र कर। अभी और जाँच ले। कोई कच्चा काम नहीं होना चाहिए। फिर उसके बाद मनमानी करो। कोई रोक-न-टोक।

''मुझे डर लग रहा है। इस अनजान जगह में तुम्हें कुछ हो जाए तो मैं किसको मदद के लिए बुलाऊँगी। क्या कहकर तुम्हारी पहचान दूँगी।'' पूरबी सोचकर बोली। संबल बीड़ी बुझाकर उसके पास आ गया। फिर अपने नरम हाथों से उसके झुमके सहलाते हुए बोला, ''मौत इतनी आसान नहीं होती लक्खी। हमारे गाँव में अकाल पड़ा, फसल चली गई।... बड़ी के ब्याह का कर्ज़ माथे था।...बबुआ की माँ ने मनौती की थी।...छुटकी को ज़ोरदार बुखार आया।...

फिर वही बातें। उसी छुटकी, खेती-बाड़ी और बबुआ की माँ की बातें।... सूरजमल का ऑपरेशन कराया तो देवरानी ने भी सतनारायन की कथा करायी। देवरानी कहती थी कि पूरबी जच्चा का काम सीख ले तो आमदनी बढ़ जायेगी। अब तो गाँव में अस्पताल, बिजली, स्कूल, सिनेमा—सब हो गया है। गाँव अब शहर है।... पर गाँव में देवरानी का लठैत जवान छोकरा भेड़िया था। देवरानी उस मवाली पर दबाव रखती थी। वह सूरजमल का भी ख्याल करती। और पीढ़ियों से चली आ रही गृहस्थी संभालती थी। उसकी बोली बहुत मीठी है। इसके लिए पूरबी कड़वा तेल और जर्दा किसी मजबूरी में नहीं, दिलेरी से ले जाती थी।... पूरबी भी अपने में संसार में खो गयी।

संबल अब भी झुमका सहलाता हुआ अकाल की बातें कर रहा था कि रामदास जी ने अपना परिवार इलाहाबाद बनारस भेज दिया। गाँव में सरकार आ गई थी। आटे की लाइन से निकलो तो किरोसीन की लाइन में लग जाओ। और फिर पाउडर वाले दूध की लाइन। छुटकी, बड़ी और बबुआ की माँ सब लाइन में लगती थीं। मजाल कि कोई जबान चलाए।

''कोई दूसरी बात कर न। बहुत डर लग रहा है।'' पूरबी ने बात बदल दी। संबल क्या बात करे? उसने कहा, ''मेरा सपना है कि एक गुड़िया जैसी

बहू हो। माथे लाल चुनर और नाक में नथनी हो। ठीक लक्खी जैसी उजली चमड़ी वाली। ...फिर गौना की रंगीन साड़ी। सिंदूर की सुगंध...लक्खी, तू मेरे गाँव चलेगी?''

संबल की मर्दानी आवाज़ की नमी को भी पहचानती थी। संबल और पास आता जा रहा था। वह उसका सब कुछ लूट ले, इससे पहले संबल से सौगंध लेनी होगी। पूरबी ने संबल का हाथ थामकर कहा, ''गाँव ले चलोगे। तुम्हारी बीवी तुम्हें काटकर टुकड़े कर देगी। और फिर तुम्हारी छुटकी की मँगनी भी टूट जाएगी। अच्छा होगा कि तू मेरे गाँव चल। गाँव में हमारा पक्का मकान है और इससे भी बड़ी सराय। रेलवे लाइन भी है और एक सुंदर मंदिर।...हम मंदिर कब जाएँगे।''

''तू पति के साथ मंदिर जाती थी।''

''कहाँ जाती थी! अफसर आदमी देव-वेव मानता नहीं। वह तो दोस्तों के साथ बोतल का भजन करता है'' पूरबी हँसने लगी।

संबल पूरबी के पग के तलुवे पर हाथ फेरने लगा, ''वैसे तो मैं भी पीता हूँ। लेकिन भगवान शंकर के प्रसाद के माफिक, अगर जो...।''

''भोला, तू बोतल छोड़ दे।''

संबल का हाथ रुक गया। कमरे में लंबी शांति फैल गई। सब रुक गया—अकाल, रोटी, दूध की लाइन, मजूरी, बैलगाड़ी, छुटकी का ब्याह, पक्का मकान, बबुआ की माँ की गालियाँ...और लाल चूनर।

''वाह रे वाह!''

पूरबी के हाथ की पकड़ और तेज़ हो गई। संबल ठीक से बैठ गया। उसने पूरबी की बेचैन आँखों से बाल हटाकर कहा, ''बोतल छोड़ दूँगा तो तू मेरे साथ रहेगी। एक बार हाँ कह दे तो मैं बात का बहुत पक्का हूँ। तू मेरे साथ रहेगी तो मेरा डेढ़ सौ और तेरा साठ। एक भी बोतल नहीं। कोई टोली नहीं, कोई दोस्त नहीं। फिजूल खर्च बंद। कोई गुड़िया सी दुल्हन भी नहीं।...बबुआ कभी यहाँ आए तो तुझे देखकर नाचने लगे।''

''ऐसे नहीं, सौगंध लेनी होगी।'' पूरबी ने लाड़ से उसका हाथ खींच लिया।

''अच्छा, लिवा ले, जो हुकुम।''

पूरबी ने अपना माथा संबल के कंधे पर रख दिया। फिर एक-एक उंगली पकड़कर सौगंध दिलाने लगी। नंबर एक...

''मैं जैसा कहूँगी, मेरी मरज़ी से करना होगा।''

संबल मस्ती में था। वह पूरबी के बालों में मुँह गड़ाकर सिर हिलाने लगा,

"हाँ, जो हुकुम।" बीच में यह भी बोल गया, "लक्खी, मीठी रोटी तो खिलाएगी न।"

"नंबर दो, एक भी फिजूल खर्च नहीं। पचास रुपये का मनीआर्डर भी नहीं।"

"हाँ, लेकिन तू अपने गाँव के मकान का हफ्ता तो भरेगी।"

"नंबर तीन, जुआ नहीं, बोतल नहीं, और आए दिन बार-बार गाँव भी नहीं जाना। बार-बार चाचा की बात नहीं करना। छुटकी के ब्याह का खर्चा...।"

"लक्खी दूसरी बात सुन। हमारे गाँव में भी एक मंदिर है। खूब पुरानी मूर्ति है उसकी। हमारी टोली वहाँ हुक्का पीती थी। बबुआ की माँ ने एक बार झिड़ककर...।"

"मुझे नहीं रहना तेरे साथ। तेरी मरजी। तू जी भर के अपने गाँव की बात कर ले। मैं अपने गाँव की बात करूँगी। मेरी सारी सौगंध वापस।"

"छोरी, क्यों नाराज़ होती है। जबान है, चल जाती है। जो हुकुम। सब सौगंध ले-लिवा ले। जुआ, बोतल, मनीआर्डर, मंदिर, गाँव, जोरू, बछड़ा, चाचा, चाचा का दादा...।"संबल एक ही साँस में बोलकर अटक गया, "झगड़ा तो नहीं करेगी लक्खी! मैं तुझे ढेर सारा रुपया...नहीं लक्खी, तू अपने गाँव का मंदिर याद करना। जहाँ मन हो, मुझे ले चलना। मैं बात का पक्का हूँ। तेरे साथ रहने के लायक बनूँ, तू मंदिर में मनौती करना।"

संबल की भीगी आवाज़, और काँपती उँगलियाँ पूरबी तेज़ी से अनुभव कर रही थी। जैसे किसी बच्चे को गोद में सुला रही हो, उसने खींचकर संबल का माथा चूम लिया। अब वह भीतर का सारा द्वेष और नापसंदगी निकालकर फेंक देने के लिए तैयार थी। भले यह हक से लूट ले मुझे। इस शरीर पर अब इसी का हक है। सूरजमल को भी वह कभी दुत्कार नहीं पाई। जबकि संबल तो उसे पसंद था। भोला भले मनमानी करे, वह बहुत कुछ सहती आई है। यह भी सह लेगी।...लो, अब खा लो, पी लो जी भरकर...।

पूरबी ने अपना पल्लू सरका दिया।

संबल पल्लू पकड़कर अब भी बातें कर रहा था। बातें पूरी नहीं हुईं थीं। जैसे वह सब कुछ समेट रहा हो और कोई मूल बात रह गई हो। उसने पूरबी का पल्लू ठीक करते हुए कहा, "एक सौगंध और, मेरी ओर से। मैं भेड़िया न बन जाऊँ लक्खी। देवी की पूजा डटके करूँगा। जो परसादी मिलेगी खाऊँगा। लेकिन बबुआ की माँ ने ताना मारा, इसलिए...तू भी पराई औरत इसलिए मैं तुम्हें भी नहीं...। सौगंध का तो पक्का हूँ। मेरी सौगंध की रक्षा करना। पराई औरत को हाथ नहीं लगाऊँगा, सौगंध लिवा लो।"

संबल की बात सुनकर पूरबी अवाक् रह गई। धीरे-धीरे वह होश में आने लगी। उबले अंडे की बास की जगह घी के दीये जलने लगे। मंदिर के घंटे बज उठे।...हे गंगा मइया, मंशा पूरी करो। अब इसे मैं क्या कहूँ। भोला कहूँ या कृष्ण। पूरबी ने प्यार से उसकी पसीने से चमकती छाती की ओर देखा। उसे और प्यार उमड़ आया। उसने एक-एक कर अपनी सौगंध का मायाजाल तोड़कर हवा में बिखेर दिया। फिर फूल की तरह खिलकर बोली, ''तो उस घर में अब तुम्हारी यही सौगंध रहेगी, बाकी सब सौगंध वापस। हम साथ रहेंगे, हमें डर किस बात का। हम फिज़ूलखर्ची बंद कर देंगे। मकान का हफ्ता भी, तुम्हारा मनीआर्डर भी...।''

पूरबी आगे नहीं बोल पाई। पर मन में वह अब भी बोल रही थी कि छुटकी के ब्याह, बबुआ का स्कूल, चाचा की धोती, देवरानी का जर्दा और सूरज की बैसाखी... सब चलता रहेगा।

''और भोला, हम यहीं मंदिर जाएँगे। तुम्हारी सौगंध उस मंदिर में...।''

संबल सुख से काँप रहा था। उसकी बाँहों में लक्खी की आवाज़ और वत्सल, और कोमल होती गयी।

''और मैं तेरे लिए नथनी ले आऊँगा। तुम्हें अब डर तो नहीं लगता न लक्खी में।''

संबल ने अपने चारों ओर देखा। पूरबी अपनी ज़िंदगी और जिंदगी के ठहराव, सौगंध के बारे में सोचती हुई बोली, ''डर किस बात का? तू है न! अब तो घर ही धर्मशाला है। है न?''

दोनों ने एक-दूसरे का हाथ और मज़बूती से थाम लिया।

''सच्ची।''

''हाँ, तेरी सौगंध।''

कुरुक्षेत्र

सुरेश जोशी

रात के दो बजे मैं घर पहुँचा। घर के भीतर अँधेरे में गली की रोशनी के कण आँखों में चुभ रहे थे। एक कोने में जलते लैम्प की रोशनी मैंने बढ़ा दी। उसके टूटे हुए काँच से भीतर जाकर हवा उसकी लौ को थरथराने लगी।

उसकी थरथराहट से घर की चीज़ों की परछाईं भी हिलने लगी। मुझे लगा कि पूरा घर तूफान में फँसे हुए जहाज़ की तरह डोल रहा है। मैंने माथे की छत जैसे होशियारी से पकड़ रखी हो। शहर की गलियों में भटकते हुए साँस के साथ पीया हुआ अँधेरा मेरी देह में गहरे तक बैठने लगा था। उसके बोझ से मेरा पैर लड़खड़ाने लगा। अचानक सिगरेट पीने का मन हुआ। लेकिन सिगरेट बची नहीं थी। बिस्तर के पास रखे लोटे से मैंने पानी पीया। फिर बिस्तर के किनारे बैठकर मैंने आस-पास निगाह डाली। सामने कमरे में दरवाज़े के पास बूढ़ा धोती से मुँह ढककर उतान सोया था। जैसे उसे अब अरथी पर सुलाना ही बाकी हो। जैसे ज़िंदगी के टेढ़े-मेढ़े पैंसठ वर्ष उसने अर्थी की लकड़ियों की तरह अपनी पीठ के नीचे पसार दिए हों। रसोई की नमी के बीच माँ और भाभी सोईं थीं। बड़े भाई नाइट ड्यूटी पर थे, इसलिए बीच के कमरे में हमें गृहस्थाश्रम भोगना था। नींद के दुःशासन ने भाभी के वस्त्र अस्त-व्यस्त कर दिए थे। माँ का बिना दांत वाला मुँह किसी खाली डिबिया की तरह खुला था। उससे इस तरह आवाज़ आ रही थी, जैसे सीटी बज रही हो। और बिस्तर पर मेरे बगल में पत्नी सो रही थी। वह ऐसी लग रही थी, जैसे शब्दों का बोझ भी सहन नहीं कर पाएगी। उसके तकिये पर 'सोमवार व्रत-कथा' की किताब थी। उसका मुँह और आँखें अधखुली थीं और वह चित होकर सो रही थी। पत्नी मरेगी तो उसका चेहरा ऐसा ही होगा और मुझे उसका आँख-मुँह बंद करना पड़ेगा। जाने क्यों मेरे मन में उसकी मौत का ख्याल आने लगा।

बाहर से जो ठंड मैं लेकर आया था, वह घर की गरमी में खो गई और मैं लैम्प हल्का कर, बिस्तर में लेट गया। बगल में सोई नारी का चेहरा देखकर हर क्षण हज़ारों खंडों में बिखरकर मुझ भटकने वाले को उसने एक बार फिर से अपने गर्भाशय में एकत्र कर, अवतरित करने की इच्छा की थी। वह कितनी निंश्चितता से सोई थी। उसके पास सोमवार व्रत-कथा का आधार था।

गोह की जीभ की तरह लैंप की रोशनी कमरे में लपलपा रही थी। थोड़ी देर बाद चूहों ने हिम्मत से उछलना-कूदना शुरू कर दिया। मैंने आँखें बंद कर लीं। दिन-भर देखे गए दृश्यों के टुकड़े धुरीहीन ग्रहों की तरह मेरे मन में टकराने लगे। दिनभर की आवाज़ें फिर से मन में जीवित हो उठीं। यह सब मेरे मन से अभी तक क्यों चिपका है। नींद में भी यह मेरे चारों ओर क्यों घूम रहा है। लेकिन सच तो यह है कि मेरे आस-पास जब भी बातें चलती होती हैं, मेरा ध्यान उसमें नहीं होता। मैं उससे कोसों दूर आगे निकल चुका होता हूँ। इसलिए कई बार अचानक उस स्थिति में लौटकर मैं झूठी दलीलें शुरू कर देता हूं और इन झूठी जिदों पर मरने-मारने की हद तक जूझ जाता हूँ।

और यही कारण है कि मैंने मनु भाई मास्टर की बेटी चंद्रकांता को आज तमाचा मार दिया। मैं राग-रंग के गीत लिखता हूँ, इसलिए लड़की मुझ पर न्यौछावर है। फागुन और सावन, राधा और श्याम जैसे शब्दों को इधर-उधर बिठाकर, उनकी आड़ में मैं अपनी भूख व्यक्त कर लेता हूँ। चंद्रकांता उन गीतों को गाती है तो मुझे अच्छा लगता है और मेरे भीतर की वेदना और खिंचती चली जाती है। तेरह वर्ष की चंद्रकांता की चिबुक पकड़कर मैं कह देता हूँ, "चंद्रा, तू इतना मीठा गाएगी तो तेरे सामने पारिजात के फूलों की तरह गीतों का ढेर रख दूँगा। इस अचानक प्रणयोक्ति से चंद्रकांता मुझे चौंककर देखती रहती है। उसकी सहेलियाँ नीचे नाचती-कूदती और किलोल करती रहती हैं, जबकि चंद्रकांता मेरे सामने मूढ़ बनी रहती है। वह अचानक मेरी गोद में अपना माथा रख देती है। वह अपनी आँखें उठाकर मुझे देखती है। न जाने क्यों मैं त्रस्त हो उठता हूँ और उसकी अकाल प्रेमचेष्टा मेरे भीतर जुगुप्सा पैदा करती है। और जैसे बिजली का झटका लगा हो, मैं चौंककर खड़ा हो जाता हूँ। चंद्रकांता गिर पड़ती है। वह उठकर मेरे पैर पकड़ना चाहती है। मैं नीचे झुककर उसे उठाना चाहता हूँ। लेकिन उसकी आँखों की विह्वलता, उसके हाथों की लोलुपता मुझे उत्तेजित करती है और मैं एक तमाचा जड़कर चल देता हूँ।

लैंप की हल्की रोशनी मेरी पलकों पर नाच रही है। जैसे रोशनी नहीं चंद्रकांता के विह्वल हाथ हों, जिन्होंने मुझे पकड़ रखा हो। मुझसे नहीं रहा जाता। मैं लैंप

बुझा देता हूँ। अब अगर सिगरेट होती तो मज़ा आ जाता। उसकी आग अँधेरे में देखना अच्छा लगता है। लेकिन जैसे ही उतान होकर सोता हूँ पत्नी का हाथ मेरे कंधे के नीचे दब जाता है। मुझे केतकी मेहता के हाथ याद आ रहे थे। उसके हल्के रोम और कोहनी के ऊपर की भीगती हुई माँसलता कितनी आकर्षक लगती है। उसके चेहरे पर श्रम के कारण कैसी लालिमा दिखाई देती है। मैं चाय की धार देख रहा था और रोशनी में नहाया हुआ वह हाथ भी। चाय की भाप के साथ उसकी रेशमी साड़ी से आती हुई सुगंध अनुभव कर रहा था। और यह सब करते हुए मैं लगातार बोले जा रहा था। और सहसा वह हाथ साड़ी के बीच खो गया। मेरा मन उचट गया। किसी भी औरत को मैं पूरा देख ही नहीं सकता। उस स्त्री का व्यक्तित्व उसकी देह के किसी एक भाग में होता है। और उस हिस्से की मुझे पहचान है। औरत को देखते ही मुझे उस हिस्से का पता चल जाता है। कोई पैर हिलाती है, कोई अकारण मुड़-मुड़कर गर्दन तिरछी करते हुए पीछे देखती है, कोई रह-रहकर बालों में उँगलियाँ फिराती है, तो किसी के होंठ बार-बार फड़कते रहते हैं। बस, इसके अलावा उस औरत में मैं कुछ भी नहीं देखता। मेरी पत्नी नींद में मेरा स्पर्श पा सकती थी। वह बिना माँ के छोटे बच्चे की तरह कुछ बड़बड़ा रही थी। फिर करवट बदलकर निश्चिंत सो गई। मुझे वश में रखने की उसकी सहेलियों ने जितनी तरकीबें बताईं थीं, वे इस नींद के कारण बेकार साबित हुईं। पत्नी अपने किशोर सपनों में विहार करती रहती है। अँधेरे में उसकी देह की रेखाओं का आभास मिल रहा है। वैसे भी अँधेरे में मैं कुछ ज़्यादा ही कल्पनाशील हो जाता हूँ। रीटा के कुशलता से गूँथे गए बाल, उसकी बातचीत का ढंग, बातें करते हुए रुककर आँखें झपकाना और फिर से बातचीत की डोर थाम लेना मुझे बहुत अच्छा लगता है। मैं उसकी आवाज़ अब भी सुन रहा हूँ। उस आवाज़ के कारण मैं उसकी बातों का कोई अर्थ नहीं निकालता। हालांकि उसकी आवाज़ मीठी नहीं कही जा सकती, फिर भी मुझे खूब अच्छी लगती है। उसकी आवाज़ एक माहौल रच देती है। उसे सुनते ही लगता है कि हमारे चारों ओर एक अर्ध-पारदर्शी पर्दा उतर आया हो। उस आवाज का स्वाद भी है—कुछ-कुछ खट्टा-मीठा, संपूर्ण मीठा और उसमें ज़रूरत भर की कड़वाहट भी है। मीनल की रह-रहकर टेढ़ी होती हुई भौंहें हवा से हिलते पेड़ की डालियों की तरह अकारण शीलू की देह हिलाने की आदत—अँधेरे में मैं सारे टुकड़े इकट्ठे करता गया। इन सबसे उस अंधकार के गर्भ में मैं एक नूतन नारी मूर्ति की रचना करने लगा। उस नारी देह के रेखांकन में जिन सारे टुकड़ों को देखने का मन हो रहा है। लेकिन बंद आँखों में उठती हुई नींद से स्वयं को झिंझोरकर, मैं अपनी

शिराओं में खून का बहाव कम कर देता हूँ। बगल में पड़ी हुई देह का होना मुझे साफ सुनाई दे रहा है। अभी कुछ ही क्षणों पहले गली के पत्थरों को रौंदकर जिस गति से, मैं घर आया था, पत्नी वैसे ही उसी गति से मेरे वजूद को रौंद रही है। आवाज़ भी कई बार आदमी का पीछा करती है और छेड़े गए भौंरे की तरह आस-पास बजती रहती है।

नींद में डूबी हुई पत्नी को मैंने अपनी ओर घुमा लिया। उसका एक पैर अब भी ऊपर उठा हुआ था। और थोड़ी देर बाद वह पैर मेरी ओर गिरने लगा। अंततः एक झटके के साथ मुझ पर गिर ही पड़ा। मैंने भीतर के उन टुकड़ों को एक बार फिर देखा। पेड़ की डालियों की तरह हवा में अकारण झूलती हुई शीलू की देह मुझे अनुभव होने लगी। वह अपने पैरों से मुझ पर देह का बोझ डालने लगी। और वह बढ़ता हुआ बोझ मुझसे खिसककर हल्की सी आवाज़ के साथ नीचे आ गया। अचानक बूढ़ा खाँसकर उठ बैठा। उसने कमरे का दरवाज़ा खोल दिया और बाहर निकल गया। बाहर की हवा अंदर आ गई। गली की रोशनी भी लपलपाकर अंदर घुसने लगी। मैंने पत्नी को एक झटके से अपने से अलग कर दिया।

बूढ़े ने फिर दरवाज़ा बंद कर लिया। बाहर निकलने की कोशिश करती हुई हवा कमरे में माथा पटककर पछाड़ खाने लगी। अंदर की गर्मी और बढ़ गई। उस गर्मी में पत्नी के सिर से तेल की गंध से मेरी साँस रुकने लगी। मैं अकेले ही पुराण-कथा के महारथी जैसा बिस्तर में पड़ा-पड़ा सैकड़ों शत्रुओं से जूझने लगा। अचानक उत्तेजित होकर मैंने पत्नी को झिंझोर दिया। वह फिर कुछ बड़बड़ा रही थी।...एं...कौन! मैंने धीरे से कहा—मैं हूँ।...वह उठकर बैठ गई। पूछा—दूध-कॉफी कुछ ले आऊँ। ढककर रख दिया था।...मैंने कहा—नहीं रहने दो। नहीं पीना है।...वह कुछ बोलने ही जा रही थी कि मैंने उसका हाथ पकड़कर खींच लिया। अँधेरे में मेरा चेहरा उसे दिखाई नहीं दिया और उसने भोलेपन से इसे मेरी प्रणयक्रीड़ा समझ लिया। वह मेरे पास सरककर किसी बच्चे की तरह चिपक गई। और सहसा मेरे भीतर का उत्ताप बढ़ता गया। मेरी साँस बंद होने लगी। मन हुआ कि निकलकर गली में भाग जाऊँ। लेकिन उसके हाथ मेरे गले से चिपके पड़े थे...जैसे गाँव के किनारे पेड़ से लटके झूले की रस्सियाँ हों। जैसे कुएँ से पानी खींचती डोर हो या बाड़ी में गोबर थापते हुए दो हाथ हों। पड़ोस में किसी बूढ़े के खाँसने की आवाज़ आई। उसने खखारकर मुँह साफ किया और रटने लगा... हे प्रभु... लगभग चार बार प्रभु को याद करने के बाद वह शांत हो गया। फिर आस-पास वही सन्नाटा।

कुरुक्षेत्र / 229

उस अंधकार और घोर शांति में उफनती हमारी देह कुछ रचने के लिए अपने को मथ रही थी। इस टूटे-फूटे संसार से कुछ टुकड़े जुटाकर मैं एक सीधी-सादी रचना के लिए बेचैन था। वैसे भी यह सृष्टि अंधकार के गर्भ में ही रची जाती है। माँ के गर्भाशय के अंधकार में शिशु बड़ा होता है। मेरे पास इतना अँधेरा नहीं था। मैं भटककर अँधेरा जुटा रहा था और सहसा मेरी पत्नी मेरे भीतर के छिन्न-भिन्न अंशों से अर्क लेकर अपने गर्भ में एक घाट रचने लगी है। मैं झुँझलाने लगा। जैसे ऐसे धारदार टुकड़े उसके गर्भ के अँधकार में रोप दूँगा कि वे उसकी देह से जुड़ ही न सकें। वे उसकी देह की शिराओं को छिन्न-भिन्न कर दें। एक जुनून के साथ मैंने अपनी देह को उस पर बरसा दिया। इस घर के मौन, घर के संताप और भीतर टुकड़ों की तरह बिखरे हुए पलों के साथ मैंने अपनी देह उसे सौंप दी। माँ पानी पीने के लिए उठ गई थीं। मगर पत्नी का हाथ मुझसे जोंक की तरह चिपका पड़ा था। हम दोनों के बीच घुटकर गर्मी और असह्य होती जा रही थी। सारी देह में लावा-सा फूटने लगा। आँखें और जलने लगीं। बरसात में निकलने वाले जीवों की तरह मेरी देह हज़ारों पैरों से भाग रही थी और फिर नींद की उफनती हुई बाढ़ रोकने वाला बाँध सहसा झटके से टूट गया। मैं शक्तिहीन होकर लुढ़क गया।

उस तंद्रावस्था में मेरी आँखों के सामने एक चित्र सा खड़ा हो गया। विशाल रणक्षेत्र में पड़ी हुई अनंत देहों के बीच मैं भी पड़ा हूँ। मैं टुकड़े-टुकड़े हो गया हूँ। एक हाथ यहाँ है तो दूसरा कहीं दूर। मेरा सिर कहीं और कटा पड़ा है। अचानक पत्नी मशाल जलाकर मुझे खोजती हुई आती है। वह मेरे अंगों को इकट्ठा कर रही है। उसके हाथों में अब भी कुंकुम है और माथे में सिंदूर। वह अपने हाथों से चिता जलाती है और मुझे गोद में लेकर उसमें बैठ जाती है। उड़ती हुई आग की लपटें हमें लपेट लेती हैं। मैं चलता जा रहा हूँ। और अंततः सहन न होने पर आँखें खुल जाती हैं। बाहर धूप फैल गई है। उसका एक तेज़ टुकड़ा मेरे चेहरे पर आ गया है। मैं बैठ जाता हूँ। लेकिन आँखें अब भी जल रही हैं। उठकर रसोई में जाता हूँ। माँ ढककर रखी गई चाय गर्म कर मुझे देती है उस चाय से अब भी धुआं उठ रहा है। उसे अमृत की तरह पीते हुए मैं बैठा हूँ। बाहर पशुओं के बीच फेंकी हुई चूल्हे की राख पर धूप का भटकता हुआ टुकड़ा देख रहा हूँ। और अचानक मुझमें कविता फूट पड़ती है; कुरुक्षेत्र में उन्नीसवें दिन की सुबह उगी है। सौभाग्यवती के खंडित कंगन की तरह प्रकाश बिखरा है। सैकड़ों विधवाओं के हाथ से झड़ते कुंकुम की तरह पूर्व क्षितिज की हथेली से कुंकुम गिर रहा है।

बाहर पढ़ते हुए भाई की आवाज़ से मेरे भीतर की कविता गड़बड़ा जाती है। जैसे कोई लँगड़े बच्चे की उंगली पकड़कर ले जा रहा हो, मैं चारों ओर की भीड़ के बीच अपनी कविता को उंगली पकड़ाकर चलना सिखा रहा हूँ। बाहर की तेज़ धूप में उसकी आँखें नहीं खुल पा रही हैं। बंद आँखों वाली उस कविता को अपने भीतर छिपाकर मैं रात के सुनसान अँधेरे का इंतज़ार करने लगता हूँ। उस अंधकार में मेरी कविता आँख खोलेगी, इस उत्साह से मैं दिन के दूसरे किनारे तक पहुँचने की चुनौती स्वीकार करता हूँ।

•••